KB176561

을 유 세 계 문 학 전 집 · 5 0

대통령 각하

EL SEÑOR PRESIDENTE
by
MIGUEL ÁNGEL ASTURIAS

Copyright ⓒ Heirs of Miguel Ángel Asturias, 1946
Korean translation copyright ⓒ 2012 by Eulyoo Publishing Co., Ltd.
All rights reserved.
The Korean language edition published by arrangement with Agencia Literaria Carmen
Balcells, S.A. through MoMo Agency, Seoul.

이 책의 한국어판 저작권은 모모에이전시를 통해 Agencia Literaria Carmen Balcells, S.A. 사와의 독점 계약
으로 (주)을유문화사에 있습니다. 저작권법에 의해 한국 내에서 보호를 받는 저작물이므로 무단 전재와 무단 복
제를 금합니다.

대통령 각하

EL SEÑOR PRESIDENTE

미겔 앙헬 아스투리아스 지음 · 송상기 옮김

❖ 을유문화사

옮긴이 **송상기**

고려대학교 서어서문학과를 졸업하고, 미국 예일대학교에서 석사, 박사 학위를 받았다. 현재 고려대학교 서어서문학과 교수로 재직 중이다. 지은 책으로『멕시코의 바로크와 근대성』이 있고, 옮긴 책으로는『아우라』,『조난 일기』가 있다.

을유세계문학전집 50
대통령 각하

발행일 · 2012년 3월 10일 초판 1쇄 | 2020년 8월 20일 초판 3쇄
지은이 · 미겔 앙헬 아스투리아스 | 옮긴이 · 송상기
펴낸이 · 정무영 | 펴낸곳 · (주)을유문화사
창립일 · 1945년 12월 1일 | 주소 · 서울시 마포구 서교동 469-48
전화 · 02-733-8153 | FAX · 02-732-9154 | 홈페이지 · www.eulyoo.co.kr
ISBN 978-89-324-0380-9 04870 978-89-324-0330-4(세트)

• 값은 뒤표지에 표시되어 있습니다.
• 옮긴이와의 협의하에 인지를 붙이지 않습니다.

차례

1부

4월 21, 22, 23일

1. 성당 입구에서

찬연한 빛을 내는 불을 밝혀 주소서! 부싯돌을 밝히는 종소리여! 종소리가 기도 소리에 아랑곳 않고 윙윙거리며 귓가를 울리듯이, 어둠 속의 빛과 빛 속의 어둠이 혼미하게 뒤엉켜 있도다. 찬연한 빛을 내는 불을 밝혀 주소서! 부싯돌을 밝히는 종소리여! 빛을 밝혀 주소서, 불을 밝혀 주소서, 밝혀 주소서, 밝혀 주소서, 밝……혀…… 주소서!

발을 질질 끄는 거지들이 시장의 식당가를 지나 얼어붙은 성당의 그림자 속을 헤매며, 외롭고 황량한 도시의 바다처럼 드넓은 거리를 따라 아르마스 광장을 향해 가고 있었다.

밤이 되면 별들이 모이듯이 거지들도 동시에 한곳으로 모이기 시작했다. 성당 입구에 모여든 그들은 참담한 사정 외에는 별다른 공통점이 없었기에, 서로 저주를 퍼붓고, 적개심에 서로 욕지거리하며 싸울 거리를 찾고, 팔꿈치로 치고받고, 어떨 때는 흙더미를 집어던지고, 서로 넘어지며 침을 뱉고, 물어뜯기도 했다. 쓰레기 같은 그들 무리는 애당초 서로 배제할 줄 몰랐지만 서로 신뢰할 구석도 갖지 못했다. 그들은 옷을 입은 그대로 서로 떨어져서 도둑놈들 모양으로 자루를 베고 누웠다. 그 자루에는 고기 몇 조각과 찢어진 구두, 양초 토막, 오래된 신문지에 싼 쌀 한 주먹, 상한 오렌지와 바나나 등 그들의 전 재산이 들어 있었다.

그들은 입구의 층계 위에 벽 쪽으로 걸터앉아 돈을 세기도 하고, 납으로 만든 동전이 진짜인지 깨물어 보기도 하고, 혼자서 중얼거리기도 하고, 입에 풀칠할 것과 전쟁 도구를 살펴보기도 했다. 입에 털어 넣을 것이라고는 마른 빵조각이 고작인 그들은 돌멩이와 넝마 조각으로 무장하고 거리를 걸었다. 그들은 서로서로 의지가 된다는 사실을 모른 채 쓸 만한 쓰레기에만 집착했고, 모든 거지들이 그렇듯이 불운한 처지의 동료들에게 이러한 것을 주느니 차라리 개들에게나 주는 것이 낫다고 여겼다.

그들은 허기를 채우고 손수건으로 돈을 싸 일곱 번 매듭하여 배꼽에 동여맨 뒤 바닥에 몸을 던지고는 격앙되고 슬픈 악몽에 시달렸다. 그 몽환의 세계에서 굶주린 돼지와 말라빠진 여인들, 불구가 된 개의 행진과 마차 바퀴, 얼어붙은 정강이뼈들로 만든 십자가에 달 모양의 큰 벌레를 든 사제들의 혼령이 무덤의 순번대로 성당으로 향하는 행렬을 보았다. 간혹 어느 얼간이가 아르마스 광장에서 길을 잃고 외치는 소리에 단잠이 깼다. 또 어떤 때는 앞 못 보는 여자가 자신이 정육점에 매달린 고기처럼 못에 박힌 채 파리 떼에 둘러싸여 있는 꿈을 꾸고 나서 흐느꼈다. 또한 가끔 정치범을 주먹질하면서 끌고 가는 순찰대원들의 발걸음이 들렸는데, 그 정치범의 핏자국을 오열로 젖은 손수건으로 닦는 아낙네들이 그를 뒤따랐다. 간혹 가다 버짐이 난 환자의 코 고는 소리가 들리거나 임신한 벙어리 여인이 배 속에서 태동을 느낄 때마다 놀라서 우는 소리도 들렸다. 하지만 얼간이가 외치는 소리가 가장 구슬펐다. 그의 외침은 하늘을 가르는 것 같았다. 인간의 억양이 배어 있는 것 같지 않은 외침은 길게 울렸다가 그 어떤 반향도 없이 이내 사라졌다.

일요일에는 이 기이한 그룹에 잠결에 어머니를 찾아 달라며 애처럼 우는 주정뱅이까지 있었다. 주문이자 탄식 같은 주정뱅이의 입에서 어머니라는 말을 듣자 얼간이는 벌떡 일어나 사방을 두리번거린 후 공포에 울부짖는 비명을 질러 주정뱅이의 통곡과 더불어 동료들의 잠을 깨워 댔다.

그러면 개들은 짖어 대고 화가 난 거지들이 자리를 박차고 일어나 조용히 하라고 한바탕 난장판을 벌였다. 조용히 하라거나 경찰을 부르라고 고함치는 소동이 일어났지만 경찰은 결코 이들에게 다가가려 하지 않았다. 그들 중 아무도 벌금을 낼 여력이 없기 때문이었다. 얼간이가 고함을 치고 펄쩍 뛰는 와중에 절름발이가 "프랑스 만세"라고 외치면 거지들은 웃어 젖혔는데, 절름발이는 장난꾸러기인 데다 익살꾼이어서 주중에 며칠 밤은 일부러 술 취한 척하며 장난치기를 좋아했다. 그가 술 취한 척하면 펠렐레(거지들이 얼간이에게 붙인 별명)가 죽은 듯 자고 있다가 갑자기 살아나서 고함을 질렀는데, 그러면 넝마를 쓰고 바닥에 쪼그린 채 잠들어 있던 거지들이 쉰 목소리로 놀려 대며 웃었다. 괴물과 같은 동료들의 시선을 멀리한 채, 아무것도 보지 않고, 아무것도 듣지 않고, 고함을 치다 지쳐 잠들면 절름발이의 목소리가 매일 밤 그의 잠을 깨웠다.

"어머니!"

펠렐레는 허공에서 떨어지는 꿈을 꾼 것처럼 갑자기 눈을 뜨고 동공을 확장한 후 상처 받은 마음을 보호하려는 듯 몸을 잔뜩 움츠리고는 눈물을 흘리기 시작했다. 찢긴 의식 속에서 분노가 메아리치면 몸이 풀처럼 나른해져 잠이 들었다. 하지만 깊이 잠들었을 때, 또다시 절름발이가 소리를 질러 잠을 깨우고 말았다.

"어머니!"

이것은 과부라는 별명이 붙은 흑인 남성의 목소리였는데, 그의 목소리는 폭소 속에서도 울상을 한 노파의 목소리처럼 도드라졌다.

"저희의 희망이자 저희를 긍휼히 여기시는 성모님 주님이 당신을 구원하듯이 저희 죄인들의 소리를 들으시길……."

펠렐레는 웃으면서 일어났다. 육체적 고통과 마음의 상처, 기아, 그리고 눈물을 담은 웃음소리가 그의 치아를 뚫고 나왔다. 이에 거지들은 까, 까, 깔, 깔깔대며 박장대소를 했다. 콧수염이 지저분하게 난 배불뚝이는 자지러지게 웃느라 숨이 멎을 지경이었고, 외눈박이는 웃느라 오줌을 지리고 염소처럼 머리를 벽에 부딪혔으며, 장님들은 이 난리통에 잠을 잘 수 있겠느냐고 항의했다. 그들 중 '모기'라는 별명을 가진 장님은 앉은뱅이에게 이런 방식으로 즐기는 것은 계집애들이나 하는 짓이라며 투덜댔다.

장님들에게 이러한 소음은 바닥을 빗자루로 쓰는 소리처럼 들렸으며, '모기'의 투정도 이러한 소음에 파묻혀 버렸다. 알아들을 수 없는 헛소리를 지껄여 대는 '모기'의 소리에 누가 귀를 기울이겠는가! "나는 소싯적에 포병대에 있었지. 그런데 상관들과 노새들이 나를 걷어차는 바람에 씩씩한 남자가 되어 말들을 관리하는 자리에 있게 되었지. 그런데 이게 달구지를 끌고 온 거리를 누비며 음악을 트는 데 요긴하게 쓰이더라고. 술을 하도 마셔서 나도 모르는 새 시력을 잃게 되었지. 술을 퍼마시다가 언제 그랬는지도 모르게 오른쪽 다리를 못 쓰게 되었고, 어디였는지는 모르겠는데 교통사고로 다른 쪽 다리도 잃어버렸다네……."

거지들은 펠렐레가 자기 어머니 이야기만 하면 미쳐 버린다는 소문을 온 마을 사람들에게 퍼뜨렸다. '어머니'라는 말이 하늘의 저주나 되는 것처럼 여기저기서 자기에게 그 말을 끊임없이 외쳐 대는 거지들로부터 도망치면서, 이 불쌍한 인간은 길거리는 물론 광장과 안뜰과 시장바닥을 뛰어다녔다. 그는 가정집으로 들어가 피난처를 삼으려 했지만 하인들과 개들이 그를 쫓아냈다. 그는 지칠 대로 지쳐 거의 무의식적으로 애원하는 눈으로 간청했지만 사원이나 가게 그 어느 곳에서도 그를 받아들여 주지 않았다.

피로에 젖은 그의 눈은 큰 도시를 더욱 거대해 보이게 했지만, 그의 절망적인 마음은 이 도시를 더욱 왜소하게 느끼게 했다. 공포의 밤이 지나면 박해의 날이 뒤따른다. 사람들은 "펠렐레야, 일요일에 너는 네 어미랑 결혼할 거야. 네 늙은 어미랑 말이지, 바보, 머저리 녀석!"이라고 비아냥거리는 것도 모자라 구타를 하고 그의 옷을 갈기갈기 찢었다. 그는 아이들에게도 쫓겨 빈민촌으로

피신하려고 했지만, 모든 사람들이 극빈의 문턱에서 서성이는 그
곳에서도 상황도 마찬가지였다. 사람들은 그에게 욕을 해 대고,
공포에 떨며 도망치는 그에게 돌맹이나 죽은 쥐, 빈 깡통을 던져
댔다.

그는 어느 날 이러한 빈민촌에서 빠져나와, 이마에 상처가 났음
에도 모자를 쓰지 않고 뒤에는 사람들이 장난으로 매달아 놓은 연
의 꼬리를 질질 끌며 기도 시간 무렵 성당 입구로 올라갔다. 이제
그는 담벼락의 그림자나 개가 다니는 소리, 떨어지는 낙엽, 자동
차들이 덜컹거리는 소리 등이 모두 두렵게만 느껴졌다. 밤이 되어
그가 거리에 도착했을 때, 거지들은 벽면을 바라보며 하루 수입으
로 번 돈을 세고 또 세었다. 평발이는 모기와 말다툼하고 있었고,
벙어리는 이유 없이 부풀어 오른 배를 만지고 있었으며, 앞이 안
보이는 여자는 자신이 정육점의 고깃덩어리처럼 고리에 걸려 파
리 떼에 둘러싸인 꿈을 꾸는지 몸서리를 치고 있었다.

펠렐레는 며칠 밤을 눈도 붙이지 못하고 계속 걸어, 거의 반죽
음 상태가 되어 몸을 바닥에 뉘었다. 거지들은 잠자코 누워 벼룩
에 물린 곳을 긁느라 잠을 자지도 못한 채 불빛이 희미한 광장을
순찰하는 경찰의 발자국 소리와 보초병들이 노리쇠를 당기는 찰
칵거리는 소리에 귀를 기울였다. 보초들은 줄무늬 폰초를 입고 대
통령 관저 주변의 병사(兵舍) 창문에서 유령처럼 서 있었다. 사실
대통령이 거처하는 곳을 아는 사람은 아무도 없었다. 각하는 도시
변두리에 여러 채의 집을 보유하고 있었기 때문이다. 또한 각하가
언제 어떻게 잠이 드는지는 아무도 몰랐는데, 전화기 옆에서 손에

채찍을 쥐고 잔다는 말도 있고, 그가 전혀 잠을 자지 않는다는 말도 있었다.

어떤 몸체 하나가 성당 앞을 지나고 있었다. 거지들은 구더기마냥 몸을 움츠렸다. 군화의 삐걱거리는 소리가 들렸고, 끝없이 펼쳐진 어두운 밤에 새의 불길한 울음소리가 들려왔다.

세상의 종말을 알리기라도 하는 듯한 무거운 공기 속에서 평발이는 눈을 떴다. 그리고 부엉이를 쳐다보며 말했다.

"휘이, 휘이, 소금이나 고추 먹고 떨어지란 말이야. 난 네게 역한 감정이 없단 말이야. 이런 젠장……."

모기는 손으로 자신의 얼굴을 가렸다. 세상이 흔들거리는 것 같은 분위기에 공포를 느꼈다. 홀아비는 장님들 사이에서 성호를 그었다. 펠렐레만이 코를 골며 다리를 쭉 뻗은 채 잠들어 있었다.

이 새로운 침입자는 잠시 멈추었다가 미소를 머금은 채 펠렐레에게 까치발로 다가가 농담조로 "어머니!"라고 외쳤다.

외마디 외침에 바닥에서 벌떡 일어난 펠렐레는 그가 미처 총을 빼낼 겨를도 없이 그에게 달려들어 손가락으로 그의 눈을 찌르고 코를 이빨로 물어뜯고 무릎으로 그의 급소를 가격해서 꼼짝 못하게 했다.

거지들은 공포에 떨며 눈을 감았다. 부엉이가 다시 휙 지나갔다. 펠렐레는 발작을 일으켜 광란 속에서 어두운 거리로 도망쳤다.

형언할 수 없는 맹목적 힘이 '노새를 탄 사나이'라는 별명을 가진 호세 파랄레스 손리엔테 대령의 생명을 앗아 갔다.

2. 모기의 죽음

거리에는 한두 사람이 지나가고, 그 위에 있는 제2경찰청사의 돌출한 지붕과 한두 군데 문이 열려 있는 예배당과 석공들이 신축 중인 건물은 햇빛에 금빛으로 물들어 있었다. 경찰서에서는 아낙네들이 늘 비가 올 것 같은 안뜰에서 죄수들을 기다리고 있었다. 어두운 복도의 벤치에는 뻗은 무릎 사이로 나온 흰 속치마 레이스 위에 아침 식사 바구니를 얹은 맨발의 여인들이 처진 가슴에 달라붙은 아기를 안고 있었고, 그 주변에서 조금 더 큰 아이들이 광주리 속의 빵을 배고파 쳐다보고 있었다. 여인들은 눈물을 닦으며 낮은 목소리로 끊임없이 울먹이며 말했다. 말라리아에 걸린 한 노파의 파인 눈에는 눈물이 가득 찼는데, 마치 어머니로서의 고통이 더욱 쓰디쓰다고 웅변하는 것 같았다. 저 음산한 대합실의 생의 악운에 대해서는 아무런 구제책이 없는 것 같았다. 두세 그루의 버려진 나무들과 메마른 샘물이 있는 맞은편 대합실에 모인 아낙네들은 보초를 서는 경찰들이 목에 다는 빛바랜 셀룰로이드 칼라를 침으로 닦으며 신의 은총만을 기대했다.

혼혈인 경찰이 모기라는 거지를 질질 끌고 지나갔다. 경찰은 그를 유치원 옆에서 잡아 긴꼬리원숭이 취급하며 손으로 해먹을 흔들듯 좌우로 흔들며 끌고 왔다. 하지만 아낙네들은 이런 장난질에는 아랑곳하지 않고 아침 식사를 주러 감옥에 갔다가 죄수의 소식을 전해 오는 간수들에게 이목을 집중하고 있었다. "이렇게 전해 달라고 하더군요, 일이 호전되고 있으니 걱정 말라고 말이지요…… 이렇게 전해 달라고 하더군요, 약국 문이 열리면 고약 살 돈 몇 푼을 준비해 가라고요…… 이렇게 전해 달랍디다, 자기의 조카에게 들은 말은 믿지 말라고요…… 이렇게 전해 달라고 하더군요, 일류 변호사 말고 돈 많이 안 드는 싸구려 변호사를 구해 자신을 변호해 달라더군요…… 이렇게 말하더군요. 거기 들어온 죄수 중에 여성은 없으니 질투하지 말아 달라고요. 지난번에 들어온 죄수 중에 한 명이랑은 친구처럼 지낼 뿐이라고요…… 이렇게 말하더라고요, 대변이 안 나오니 변비약 좀 보내 달래요…… 이렇게 이야기하데요, 아직까지 찬장을 안 팔다니 말이 안 된다고요."

"이봐, 이 양반아." 모기는 자신을 막 대하는 경찰에게 항의했다. "날 뱀 잡듯이 다루다니! 난 가난하지만 정직하단 말이야. 난 네 자식이나 인형이 아니란 말이야. 네가 날 이렇게 데려와 가지고 놀 놀잇감이 아니라고! 우리를 거지들 보호 구역이라는 곳에 처넣고 양키 놈들에게 잘 보이려는 거지? 이런 제길. 축제 때의 칠면조마냥 우리를 대하다니. 이렇게밖에 대접 못해? 미스터 노스 슈미트라는 자가 찾아왔을 때 우린 사흘 동안 미치광이처럼 넝마를 걸치고 창밖을 내다보며 쫄쫄 굶었단 말이야."

붙잡힌 거지들은 곧장 '세 명의 마리아'라 이름 붙은 좁고 캄캄한 감옥으로 끌려갔다. 늑대의 이로 만든 빗장이 잠기는 소리와 수감된 자들의 웅얼거리는 소리는 축축한 옷 냄새와 담배 냄새가 섞인 악취와 함께 지하실의 둥근 천장에 울려 퍼졌다.

"이런, 이 나쁜 자식아! 이런 제길, 운이 된통 나쁘군."

그의 동료들은 어둠 속에서 고통에 울부짖는 짐승처럼 훌쩍였고, 이제 다시는 세상의 광명을 보지 못하고 죽을 때까지 배고픔과 허기짐 속에서 숱한 나날을 보낼 것이라는 생각에 사로잡혔다. 그들은 개들에게서 기름을 짜듯이 차를 닦는 비누 재료로 쓰이거나 목이 잘려 경찰들의 먹이가 되지 않을까 하는 공포에 휩싸여 있었다. 횃불을 든 식인종들의 얼굴이 어둠 속에서 다가오고 있었다. 그들의 뺨은 궁둥이 살처럼 보이고, 콧수염은 침 묻은 초콜릿처럼 보이기 시작했다.

학생 한 명과 성당 관리인이 같은 감방에 갇혀 있었다.

"제 생각에는 당신이 이 감옥에 제일 먼저 들어오신 것 같네요. 당신이 들어오고, 그다음에 제가 들어왔지요."

학생은 목구멍을 조여 오는 고통을 잊으려면 무언가 말을 꺼내야만 했다.

"아마도 그럴 것이오." 성당 관리인은 어둠 속에서 자신에게 이야기하는 얼굴을 찾으며 대답했다.

"아, 그리고 당신이 왜 여기 갇혀 있는지 묻고 싶었어요."

"정치적인 이유 때문이라고들 하더군요."

학생은 머리부터 발끝까지 벌벌 떨며 고통 속에서 입을 열었다.

"저 역시……."

거지들은 자신의 곁에서 떼어 놓지 않은 귀중한 식량 자루에서 무언가 찾으려 했지만 모든 물건들은, 하물며 호주머니 속의 소지품이나 성냥개비 하나도 감방에 들이지 못하고 경찰서장실에 압수되어 있었다. 이곳의 규율은 엄격했다.

"무슨 일로 이렇게 되셨나요?" 학생은 대화를 이어 갔다.

"별로 잘못한 게 없었어요. 상부의 지시로 여기 갇히게 된 겁니다." 관리인은 이렇게 말하며 등을 가렵게 하는 이를 쫓아내려고 등을 벽에다 비벼 댔다.

"그럼 당신은……."

"아무것도 아니에요." 관리인은 기분 나쁘다는 듯 말을 가로막았다. "나는 아무것도 아니었단 말이에요."

그 순간 문고리가 삐걱거리더니 또 다른 거지 한 명이 들어왔다.

"프랑스 만세!" 평발이가 들어오며 외쳐 댔다.

"내가 수감되어 있는 것은……." 관리인이 솔직하게 말했다.

"프랑스 만세!"

"내가 여기 있게 된 것은 단순한 실수를 저지른 죄 때문이지요. 철자 O의 성모 마리아 발표문을 뗀다는 것이 그만 대통령 각하 모친의 기념일에 대한 공고문을 떼고 말았지 뭐예요!"

"그런데 그것이 어떻게 발각되었지요?" 학생이 이렇게 중얼거리는 사이 성당 관리인은 눈가에 고인 눈물을 손가락으로 쓸어 내렸다.

"아, 잘 모르겠어요. 운이 없었다고나 할까요. 확실한 것은 저를 잡아서 경찰서장실에 넣고 뺨을 몇 번 갈기더니 혁명 분자라며 이 독방에 감금시킨 거예요."

공포와 추위와 굶주림에 떨며 사기죄로 잡혀 온 거지들은 암흑 속에서 울부짖었다. 그들은 자신의 손조차 볼 수 없었다. 가끔 그들은 혼수상태에 빠지기도 했는데, 그 사이로 임신한 벙어리 거지 여인의 가쁜 숨소리가 탈출구라도 찾듯이 그들 위로 엄습했다.

아무도 지금이 몇 시인지 알지 못했다. 자정쯤 그들은 감옥에서 끌려 나왔다. 누리끼리하고 주름진 얼굴에 두툼한 입술 위로 헝클어진 콧수염이 나고, 납작한 코에 눈꺼풀이 내려앉은 땅딸보 사내가 정치적인 사건에 대해 조사한다고 말했다. 그는 모두에게, 그 다음에는 개별적으로 전날 밤 성당 앞에서 대령을 직접 살해했거나, 아니면 살해한 사람을 알고 있느냐고 물었다.

그들이 끌려 나온 방에는 연기 나는 등불이 빛을 발하고 있었다. 그 약한 불빛은 물이 가득 찬 렌즈를 통해 비추는 것 같았다. 대체 물건들의 제자리가 어디였지? 벽이 어디 붙어 있었지? 호랑이 어금니보다 뾰족한 문양이 있는 방패와 총알이 가득 찬 경찰의 혁대는 어디 있지?

거지들이 엉뚱한 대답을 하자 법무감이 자리를 박차고 일어나 그들에게 직접 심문을 했다.

"내게 사실을 이야기해." 법무감이 책상으로 쓰이던 테이블에 주먹을 내리치고는 두꺼운 안경 너머로 눈을 째려보며 외쳤다.

거지들은 차례로 성당 앞 살인 사건의 범인은 펠렐레라고 고통으로 격앙된 목소리로 자신들이 목격한 범죄 현장을 상세하게 반복했다.

법무감이 신호를 하자 문 앞에서 대기하던 경찰들이 거지들을 후려치며 그들을 텅 빈 방으로 처넣었다. 가까스로 보이는 대들보에는 긴 밧줄이 걸려 있었다.

"그 얼간이가 그랬어요." 첫 번째로 고문당한 거지가 이실직고 해서 고문으로부터 벗어나려고 애쓰며 외쳐 댔다. "나리, 얼간이가 그랬어요! 얼간이예요! 얼간이! 얼간이! 그 펠렐레! 펠렐레! 그놈! 그놈! 그놈!"

"그건 그놈들이 나에게 그렇게 말하라고 너희에게 시킨 거야! 하지만 나한테 거짓말은 안 통해. 제대로 불래, 아니면 죽을래? 그걸 알란 말이야. 알았어? 그걸 모른다면 알란 말이지."

법무감의 목소리는 이 불행한 자의 귀에 피가 흐르는 소리 때문에 흩어졌다. 밧줄에 엄지발가락이 묶여 발을 디딜 수도 없는 상태에서 그는 계속 외쳐 댔다.

"얼간이가 그랬어요! 얼간이가요! 맹세코 얼간이가 그랬어요! 얼간이예요! 얼간이라니까요! 얼간이예요!"

"거짓말이야!" 법무감은 소리를 지르고는 잠시 뜸을 들였다가 외쳤다. "거짓말 마, 이 허풍쟁이야. 호세 파랄레스 손리엔테 대령을 암살한 자가 누군지 감히 부인하려 들다니. 내가 말해 주지. 그건 바로 에우세비오 카날레스 장군과 아벨 카르바할 변호사란 말이다!"

그의 말이 끝나자 얼음 같은 침묵이 엄습했다. 곧이어 신음 소리가 나고, 또 한 번 신음 소리가 나더니, 마침내 "네"라는 외마디 소리가 들렸다. 밧줄이 풀리자 홀아비 거지가 의식을 잃고 거꾸로 쓰러졌다. 땀과 눈물에 젖은 그 물라토*의 뺨은 비에 젖은 석탄처럼 보였다. 계속해서 다른 거지들을 심문하자 모기를 제외한 모두가 거리에서 경찰이 먹인 독약을 먹고 죽어 가는 개들처럼 법무감의 말이 사실임을 시인했다. 모기의 얼굴은 공포와 혐오로 일그러져 있었다. 그는 바닥에서 다리 없는 사람들이 그렇듯 몸의 절반이 땅속에 파묻힌 사람처럼 보였기 때문에 손가락을 묶어 공중에 매달았다. 그는 범죄에 유일하게 책임 있는 사람은 얼간이인데, 자신의 동료들이 죄가 없는 엉뚱한 사람들에게 책임을 묻고 있다고 주장했다.

"책임?" 법무감이 말꼬리를 잡았다. "감히 얼간이에게 책임이 있다고 이야기하는 것이냐? 거짓말 마. 책임질 수 없는 놈이 어떻게 책임을 지나?"

"얼간이가 자신의 입으로 그렇게 이야기할걸요."

"이놈이 좀 맞아 봐야 정신이 들겠는데요." 여자 목소리를 내는 경찰이 말했다. 그러자 또 다른 경찰이 소의 음경으로 만든 채찍으로 그의 얼굴을 후려갈겼다.

"사실을 이야기하란 말이야." 채찍이 노인의 뺨을 칠 때 법무감이 소리를 질렀다.

"제가 장님인 줄 모르세요?"

"그럼 펠렐레가 죽었다는 걸 부인하란 말이다."

"그럴 수 없어. 그게 사실인걸. 나도 진실을 말할 용기는 있다."

두 차례의 채찍이 그의 입술을 피로 물들게 했다.

"넌 장님이지만 똑바로 들어. 진실을 이야기하란 말이다. 네 동료들이 말한 것처럼 말이야."

"동의하지." 꺼져 가는 목소리로 모기는 말을 꺼냈고, 법무감은 자신이 이 게임에서 승리했다고 믿었다. "동의하지. 이 망할 놈아, 펠렐레가 범인이라고."

"개자식!"

법무감의 욕설은, 더 이상 들을 수 없게 될 운명에 처한 이 반신불수 인간의 귓가에서 사라져 갔다. 그들이 밧줄을 풀었을 때, 모기의 시체는, 아니 두 다리가 없기 때문에 흉부만 남은 몸체는 부러진 저울의 추처럼 바닥에 떨어졌다.

"이런 늙은 거짓말쟁이 같으니! 그는 소경이기 때문에 그의 증언은 아무런 가치가 없어!" 법무감이 시체 옆을 지나가며 외쳤다.

그리고 그는 대통령에게 이 심문의 최초 성과를 보고하려고 두 마리의 여윈 말이 끄는, 희멀건 등불이 꼭 죽은 사람의 눈빛 같은 마차를 타고 떠났다. 경찰은 모기의 시체를 공동묘지로 가는 쓰레기를 싣는 마차에 던졌다. 이제 자유의 몸이 된 거지들은 거리로 나왔다. 벙어리 거지 여인은 뱃속의 아이가 꿈틀거리는 것을 느끼고는 두려움에 떨며 울음을 터뜨렸다.

3. 펠렐레의 도주

펠렐레는 도시 변두리에 있는, 기생충처럼 좁고 꼬불꼬불한 거리를 뚫고 달아났다. 그의 울부짖는 소리는 하늘의 고요나 주민들의 단꿈을 깨우지는 못했다. 주민들은 죽은 듯이 잠을 자는 모습은 모두 같았지만, 해가 떠서 다시 투쟁을 새롭게 시작할라치면 제각각의 모습을 보였다. 어떤 사람들은 생활필수품이 없어 빵 하나를 얻기 위해 일하러 나가야 하는 반면, 어떤 사람들은 풍족한 생활 속에서 한가로이 여가를 즐기는 특권을 누리고 있었다. 이를테면 대통령 주변의 친구들이나 집을 40~50채 가진 자들, 매달 9 또는 9.5에서 10퍼센트의 이자를 받는 사체업자들, 7~8개의 관직을 가진 관료들, 각종 허가나 연금이나 작업 자격 증명서를 발행하며 뜯어먹는 착취자들, 도박업자, 투계업자, 양조업자, 매춘업자, 술집 주인, 보조금을 받는 신문사 사장 등이 여기에 포함되었다.

동이 트는 핏빛 햇살이 평원에 이끼가 번지듯 도시에 물을 대며 주변에 솟아 있는 깔때기 모양의 산등성이를 물들이고 있었다. 거리에는 그늘로 드리워진 터널이 생기고 가장 먼저 노동자들이 매일 새벽마다 새로 태어나는 텅 빈 세상 속으로 유령처럼 지나가고 있었다. 한두 시간 지나자 회사원과 사무원들과 수공업자들과 학생들이 지나가고 해가 중천에 솟은 11시쯤에는 도련님들이 점심 식사 대용의 늦은 아침 식사를 하거나 가난한 학교 선생들의 미지급된 봉급 영수증을 반액으로 구입하는 사업에 유력한 친구를 만나러 다니는 신사들도 나왔다. 거리에는 아직도 그늘이 가시지 않았는데, 빳빳하게 풀 먹인 치마를 두른 여인들의 두더지처럼 부산거리는 옷자락 소리가 정적을 깼다. 그녀들은 가족을 부양하기 위해 쉬지 않고 일하는 돼지 치는 여자, 버터 파는 여자, 소매상이어서 일찌감치 잡일을 보러 나온 여자들이었다. 그리고 햇빛이 베고니아 꽃처럼 분홍색과 흰색 사이에서 엷어져 가고 깡마른 사무원들의 구두 소리가 들릴 때, 이들을 무시하는 귀부인들은 햇살이 뜨겁게 달군 방에서 기지개를 켜며 복도로 나와 하녀들에게 꿈 이야기를 하거나, 지나가는 사람들을 품평하거나, 고양이를 쓰다듬거나 신문을 읽거나 거울을 봤다.

절반은 현실 속에서, 절반은 꿈속에서 펠렐레는 개들과 빗줄기가 만드는 못들을 피해 달아났다. 입을 벌리고 혀를 늘인 채, 콧물을 흘리고, 숨을 헐떡거리며, 팔을 허우적거리고, 공포에 떨며 정처 없이 뛰어갔다. 그의 옆구리로 대문과 대문, 창문과 대문, 그리고 창문이 끊임없이 스쳐 지나갔다. 그는 갑자기 멈춰 서서 얼굴을 손으로 가리며 전신주로부터 자신을 보호하려 했다. 하지만 그 전신주가 해를 가하지 않는 막대기에 불과하다는 것을 알고는 웃음을 터뜨린 뒤 다시 뛰기 시작했다. 마치 안개로 벽을 두른 감옥에서 도망치려는 것 같아 뛰면 뛸수록 안개는 더 저 멀리 있었다.

도시를 완전히 벗어나자 그는 흡사 침대에 다다른 것처럼 쓰레기 더미에 몸을 던지고는 잠이 들었다. 쓰레기 더미 위 마른 고목 사이에는 거미줄이 쳐져 있었고, 이 나무 위에는 많은 매들이 있었다. 이 검은 새들은 얼간이가 죽은 듯이 누워 있는 것을 보자 파란 눈으로 그에게서 시선을 떼지 않은 채 그의 주변에 내려앉았다. 사나운 새들은 주변을 돌다가 성큼성큼 뛰면서 왔다 갔다 하더니 죽음의 무도회를 펼쳤다. 그들은 사방을 살피며 나뭇잎이나 쓰레기가 바람에 휘날리면 금방 달려들 작정으로 요리 뛰고 조리 뛰고 하다가 원의 대형을 좁히며 부리로 그를 공격할 수 있는 지점까지 다가갔다. 귀에 거슬리는 울음소리가 공격 신호를 보냈다. 펠렐레는 벌떡 일어서서 방어 자세를 취했다. 하지만 무리 중 가장 도발적인 새 한 마리가 부리로 그의 윗입술을 쏘아서 창이 박히듯 입술을 관통해 이빨에 가서 박혔다. 그러는 동안 다른 맹조들은 눈과 심장을 서로 파겠다고 논쟁을 벌였다. 그의 입술을 문 새는 자신의 포획물이 살아 있는지 죽어 있는지 아랑곳하지 않고 살점을 물어뜯으려 했다. 그 새는 펠렐레가 뒷걸음치다가 쓰레기 더미의 가파른 낭떠러지 아래로 먼지를 피우며 껍질들처럼 보호막 역할을 하는 쓰레기들 사이로 떨어지지만 않았던들 소기의 성과를 거둘 수 있었을 것이다.

날이 저물었다. 초록빛 하늘. 초록빛 들판. 병사에서 6시를 알리는 트럼펫 소리는 항상 긴장해 있는 사람들을 더욱 근심스럽게 깨어 있게 했고, 포위된 중세 광장의 수심을 자극했다. 감옥에서는 죄수들의 고민이 시작되었다. 세월이 갈수록 그들은 서서히 죽어 가고 있었다. 지평선은 천 개의 머리를 가진 달팽이 같은 도시의 거리에서 그 머리들을 거두어들이게 했다. 사람들은 대통령과의 접견을 마치고 의기양양하거나 의기소침해져서 돌아갔다. 도박장에서 새어 나오는 불빛이 어둠을 관통했다.

얼간이는 아직도 자신을 엄습해 올 것만 같은 매의 환영과 싸우며 쓰레기 더미에서 떨어질 때 부러진 다리 때문에 죽을 것 같은 참을 수 없는 고통을 견뎌 내고 있었다.

밤새도록 그는 부상당한 개처럼 나직하게, 그러고는 세게, 다시 나직하게, 그러고는 세게 신음을 냈다.

"으흐, 으흐, 으…… 으흐, 으흐, 으."

"으흐-으-으흐-으-으흐…… 으-으흐……."

야생 식물들이 덮여 있어서 도시의 쓰레기들이 아름다운 야생화로 변모해 있었고, 그 주변에는 물웅덩이가 있었다. 이를 본 얼간이의 뇌에서는, 즉 그의 머릿속의 소우주에서는 물웅덩이가 거대한 태풍으로 변모하기 시작했다.

"으-흐…… 으-으-흐…… 으-으-흐흐……."

고열이 나면서, 강철처럼 단단해진 손톱으로 머리를 톱으로 써는 것처럼 통증이 심해졌다. 정신이 혼미해진다. 거울 속으로 보이는 세계가 흐느적거린다. 거의 환상적으로 균형이 흐트러져 보였다. 정신을 잃게 하는 허리케인. 현기증 나고, 수평으로, 수직으로, 불투명하고, 생겨나자마자 나선형으로 흩어지는 도주……

"으흐, 으흐, 으, 으흐, 으, 으흐……"

구부러진곡선의구부러진곡선의구부러진곡선의구부러진곡선의 구부러진 롯의 아내(롯의 아내는 롯데리아*를 창안했는가?) 전차를 끌고 가는 노새들이 롯의 아내로 변했는데, 그녀가 꼼짝달싹하지 않자 승객들이 화나서 채찍으로 노새들을 때리거나 돌을 던졌다. 그래도 말을 듣지 않자 이 와중에 근엄한 신사 양반들에게 부탁해 이 신사들이 단도로 노새들을 찔러 그들을 마침내 움직이게 했다는데……

"으흐, 으흐, 으……"

바보 예수! 바보 예수!

"으흐, 으흐, 으……"

칼 가는 사람은 웃게 하기 위해 치아를 갈지! 웃음을 가는 사람! 칼갈이의 이빨들!

어머니!

어느 취객의 고함 소리가 그에게 전율을 일으켰다.

어머니!

달이 스펀지처럼 부풀려진 구름 사이를 뚫고 세상을 비추고 있었다. 하얀 달빛이 축축한 나뭇잎에 윤기를 주고 도자기처럼 반짝거리게 했다.

사람들이 데려간다……!

사람들이 데려간다……!

사람들이 성당의 성자들을 데리고 가서 땅에 묻으려 한다!

아이, 좋아, 그들을 땅속에 묻으려 해. 그래, 그들을 땅속에 묻으려 한다니까! 아이, 좋아!

묘지는 도시보다 더 즐겁고 깨끗한 곳이지! 아이, 좋아, 그들을 땅속에 묻으려 해!

따-라-라! 따-라-리!

띠-띠!

따라라! 따라리!

붐! 붐!

성당-앞의-터키인을-찬양할지어니…… 으하하하!

띠-띠!

붐붐!

그리고 그는 허겁지겁하며 이 화산에서 저 화산으로, 이 별에서 저 별로, 이 하늘에서 저 하늘로 엄청나게 높이 뛰어다녔다. 반쯤은 깨어 있고 반쯤은 잠든 채, 수염을 기른 채, 입을 벌리기도 하고 다물기도 하면서, 이는 듬성듬성 빠진 채, 멀쩡한 아랫입술과 멀쩡하지 않은 윗입술, 즉 두 겹의 입술 사이로 나온 두 겹, 아니 세 겹의 혀를 내밀며 "어머니! 어머니! 어머니!" 하고 외쳤다.

뚜, 뚜우! 그는 될 수 있는 한 빨리 도시에서 벗어나 무선 철탑을 지나고, 도살장을 지나고, 포병대의 기지를 지나 산으로 가기 위해 기차를 탔다.

하지만 기차는 실로 매단 장난감이 제자리로 돌아오는 것처럼 출발한 지점으로 되돌아왔다. 그리고 기차가 "치익, 치익, 치익" 하고 도착하자 정거장에서 기다리고 있던 야채 장수가 야채 바구니의 가지와 비슷한 헤어스타일을 하고서 코맹맹이 소리로 얼간이에게 외쳤다. "앵무새야, 얼간이한테 빵을 줄까? 얼간이에게 물을! 얼간이에게 물을!"

물통으로 그를 협박하는 야채 장수에게 쫓겨 얼간이는 성당 앞까지 달려갔다. 하지만 거기에 다다르자, "어머니!" 하는 고함 소리……, 발작……, 한 사내……, 밤……, 싸움……, 죽음……, 피……, 도주…… 얼간이……. "앵무새야, 얼간이에게 물을! 얼간이에게 물을!"

다리의 통증이 그를 깨웠다. 뼛속들 사이에 미로가 있음을 느꼈다. 한낮의 햇빛이 그의 눈동자를 더욱 비참하게 만들었다. 예쁜 꽃이 둘러싸인 잠자는 듯한 덩굴은 그를 자신의 그늘 속으로 와서 휴식을 취하라고 초대했다. 그 옆에는 깨끗한 옹달샘이 있는데, 그 물결은 이끼와 고사리 사이에서 은빛 다람쥐가 숨어 있는 것처럼 거품이 이는 꼬리를 흔들고 있었다.

아무도 없다. 아무도 없다.

펠렐레는 고통을 견디고, 부러진 다리를 쉬게 할 곳을 찾고, 쪼개진 입술도 제자리를 찾도록 손으로 지탱하며 감은 눈의 암흑 속에서 몸을 뉘었다. 하지만 불타오르는 듯한 눈꺼풀을 올릴 때마다 핏빛 하늘들이 그를 지나쳤다. 번개 속에서 나비로 변한 기생충들의 그림자가 도망치고 있었다.

어깨 너머로 종소리가 들리는 환각이 일어났다. 죽어 가는 사람들을 위한 흰 눈을! 만년설이 임종을 위한 성체를 배령한다! 신부가 흰 눈을 판다. 죽어 가는 사람들을 위한 흰 눈을! 땡그렁! 죽어 가는 사람들을 위한 흰 눈을! 성체 배령이 끝나길! 눈이 녹길! 바보 같은 벙어리 놈아, 모자를 벗어라! 죽어 가는 사람들에게 흰 눈을!

4. 카라 데 앙헬

　종이로 덮인 가죽 조각과 넝마, 뼈대만 남은 우산, 밀짚모자 테, 구멍 난 냄비, 깨진 사기그릇, 마분지로 된 상자, 달창난 책, 유리 조각, 말라비틀어진 구두, 달걀 껍데기, 솜 조각, 음식 찌꺼기……. 펠렐레는 계속 꿈을 꾸었다. 이제는 큰 정원에서 가면들에 둘러싸인 자신의 모습을 보았다. 이윽고 그는 그 가면들이 두 마리의 수탉이 싸우는 것을 바라보는 사람들의 얼굴이라는 것을 알게 되었다. 투계는 불에 타는 종이처럼 치열했다. 싸우던 한쪽 닭은 관중의 유리와 같은 시선 속에서 고통 없이 숨을 거두었다. 관중은 닭발에 매달아 놓은 면도날이 아치 모양으로 피와 진흙으로 범벅이 되어 나오는 것을 보며 열광했다. 소주 냄새 가득 찬 분위기, 담배 냄새가 밴 침 뱉기, 창자, 잔인한 피로, 졸음, 안식, 열대의 자오선. 누군가 그의 꿈속으로 들어간다. 혹시라도 그가 깰까 봐 살금살금 발끝으로 들어간다.

　바로 펠렐레의 어머니였다. 그녀는 부싯돌 같은 손톱으로 기타를 치는 투계꾼의 아내였는데, 남편의 질투와 악덕의 희생물이 되었다. 그녀가 고생을 한 에피소드는 끝이 없었다. 보잘것없는 사내에게서 유린당하고, 산파들의 말에 의하면 혼수상태에서 달의 기운을 직접 받아 고통 속에서 난산을 하게 되었다. 그녀는 아들의 비정상적으로 크고, 달 같은 왕관을 이중으로 씌워 놓은 것 같은 둥그런 머리를 병원의 뼈만 앙상한 모든 환자들의 얼굴과 연결지어 생각하거나, 술 취한 투계꾼의 공포와 증오의 몸짓, 딸꾹질, 그리고 토할 것 같은 우울증과 연관 지어 생각했다.

펠렐레는 풀을 먹인 두꺼운 면으로 된 치맛자락이 바람과 나뭇잎에 바스락거리는 소리를 듣고 눈에는 한가득 눈물을 글썽이며 그녀를 쫓아 뛰어갔다.

그는 어머니의 품에서 위안을 찾았다. 그를 낳아 준 그녀의 창자는 상처로 인한 그의 고통을 기름종이처럼 흡수했다. 이 얼마나 마음 놓이는 그윽한 안식처인가! 이 얼마나 풍부한 사랑인가! 사랑을 주는 귀여운 백합꽃이여! 애정을 주는 커다란 백합꽃이여!

투계꾼이 그의 귓속에다 속삭이며 노래했다.

왜 아니겠어……

왜 아니겠어……

왜 아니겠어, 달콤한 녀석,

나는 수탉이라네,

발을 내밀 때마다,

날개를 늘어뜨린다네.

펠렐레는 머리를 쳐들고 속으로 말했다.

"미안해요, 엄마, 미안해요!"

그러자 그림자가 나타나 그의 얼굴을 사랑스럽게 쓰다듬으며 그의 탄식에 이렇게 대답했다.

"미안해, 아들아, 미안해!"

먼 곳에서 그의 아버지 목소리가 소주 한 잔 속에서 떠오르며 들렸다.

나는 뒤엉켜 있어…….

나는 뒤엉켜 있어…….

나는 어느 백인 여성에게 빠져 있지.

유카 열매가 맛이 날 때,

줄기만 잡아당기면 되는 거지!

펠렐레는 중얼거렸다.

"엄마, 마음이 아파요!"

그러자 그림자가 나타나 그의 얼굴을 사랑스럽게 쓰다듬으며 그의 탄식에 이렇게 대답했다.

"아들아, 나도 마음이 쓰라리단다."

황홀경에서는 육체의 감촉을 느낄 수 없다. 그들 곁에서는 냇물처럼 맑은 소나무 그늘이 대지에 입을 맞추었다. 소나무 위에서 새 한 마리가 노래를 불렀다. 마치 황금으로 만든 작은 종이 울리는 것 같았다.

"나는 천국의 새 중에서 사과-장미다. 나는 생명이고 내 몸의 반쪽은 거짓이고 다른 반쪽은 참이다. 나는 장미이자 사과다. 나는 모든 이들에게 유리로 된 한쪽 눈과 진실로 된 한쪽 눈을 주지. 내 유리 눈으로 보는 사람들은 꿈을 꾸기 때문에 보는 것이고, 내 진실의 눈으로 보는 사람들은 바라보기 때문에 보는 것이야! 나는 생명이자 천국의 새 중에서 사과-장미다. 나는 모든 실재하는 것의 거짓이고, 모든 허구적인 것의 진실이지!"

갑자기 얼간이는 어머니의 옷자락에서 벗어나 곡마단을 구경하기 위해 뛰어나갔다. 유리처럼 번쩍이는 옷을 입은 여성들이 탄수양버들처럼 긴 갈기를 가진 말들. 돌멩이로 포장된 도로를 술주정뱅이처럼 비틀대며 굴러 가는, 꽃들과 화선지 페넌트로 장식한 마차들. 고철로 된 관악기 연주가들, 서툰 현악기 연주가, 방망이를 든 타악기 연주가들로 구성된 기름때로 범벅이 된 유랑 악극단. 분가루를 뒤집어쓴 광대들은 총천연색 프로그램을 나눠 주며, 이 갈라 쇼는 이 나라의 국부이시며, 위대한 자유당의 당수이시고, 학업에 충실한 청년들의 보호자이신 이 나라 공화국의 대통령 각하에게 바치는 것이라고 선전했다.

얼간이의 시선은 매우 높은 둥근 천장 부분을 향하고 있었다. 곡마단의 배우들은 연두색의 끝이 없는 심연 위에 솟아 있는 건물 안에 그를 남겨 놓았다. 막에 의지하여 공중에 매달린 객석들이 꼭 현수교처럼 걸쳐져 있었다. 고해성사를 하는 방은 대지에서 하늘로 오르내리는데, 영혼을 가득 실어 나르는 엘리베이터는 금빛 공을 단 천사와 만 천 개의 뿔을 가진 악마에 의해 조종되고 있었다. 빛이 유리를 통해 투과해 오듯이 카르멘의 성모 마리아가 제대 뒤의 작은 예배당에서 나와 그에게 무엇을 원하는지, 누구를 찾는지 물었다. 그래서 그는 걸음을 멈추고 매우 즐거운 마음으로, 그 성당의 주인이자 천사들의 달콤한 원천이고 성인들의 존립 근거이며 가난한 이들에게 안식의 빵을 제공하는 그분과 대화를 나누었다. 이 위대한 여인은 키가 1미터도 안 되었으나 그녀가 말을 하면 모든 장성한 성인들의 말을 다 이해하는 것 같은 인상을 주었다. 펠렐레는 그녀에게 자신이 양초 씹기를 얼마나 좋아하는지 몸짓으로 말했다. 엄숙하면서도 미소를 잃지 않은 그녀는 그에게 자신의 제대에서 타고 있는 양초 하나를 잡으라고 말했다. 그러고 나서 그녀는 자신에게는 다소 긴 은빛 외투를 치켜들고, 그의 손을 이끌고 형형색색의 물고기가 있는 어항으로 데려가서는 무지개를 건네주며 그것으로 캐러멜을 빨아 먹는 것처럼 빨 수 있도록 하였다. 충만한 즐거움! 그는 혀끝부터 발끝까지 즐거움을 온몸으로 느꼈다. 니스 칠을 하거나 향을 피우기 위해 사용하는 투명한 코팔 수지처럼 씹을 만한 양초 조각이나 박하향의 캐러멜, 열대어가 있는 수조, 부러진 다리를 부드럽게 주무르며 "나아라, 나아라, 개구리 엉덩이, 일곱 번만 방구 뀌어라, 너도 좋고, 엄마도 좋고"라는 노래를 부르는 어머니는 이생에 존재하지 않았다. 이건 단지 그가 쓰레기 더미 위에서 꾼 환영에 불과했다.

이러한 행복은 볕 든 날의 소나기보다도 짧았다. 쓰레기 언덕으로 연결된 우윳빛 오솔길을 따라 나무꾼 한 명이 개를 따라 들어왔다. 그는 등에다 장작 한 더미를 지고, 재킷을 접어서 장작 한

더미를 이고, 팔로는 애를 안고 가듯이 낫을 안고 있었다. 벼랑은
깊지 않았으나 해가 지면서 그림자가 더 깊게 파여 보이도록 해서
벼랑 밑에 쌓아 올린 쓰레기 더미는 수의를 입힌 것처럼 보였고,
인간의 폐기물들은 밤이 다가오면서 공포를 가라앉히고 있었다.
나무꾼은 고개를 돌려 뒤를 돌아보았다. 누군가가 그의 뒤를 따라
오는 것 같았다. 이윽고 그는 멈춰 섰다. 거기 숨어 있는 누군가의
존재가 그의 시선을 끌어당겼다. 개는 허깨비라도 본 것처럼 짖어
대며 털을 곤두세웠다. 회오리바람이 여성의 피나 사탕무 원액 같
은 것이 묻은 더러운 종잇조각들을 흩날렸다. 푸른 하늘은 아득히
멀리 보였고 졸린 듯하게 선회하는 매들이 자아내는 원이 마치 저
높이 있는 묘지의 왕관을 장식하는 것 같았다. 순식간에 개는 펠
렐레가 있는 곳으로 달려갔다. 나무꾼은 공포에 몸을 떨었다. 그
는 한 발짝, 한 발짝 개를 쫓아가며 누군가 죽은 사람이 있나 보려
고 했다. 그는 깨진 유리 조각, 유리병 꼭지, 정어리 깡통 같은 것
에 발을 베일까 봐 조심하고, 악취를 풍기는 분비물이나 알 수 없
는 웅덩이를 뛰어넘어야 했다. 쓰레기의 망망대해를 항해하는 선
박처럼 세면기들은 물을 뿜고 있었다.

　두려움에 사로잡혀서 짐을 내려놓지도 않고, 그는 시체로 추측
되는 것의 한쪽 발을 잡아당겼다. 그는 고통에 숨을 할딱거리는
사람을 보고 화들짝 놀라 비명을 질러 댔고, 개는 비 올 때 부는
바람처럼 마구 짖어 댔다. 근방의 소나무와 오래된 구아야바 나무
들이 우거진 숲으로부터 들려오는 누군가의 발자국 소리 때문에
나무꾼은 간담이 더욱 서늘해졌다. 만일 그가 경찰이라면…… 정

말 큰일 난다…….

"쉿! 쉿!" 그는 개에게 주의를 주었다. 그래도 개가 짖어 대자 이번에는 개를 걷어찼다. "조용히 해, 이 개새끼야!"

도망칠까도 생각했다. 하지만 도망치면 죄를 인정하는 셈이 된다. 그가 정말 경찰이라면 골치 아파진다. 그는 부상을 당한 자에게 돌아갔다.

"서둘러요! 이걸로 서 있을 수 있을 거예요. 이런, 누군가 당신을 죽을 지경으로 만들어 놓았군요. 서둘러요. 겁먹지 말아요. 소리 지르지 말아요. 나는 당신에게 해를 끼치지 않아요. 이곳을 지나다가 당신이 쓰러져 있는 것을 본 거요. 그리고……."

"나는 당신이 묻혀 있던 그를 꺼내는 것을 보았소." 갑자기 등 뒤에서 그의 말을 막는 소리가 들려왔다. "그가 아는 사람인 것 같아서 돌아온 거예요. 그를 여기서 빼냅시다."

나무꾼은 대답하려고 고개를 돌리자마자 놀라 자빠질 뻔했다. 숨이 막혔고, 제대로 서 있지도 못하는 부상자를 부축하고 있어서 도망칠 수도 없었다. 그에게 말을 건 자는 황금빛 대리석 같은 피부와 금발에 작은 입을 가진 남성적인 검고 부리부리한 눈동자를 제외하고는 여성의 몸매를 가진 천사였다. 천사는 회색빛의 옷을 입고 있었다. 석양에 비친 그의 옷은 구름처럼 보였다. 가느다란 손으로 대나무 막대기와 비둘기 같아 보이는 테가 있는 모자를 들고 있었다.

"천사 맞죠?" 나무꾼은 그에게서 시선을 뗄 수가 없어 '천사야, 천사!' 하고 되뇌었다.

"옷차림을 보니 분명 가난한 사람이로군." 새로 등장한 이가 말했다. "가난하다는 것은 참 슬픈 일이야!"

"이 세상에는 모두가 각자 자신의 몫을 가지고 살아가죠. 저를 보세요. 저는 아주 가난하지만 일도 있고, 마누라도 있고, 집도 있어요. 저는 제 자신이 슬프다고 생각하지 않아요." 나무꾼은 천사의 환심을 사려고 잠꼬대하는 사람처럼 더듬거리며 말했다. 이 기독교인다운 인내심에 대한 보상으로 천사가 자신을 나무꾼에서 왕으로 만들어 줄 권능을 가지고 있다고 생각했다. 잠시나마 그는 황금색 옷에 붉은 망토를 걸치고 머리에는 왕관을 쓰고 손에는 번쩍이는 권력의 지팡이를 들고 있는 자신의 모습을 상상했다. 쓰레기 더미는 저 멀리 사라진 것만 같았다.

"이상하군." 나중에 나타난 이가 펠렐레의 신음 속에서 나무꾼이 말하는 소리를 들으며 말했다.

"이상하다니요. 왜요? 결국 가난한 우리는 그 누구보다도 더 많이 참고 있는 것이지요. 그렇지 않고는 다른 방도가 있겠어요? 학교에서 글을 배운 자들은 불가능한 것에 사로잡혀서 지내더군요. 심지어는 제 마누라도 일요일마다 날개를 가지고 싶다고 말하며 이따금 우울해하더군요."

부상자는 점점 더 가파른 언덕길을 가다가 두세 차례나 기절을 했다. 사경을 헤매는 그의 눈에 나무들이 마치 중국 무희들의 손처럼 오르락내리락했다. 그를 떠메고 데려가는 사람들이 말하는 소리는 그의 귓가에서 미끄러운 바닥 위를 비틀거리며 걸어 다니는 취객들처럼 들쑥날쑥하게 맴돌았다. 커다란 검은 얼룩이 그의 얼굴을 잡아당기는 것만 같았다. 갑작스러운 오한이 뜨거운 공상의 재에 불을 지피면서 그의 온몸을 떨게 했다.

"왜 당신 부인이 일요일마다 날개를 갖고 싶어 하지?" 낯선 사람이 말했다. "날개를 갖는다고? 날개를 갖는다 하더라도 당신 부인한테는 아무런 소용이 없을 거야."

"그렇지요. 그런데 그 사람은 산책할 때 그것이 필요하다고 그럽디다. 나한테 말하기가 짜증 나면 허공에 대고 날개를 부탁하더군요."

나무꾼은 잠시 멈추어 서서 옷소매로 얼굴의 땀을 닦다가 소리를 질렀다.

"이 사람의 몸이 보기와 다르게 무겁네."

그러자 낯선 자가 말했다.

"이러한 몸집을 움직이는 데는 발이면 충분하지. 날개가 있다 하더라도 걸을 수는 없을 거야."

"그렇고말고요. 아무리 애를 쓴들 못 걷지요. 하지만 여자라는 것은 새장 없이는 살 수 없는 새들 같아요. 그리고 제가 장작을 그다지 많이 가지고 오지 못해 그 여자의 잔등을 나무토막이 부러지도록 흠씬 때려 줄 수가 없지요." 나무꾼은 천사에게 자신이 말실수한 것을 깨닫고 말꼬리를 흐렸다. "물론 직접 때린다는 게 아니고 신성한 방법으로 말이죠. 안 그렇겠어요?"

낯선 자는 침묵을 지켰다.

"이 불쌍한 사람을 누가 이렇게 때렸을까요?" 아까 한 말이 마음에 걸려서 나무꾼은 화제를 바꿨다.

"세상에는 나쁜 사람들이 항상 있지."

"그래요. 우리 주변에는 무슨 짓이건 할 사람들이 있어요. 이것 보세요. 뱀 한 마리 잡듯이 그를 붙잡고는 입을 면도날로 찌른 다음 쓰레기 더미에 내던졌잖아요."

"틀림없이 다른 곳도 상처투성이일 것 같은데."

"입술은 면도날로 찢은 것 같아요. 그리고 당신은 믿기 힘들겠지만, 이 범죄를 은폐하기 위해 여기에 처박아 둔 것이죠."

"이런 대명천지에……."

"그러게 말이에요."

나무에는 골짜기를 떠날 채비를 하는 매들이 앉아 있었다. 상처의 고통보다 더 큰 공포에 질린 얼간이는 말을 할 수가 없었다. 죽음과도 같은 침묵 속에서 온몸의 털이 곤두섰다.

바람은 도시에서 평원으로 가볍고 부드럽게, 그리고 다정하면서도 친근하게 산들거리며 불었다.

낯선 자는 시계를 보더니 부상자의 호주머니에 동전 몇 개를 집어넣고 나무꾼한테 다정하게 작별 인사를 하고는 재빨리 사라져 버렸다.

구름 한 점 없는 하늘에서 별빛은 찬란하게 빛났다. 도시 외곽에 있는 전깃불들이, 성냥불이 마치 어둠 속의 극장을 밝히듯 평원을 비추었다. 꾸불꾸불한 작은 숲이 첫 번째 촌락과 함께 어둠 속에서 나타나기 시작했다. 지푸라기 냄새가 나는 진흙으로 만든 움집들, 원주민 냄새가 나는 나무로 만든 움집들, 외양간 냄새가 나는 지저분한 현관이 있는 큰 집들, 목초를 팔기도 하고 시내에서 데려온 애인과 함께 있는 계집애가 있기도 하고 어둠 속에서 마부들의 연회가 베풀어지기도 하는 전형적인 변두리 숙소들.

나무꾼은 첫 번째로 보이는 집들에 이르자 부상자에게 병원으로 가는 방법을 가르쳐 준 후 떠나 버렸다. 펠렐레는 실눈을 뜨고 자신의 딸꾹질을 멈출 만한 휴식처를 찾았다. 꺼져 가는 그의 시선이 가시처럼 고정되어 구원을 청한 곳은 황량한 거리에 있는 굳게 잠긴 문들이었다. 저 멀리서 유목민의 복종을 알리는 것 같은 한 나팔 소리가 들리고 세 번씩 간헐적으로 울리며 죽은 신도들을 추모하는 종소리도 들렸다. "자—비, 자—비, 자—비……."

어둠 속에서 날개를 질질 끌고 오는 매 한 마리가 그를 놀라게 했다. 날개 한쪽이 부러진 원망 어린 새의 울음소리는 그에게 협박 소리로만 들렸다. 그는 조금만 움직여도 떨리는 벽에 몸을 기대고, 신음 소리를 내며 정처 없이 한 걸음 한 걸음 천천히 걸어갔다. 바람이 얼굴에 스쳤다. 이제 막 얼음이라도 씹은 듯 밤공기가 찼다. 딸꾹질을 할 때마다 온몸이 떨렸다.

나무꾼은 늘 그렇듯 자신의 집에 도착하자 안뜰에 장작더미를 내려놓았다. 먼저 온 개가 그를 반갑게 맞이했다. 그는 개를 옆으로 비키게 하고 모자도 벗지 않은 채 외투 단추를 풀어서 그 외투는 박쥐마냥 어깨 위에 걸쳐 있었다. 방 한구석에 놓인 화로에서 그의 아내는 토르티야를 데우고 있었다. 그는 그의 아내에게 다가가 지난 일을 이야기했다.

"쓰레기 더미에서 천사를 만났는데……."

화로의 불꽃이 사탕수수로 만든 벽과 짚으로 된 지붕에 번쩍였다. 그것은 또 다른 천사의 날개 같았다.

하얀 연기가 지붕에서 떨리듯 솟아 나왔다.

5. 그 자식

대통령 비서관은 바레뇨 박사의 말을 듣고 있었다.

"말씀드리지요, 비서관님. 저는 지난 10년간 군의관으로서 매일같이 병사로 출근했습니다. 이상한 폭력 사건의 희생물이 바로 접니다. 저는 다음과 같은 이유로 체포당했지요. 자초지종은 이래요. 군 병원에 이상한 병이 발생했어요. 매일같이 아침에 열에서 열두 명의 환자가 죽고, 오후에 열에서 열두 명이 죽고, 밤에도 마찬가지로 열 명에서 열두 명이 죽어 갔어요. 군 위생 책임자가 저에게 다른 동료들과 함께 이 사건에 대해 조사해서, 그 전날 병원에 올 때까지는 멀쩡했던 사람들이 죽어 가는 원인을 규명해 보라는 임무를 맡겼지요. 다섯 구의 시체를 해부한 뒤 내린 결론은, 알수 없는 외부 요인에 의해 이 불행한 사람들의 위장에 동전 크기만 한 구멍이 뚫렸고, 그래서 죽게 되었다는 것입니다. 마침내 그외부 요인이 설사약으로 배포하던 황산소다 때문임이 밝혀졌는데, 이 황산소다는 질 나쁜 탄산음료를 만드는 공장에서 구입한 것이었습니다. 내 동료 의사들은 나의 이러한 의견에 동의하지 않았습니다. 그래서 그들은 체포되지 않았던 거지요. 그들은 이 사건의 원인이 더 조사해 보아야 할 새로운 병 때문이라고 주장했지요. 이미 140명이 죽었는데 아직도 두 통의 황산이 남아 있어요. 군 위생 책임자의 몇 푼 안 되는 수익을 위해 140명의 군인이 희생되었고, 앞으로도 더 많은 군인들이 죽어 갈 것입니다. 제 말 좀 들어 보세요."

"루이스 바레뇨 선생님!" 비서실 문 쪽에서 대통령의 부관이 소리를 버럭 질렀다.

"제 말 좀 들어 보세요, 비서관님. 저 양반이 하는 소리를 제가 대신 하지요."

비서는 바레뇨 박사와 함께 문 쪽으로 두세 걸음 걸어갔다. 인도주의적 고려를 떠나 바레뇨 박사는 군의관의 단조롭고도 우울한 이야기의 소설적 구성에 흥미를 느꼈다. 이는 백발이 성성하고 피골이 상접할 정도로 깡마른 과학자의 풍모와도 어울렸다.

공화국의 대통령은 머리를 치켜들고 한쪽 팔은 자연스럽게 길게 늘어뜨리고, 다른 팔은 어깨에 댄 채 군의관을 접견했는데, 군의관이 인사할 틈도 주지 않고 대뜸 소리를 질러 댔다.

"내가 말하지, 루이스 박사. 그래서? 돌팔이 의사 따위가 헛소문을 내서 내 정부의 신뢰도를 떨어뜨리는 것을 나는 참을 수가 없어. 내 정적들이 이 일을 알고 난리를 피우겠지. 처음으로 나서는 놈들의 머리를 내던져 버릴 거야. 어서 가! 사라져 버려! 그 자식 좀 데려오라고 해!"

바레뇨 박사는 어깨를 문에 기대고 손에는 모자를 든 채 밖으로 나왔다. 마치 관 속에 들어갈 때처럼 창백한 얼굴은 수심으로 인해 주름이 가득했다.

"다 허사야. 비서관님, 다 허사가 되었어요. 내가 들은 것이라고는 '어서 나가서 그 자식 데려와'라는 말밖에 없었어요."

"제가 그 자식입니다."

서기관이 이렇게 말하며 구석에 있는 책상에서 일어나 바레뇨 박사가 지금 막 닫은 대통령 접견실의 문으로 향했다.

"대통령 각하가 나를 때리는 줄만 알았다니까요. 당신이 그 장면을 보았더라면……." 의사는 얼굴에 흐르는 땀을 닦으며 투덜거렸다. "당신이 보았더라면! 하지만 비서관님, 바쁘신데 공연히 제가 당신의 시간을 빼앗고 있군요. 이제 저는 갑니다. 감사했습니다."

"천만에요, 박사님. 안녕히 가세요."

비서관은 불과 몇 분 만에 대통령 각하가 서명할 서류 정리를 끝마쳤다. 도시는 오렌지 빛 황혼으로 물든 고운 면직물 같은 구름으로 몸을 가린 옷을 입은 채 서곡을 울리는 천사처럼 머리에는 별들로 장식된 왕관을 쓰고 있었다. 빛나는 종탑으로부터 구명대 계단을 통해 성모경의 기도 소리가 거리에 울려 퍼졌다.

바레뇨는 온몸이 조각난 것 같은 느낌을 안고 집으로 돌아왔다. 누가 폐품 수집상의 칼놀림을 없애는가! 그는 문을 닫으며 천장을 바라보았는데, 천장에서 살인마의 팔이 그의 목을 조이려고 내려오는 것 같았다. 그는 옷장 뒤의 방으로 몸을 숨겼다.

그의 코트가 나프탈렌으로 보관된 살해당한 사람들의 시체들처럼 엄숙하게 걸려 있었다. 이러한 죽음의 표식으로부터 바레뇨는 오래전에 혼자 밤길을 오다 살해당한 아버지가 떠올랐다. 그의 가족들은 거의 모독에 가깝게 조작된 아무 내용 없는 사법부의 조사에 만족할 수밖에 없는 상황이었다. 그리고 다음과 같은 익명의 편지가 왔다.

"밤 11시경, 매형과 함께 우리는 부엘타그란데에서 라카노아로 가고 있었습니다. 그때 멀리 떨어지지 않은 곳에서 총소리가 나는 것을 들었습니다. 총소리는 나고, 또 나고……. 우리는 그렇게 다섯 발을 세고는, 가까운 숲으로 피신했습니다. 말들이 급하게 우리 쪽으로 다가오는 소리를 들었습니다. 말들과 말 탄 이들이 우리 몸을 스칠 정도로 가깝게 지나쳤고, 그 후 우리도 우리 갈 길을 갔습니다. 이윽고 정적으로 고요해지자 우리 말들이 울부짖으며 긴장하기 시작했습니다. 우리는 총을 들고 무슨 일이 일어났나 보려고 말에서 내렸습니다. 한 사람이 죽어 엎어져 있었습니다. 몇 발자국 뒤에서 노새가 신음하고 있어, 매형이 그 고통이 멎도록 총을 쐈습니다. 주저하지 않고 우리는 이 사실을 보고하려고 부엘타그란데로 되돌아왔습니다. 군 사령본부에서는 '노새를 탄 사나이'라고 불리는 호세 파랄레스 손리엔테 대령과 그의 친구들이 술잔으로 가득 찬 테이블에 둘러앉아 있었습니다. 우리는 그를 조용히 불러 우리가 본 것을 말해 주었습니다. 처음에 총소리가 울렸고 그 다음에……. 이 말을 듣자 그는 어깨를 움츠리더니 붉게 그을린 초의 불꽃을 지그시 보며, 곧장 집으로 돌아가시오, 당신들이 하려는 말이 무엇인지 잘 알고 있소, 여기에 대해 더 이상 이야기하지 마시오,라고 천천히 대답했습니다."

"루이스! 루이스!"

그의 외투가 옷장에서 사냥당한 새처럼 떨어졌다.

"루이스!"

바레뇨는 급하게 서둘러 서재로 가서 서재 입구에 있는 책을 뒤적이기 시작했다. 그의 아내가 옷장에 있는 그를 발견하기라도 했다면 얼마나 놀랐을까!

"또 시작이군요. 이렇게 죽도록 공부만 하다가는 미쳐 버릴 거예요. 제가 당신께 항상 하는 말을 잘 새겨들으세요. 이제 당신에게 필요한 것은 지식이 아니라 임기응변적인 재치라는 걸 모르세요? 이렇게 공부만 해서 대체 뭘 얻을 수 있나요? 아무것도 얻을 수 없지 않나요? 양말 한 켤레라도 구할 수 있다면 얼마나 좋을까요? 소용없단 말이에요!"

햇빛과 아내의 팔팔한 소리는 다시금 그에게 안식을 주었다.

"공부, 공부, 이젠 지겹지도 않아요? 대체 뭐 하러 공부하죠? 당신이 죽고 난 뒤, 세상 사람들이 당신이야말로 현자였다고 말하기를 바라서라고는 하지 마세요. 돌팔이 의사들이나 공부하라고 하세요. 당신은 이미 학위와 자격증이 있으니 더 공부할 필요가 없잖아요. 제게 그런 표정 짓지 마세요. 서재 대신 우리는 단골손님이 필요해요. 이런 쓸데없는 책 한 권 보는 대신에 환자를 보면 우리 집 형편이 얼마나 나아질지 모르잖아요. 내 소원은요, 당신 진찰실에 환자가 가득 차서 전화벨이 끊임없이 울리고, 당신은 진찰을 보고…… 뭐 이런 것이에요. 당신은 그런 사람이 될 거예요."

"내가 어떤 사람이 된다고?"

"글쎄, 보다 효율적인 사람요. 책을 너무 읽어서 눈 좀 붙여야겠다고 제발 말하지 마세요. 당신이 아는 만큼의 반만이라도 다른 의사들이 알면 좋겠어요. 그들은 자신의 명성을 쌓고 후원자를 찾는 데 혈안이 되어 있잖아요. 대통령 각하의 주치의가 여기 오셨느니, 대통령 각하의 주치의가 저기 가셨느니 하면서요. 이게 바로 제가 말하는 그런 사람의 의미예요."

"흠……." 바레뇨는 그의 기억 속에서 조그마한 단서라도 잡기 위해 입술 속에서 "흠"이라는 발음을 되뇌었다. "그렇다면 여보. 너무 상심할 것 없소. 내가 방금 대통령 각하를 뵙고 온 것을 알면 당신은 기겁을 할 것이오. 그래요, 각하를 뵙고 왔소."

"뭐라고요? 그가 당신께 뭐라고 하던가요? 어떻게 당신을 맞던가요?"

"형편없었소. 내 목을 내치겠다는 말이 내가 들은 말의 전부였소. 나는 두려웠소. 그래서 빠져나올 문도 못 찾고 헤맸소."

"비난을 들으셨다고요? 대통령 각하께서 역정을 낸 것이 당신이 처음이거나 마지막인 건 아니잖아요? 다른 사람들에게는 때리기까지 하시잖아요?" 이윽고 잠시 생각하더니, 그의 아내는 덧붙였다. "당신은 항상 소심한 것이 탈이에요."

"하지만 사나운 맹수 앞에서 용감한 사람 있으면 나와 보라고 하시오."

"아니에요, 제가 말하려던 것은 그게 아니에요. 의사로서 하는 말이에요. 당신은 대통령의 주치의도 못 되었잖아요. 출세하려면 담이 커야 해요. 제 말을 믿으세요. 칼을 넣으려면 용기와 결단이 필요해요. 옷감을 아까워하는 재단사는 결코 천을 자르지 못하는 법이에요. 무언가 값어치 있는 좋은 옷을 만들려면 천을 잘라야죠. 반면에 의사들은 병원에서 원주민들을 가지고 실험해 보아야 익숙해지지요. 그리고 대통령과의 일은 너무 신경 쓰지 마세요. 자, 이제 식사하러 이리 오세요. 대통령은 성당 앞에서의 끔찍한 살인 사건 때문에 기분이 안 좋아 있을 거예요."

"이봐, 입 좀 닥치지 그래! 그렇지 않으면 지금껏 한 번도 당신에게 하지 않았던 짓을 할거야! 따귀를 때릴 거라고, 이건 암살도 아니고, 그 어떤 끔찍한 사건도 아니야. 내 아버지의 삶을 앗아 간 증오스러운 백정 놈이 죽은 게 뭐가 끔찍하단 말이야? 길 한복판에서 혼자 걸어가는 노인을 말이야!"

"그건 익명의 편지에서나 그렇죠. 당신 참 남자답지 않네요. 누가 그런 정체불명의 편지에 신경이나 쓰나요?"

"내가 그 편지 내용을 믿는다면?"

"그럼 당신은 사내답지 못한 거예요."

"내가 이야기할 수 있도록 좀 잠자코 있어. 만일 내가 그 익명의 편지를 믿는다면, 당신은 이 집에 있지도 못할 거야." 바레뇨는 주머니를 뒤지다가 잠시 멈췄다. "당신은 이 집에 있지도 못할 거야. 이것 좀 읽어 봐."

입술에 그린 붉은색 루주만 빼고는 온 얼굴이 창백해진 그녀는 남편이 건네준 쪽지를 받고는 눈으로 읽어 내려갔다.

'선생님, 노새 탄 사나이가 좋은 곳으로 갔으니 부디 당신의 부인을 위로해 주십시오. 당신을 아끼는 친구들로부터의 충고.'

그녀의 웃음은 마치 연구해야 할 독처럼 바레뇨의 작은 실험실의 시험관과 증류기를 가득 채웠다. 그러한 고통스러운 깔깔거림과 함께 부인은 그 종이를 남편에게 되돌려주었다. 그때 시녀가 문가에서 말했다.

"식사 준비가 다 되었어요."

대통령 궁에서는 바레뇨 박사가 나갈 때 들어간, 각하가 '그 자식'이라고 불렀던 체구 작은 노인의 부축을 받으며 각하는 서재에서 서명을 하고 있었다.

'그 자식'은 생쥐 같은 분홍색 피부에 푸석푸석한 금발머리를 하고 구질구질한 옷을 입었는데, 계란 노른자위 색깔의 안경 너머로 파랗게 질린 눈동자를 굴리고 있었다.

대통령은 마지막 서류에 서명을 했다. 그러나 급하게 압지를 누르느라 '그 자식'은 서명한 문서에 잉크를 쏟고 말았다.

"이 자식이!"

"각-하!"

"자식이!"

초인종이 울리고 또 울렸다. 발소리가 나더니 문가에 장교가 나타났다.

"장군! 이자에게 곤장 2백 대를 치시오." 대통령은 고함을 지르고는 곧장 자신의 거처로 돌아갔다. 식사 준비가 이미 되어 있었다.

'그 자식'의 눈은 눈물로 가득 찼다. 그는 용서를 빌어도 소용없다는 것을 알고 있었기 때문에 아무 말도 할 수 없었다. 파랄레스 손리엔테의 암살 사건 때문에 대통령은 심기가 몹시 불편했다. '그 자식'의 구름처럼 쇠잔한 눈에는 자신을 위해 탄원하는 아내와 자식들이 있었다. 일을 하는 늙은 아낙네와 여섯 명의 깡마른 아이들이었다. 울어서 속이 풀릴 일이 아니었기 때문에 그는 고통스럽게 울기 위해 갈고리 같은 손으로 외투의 호주머니에서 손수건을 찾았다. 다른 죽어 가는 사람들처럼 자신의 벌이 부당하다고 생각하지 않았고, 오히려 그 반대로 자신에게 보다 민첩하게 행동하도록 가르쳐 주는 채찍질이라 생각했다. 울어서 속이 풀릴 일이 아니라 서류에 잉크를 쏟지 않기 위한 좋은 자극제가 된다고 생각했다. 차라리 울어서 속이 풀릴 일이었다면 얼마나 좋을까?

꼭 다문 입술 사이로 빗살처럼 튀어나온 이빨과 푹 파인 두 뺨이 사형 선고를 받은 그의 고통스러운 풍모를 잘 대변해 주었다. 땀에 젖은 어깨가 셔츠에 짝 달라붙어 기이한 방식으로 그의 고통을 더 가중시켰다. 그는 한 번도 이 정도로 땀을 흘려 본 적이 없었다. 차라리 울어서 속이 풀린다면 얼마나 좋을까! 공포에 못 이긴 구역질은 그에게 치, 치를 떨, 떨게 했다.

대통령의 부관이 그의 팔을 잡았다. 그는 정신이 멍해지고 소름이 돋고 맥이 풀리면서 눈이 움직여지지 않았다. 또한 허공에 빠졌다는 끔찍한 느낌이 들면서, 피부는 무거워지고, 몸은 중심부로부터 포개져 점차 늘어졌다.

몇 분 후, 식당에서의 일이다.

"대통령 각하, 들어가도 될까요?"

"들어오시오, 장군."

"그 자식이 곤장 2백 대를 견디지 못했다는 사실을 알려 드리러 왔습니다, 각하."

대통령 각하가 튀긴 감자 요리를 먹으려는 순간, 그 접시를 들고 있던 하녀의 손이 떨리기 시작했다.

"이봐, 왜 손을 떨지?" 주인이 시녀를 꾸짖었다. 그러고는 눈 한 번 깜박이지 않고 부동자세로 한 손에 군모를 들고 기다리는 장군을 돌아보며 말했다. "좋아, 들어가게."

여전히 접시를 손에 든 채 시녀는 부관의 뒤를 쫓아가 그가 왜 2백 대의 곤장을 견디지 못했는지 물었다.

"왜 그랬냐고? 죽었으니까 그렇지."

그녀는 여전히 접시를 든 채 식당으로 되돌아왔다.

"각하!" 그녀는 거의 울부짖으며 조용히 식사하고 있는 대통령에게 말했다. "그가 견디지 못한 이유는 죽었기 때문이랍니다!"

"그래서 어쨌다고? 다음 접시나 가져와!"

6. 장군의 머리

미겔 카라 데 앙헬*이라는 대통령의 심복이 식후에 식탁에서 차를 마시는 대통령을 만나러 왔다.

"정말 죄송합니다, 대통령 각하!" 그는 식당 문 쪽으로 들어가며 말했다. (그는 사탄처럼 아름답고도 사악한 사람이었다.) "이제야 와서 정말 죄송합니다, 대통령 각하. 나무꾼이 쓰레기 더미에서 부상자를 꺼낼 수 있도록 도와주다 보니 이 이상 빨리 올 수 없었습니다. 부상당한 사람은 각하께서 모르시는 천한 자였습니다."

대통령은 여느 때와 다름없이 검은 상복에 검은 넥타이와 검은 모자를 쓰고 있었다. 그는 좀처럼 모자를 벗지 않았다. 그의 입 언저리에는 양쪽으로 빗질을 한 콧수염이 이빨 없는 잇몸을 가리고 있었으며, 살가죽이 처진 볼에 팽팽한 눈꺼풀을 지니고 있었다.

"그럼 그를 어디로 데려갔나?" 그는 눈을 찌푸리며 물어보았다.

"각하……."

"도대체 어떻게 된 거야? 설마 이 공화국 대통령의 친구로 보이는 자가 누군지 알 수 없는 자의 손에 희생된 자를 거리에 두고 그냥 오지는 않았겠지?"

그때 식당 문 앞에서 인기척이 나자 대통령은 그쪽으로 고개를 돌렸다.

"들어오게, 장군."

"실례합니다, 각하."

"준비 다 되었나, 장군?"

"네, 그렇습니다, 각하."

"장군, 자네가 직접 가 보게. 미망인에게 조의를 표하고, 이 3백 페소를 장례 비용으로 공화국의 대통령이 소장하는 것이라고 전하게."

군모를 오른손에 들고 부동자세로 눈도 깜박이지 않고 숨소리도 내지 않던 장군은 몸을 숙이고 책상 위에 있는 돈을 집더니 제자리로 돌아섰다. 몇 분 뒤 장군은 '그 자식'의 시체를 담은 관을 실은 차를 타고 떠났다.

카라 데 앙헬은 서둘러 변명하려 했다.

"그 부상자를 병원에 데려가려다가 다시 한 번 반문해 보았습니다. 각하의 지시를 받으면 그는 더 좋은 대우를 받을 것이라는 생각이 들었던 거죠. 그리고 각하의 부르심을 받고 이곳에 왔으니 우리의 파랄레스 손리엔테를 적들이 암살한 사건에 대해 언급하지 않을 수 없습니다."

"그럼 명령을 내리지."

"바로 그러한 지시가 사람들이 이야기하는 이 나라를 통치하기에는 아까운 자로부터 나올 법한 말입니다."

대통령은 자극을 받아 대꾸했다.

"그렇게 이야기하는 사람들이 대체 누구야?"

"많은 사람들 중에서 우선 저부터 그렇습니다, 각하. 고백하자면 각하 같은 분이야말로 바로 프랑스나 자유로운 스위스, 혹은 산업화된 벨기에나 기적과도 같은 덴마크와 같은 나라를 이끌 적임자이십니다. 그중에서도 특히 프랑스 말입니다. 각하야말로 강베타*나 위고*를 배출한 위대한 민족의 운명을 인도할 이상적인 지도자이십니다."

대통령의 콧수염 아래로 엷은 미소가 드리워졌다. 그는 카라 데 앙헬로부터 시선을 떼지 않은 채 흰 비단으로 안경을 닦았다. 잠시 후 화제를 다른 방향으로 돌렸다.

"미겔, 자네를 부른 이유는 오늘 밤 바로 자네가 해결해야 할 일이 있기 때문일세. 자네는 아직 모르는 자이지만 불한당인 에우세비오 카날레스 장군을 내일 새벽 1시에 그의 집에서 체포하라는 명령을 이미 관계 기관을 통해 내렸네. 비록 그가 파랄레스 손리엔테를 암살한 살인범 중 한 명이지만, 아주 특별한 이유로 그가 감옥으로 가는 것은 정부로서 유익한 일이 아니네. 나는 그가 곧장 도망치길 바라네. 급히 그를 찾아가서 자네가 아는 사실을 전하게. 그리고 자네의 진심으로부터 우러나오는 충고인 양 오늘 밤 바로 탈출하라고 말하게. 그리고 그가 탈출할 수 있도록 자네가 도와주게나. 왜냐하면 사관학교 출신들은 명예를 소중히 여겨서 도망치는 것보다는 차라리 죽음을 택할 거야. 체포되면 내일 바로 처형시킬 거야. 우리 둘 사이의 이야기를 그가 결코 알아선 안 되네. 자네가 거기 있을 때 경찰이 그를 체포하지 않도록 자네가 도와주고, 그가 도망가는 것을 경찰이 눈치채지 못하도록 조심하게. 이제 돌아가도 되네."

대통령의 총애를 받는 심복은 검은 머플러로 얼굴 한쪽을 가리고 나왔다. (그는 사탄처럼 아름답고도 사악한 사람이었다.) 자신들의 상전인 대통령의 식당을 경비하고 있던 장교들은 미겔에게 본능적으로 군대식 경례를 했다. 그들은 어디선가 들었거나 예감에 그가 어느 장군의 머리를 좌지우지한다고 생각했다. 60명의 따분한 친구들이 응접실에서 하품을 하며 각하가 물러나라고 지시하기만 눈 빠지게 기다리고 있었다. 대통령 궁으로 난 거리에는 꽃으로 장식된 양탄자가 깔려 있었다. 한 무리의 군인들이 대장의 명령에 따라 관저 앞을 등불과 작은 깃발들과 푸르고 흰 색 종이로 장식하고 있었다.

카라 데 앙헬은 이러한 거리 축제 준비 상황에 대해 관심을 보이지 않았다. 그는 우선 장군을 만나서 계획을 도모하고 탈출을 도와야 했다. 적어도 대통령과 적들을 나누는 괴물 같은 숲 속에서 개들이 짖어 대기 전까지는 이 모든 것이 그에게는 쉬워 보였다. 이 숲은 나뭇가지마다 귀가 달려 있어서 아무리 작은 소리의 메아리라 할지라도 천둥처럼 증폭되어 들렸다. 저 수백만 개의 고막의 허기짐 때문에 사방 수십 킬로미터 밖의 아주 미세한 소리라도 들리지 않을 수 없었다. 개들은 계속 짖어 댔다. 전화선보다도 더 보이지 않는 실로 이루어진 망이, 시민들이 비밀리에 품고 있는 마음속의 동향에 대한 보고의 각각의 보고서가 대통령에게 전달되도록 연결되어 있었다.

만일 악마와 계약하는 것이 가능했다면 영혼을 악마에게 넘기는 대가로 경찰의 감시망을 속이고 장군의 탈출을 도울 수 있었을 것이다. 하지만 악마는 이러한 자비로운 일에 도움을 주지도 않을 테고, 어느 정도 선까지 그러한 기획에 허점을 남기지 않을 수 있을지도 모를 일이었다. 장군의 머리와 그 이상의 무엇……. 그는 마치 자신이 장군의 머리와 그 이상의 무엇을 직접 자신의 손으로 나르고 있는 것처럼 중얼거렸다.

그는 메르셋 구역에 있는 카날레스의 집에 도착했다. 그 집은 길모퉁이에 있는 한 백 년쯤 된 대저택으로, 정면에는 여덟 개의 발코니가 대로로 나 있고 뒤의 또 다른 도로는 차고와 연결되어 있는, 옛 동전에서나 볼 수 있는 위엄 있는 집이었다. 대통령의 심복은 여기서 좀 기다리다가 안에서 인기척이 나면 문을 열어 달라고 부탁할 셈이었다. 그러나 반대편 인도에 순찰하는 경찰이 있어 이 계획을 포기할 수밖에 없었다. 발길을 재촉해 누군가 안에서 그에게 신호를 보내오지 않을까 싶어 창문을 뚫어지게 쳐다보았다. 하지만 아무도 보지 못했다. 무언가 수상한 짓을 하지 않고 인도에 죽치고 있기는 불가능했다. 마침 맞은편 길모퉁이에 주점이 하나 있었다. 그 근방에 오래 있으려면 주점에 들어가 술 한 잔이라도 마시는 수밖에 없었다. 그는 맥주 한 잔을 시켰다. 여주인과 몇 마디 이야기를 나누고 손에 맥주잔을 든 채 고개를 돌려 벽에 붙어 있는 긴 의자에 비친 사람의 그림자를 보았다. 주점에 들어오면서 얼핏 본 그 사람은 덩치가 큰 사람이었다. 중절모를 눈에 닿을 정도로 푹 눌러쓰고, 목에는 수건을 감고, 재킷의 깃을 세우고, 넓은 바지통에 단추도 안 끼운 높은 가죽장화에 노란 가죽 재킷을 입고 있는 남자였다. 대통령의 심복은 주의력을 잃고 시선을 올려 선반 위에 나란히 놓여 있는 병들을 보았다. 전구의 불빛 아래에서 빛나는 S자는 스페인 와인임을 알리는 광고였다. 광고 그림에서는 바쿠스가 배 나온 승려들과 벌거벗은 여인들 사이에서 포도주 한 통에 기어오르고 있었다. 그리고 대통령의 초상화가 있었다. 실제 모습보다 젊고, 군인의 견장처럼 어깨 위에는 기차로 장식이 되어 있으며, 작은 천사가 그의 머리 위로 내려와 월계관을 씌워 주는 모습이었다. 이만하면 상당한 미적 감각이 있는 초상화였다. 가끔씩 그는 시선을 장군의 집으로 돌렸다. 벤치에 앉아 있는 사람과 주점 주인이 친구 사이가 아니라 무슨 사고라도 공모한다면 문제는 심각해질 것이다. 카라 데 앙헬은 윗도리 단추를 풀고 다리를 꼬고 앉아 팔꿈치를 스탠드 위에 올려 금방 떠나지 않을 거라는 분위기를 연출했다. 맥주 한 잔 더 시킬까? 그는 술을 시키고 시간을 끌기 위해 백 페소짜리의 지폐로 계산을 했다. 아마도 이 주점은 거스름돈을 가지고 있지 않을 것이다. 여주인은 귀찮은 듯 카운터의 서랍을 열고 이끼 낀 지폐들을 찾더니 이내 서랍을 쾅 닫아 버렸다. 거스름돈이 없었다. 그녀는 거스름돈을 바꾸러 바깥으로 나가야 했다. 그녀는 앞치마를 벗어 손에 걸치고 거리로 나가면서 눈짓으로 긴 의자에 앉은 사람에게 손님을 살피고 그가 아무것도 훔쳐 가지 못하도록 잘 감시하라고 주의를 주는 듯했다. 하지만 그것은 필요 없는 경계였다. 왜냐하면 바로 그때, 장군의 집에서 한 젊은 여인이 갑자기 하늘에서 떨어진 것처럼 밖으로 나왔기 때문이다. 카라 데 앙헬은 더 이상 기다리지 않았다.

"아가씨." 그는 그녀와 나란히 걸어가면서 말했다. "당신이 지금 막 나온 집의 주인에게 주의드릴 것이 있습니다. 지금 그에게 아주 긴요한 일로 말씀드릴 것이 있어요."

"제 아버지에게요?"

"당신이 카날레스 장군의 따님이신가요?"

"네……."

"그럼 여기서 멈추지 마세요. 안 돼요, 걸으세요. 함께 걸읍시다. 그렇게요. 여기 제 명함이 있습니다. 제발 그에게 저희 집으로 가능한 한 빨리 오시라고 전해 주세요. 지금부터 저는 저쪽 방향으로 갑니다. 저쪽에서 그를 기다리지요. 그의 목숨이 지금 위태해요. 그래요, 제 집에서요. 가능한 한 빨리요……."

모자가 바람에 날아갔기 때문에 그는 모자를 잡기 위해 뛰어야 했다. 두세 번이나 모자는 그의 손아귀를 벗어났다. 마치 닭을 잡는 것처럼 난리를 쳐서 겨우 모자를 잡았다.

그는 거스름돈을 받으러 왔다는 구실로 주점으로 되돌아왔다. 자신의 급작스러운 외출에 대해 긴 의자에 앉아 있던 친구가 의아하게 생각하는 것을 피하기 위해서였다. 그런데 긴 의자에 앉아 있던 그자가 여주인과 승강이를 벌이고 있었다. 그는 그녀를 벽에 기대게 하고는 키스를 하기 위해 갈구하는 입술로 그녀의 입을 찾았다.

"이 망할 놈의 경찰 같으니! 네가 바스카스(구역질)라고 불리는 것도 무리가 아니구나!" 여주인이 카라 데 앙헬의 발소리를 듣고 놀라서 말했다. 그러자 장의자에 있던 그자가 여자를 풀어 주었다.

카라 데 앙헬은 그들의 계획에 일조하기 위해 호의적으로 개입했다. 술병을 들고 자신을 보호하려 했던 여주인에게 술병을 놓게 했으며, 장의자에 있던 그자를 다시 쳐다보면서 친근하게 이야기했다.

"아가씨, 진정하세요, 진정해요. 이게 도대체 무슨 일입니까? 거스름돈은 그냥 갖고 화해하시지요. 소동을 일으켜선 아무것도 얻을 게 없어요. 경찰이 올 수도 있고요. 하지만 친구……."

"저는 루시오 바스케스입니다."

"쳇, 루시오 바스케스라고요? 더러운 구역질(수시오 바스카스)이 제격이지! 경찰, 그래 경찰이 뭘 어쨌단 말이야. 그래, 한번 잘 잘못을 가려 보라지. 난 하나도 두렵지 않다고. 이봐요, 손님! 이 자가 저에게 왜 카사누에바 형무소로 보낸다고 협박하는지 모르겠어요."

"내가 마음만 먹으면 너를 매음굴로 처넣을 수도 있어!" 바스케스는 중얼거리고는 코로 나오려던 것을 침으로 내뱉었다.

"너 아주 실수한 거라고. 그렇다니까, 쳇!"

"하지만, 이보게, 이제 좀 화해하시지. 이제 그만!"

"좋아요, 선생님. 이제 더 이상 이야기하지 않을 겁니다."

바스케스는 불쾌한 듯이 여자처럼 앵앵거리며 말했다. 여주인을 뼛속까지 사랑하게 되어서, 그는 낮이고 밤이고 그녀와 승강이를 벌였다. 그녀가 단지 키스 한 번만 해 주기를 바랄 뿐 그 이상은 요구하지 않았다. 하지만 그녀는 키스를 한다는 것은 모든 것을 주는 것이라 생각해 결코 허락하지 않았다. 협박도 하고 위협도 하고 선물도 주고 거짓으로 소리도 질러 보고, 진심으로 소리도 질러 보고, 세레나데도 불러 보았지만, 그녀의 완강한 거부로 모두 허사가 되고 말았다. 그녀는 결코 유혹에 넘어가지 않았다. "저를 좋아하는 자는, 저와 사랑하는 것이 어깨가 절단 나는 투쟁이라는 것을 잘 알아야 해요." 그녀는 이렇게 말했다.

"이제 두 사람이 이야기를 마쳤으니 저기 건너편 집에 사는 아가씨에 대해 이야기를 하고자 합니다." 카라 데 앙헬은 니켈로 만든 동전을 집게손가락으로 만지작거리면서 혼잣말 하듯이 중얼거렸다.

그리고 그의 한 친구가 그녀에게 편지를 전달했는지 자신에게 알아봐 달라고 부탁했다고 말하려던 참에 여주인이 말을 가로챘다.

"당신이 바로 그녀와 사랑에 빠진 분이시군요. 그렇다면 행운아시네요."

대통령의 심복은 자신의 눈에서 섬광이 번뜩이는 것을 느꼈다. 사랑에 빠졌다…… 가족이 반대한다고 이야기하자…… 납치하는 척하자…… 납치와 탈출은 같은 의미인데…….

그는 바 테이블에 박혀 있는 동전을 더욱 빠르게 손가락으로 문질러 댔다.

"맞아요." 카라 데 앙헬이 대답했다. "하지만 그녀의 아버지가 우리의 결혼을 반대하기 때문에 저는 힘듭니다."

"그 노인네 이야기는 꺼내지도 마시오!" 바스케스가 끼어들었다. "어딜 가든 누구에게나 그를 따라다니며 시중들게 만들지만, 그에 대한 충분한 보상을 하지 않는 철면피예요."

"부자들이란 늘 그런 식이죠." 여주인이 퉁명스럽게 말했다.

"그래서 그녀를 그 집에서 빼내려고 생각 중입니다. 그녀도 동의했어요. 지금 막 그 이야기를 했는데, 오늘 밤 실행에 옮기려고 합니다." 카라 데 앙헬은 설명했다.

여주인과 바스케스는 미소를 지었다.

"자, 술 한 잔 합시다!" 바스케스가 말했다. "그게 당신에게 행운을 안겨 줄 것입니다." 그리고 카라 데 앙헬에게 담배 한 개비를 건넸다. "한 대 피우시지요, 신사 양반."

"괜찮습니다. 하지만 권하시니 한 대만 피우지요."

그들이 담배를 피우는 동안 여주인은 술 세 잔을 가지고 왔다.

술기운이 조금 가라앉은 후 카라 데 앙헬이 말을 꺼냈다.

"자, 이제 두 분께 믿고 말씀드리는 건데, 어찌 되었건 두 분께선 저를 도와주시는 겁니다! 오늘이 바로 그날이에요!"

"밤 11시가 지나면 제가 도와 드릴 수 없어요. 그때부터는 일을 해야 해요." 바스케스가 조심스럽게 살피며 이야기했다. "하지만 이쪽은……."

"이쪽이라고! 참 그런 얼굴을 하고 말하는 싸가지 하곤!"

"아, 그렇죠. 마사쿠아타 양이지요." 그러고는 여주인을 다시 쳐다보았다. "이 친구가 내 몫을 할 겁니다. 이 친구가 두 사람 역할은 할 겁니다. 아니면 당신에게 도움을 줄 만한 친구가 있어요. 제가 중국인들이 있는 곳에서 만나기로 한 친구예요."

"당신은 그깟 오르차타 음료 같은 헤나로 로다스라는 친구나 데리고 다니지!"

"오르차타 음료 같다니요?" 카라 데 앙헬이 물었다.

"왜냐하면 그는 반은 죽어 있는 것 같고 얼굴이 희멀겋게 창백하기 때문이죠."

"그가 뭐 어쨌다고?"

"그래요, 이 일과는 별 상관없는 것 같습니다만……."

"상관있어요. 손님 말을 끊어서 죄송하지만, 뭐라고 말씀드려야 할까요, 헤나로 로다스의 부인인 페디나는 장군의 딸이 자기 아들의 대모가 될 것이라고 소문을 내고 다녀요. 그리고 저 사람의 친구인 헤나로 로다스는 당신에게 결코 도움이 되는 사람이 아닙니다."

"헛소리하고 있군!"

카라 데 앙헬은 바스케스에게 호의는 고맙지만 그 오르차타 음료 같은 친구에겐 말하지 않는 것이 좋겠다고 이야기했다. 여주인이 이야기하듯이, 그는 결코 중립적일 수 없는 사람 같기 때문이라는 말도 덧붙였다.

"바스케스 씨, 이런 일에 당신이 저를 도와주지 못해서 참 섭섭하군요."

"저도 당신과 함께할 수 없어서 참 죄송하게 생각합니다. 미리 알았더라면 상부에 허락을 요청했을 텐데요."

"만일 돈으로 해결할 수 있다면……."

"아니죠, 결코 그럴 순 없지요. 저는 그런 사람이 아니에요. 게다가 이런 식으로는 해결 안 되는 일이라는 것을 잘 알고 있어요." 그러고 나서 그는 손으로 귀를 막았다.

"안 되는, 안 되는 일이니 어쩔 수 없죠! 저는 새벽 1시 30분이나 45분에 돌아올 것입니다. 사랑은 불같이 타오르기도 하고 다음으로 미뤄지기도 하는 거지요."

카라 데 앙헬은 문에서 작별 인사를 하고 손목시계를 귀에다 대고 초침이 잘 가는지 확인했다. 저 동시적인 박동은 얼마나 끔찍한 긴장감을 자아내는가! 그러고는 창백한 얼굴에 검은 머플러를 뒤집어쓴 채 속력을 다해 밖으로 나갔다. 장군의 목숨과 그 이상의 사명감을 안고서.

7. 대주교의 사면

헤나로 로다스는 담뱃불을 붙이기 위해 잠시 벽에 멈춰 섰다. 그가 막 성냥에 불을 지필 때, 루시오 바스케스가 나타났다. 개 한 마리가 성당의 창문 쪽으로 무언가를 토해 내고 있었다.

"바람이 매섭군!" 로다스는 친구를 보자 이렇게 툴툴거렸다.

"잘 지내나, 친구!" 바스케스는 인사를 한 후 친구와 함께 걸었다.

"내 오랜 친구야, 잘 지냈나?"

"어디로 가지?"

"어디로 가느냐고? 농담하나? 여기서 만나기로 했잖아?"

"아, 나는 자네가 잊어버린 줄 알았다네. 그 동안 일어난 일에 대해 자네에게 이야기하고 싶은데, 어디 가서 한잔하지. 그럼, 성당 앞으로 가 보세."

"거기 마실 데가 있겠어? 하지만 자네가 그리로 가 보자면 한번 가 보지. 거기서 거지들을 못 자게 막은 후로는 고양이 한 마리도 보이지 않지만 말이야."

"오히려 잘됐네. 자네가 원한다면 성당의 정원을 가로질러 가보세. 바람이 거칠게 부니 그리 하세."

파랄레스 손리엔테 대령이 암살당한 후로는 비밀경찰이 항상 성당 입구를 지키고 있었다. 가장 거칠게 무장한 자들이 감시하고 있었던 것이다. 바스케스와 그의 친구는 살금살금 발끝으로 성당 입구를 지나 대주교 저택 앞의 한 모퉁이로 올라가는 계단을 올라가서는 백 개의 문들이 있는 쪽을 통해 나왔다. 각각의 기둥 그림자가 거지들이 차지하고 있던 바닥에 드리워졌다. 덩그러니 놓여 있는 몇 개의 사다리들은 화가가 두꺼운 붓으로 건물을 다시 젊게 만들고 있었다는 것을 알려 주었다. 시 당국이 공화국의 대통령 각하에게 절대적인 지지를 표명하기 위해 행한 일 중에서 가장 으뜸가는 것은 그 혐오스러운 암살이 일어난 극장 주변에 있던 터키인들의 악취 나는 시장을 잿더미로 만든 후 대대적으로 그림을 그리고 치장한 일이었다. "터키인들은 그 대가를 치러야 해. 어찌 되었건 그들은 파랄레스 손리엔테 대령의 죽음에 책임이 있어. 그들은 살인 사건이 일어난 장소에 살고 있으니 말이야." 이것은 경비에 대해 논의할 때 시 의회 당국이 내린 단호한 결정이었다. 이러한 보복적인 조치로 터키인들은 자신들 집 대문 앞에서 자던 거지들보다도 더 가난한 신세가 될 뻔했다. 다행히 영향력 있는 친구들의 도움으로 국채를 반값에 매입해 건물을 치장하고 광택을 내는 비용을 마련할 수 있었다.

하지만 비밀경찰이 그곳을 배회한다는 사실만으로도 축제의 흥이 깨지기에는 충분했다. 작은 목소리로 그들은 왜 감시가 필요한지 알 수 없다고 반문했다. 석회 반죽이 가득한 그릇에 영수증을 넣어서 세탁하지 않았던가? 이스라엘 예언자의 수염처럼 길고 커다란 붓들을 가슴 한가득 사지 않았던가? 백화점의 여러 문 안에는 소심한 사람과 밀수업자와 수염이 긴 사람의 수가 소리 없이 증가하고 있었다.

바스케스와 로다스는 성당 입구를 떠나 백 개의 문이 있는 쪽으로 갔다. 정적은 그들의 발소리의 메아리를 더욱 짙게 짜냈다. 앞의 한길을 쭉 따라 올라가 '사자의 깨어남'이라는 술집으로 들어갔다. 바스케스는 종업원에게 인사하고는 술 두 잔을 시킨 뒤 칸막이 뒤에 있는 작은 테이블에 앉은 로다스 옆에 앉았다.

"오늘 그 일에 어떤 꼬이는 일이 있었는지 이야기해 보게나." 로다스가 말했다.

"건강을 위해!" 바스케스는 흰 소주잔을 들었다.

"내 오랜 친구, 자네의 건강을 위해!"

그들의 시중을 들러 온 종업원이 기계적으로 덧붙였다.

"손님들의 건강을 위해!"

두 사람은 술잔을 한입에 비웠다.

"그 일에 대해선 신통치 않은 소식이 있네." 바스케스는 가래침이 섞인 마지막 술 한 모금을 뱉어 내며 말했다. "부원장이 자기 사람을 그 자리에 앉혔다네. 내가 자네 이야기를 했을 땐 이미 그 별 볼일 없는 친구에게 자리가 기울어진 후였다네."

"정말이야?"

"선장 맘대로 지휘하고 선원은 그저 따를 뿐이지. 나는 그에게 자네가 비밀경찰이 되길 원한다는 말을 했고, 자네를 기지 넘치는 친구라고 치켜세웠지. 자네는 계략이 뭔지 잘 아는 친구 아닌가?"

"그랬더니 그가 뭐래?"

"지금 자네가 들은 그대로야. 이미 자신의 측근을 자리에 앉혔으니, 더 이상 그 이야기는 하지 말라고 하더군. 이제 와서 자네에게 하는 말인데, 내가 비밀경찰에 들어가 한자리 할 때보다 지금이 들어가기 훨씬 힘들어졌어. 모두 그것을 전도유망한 직업으로 여기고 있단 말이야."

로다스는 어깨를 움츠린 채 친구의 말을 곱씹고는 알아들을 수 없는 소리를 냈다. 그는 일자리를 얻고 싶다는 기대로 여기 온 것이었다.

"친구야, 너무 상심하지 말게. 다른 일자리를 찾으면 자네가 그 자리를 따낼 수 있도록 하느님과 내 어머니 이름을 걸고 약속하지. 지금은 상황이 안 좋지만 곧 점점 일자리가 많이 늘어날 거야. 내가 전에도 이런 말을 하지 않았나?" 바스케스는 주변을 두리번 거리며 말했다. "난 바보가 아니라고. 빈말이 아니라고."

"좋아, 이제 그 이야기는 하지 말자. 난 괜찮아."

"사실 그 일은 이렇게 얽혀 있어……."

"이봐, 친구. 그 이야기는 더 이상 하지 말라고. 제발 좀 조용히 있어 주게. 자네가 내게 일자리를 구해 줄 수 있을지 벌써 의심하고 있잖아!"

"아냐, 자네 신경을 건드리려는 게 아닐세."

"이봐, 입 좀 닥치게. 날 그렇게 못 믿나? 자네 꼭 계집애 같아. 누가 자네에게 그런 부탁을 했느냐고?"

바스케스는 멈춰 서서 혹시 누가 자신의 이야기를 엿듣는지 살펴보고, 소심한 자신에게 서운한 감정을 숨기지 않는 로다스에게 다가가서 작은 목소리로 말했다.

"살인 사건이 있던 그날 밤 성당 앞에서 자고 있던 거지들 사이에 소문이 나서 이제 누구나 대령을 죽인 자가 누군지 알고 있다는 사실을 자네에게 이야기한 적 있었나?" 그는 목소리를 높이며 물었다. "자네는 누가 그랬다고 생각하나?" 국가 기밀을 누설이라도 하듯 목소리를 낮추어 그가 말했다. "범인은 다름 아닌 에우세비오 카날레스 장군과 아벨 카르바할 변호사라네."

"어떤 근거와 자격으로 이런 이야기를 하는 건가?"

"오늘 그들을 체포하라는 명령이 내려졌다네. 그래서 이런 말을 한 걸세."

"아, 그랬군." 로다스는 흥분이 가라앉은 상태에서 말했다. "아니, 백 걸음 거리에서 파리도 한 방에 죽인다고 하고 모든 이들을 벌벌 떨게 만들었던 대령이 총이나 칼에 의해서도 아니고 닭처럼 목이 비틀려서 죽었다는 사실이 믿기지 않는군. 역시 사람의 목숨은 하늘에 달려 있군. 참 내, 그자들은 개미 한 마리를 훅 불어 날려 보냈군."

바스케스는 술 한 잔씩을 더 주문했다.

"루초, 두 잔 더 주세요!"

웨이터 루초는 두 잔을 가득 채웠다. 그는 검은 비단으로 만든 멜빵을 반짝반짝 빛내며 손님을 접대했다.

"자, 쭉 들이키자고!" 바스케스는 침을 내뱉고는 지껄였다. "자네 차례야. 지금 마시지 않으면 새가 날아갈 거야. 잔이 채워진 채로 있는 것을 나는 참을 수 없다네. 자, 건배!"

잠시 다른 생각을 하던 로다스는 서둘러 건배를 했다. 그러고는 한 잔 쭉 비운 뒤 외쳤다.

"대령을 저세상으로 보낸 파렴치한들은 다시는 성당 앞에 나타나지 않을 거야. 다시는 말이야!"

"누가 그들이 돌아오기라도 한대?"

"뭐라고?"

"조사하는 사이에 자네가 원하는 대로 될 걸세, 하하하. 자네 날 웃겼어!"

"자네 뭘 가지고 그렇게 웃는지 모르겠군. 내가 말하려던 건 누가 대령을 죽였는지 안다면 군이 그들을 체포하기 위해 그들이 성당 앞으로 돌아올 때까지 기다릴 필요가 없다는 말일세. 아니면 자네가 터키인들의 예쁜 얼굴에 반해서 성당 앞에서 서성이는 건지도 모르지. 어디 말해 보게나."

"뭘 모르면서 그런 소리 하지 말게!"

"자네야말로 이런 시간에 그렇게 단정 지어 내게 이야기하지 말게!"

"비밀경찰이 성당 앞에서 감시하는 것은 파렐레스 대령의 사건과 아무런 관계가 없네. 자네가 관심 가질 만한 사안도 아니고……."

"혹시 알아? 내게 빈대떡이라도 나올 일일지?"

"그래, 아무 맛도 없는 빈대떡에 썰리지도 않는 칼과 같은 일일세."

"이런, 할망구가 자넬 낙태하려 하네. 애고, 힘들어!"

"아냐, 진짜로, 성당 앞에서 비밀경찰이 지키는 일은 살인 사건과는 아무런 상관이 없다네. 정말일세. 우리가 저기서 하는 일에 대해 자넨 전혀 감이 잡히지 않을 걸세. 우리는 광견병에 걸린 사람을 기다리고 있네."

"날 놀리는 건가?"

"사람들이 거리에서 '어머니' 하고 부르며 놀려 대던 그 벙어리 기억나는가? 키 크고, 피골이 상접하고, 다리는 휜 채로 미친놈처럼 거리를 뛰어다니던 그자 말일세. 기억나는가? 아마 기억날 걸세. 우리는 그자가 사흘 전에 사라진 성당 앞에서 그를 기다리는 걸세. 우리는 그에게 소시지를 한 방 먹일 걸세."

바스케스는 이렇게 말하며 손으로 총을 겨누었다.

"그만 좀 웃기시지!"

"아냐, 친구야. 자네를 놀리려는 게 아니야. 정말 그렇다니까. 그는 숱한 사람들을 물어뜯었어. 그래서 의사들이 1온스의 납을 그의 피부 속에 주사 놓으라고 처방을 내렸다네. 이제 무슨 생각이 드나?"

"자네 나를 아주 바보 취급하고 있구먼. 난 그런 멍청이가 아닐세. 성당 앞에서 경찰들이 대령의 목을 비튼 사람들을 기다리고 있단 말일세."

"참 내, 자네 정말 고집쟁이로군. 벙어리를 기다린다고! 내 말 들려? 광견병 걸려서 사람들을 물어뜯은 벙어리를 기다린다고! 내가 또 한 번 반복해서 말하기를 원해?"

펠렐레의 신음 소리는 거리에 구더기처럼 배어들고 있었다. 그는 옆구리의 통증을 이를 악물고 참으며 몸을 질질 끌고 기어갔다. 때로는 손으로 짚으며 기어가고, 때로는 배를 길바닥 돌에다 대고, 때로는 성한 다리의 근육으로 팔꿈치로 도약하면서 기어가기도 했다. 마침내 광장이 그의 눈앞에 나타났다. 바람에 나부껴 소리를 내는 공원의 나무 위에서 새들의 지저귀는 소리가 대기를 갈랐다. 펠렐레는 공포에 질려 거의 의식을 잃었다. 마치 재 속의 죽은 생선처럼 그의 혓바닥이 마르게 부어 있었으며 젖은 가위처럼 두 다리는 땀으로 흠뻑 젖었다. 그는 한 계단 한 계단 성당 앞으로 올라갔다. 그 모습이 마치 한 걸음 한 걸음 죽어 가는 고양이가 기어 올라가는 것 같았다. 그는 어두운 한구석에 쓰러져 희멀건 눈에 입은 벌리고 넝마는 피와 진흙이 잔뜩 묻은 채 웅크리고 있었다. 고요한 적막 속에 행인의 발소리와 보초병들의 무기가 튕기는 소리, 뼈다귀를 찾으려고 콧등을 바닥에 대고 지나다니는 개들의 소리, 신문지와 음식물 포장지가 성당 앞에서 바람에 흩날리는 소리가 간간이 들렸다.

루초는 '2층'이라고 불리는 2층으로 올라가 두 잔에 다시 한 번 술을 가득 따랐다.

"자네는 왜 그렇게 나오나?" 바스케스는 침을 연거푸 뱉는 사이에 평소보다 더 날카로운 목소리로 말했다. "자네와 만나기 전, 그러니까 9시나 9시 30분에 내가 마사쿠아타를 꼬시고 있을 때, 주점에 맥주 한 잔 마시러 온 친구 이야기를 했던가? 그녀는 곧 그에게 서빙을 했지. 그 친구는 한 잔 더 시키고는 백 페소짜리 지폐로 지불했더군. 그녀는 거스름돈이 없어서 돈을 바꾸러 나갔어. 하지만 나는 그 친구가 들어오는 것을 본 순간부터 그 친구한테서 무언가 이상하다는 낌새를 느꼈지. 그 친구는 무언가 숨기고 있는 것 같았고, 왠지 오래전에 본 친구처럼 느껴졌다네. 건넛집에서 한 아가씨가 총총걸음으로 나오자 그 친구는 그녀를 쫓아 나갔지. 하지만 더 이상은 감시할 수 없었다네. 왜냐하면 마사쿠아타가 돌아왔거든. 나는 그녀에게 다가가 작업을 걸었다네."

"그럼 백 페소짜리 지폐는 어떻게 되었나?"

"곧 알게 될 거야. 좀 기다리게. 그 친구가 거스름돈 때문에 돌아왔을 때, 나는 그녀와 사랑싸움을 하고 있었다네. 우리가 껴안고 있는 것을 보고는 안심했는지 자신이 카날레스 장군의 딸과 사랑에 빠졌으며 가능하면 오늘 밤에 그녀를 데리고 떠날 것이라고 말하더군. 카날레스 장군의 딸이 바로 총총걸음으로 나간 그녀이며, 그녀는 그와 도망치기로 합의를 보았다고 말이네. 그가 그녀와 탈출할 때 자신을 도와 달라고 내게 얼마나 간절히 부탁했는지 자네는 모를 걸세. 하지만 나는 성당 앞을 지키기로 되어 있어서……."

"긴 이야기군. 정말인가?"

로다스는 침을 꿀꺽 삼키면서 물었다.

"그 친구는 이전에 대통령 궁에서 여러 번 본 적이 있었어."

"그렇다면 대통령의 일가 식구겠지."

"그렇진 않을 걸세. 내가 이상하게 생각하는 건 왜 굳이 오늘 그 여자를 데리고 나오려 하는지 이유를 모르겠다는 걸세. 그는 분명 장군의 체포 명령에 대해 알고 있었을 걸세. 그래서 군인들이 그 노인네를 체포하는 사이에 그녀를 데리고 나오려 할 걸세."

"정말 그렇겠군."

"마지막으로 한 잔씩 더 들고 나가세!"

루초가 술을 따르자마자 잔을 비운 두 친구는 가래침을 뱉고 싸구려 담배를 피워 댔다.

"루초, 얼마지?"

"16페소 4센타보입니다."

"각자가 그렇단 말인가?" 로다스가 물었다.

"아니요, 설마 그렇겠습니까? 두 분 총액이 그렇다는 말씀입니다." 웨이터가 이렇게 말하는 사이에 바스케스는 몇 장의 지폐와 네 개의 동전을 세고 있었다.

"잘 있게, 루초!"

"루시오, 다음에 보세!"

이러한 소리는 문 앞까지 나와 배웅을 하는 웨이터의 목소리와 뒤섞였다.

"바람 소리가 꼭 플루트 소리처럼 크군. 아이고, 추워라!" 로다스가 손을 주머니에 넣고 거리로 나오며 외쳤다.

천천히 걸으면서 성당 앞 모퉁이에 있는 감옥의 가게들 쪽으로

다가가자, 바스케스는 만족한 상태에서 무료함을 달래기 위해 빈대떡을 부치듯 기지개를 켜고는 멈추어 섰다.

"이거야말로 갈기가 있는 사자의 잠을 깨우는 기분인데." 그가 기지개를 켜며 말했다. "사자가 되기 위해서는 사자를 가지고 있어야 하는 법이야. 내가 너를 즐겁게 하기 위하도록 도와주게. 왜냐하면 오늘은 기분 좋은 밤인걸. 참으로 기분 좋은 밤이네! 기분 좋은 밤!"

그는 같은 말을 반복하면서 매번 목소리 톤을 높였다. 그래서 검은색 방울 달린 탬버린 소리가 가득한 밤이 황금빛 종이 달린 경쾌한 탬버린 소리가 가득한 소리로 바꾸어지고, 보이지 않는 친구들의 힘으로 바람을 쭉 펴고, 성당 앞의 인형극 연기자들을 팬터마임을 하는 인형들과 함께 초대해서 목을 간질여 한바탕 웃음의 도가니로 빠지게 하려는 듯했다. 그는 계속해서 웃어 대며 주머니에 손을 넣고 춤을 추었다. 그의 웃음소리는 불평 속에 파묻히더니 이제는 즐거움이 아닌 고통 속에서 창자 입구를 보호하기 위해 몸을 굽혔다. 그러다가 갑자기 침묵에 빠졌다. 마치 치과 의사들이 석고로 이빨 모형을 뜨듯이 그의 웃음소리는 입에서 갑자기 굳고 말았다. 펠렐레를 보았던 것이다. 그의 걸음걸이는 성당 앞의 적막을 발길질하는 것 같았다. 오래된 공장의 벽은 그의 발소리를 두 배, 여덟 배, 열두 배로 증폭시켰다. 얼간이는 상처 입은 개처럼 격한 신음을 내고 있었다. 그의 신음 소리는 밤을 찢어 놓았다. 펠렐레는 권총을 들고 자신에게 다가오는 바스케스를 보았다. 그는 부러진 다리를 질질 끌며 대주교의 저택으로 연결되는 계단 쪽으로 향해 갔다. 로다스는 꼼짝 않고 서서 숨을 깊게 내쉬며 땀에 흠뻑 젖은 채 이 광경을 지켜보았다. 첫 번째 총알로 얼간이는 돌계단에서 굴러떨어졌다. 두 번째 총알로 모든 일이 끝났다. 터키인들은 두 발의 총소리에 몸을 움찔거렸다. 그리고 아무도 아무것도 보지 못했다. 하지만 대주교 저택의 창들 중에 열려 있었던 창 너머에서 어느 성인의 눈이 이 불쌍한 자가 죽는 것을 측은하게 바라보며 도와주었다. 그의 몸이 계단 밑으로 굴러떨어졌을 때 수정 반지를 낀 손이 그에게 사면을 내렸고, 하느님의 나라로 가는 길을 열어 주었다.

8. 성당 앞 인형극 연기자

두 발의 총소리와 펠렐레의 비명 소리, 바스케스와 그의 친구의 도주, 그리고 먹구름의 옷을 입은 달빛에 사람들은 무슨 일이 있었는지 잘 알지도 못한 채 이 거리 저 거리로 튀어나왔다. 광장의 나무들은 방금 일어난 일에 대해 바람이나 전화선을 통해 알릴 수 없다는 고통에 나뭇가지들을 비틀고 있었다. 거리들은 모퉁이에 이르자 범죄가 일어난 장소에 대해 서로 질문을 던졌다. 그들은 방향을 잃고 어떤 길들은 도심으로 갔고 다른 길들은 교외로 나갔다. 아니지, 술 취한 사람이 갈지(之)자로 걷듯이 지그재그로 굽이진 유대인의 길에서일까? 아니지! 아니지! 재작년 귀족 가문의 청년들이 화승병총과 기사도를 부흥시키기 위해 무술을 연마하다가 사악한 헌병들에게 상처를 입힌 사건으로 유명한 에스퀸티야 거리에서도 아니지! 두목에게 인사를 안 하고는 아무도 이 거리를 지나갈 수 없게 해 달라는 도박꾼들이 득실댔던 왕의 거리에서도 아니지! 무뚝뚝한 주민의 급격한 억양으로 알려진 테레사

성녀 거리에서도 아니지! 콘세호 거리나 아바나 거리도 아니지! 다섯 개의 교차로도 아니고, 귀신이 나온다는 거리도 아니야!

사건은 중앙 광장에서 일어났던 것이다. 거기에서는 공중화장실에서 물이 끊임없이 흘러내려 알 수 없는 탄성이 울려 나왔고, 보초병들은 무기들이 부딪치는 소리를 냈고, 밤은 얼어붙은 창공에서 성당과 하늘 사이를 맴돌았다. 바람은 총성으로 이마에 상처를 입어 거칠게 숨을 내쉬었지만 나무 끝에 있는 잎사귀들의 고정된 상념을 미처 뽑아내지는 못했다.

갑자기 성당의 문이 열리고 인형극 연기자가 생쥐처럼 나타났다. 나이 쉰 살에 소녀와 같은 호기심으로 가득 찬 그의 아내가 밖에서 무슨 일이 일어났는지 내다보고 자신에게 이야기해 달라며 거리로 내몰았던 것이다. 무슨 일이 벌어진 걸까? 연속으로 발사된 두 발의 총성은 무엇인가? 인형극 연기자는 속옷 바람으로 밖에 나와 있는 것을 전혀 개의치 않았다. 혹시 터키인들 중 하나가 살해된 것 아닐까 혹은 속임수일까 하는 호기심과, 벤하몬 여사(남편이 이름이 벤하민이어서 아내에게 붙인 별명)의 공상을 충족시키기 위해 양쪽 겨드랑이를 열 손가락으로 박차처럼 꽉 잡고 가능한 한 목을 길게 빼내 밖을 내다보았다.

"여보, 아무것도 안 보여. 도대체 뭘 말하라는 거야?"

"뭐라고요? 터키인들이 있는 곳에서 벌어졌다고요?"

"아무것도 안 보인다고. 도대체 뭘 말하라는 거지?"

"똑바로 말해 봐요! 젠장."

인형극 연기자는 틀니를 빼고 나와서 말할 때마다 꼭 고름을 뽑아내는 유리 기구처럼 입이 움푹 파인 채 움직였다.

"이제 보인다. 기다려. 이제 무슨 일이 일어났는지 알 것 같아."

"하지만 벤하민, 당신 말을 하나도 알아들을 수가 없어요!" 아내가 발을 구르며 투덜댔다. "당신 말을 아무것도 알아들을 수 없다는 것을 이해하나요?"

"이제 보인다. 이제 보여. 대주교 저택 앞 모서리로 사람들이 모여들고 있어!"

"이 양반아, 당신은 아무것도 보고 있지 않아. 그러니 어서 문에서 비켜. 당신은 도움이 안 돼. 당신 말을 한 마디도 못 알아듣겠어."

벤하민은 아내에게 길을 비켜 주고는 문 뒤로 물러섰다. 노란 무명 잠옷 위로 한쪽 젖가슴이 걸쳐져 나오고 다른 쪽 가슴은 성녀 카르멘의 그림 장식 속에 파묻힌 채 헝클어진 모습으로 그녀는 몸을 내밀었다.

"저기 들것을 가지고 오고 있어!" 이는 벤하민이 마지막으로 내뱉은 소리였다.

"아, 그래, 그래. 바로 저쪽이었군! 하지만 내가 추측한 것처럼 터키인들이 있던 쪽이 아니네! 벤하민, 어쩜 저기였다고 내게 말을 안 해 줄 수 있나요? 그래서 총소리가 그리도 가까이서 들렸던 거군요."

"내가 봤던 것처럼 당신도 들것을 보고 있잖아." 인형극 연기자는 다시 말했다. 그가 아내 뒤에서 이야기할 때면 그의 목소리가 대지의 심연으로부터 나오는 것처럼 들렸다.

"뭐라고요?"

"내가 본 것처럼 당신도 들것을 보고 있다고!"

"조용히 해요. 당신이 뭐라고 말하는지 알아들을 수가 없어요. 틀니를 끼우세요. 그것을 안 끼우면 당신이 영어로 말하는 것처럼 들리니까요!"

"내가 봤던 것처럼 당신은······."

"아니에요. 지금 들것을 가지고 온다고요!"

"아냐, 자기야. 벌써 가져다 놓은 거야."

"지금 가지고 오고 있다니까요. 난 바보가 아니라고요."

"아니, 글쎄, 내가 본 것은······."

"뭐라고요? 들것이라고요?"

벤하민은 키가 1미터도 안 되었다. 그는 마르고 박쥐처럼 털북숭이였다. 그는 사람들과 호위병들의 무리 사이에서, 몸집이 커서 열차를 타면 엉덩이가 한 쪽이 좌석씩 차지해 두 자리를 차지하고, 옷을 맞추려면 옷감이 엄청나게 필요한 부인 벤하몬의 어깨 위에서 볼 수 있는 것을 다행으로 여겼다.

"하지만 당신 혼자 보고 싶어 하잖아?" 벤하민은 완벽한 암흑의 상태에서 빠져나오기 위해 대담하게 말했다.

이렇게 이야기하는 것은 마치 '열려라, 참깨'라고 주문을 외는 것이나 마찬가지였다. 벤하몬은 산이 움직이듯 뒤를 돌아보더니 그의 위로 덮쳤다.

"내 참, 당신을 내가 들고 다녀야 하겠어?" 그녀는 소리를 지르고는 아이를 팔에 안듯 그를 바닥에서 번쩍 들어 올려 문 쪽으로 데려갔다.

인형극 연기자는 녹색, 자주색, 오렌지색 등 온갖 종류의 침을 뱉어 댔다. 그가 아내의 배와 가슴을 발길질하는 동안 저 멀리서 네 명의 술 취한 사람들이 펠렐레의 시신이 담긴 들것을 들고 광장을 건너고 있었다. 벤하몬은 성호를 그었다. 그를 위해서 공중화장실의 변기들이 울고 있었고, 바람은 먼지가 쌓여 빛바랜 나무들에게 펠리컨들의 울음소리를 전해 주었다.

"그대의 배필은 노예가 아니라 좋은 반려자가 되리라고 우리 주례 신부님이 말했지. 이런 제길, 그놈의 도장만 안 찍었어도!" 인형극 연기자는 땅바닥에 발을 디디며 투덜댔다.

이야기하는 그의 얼굴은 절반만이 그럴듯해 보이고 나머지는 비현실적으로 보였는데, 그의 얼굴 크기는 작은 오렌지의 반에도 못 미쳤다. 그녀의 얼굴은 엄청나게 큰 오렌지로도 모자랐다. 그녀는 남편이 이야기하도록 내버려 두었다. 이가 빠진 남편의 말을 알아들을 수 없었을뿐더러 그의 말을 아예 무시했기 때문이다.

15분 후에 벤하몬은 자신의 엄청난 살에 압사당하지 않도록 호흡 기관이 투쟁이라도 하듯 엄청나게 코를 골아 댔고, 그녀의 남편은 아직 눈을 붙이지 못하고 자신의 결혼을 저주했다.

하지만 그 독특한 사건은 그의 인형극에 큰 영감을 주었다. 인형들이 비극의 무대에서 연기를 할 수 있게 된 것이다. 대접의 물은 가느다란 튜브를 통해 두꺼운 종이와 돌로 만들어진 인형들의 눈을 통해 한 방울 한 방울 흘러나오도록 장치했다. 그의 인형들은 지금껏 웃기밖에 못했고 미소 짓는 눈을 통해서 우는 장면을 표현할 수밖에 없었다. 이제는 눈물이 뺨으로 줄줄 흘러내리는 슬픔과 통곡을, 진짜 흐르는 눈물의 물줄기로, 거짓으로 즐거움을 연출하는 무대와 함께 선보일 수 있게 되었다.

벤하민은 아이들이 고통이 서려 있는 코미디를 보고 엉엉 울 줄 알았는데, 그들이 자지러지며 더 즐겁게 웃는 것을 보고 놀라움을 금치 못했다. 아이들은 우는 것을 보고도 웃고, 때리는 것을 보고도 웃었다.

"말도 안 돼. 이건 상식 밖이야." 벤하민은 결론을 내리듯 말했다.

"말이 돼요! 말이 된단 말이에요!" 벤하몬은 반박했다.

"말도 안 돼! 말도 안 된단 말이야!"

"말이 된다니까요! 말이 되고말고요!"

"더 이상 서로 시시비비를 가리지 맙시다." 벤하민이 제안했다.

"그러자고요." 그녀도 동의했다.

"하지만 논리적으로 말도 안 돼."

"논리적으로 말이 되고말고요. 말이 안 되는 것이 아니에요!"

벤하몬은 말을 길게 늘이며 폭파하기 직전에 탈출구를 마련하는 듯했다.

"말이 되는 것이 아닌 것이 아닌 것이야!" 인형 조종사는 화가 나서 머리털이 뽑히기 직전에서 고함을 질렀다.

"말이 된다고요! 된다니까요. 말이 안 되는 것이 아니에요! 말이 안 되는 것이 아닌 것이 아닌 것이라니까요!"

서로 이렇게 헷갈리는 이야기를 끝없이 했는데, 분명한 것은 아이들을 즐겁게 하기 위해서 인형들을 울게 해 카타르시스를 느끼게 하는 성당 앞의 인형극은 그 후로도 오랜 세월 지속되었다는 것이다.

9. 유리 눈

　도시의 작은 가게들은 석간신문을 받고 마지막 손님을 보내고 나면 그날 하루분의 계산을 하고, 밤이 시작될 무렵 가게 문을 닫는 것이 보통이었다. 한 무리의 아이들이 거리 모퉁이에서 가로등 주변에 모여든 풍뎅이들을 잡으며 신나게 놀고 있었다. 잡은 벌레들은 가능한 한 긴 시간 동안 발밑에 깔려 고문을 당하다가 어느 순간 무자비하게 짓이겨졌다. 몇몇 창문들을 통해서는 연인들이 사랑의 고통에 자신들의 몸을 맡겼으며, 고요한 길거리에서는 총검과 곤봉으로 무장한 순찰병들이 대장의 걸음을 따라 줄맞추어 행진을 했다. 하지만 어떤 때는 모든 것이 바뀌기도 했다. 비교적 평화롭게 풍뎅이를 잡던 아이들은 팀과 조직을 짜서 전쟁놀이를 한다. 거리에 있는 돌이 남아나지 않을 때까지 쉬지 않고 돌팔매질했다. 연인들의 애정 행각은 아가씨의 어머니가 나타남으로써 끝나고, 청년은 마치 마녀가 나타나기라도 한 듯 손에 모자를 든 채 전속력으로 도망쳤다. 순찰대는 조금이라도 수상해 보이는 행인을 만나면 머리부터 발끝까지 수색을 하고, 비록 무기를 소지하지 않았더라도 단지 순찰대 대장의 마음에 들지 않는다는 이유로 건달이나 모반을 꾸미는 자로 간주해 감옥으로 데려갔다.

이런 밤시간의 빈민촌은 끝없는 고독과 지저분한 가난의 나락에 빠진 듯했다. 마치 신의 섭리라는 종교적 숙명론으로 봉인된 동양적인 수긍과 포기가 떠도는 마을 같았다. 하수구 물은 달빛을 대지의 꽃에게 전달해 주었다. 식수는 배수관에서 노예 제도와 악행으로 점철된 마을의 끝없는 시간을 세고 있었다.

이러한 빈민촌 중 한곳에서 루시오 바스케스는 친구와 헤어졌다.

"잘 가게, 헤나로!" 바스케스는 비밀을 지켜 주기를 바라는 눈빛으로 말했다. "나는 장군의 딸을 납치하는 데 일조할 수 있나 알아보러 서둘러 가 봐야 한다네."

헤나로는 떠나는 친구에게 무언가 말을 할까 말까 망설인 채 우두커니 서 있었다. 그러고는 자신의 집이기도 한 가게로 가서 노크를 했다.

"누구세요?" 안에서 소리가 들려왔다.

"나야." 헤나로는 키가 작은 사람의 말을 듣기라도 하듯 머리를 숙여 문에 기댔다.

"누구냐니? 나래도." 그가 말할 때 한 여인이 문을 열었다.

그의 아내인 페디나 데 로다스는 속옷 차림에 머리는 헝클어져 있었다. 그녀는 촛불을 든 팔을 머리끝까지 올려 앞에 누가 있는지 보려 했다.

혜나로가 안으로 들어오자 그녀는 촛불을 내려놓고 빗장을 쾅하고 내린 뒤, 아무 말도 하지 않은 채 침대로 갔다. 시계 앞에 불빛을 밝혀 염치없는 남편이 몇 시에 집에 왔는지 봤다. 남편은 기분이 좋은 듯 휘파람을 불면서 카운터 위에서 자고 있는 고양이를 쓰다듬었다.

"왜 그렇게 기분이 좋으세요?" 페디나는 침대에 들어가기 전에 다리를 주무르며 물었다.

"아무것도 아니오." 혜나로는 자신의 목소리에서 아내가 어떤 불길한 낌새를 눈치챌까 두려워 간결하게 대답을 마쳤다.

"계집애처럼 말하는 그 경찰이랑 요즘 점점 더 가까이 지내는군요!"

"아냐." 혜나로는 말을 가로막고 테가 굽어진 모자를 눌러써 눈을 가리고는 침실로 쓰는 가게 뒷방으로 들어갔다.

"거짓말 마세요! 방금 여기서 헤어졌잖아요? 당신께 이 이야기는 해야겠네요. 당신 친구처럼 암탉 같은 목소리를 가진 남자들은 좋은 사람이 아니에요. 그자와 당신이 자주 왕래하는 것은 당신이 비밀경찰이 되고 싶어서잖아요. 그건 염치없는 건달들이나 하는 짓이라고요!"

"이건 뭐지?" 혜나로는 화제를 돌리기 위해 상자에서 옷자락을 꺼내 들며 물었다.

페디나는 평화의 깃발인 양 남편의 손에서 옷을 집어 들고 침대에 앉아 그 옷은 장남의 대모인 카날레스 장군 따님의 선물이라고 만족스럽게 이야기했다. 혜나로는 아들의 요람을 적시는 어둠 속에 얼굴을 파묻고는 기분이 나빠져서 아내가 아들의 세례 성사에 필요한 준비물에 대해 이야기하는 것을 듣지 않은 채 빛을 차단하기 위해 촛불과 그의 두 눈 사이를 손으로 가렸다. 하지만 곧 촛불에 반사된 손가락들이 피로 물든 것 같아 피의 반영을 씻으려는 듯 손을 흔들어 대며 아래로 내렸다. 죽음의 혼령이 관에서 나오듯 아들의 요람으로부터 피어 올라왔다. 아기들의 요람을 흔들듯 죽은 자들도 흔들어야 했다. 이 혼령의 눈은 계란이나 구름처럼 희뿌옇고 머리카락도 눈썹도 이빨도 없었는데, 사망자들의 명부를 적는 사무실의 향로 속 내장이 나선처럼 비틀어져 있었다. 헤나로는 아내의 목소리를 멀리서 들었다. 그녀는 아들의 세례 성사와 장군의 딸, 옆집, 길모퉁이에 사는 뚱뚱한 여자, 술집 주인, 정육점 주인, 빵집 주인을 초대하는 일에 대해 이야기했다.

"우리가 얼마나 행복할까요!"

그리고 재빨리 말을 자르며 물었다.

"헤나로, 무슨 일 있어요?"

남편이 대답했다.

"아무 일도 없어."

아내의 외침이 죽음의 환영에 작고 검은 구멍들을 뚫어 놓았다. 이 점들은 방구석의 그림자에 해골의 형상을 새겨 놓았다. 그것은 여성의 해골이었으나 갈비뼈 모양의 덫에 걸린 쥐처럼 가슴이 축 늘어지고 깡마른 데다가 털이 난 모습이었다.

"헤나로, 무슨 일이에요?"

"아무 일도 아니야."

"당신은 바깥에만 나갔다 하면 다리 사이에 꼬리가 달린 모양으로 축 늘어진 채 몽유병자가 되어 돌아온단 말이에요. 무슨 망령이 들었기에 당신은 집에 붙어 있지를 못하죠?"

아내의 목소리가 해골 그림자를 녹여 버렸다.

"아무 일도 아니라니까."

전등에서 비쳐 나오는 불빛처럼 그의 오른쪽 손가락 위로 눈 하나가 지나가고 있었다. 새끼손가락에서 차례차례로 엄지손가락까지 지나가는 것이었다. 하나의 눈알이…… 하나의 눈알이…… 그 눈알이 할딱할딱 숨을 쉬는 것을 느낄 수 있었다. 그는 그것을 손톱이 손바닥에 파고들 정도로 꽉 움켜쥐어 터뜨리려 했다. 하지만 불가능했다. 손을 펴면 손가락에 다시 나타났다. 그것은 새의 심장보다 작았으나 지옥보다 더 공포를 불러일으켰다. 쇠고기 국물 같은 뜨거운 땀방울이 이마에 맺혔다. 도대체 누가 죽은 자들의 형상이 새겨진 룰렛 게임의 공처럼 손가락 위에서 튀어 다니는 눈으로 그를 바라본단 말인가?

페디나는 아들이 잠들어 있는 요람을 뒤로 밀었다.

"헤나로, 도대체 무슨 일이에요?"

"아무것도 아냐!"

이윽고 몇 번의 한숨을 들이쉬고는 말했다.

"단지 눈알 하나가 나를 따라다녀. 그 눈이 날 쫓고 있어. 내 손에 있는 그 눈이 보여. 아니야, 그럴 순 없어. 그건 바로 내 눈이야. 이 눈알 하나는……."

"주님께 의지하세요." 그녀는 남편의 도대체 알아들을 수 없는 수수께끼 같은 소리를 무시한 채 씹어 뱉듯 말했다.

"눈 하나…… 그래, 유리알 같고 속눈썹이 있는 검고 둥근 눈이야!"

"당신 취했어요?"

"어떻게 취할 수가 있겠어? 술 한 모금 안 마셨는데."

"안 마셨다고요? 당신 입에서 술 냄새가 나는데?"

이 집의 반은 침실이었고 다른 반은 가게로 쓰고 있었다. 로다스는 지하 세계에 빠진 것 같은 느낌이었다. 아무런 위로도 없이 박쥐와 거미와 뱀과 게들 사이에 있는 것 같았다.

"뭔가 일을 저질렀죠?" 페디나는 하품을 하며 덧붙였다. "당신을 바라보고 있는 것은 바로 주님의 눈이란 말이에요!"

헤나로는 점프를 하며 침대로 들어갔다. 옷은 물론 구두도 신은 채 침대보를 뒤집어썼다. 그의 곁에 있는 젊은 아내의 아름다운 몸 위로 눈 하나가 튕겨 다니고 있었다. 페디나는 불을 껐다. 하지만 상황은 더 악화되었다. 그 눈은 어둠 속에서 순식간에 커져 온 벽과 바닥, 천장, 집 전체와 그의 삶과 그의 아들까지 뒤덮었다.

"안 돼." 남편의 비명 소리에 페디나는 불을 다시 켜고, 남편의 얼굴에 흐르는 식은땀을 기저귀로 닦아 주었다. 헤나로는 아내의 말을, 그것은 주님의 눈이 아니라 악마의 눈이라며 부인했다.

페디나는 성호를 그었다. 헤나로는 아내에게 불을 다시 *끄라고* 말했다. 밝음의 세계에서 다시 어둠의 세계로 진입하자 눈은 8자 모양이 되더니 요란한 소리를 내며 무엇에든 부딪혀 산산조각 날 것 같더니, 이번에는 길거리에서 울리는 발소리가 되어 쿵쾅거렸다.

"문이야! 문이야!" 헤나로가 외쳤다. "그래! 그래! 불을 켜! 성냥으로! 오! 하느님!"

그녀는 그의 어깨 너머로 팔을 뻗어 성냥갑을 찾았다. 멀리서 마차 소리가 들려왔다. 헤나로는 손가락을 입에 대고 숨이 막히는 소리로 중얼거렸다. "혼자 남는 건 싫어." 그는 속치마 바람으로 그를 진정시키기 위해 나가려던 아내를 불렀다.

남편의 외침에 페디나는 그가 걱정돼 침대로 급히 돌아왔다. 그녀는 불빛에 출렁이는 검고 아름다운 눈동자를 반짝이며 '이이가 병이 났든가, 아니면 무슨 일이 생긴 게야' 하며 마음속으로 중얼거렸다. 그녀는 극장이 있는 주막에서 본 엔리케타라는 소녀의 위속에서 꺼낸 기생충이 문득 생각났다. 또한 병원에서 만난 어느 원주민의 뇌에서 찾아낸 수세미나 잠을 못 자게 한다는 얽힌 머리카락이 생각났다. 그녀는 매가 지나가는 것을 보고 날개를 열고 병아리들을 모으는 암탉처럼 벌떡 일어나 성 블라스의 초상이 그려진 메달을 갓 태어난 아기의 가슴에 얹고 큰 소리로 삼종 기도를 올렸다.

하지만 삼종 기도 소리는 마치 그를 때리기라도 하는 것처럼 헤나로에게 강한 충격을 주었다. 그는 두 눈을 감고 침대에서 나와 요람 곁에 있는 아내에게 다가가 무릎을 꿇고 아내의 다리를 안고는 자신이 본 것을 이야기했다.

"첫 번째 총성에 그는 계단 아래로 피를 철철 흘리면서 굴러떨어졌어. 하지만 눈을 감고 있지 않았어. 다리는 벌려진 채였는데 그의 시선은 고정되어 있었어. 뭐라고 할까? 착 달라붙는 차가운 눈빛! 천둥번개처럼 눈동자 하나가 모든 걸 감싸 안는 것 같았어. 그러고는 우리를 바라봤어! 속눈썹이 있는 그 눈이 지금 여기 그리고 내 손가락에서, 그리고 이곳의 온 사방에서 떠나질 않아! 오! 하느님! 여기서 말이야!"

이때 아기의 울음소리가 그의 말을 멈추게 했다. 그녀는 요람에서 포대기에 싸여 있는 아기를 들어 올려 젖을 물렸다. 무릎 꿇고 자신의 다리를 누르며 신음하는 남편이 역겨웠으나, 그렇다고 그를 떼어 낼 수도 없는 노릇이었다.

"무엇보다 문제가 가장 심각한 것은 루시오야."

"그 여자처럼 말하는 작자가 루시오예요?"

"그래, 루시오 바스케스지."

"사람들이 벨벳이라고 부르는 그 사람 맞지요?"

"그래."

"그 천사 같은 사람을 죽인 자가 바로 그죠?"

"그가 광견병에 걸렸기 때문에 그를 죽이라는 명령을 받은 거야. 하지만 더 심각한 문제가 있어. 카날레스 장군에 대한 체포령이 떨어졌다고 루시오가 내게 말해 주었어. 그리고 오늘 밤 루시오가 아는 어떤 놈이 장군의 딸인 그 아가씨를 납치해 갈 거라고 이야기해 주더군."

"카밀라 아가씨를요? 우리 아이의 대모를?"

"그래."

믿을 수 없는 사실을 듣고 페디나는 남의 불행에 마을 사람들이 목 놓아 울듯 애절하고 서럽게 울었다. 세례용 성수의 차가운 온도를 상쇄하기 위해 할머니들이 가지고 가는 따뜻한 물처럼 아기의 주름진 머리 위로 눈물이 떨어졌다. 아기는 어느덧 잠이 들었다. 밤이 지나고 문틈으로 황금빛 빛이 새어 들 때까지, 수레에 빵을 싣고 다니는 소녀가 "빵이요! 빵 사세요! 빵!" 하고 외쳐 고요가 깨질 때까지, 그들은 안수 기도를 통해 치유를 받는 사람들마냥 적막 속에서 그대로 있었다.

10. 시민군의 왕자들

'차마라라는 거친 옷을 입고 다니는 자' 라는 별명을 가진 에우
세비오 카날레스 장군은 군대 앞에서 사열을 받는 것처럼 씩씩하
게 카라 데 앙헬의 집을 나왔다. 하지만 대문을 닫고 나와 홀로 되
자 그의 의연한 발걸음은 암탉을 팔러 시장에 황급히 나가는 원주
민의 발걸음으로 바뀌었다. 스파이들이 그의 발뒤꿈치를 바짝 쫓
고 있음을 이미 알고 있었다. 아랫배의 통증이 구토를 일으켜 그
는 손가락으로 꾹 누르고 있었다. 호흡을 하는 도중에 말하려고
했지만 목의 마디마디가 담즙과 함께 빠져나가 간헐적인 탄식과
원망을 할 수밖에 없었다. 수축과 팽창을 하는 심장의 움직임이
잠시 멈추자 눈동자가 풀리고, 아무 생각도 나지 않았다. 그는 손
을 가슴에 대고 칸막이 역할을 하는 갈비뼈가 있음에도 불구하고
있는 힘껏 꾹꾹 누를 수밖에 없었다. 불행 중 다행이었다. 1분 전
만 하더라도 아득하게만 느껴졌던 길모퉁이를 방금 넘어섰다. 이
제 길모퉁이 하나 더 지나면 되는데……. 극도의 피로감으로 그

에게는 길이 아득하게만 보였다. 침을 뱉었다. 겨우 다리가 움직였다. 몸이 점점 더 뻣뻣해졌다. 거리의 끝에 다다랐을 때 수레 한 대가 미끄러져 쓰러졌다. 정작 미끄러져 쓰러져야 할 것은 그 자신이었는데 말이다. 그는 수레와 집들과 도시의 불빛을 바라보았다. 보폭이 줄어들었다. 이젠 그에게 더 이상 남은 게 없었다. 그나마 다행이었다. 몇 분 전에는 그토록 멀게만 느껴졌던 길모퉁이를 이제 막 돌았다. 이제 하나 남았다. 이것만 지나면 되는데…… . 그의 피로 상태로 볼 때 얼마나 먼 길인가! 이를 악물고 무릎을 움직이려고 했다. 그러나 더 이상 발걸음을 뗄 수 없었다. 무릎이 굳어지고 목뼈와 등줄기가 후끈거렸다. 무릎이 말을 안 들었다. 이제는 기어가야 했다. 손과 팔꿈치로 바닥을 짚고 기어서 집으로 가며 죽음으로부터 도피하기 위해 그가 할 수 있는 모든 것을 다해 투쟁해야 했다. 집으로 가는 속도는 더욱 더뎌졌다. 아무도 구원의 손길을 주지 않는 길모퉁이들이 계속되었다. 이건 마치 불면의 밤에 투명한 칸막이로 된 문들이 연속해서 나타나는 것 같았다. 그는 남들이 자신을 보건 안 보건 상관없이 자신의 눈에나 남들이 보기에도 자신이 우습게 보이도록 행동하는 것 같았다. 아무도 안 보는 한밤중이라 하더라도 시민들이 보기에 공인인 자신이 그렇게 행동하는 것이 부끄럽게 느껴졌다. "될 대로 되라지." 그는 홀로 중얼거렸다. "내 임무는 집에 남아 있는 거야. 그 불한당 같은 카라 데 앙헬이 한 말이 사실로 판명 난다 하더라도!"

그리고 계속 중얼거렸다.

"도망친다는 것은 내가 죄를 지었다는 것을 시인하는 셈이 되는 거야." 메아리는 그의 발소리를 건반을 치듯 다시 울리게 했다. "도망친다는 것은 내가 죄를 지었다는 것을 시인하는 셈이 되는 거야. 그럴 순 없지." 메아리는 발소리를 건반을 치듯 다시 울리게 했다. "그건 내가 죄인이라는 것을 시인하는 셈이 되는 거야. 그럴 순 없지." 메아리는 그의 발소리를 건반을 치듯 다시 울리게 했다.

그는 대통령의 심복이 그에게 붙인 공포의 반창고를 떼기 위해 손을 가슴에 가져다 댔다. 거기에 있던 무공훈장이 없었다. "도망치는 것은 죄인임을 시인하는 거야. 그럴 순 없어." 카라 데 앙헬의 손가락은 그가 망명 가는 쪽을 지목하며 그것만이 유일한 탈출구임을 암시하고 있었다. "장군님, 일단 목숨은 부지하셔야지요. 아직 도망칠 시간은 있어요!" 그의 존재 근거였던 모든 것과 그가 가치 있다고 생각하는 것과 그가 온 애정을 쏟던 아이들, 조국, 가족, 기억, 전통, 그리고 그의 딸 카밀라 등 모든 것이 빌어먹을 그 녀석의 손가락에 의해 산산조각 나고 우주 자체가 산산조각 나는 것처럼 느껴졌다.

이러한 현기증 나는 생각에 사로잡혀서도 발걸음은 떨어졌지만 대신 눈에서 형언할 수 없는 눈물이 떨어졌다.

'장군들은 시민군의 왕자들이다.' 그는 자신이 어느 연설에서 했던 말을 떠올렸다. '이런 제길! 이 짧은 말이 나를 얼마나 괴롭히는가! 차라리 우리가 바보 같은 짓을 하는 왕자들이라 말하는 것이 나았을 것을! 각하는 시민군의 왕자들이란 말을 용납하지 못했을 거야. 그는 내게 앙심을 품은 거야. 각하는 내 백발을 존경심 어린 눈으로 바라보던 대령의 죽음을 나에게 뒤집어씌우려고

하는 거야.'

흰 콧수염 아래로 그의 입가에 날카롭고 냉소적인 웃음이 새겨졌다. 그는 자신 안에 거북처럼 천천히 걸으며 어둡고 슬픈 얼굴을 하고 말없이 불꽃놀이 화약 냄새를 풍기며 행군 뒤의 과자 봉지가 흩날리는 것처럼 다리를 질질 끌고 가는 또 다른 카날레스 장군이 될 여지를 마련하는 것 같았다. 진정한 카날레스 장군의 면모는 영광스럽고 자유를 위한 전투 뒤에 있었던 위대한 리더와 어깨를 나란히 하는 군 생활의 정점에 있었으나, 그것도 알렉산더 대왕, 카이사르, 나폴레옹, 그리고 볼리바르와 같은 오만한 카라데 앙헬의 집을 나올 때까지의 모습이었다. 이런 그의 모습은 군모의 깃이나 금줄도 군화도 황금빛 박차도 없는 희화된 모습으로 이내 바뀌었다. 가련하고 의연하며 진정한 타자인 카날레스의 장례식에 빛바랜 복장에 힘 빠진, 면도도 못한 침입자인 또 다른 카날레스가 함께하여 겉치레 없이 제복의 어깨에 다는 장식과 월계관과 깃털 장식과 애도의 서한들을 파묻는 장엄한 일급 장례식을 지켜보았다. 초라한 카날레스는 자신보다 뒤처져 가는 금빛과 푸른빛을 흠뻑 받은 꼭두각시처럼 베레모를 눈이 덮일 정도로 푹 눌러쓰고, 부러진 칼에, 주먹을 불끈 쥐고, 색이 바랜 십자 훈장과 메달을 가슴에 달고 가는 진짜 카날레스 장군에 앞서서 역사에 남지 않을 패배의 길로 가고 있었다.

발걸음을 늦추지 않고 걸으면서 카날레스는 도덕적으로 패배했다고 느끼며 화려한 군복을 입은 자신의 사진에서 눈을 떼었다. 길거나 짧거나 품이 좁거나 넓어 자신의 치수에 맞지 않는 재킷에

짐꾼의 바지를 입고 망명을 떠나는 자신의 모습을 고통스럽게 상상해 냈다. 그는 금속으로 된 족쇄를 질질 끌고 자신의 폐허를 밟고 지나갔다.

"하지만 나는 결백해!" 그의 내면에서 우러나오는 보다 설득력 있는 목소리로 그는 거듭 중얼거렸다. "하지만 나는 결백해! 두려워할 이유가 없잖아?"

"바로 그래서 말이에요. 만일 당신에게 정말 죄가 있다면 또 다른 친구가 이야기했을 거예요. 범죄란 정부 편에 선 시민에게 유리한 법이지요. 조국이라고요? 장군님, 어서 몸을 피하셔야 합니다. 이건 분명해요. 조국이 당신을 지켜 주지는 않아요. 법이라고요? 그런 빌어먹을 소리는 하지 마세요. 장군님, 도망치세요. 죽음이 당신을 기다리고 있습니다." 카라 데 앙헬의 표현을 빌려 그의 또 다른 의식이 자신에게 답했다.

"하지만 나는 결백해!"

"장군님, 결백한지 죄가 있는지 자신에게 질문하지 마세요. 이 나라 주인의 심기를 건드렸는지 아닌지만 생각해 보세요. 정부의 반대편에 선 결백한 자가 범죄자보다 더 위험한 법이에요."

그는 카라 데 앙헬의 말에 귀를 막고서 자신의 심장 박동 소리를 들으며 복수의 칼날을 갈았다. 이윽고 딸에 대해 생각했다. 딸은 자신을 애타게 기다리고 있을 것이다. 은총의 탑에서 시간을 알리는 종소리가 울렸다. 하늘은 구름 한 점 없이 맑고 별들이 밝게 빛나고 있었다. 자신의 집이 있는 길모퉁이에 다다르자 창문에 불이 켜져 있는 것을 볼 수 있었다. 그 불빛의 걱정스러운 기색이 거리

한가운데까지 비치고 있었던 것이다.

'카밀라를 다시 찾으러 갈 때까지 내 동생 후안에게 맡겨야겠다. 카라 데 앙헬은 내 딸을 오늘 밤이나 내일 아침에 데려가겠다고 했지.'

그는 손에 쥔 열쇠를 사용할 필요가 없었다. 집에 도착했을 때문이 저절로 열렸기 때문이다.

"아빠!"

"쉿! 조용해! 이리 와. 이 아빠가 설명할 게 있다. 시간을 벌어야 해. 너한테 설명해 주마. 내 조수에게 마차를 몰 짐승을 준비시키라고 해. 돈과 총도. 내 옷은 나중에 가져가고. 여행가방 하나에 꼭 필요한 것만 준비해. 내가 하는 말을 네가 이해할 수 있을지 모르겠다. 누런 노새에 안장을 얹으라고 말하고, 너는 내 짐을 챙겨. 그동안 나는 옷을 갈아입고 네 숙부들에게 편지를 쓰마. 너는 며칠간 후안 아저씨와 함께 지낼 거야."

미치광이가 놀라게 한다 하더라도 그토록 침착하던 아버지가 집에 돌아오자마자 그렇게 초조해 하자, 카날레스의 딸은 그 어느 때보다도 놀랐다. 그녀의 안색은 파랗게 질려 있었다. 아버지가 이런 모습을 보인 적이 단 한 번도 없었다. 그녀는 성급한 마음에 정신없이 "어쩜 좋지! 오! 하느님, 맙소사"라고만 읊조리며 근심에 젖어 있었다. 그녀는 달려가 조수를 깨워 안장을 챙기고 눈이 번뜩이는 큰 노새를 준비하라고 지시했다. 그러고는 돌아와 가방에 넣을 수건, 양말, 빵, 버터를 챙겼는데 소금도 준비해야 하는 것을 깜빡했다. 이윽고 늘 그렇듯이 장작불 앞에 앉아 닭고기를 굽다 재로 만든 채 고개를 끄덕이며 첫 번째 단잠에 빠져 있는 아줌마를 깨우러 갔다. 아줌마 곁에는 소음에 놀란 고양이가 두 귀를 움직였다.

하녀가 방에 들어와 유리창의 빗장을 잠글 때 장군은 편지를 휘갈겨 쓰고 있었다.

침묵이 집의 분위기를 지배하고 있었으나 그것은 고요하고 평안한 밤의 아늑한 침묵과는 거리가 멀었다. 이것은 꽃에 대한 사념보다 가볍고 물보다 석회 성분이 적은 달콤한 꿈 나래를 펼치게 하는 숲처럼 새까만 밤의 침묵도 아니었다. 침묵은 지금 이 집을 지배하고 장군의 기침 소리와 그의 딸의 행로와 하녀의 흐느낌과 장롱과 서랍장과 찬장이 열리고 닫힐 때 삐걱거리는 소리를 방해했다.

무용수의 몸매에 날렵하게 생긴 체구를 지닌 작은 사내가 펜을 치켜드는 법 없이 거미가 거미줄을 잣듯이 조용히 글을 쓴다.

"공화국의 헌법의 수호자이신

위대하신 대통령 각하께

올리는 서신.

위대하신 각하

분부하신 지시에 따라 에우세비오 카날레스 장군의 일거수일투족을 면밀하게 관찰해 왔습니다. 각하의 친한 지인 중 한 분이신 미겔 카라 데 앙헬의 집에 장군이 있었다는 것이 목격되었음을 각하께 알리는 것을 영광스럽게 생각합니다. 거기서 요리사로 일하는 여자가 주인과 하녀를 감시하고, 하녀는 주인과 그 요리사를 감시하는데 둘 다 제게 카라 데 앙헬이 카날레스 장군과 그의 방에서 45분간 밀담을 나누었다고 보고했습니다. 그들은 장군이 황급하게 나갔다고 덧붙였습니다. 분부하신 대로 카날레스의 집에 대한 감시 인원을 두 배로 늘렸으며, 그가 조금이라도 도망치는 기색을 보이면 사살하라는 명령을 재차 하달했습니다.

다음은 하녀가 모르는 사안인데, 요리사의 보다 상세한 정보에 의하면 장군이 떠난 후 집주인은 몹시 만족해했으며 백화점이 문을 열자마자 통조림과 술, 과자, 초콜릿을 사 오라고 지시하며 양가집 규수가 자신과 같이 살러 올 것이라고 이야기했다 합니다.

이상이 제가 황공하게도 공화국의 대통령 각하께 보고드리는 내용이었습니다."

그는 날짜를 적고 펜촉을 휘갈기며 서명을 했다. 하지만 펜을 종이에서 떼기 전에 코끝을 긁적이더니 문득 생각난 것을 다시 적었다.

"추신. 아침에 보낸 서한에 첨언하는 사항.

루이스 바레뇨 박사: 오후에 세 명의 환자가 그의 병원을 방문했음. 그 중 두 명은 매우 초라했음. 저녁에는 아내와 함께 공원을 산책함.

아벨 카르바할 변호사: 오후에 아메리카 은행에 간 후 카푸치나스 건너편에 있는 약국에 갔다가 독일 클럽에 감. 거기서 경찰이 따로 미행하는 롬스 씨를 만나 오랜 시간 이야기를 나눈 후 저녁 7시 30분에 귀가. 그 이후에는 외출한 바 없음. 분부대로 그의 집에 감시 인원을 배로 늘림. 다시 서명함. 위에 기술된 날짜와 상동. 이상."

11. 납치

로다스와 헤어진 루시오 바스케스는 지친 다리에 힘을 주고는 마사쿠아타 양을 보러 갔다. 아가씨를 납치하는 데 참여할 수 있는지 그 가능성을 타진하기 위해서였다. 그는 은총의 분수가 있는 쪽을 지나갔다. 그곳은 아낙네들이 분수대 구멍에서 더러운 물이 쏟아지듯 세상에 떠도는 온갖 풍문과 소문의 이야기 실타래를 풀어내고 퍼 담는 곳이었다.

'연약한 자를 납치한다는 것은 얼마나 신나는 일인가!' 이렇게 생각하며 펠렐레의 살인자는 걷는 속도를 늦추지 않았다. '운 좋게도 성당 앞을 일찍 비워도 되게 된 덕분에 이런 즐거움을 맛보게 되었군. 성모 마리아 님, 기껏 좀도둑질이나 암탉을 훔치다가 여자를 농락하는 것은 어떤 기분일까요!'

마침내 마사쿠아타의 술집이 보였다. 하지만 은총의 분수의 시계를 보니 진땀이 나기 시작했다. 시간을 잘못 보지 않은 이상 시간이 다 되었던 것이다. 카날레스의 집을 감시하는 몇몇 경찰들과 인사를 나누고 토끼처럼 술집으로 민첩하게 들어갔다.

마사쿠아타는 새벽 2시를 기다리며 신경이 곤두선 채 다리를 꼬고, 어깨를 불편하게 웅크리고, 베개 위에서 머리를 뒤척이면서 눈을 뜬 채 누워 있었다.

바스케스가 문을 두드리자 그녀는 침대에서 뛰쳐나와 솔로 말을 닦을 때 나는 소리처럼 거친 숨을 내쉬며 헐레벌떡 문을 열었다.

"누구세요?"

"나야, 바스케스야. 문 열어!"

"안 오는 줄 알았어요."

"지금 몇 시지?" 그가 들어오며 물었다.

"1시 15분이에요." 그녀는 시계도 보지 않고 대답했다. 그녀는 2시가 되길 기다리며 매 분, 5분, 10분, 15분, 20분 단위로 세고 있었던 것이다.

"내가 은총의 성당의 분수대 시계를 보았을 때는 1시 45분이었는데?"

"그런 말 말아요. 신부님들이 또 그 시계를 빨리 맞추어 놓았나 보네요!"

"지폐를 냈던 그 친구는 아직 안 돌아왔어?"

"네."

바스케스는 호된 따귀가 돌아오리라는 것을 알면서도 그녀를 껴안았다. 하지만 그런 일은 벌어지지 않았다. 마사쿠아타는 비둘기와 같이 온순해져서 이날 밤 달콤한 사랑의 협약에 서명한 것처럼 그가 자신을 껴안고 입을 맞추도록 내버려 두었다. 치킨키라의 성모 마리아의 그림을 비추어 주는 작은 촛불이 유일하게 이 방을 비추고 있었다. 그 주변에는 종이로 만든 장미 한 다발이 있었다. 바스케스는 촛불을 훅 불어 끄고 그녀를 쓰러뜨렸다. 성모의 모습은 어둠 속에 가려지고 바닥에서는 두 몸뚱이가 마늘쪽이 엉킨 것처럼 뒹굴었다.

　카라 데 앙헬은 불량배들 한 무리를 이끌고 성급히 극장 쪽에서 나타나 같은 패거리들에게 말했다.

　"아가씨가 내 수중에 있게 되면 자네들은 그 집 안의 물건들을 차지할 수 있다. 자네들이 빈손으로 나오지는 않으리라는 걸 내 보장하지. 하지만 지금부터 조심해야 하네. 자네들이 입을 함부로 놀리면 그 후로는 자네들 도움 따윈 받지 않을 걸세."

　그들이 길모퉁이를 돌아섰을 때 순찰대가 그들을 저지했다. 군인들이 그들을 에워싸자 대통령의 심복은 군인 중 우두머리를 설득시키려 했다.

　"중위님, 우리는 어느 아가씨에게 세레나데를 연주하러 가는 중입니다."

　"그 장소가 어디인지 말씀해 주십시오." 그는 긴 칼 끝을 땅에 툭툭 치며 말했다.

　"바로 이 근처 헤수스 거리에서요."

　"마림바도 기타도 없이 벙어리에게 세레나데를 연주하려고요?"

　카라 데 앙헬은 팔을 뻗어 장교에게 1백 페소짜리 지폐를 슬쩍 건네주었다. 그렇게 해서 위험으로부터 벗어날 수 있었다.

거리의 막바지에 이르자 은총의 성당의 윤곽이 드러났다. 이 성당은 거북 모양으로 생겼는데, 둥근 지붕에 난 창문들이 거북의 두 눈 같았다. 대통령의 심복은 마사쿠아타가 있는 곳으로는 한꺼번에 여러 명이 몰려가지 말라고 지시했다.

"투스텝이라는 술집이다. 기억해 둬라!" 그들이 소그룹으로 나뉘어 가고 있을 때 그가 큰 소리로 외쳤다. "투스텝이다. 엉뚱한 곳으로 가면 안 된다! 투스텝이다. 침대를 파는 가게 옆집이야."

한 무리로 가던 발소리는 두 갈래로 멀어져 갔다. 도주 계획이란 다음과 같았다. 은총의 분수 시계가 2시를 칠 때 카라 데 앙헬의 지휘 하에 한두 명이 카날레스 장군의 집으로 올라간다. 이들이 지붕 위로 오를 때 장군의 딸이 집 정면으로 나 있는 창문 중하나를 열고 도둑을 보고 도움을 외친다. 이는 집을 지키는 경관들의 주의를 이끌어 낼 것이다. 이 혼란을 틈타 카날레스는 주차장의 문을 통해 빠져나간다는 것이다.

바보나 미치광이, 아니 어린아이라도 이렇게 무모한 계획을 꾸며 내지는 않았을 것이다. 이것은 앞뒤가 맞지 않는 계획이었다. 장군이나 대통령의 심복이 이러한 사실을 알고도 이 계획을 받아들였다면 그것은 각자 자신만의 속셈이 있었기 때문이다. 카날레스 입장에서는 대통령의 심복의 보호가 그 어떤 계획보다 도주를 위한 최선의 방책이었고, 카라 데 앙헬 입장에서는 장군과의 약속과는 상관없이 대통령과의 약속을 이행하는 것이 중요했는데, 장군이 자신의 집을 나가자마자 대통령에게 전화를 걸어 장군의 탈출 전략과 시간을 알려 주었던 것이다.

열대에서의 4월의 밤은 어둡고, 춥고, 헝클어진 슬픔을 자아내게 해 3월의 따사로운 낮을 그리워하게 했다. 카라 데 앙헬은 술집과 카날레스의 집 모퉁이에서 여기저기 흩어져 있는 경찰의 흐릿한 그림자를 세어 보고는 천천히 걸어 한 블록을 돈 후 투스텝 주점의 뒤에 있는 작은 문으로 몸을 굽히며 들어갔다. 그 주변의 모든 집 앞에는 제복을 입은 헌병들이 지키고 있었고, 고요가 깨진 인도에는 헤아릴 수 없이 많은 비밀경찰들이 오가고 있었다. 그는 불길한 예감이 들었다. 그는 자신에게 말했다. "장군이 집을 나오자마자 사살되는 범죄 행위에 내가 협조하고 있는 셈이 되었군." 자신이 짠 계획이 생각하면 생각할수록 암울하게만 느껴졌다. 이제 죽을 사람의 딸을 데려간다는 것은 그녀의 아버지의 도주를 도와준다는 사랑스럽고 친절하고도 당연한 명목보다 혐오를 불러일으키고 증오할 만한 사안이라고 느껴졌다. 그와 같이 잘 속는 사람을, 무방비 상태의 사람을 도시 한복판에서 해친다는 것은 결코 좋은 일이 아니다. 그는 대통령의 친구로부터 비밀리에 보호를 받고 있다고 믿고 집을 나갈 것이다. 하지만 그 보호라는 것은 희생자가 최후의 가혹한 순간에 자신이 능욕당하고 배반당했다는 것을 쓰디쓰게 깨달으면서 끝나는 세련된 잔혹함에 불과했다. 결국 그 보호는 다음 날 체포당할 용의자의 도주를 피하기 위한 당국의 극단적인 처방이었다. 그리고 이것은 범죄에 대한 법적 정당성을 부여하는 기발한 방법이기도 했다. 카라 데 앙헬은 입술을 곱씹었다. 이토록 파괴적이고 악마적인 처방에 대하여 형언할 수 없는 저항감이 마음속에서 일었다. 애초에는 장군의 보호자와 그의 딸에 대한 책임감으로 이 일을 시작했으나, 이러한 책임과 임무가 결과적으로 그 자신이 경찰이 되어 살인자가 되는 또 다른 임무에 대한 맹목적 도구에 불과하다는 것을 깨달았다. 까닭을 알 수 없는 야릇한 바람이 그의 침묵의 황야를 휘몰고 있었다. 야생의 식생이 속눈썹의 목마름과 가시가 돋은 선인장들의 타는 목마름과 하늘의 비가 해소하지 못하는 나무들의 허기짐 속에 시달리고 있었다. 이러한 욕망은 어디서 기인하는 것일까? 도대체 비가 오는데도 나무들이 목말라한다는 사실을 어떻게 설명할 수 있단 말인가?

문득 번개처럼 다시 돌아가서, 카날레스의 집 초인종을 누르고, 그에게 경고해 주자는 생각이 그의 머리를 스쳐 지나갔다. 그의 딸은 자신에게 고맙다며 살짝 미소를 지을 것이다. 하지만 이미 그는 술집 입구를 지나고 있었고, 바스케스가 반가워하는 목소리와 자신의 부하들이 있다는 존재감 자체가 그에게 생기를 불어넣었다.

"절 쓰세요. 제게 명령만 내리세요. 당신이 원하신다면 저는 당신을 도울 만반의 준비가 되어 있습니다. 저는 결코 물러설 사람이 아니고 불사신처럼 살아날 것입니다. 저는 용감한 이슬람 전사의 아들이니까요."

바스케스는 자신의 여성적인 목소리를 감추려고 일부러 억양에 힘을 주며 말했다.

"당신이 제게 행운을 가져다주지 않았다면 당신에게 이렇게까지 이야기하지는 않았을 것입니다." 그는 억양을 낮추어 말을 이어 갔다. "정말 제게 행운을 주었다니까요. 당신이 제게 마사쿠아 타와 사랑의 연을 맺어 주었어요. 이제 그녀는 저를 사람 취급 합니다요."

"당신을 여기서 보게 되다니 정말 반갑구려. 당신처럼 결단력 있는 사람이 바로 내가 찾는 사람이오!" 카라 데 앙헬은 큰 소리로 말하며 펠렐레의 살인자와 악수를 했다. "내 친구 바스케스가 집집마다 경비병이 있는 것을 보고 잡친 내 기분에 다시 활력을 불러일으키는구려."

"초조한 마음을 없애기 위해 함께 술이나 한 잔 합시다!"

"이런 걱정을 하는 이유는 나 때문이 아닐세. 나야 이런 험한 꼴을 한두 번 당하는 것이 아니니 말일세. 내가 걱정하는 건 바로 그녀 때문일세. 내가 그 집에서 그녀를 빼낼 때 그들이 우리를 덮쳐 체포하지 않을까 하는 걱정 때문일세."

"하지만 생각해 보십시오. 누가 당신들을 잡아간단 말입니까? 놈들이 그 집 안에 가져갈 만한 것이 있다는 것을 알게 되면, 내 장담하지요, 다들 집 안으로 들어가 작은 거라도 건지려고 해서 밖에는 아무도 없을 것입니다요."

"그들에게 자네가 직접 가서 그 사실을 살짝 이야기해 주면 어 떻겠나? 자네가 이미 여기 와 있어서 그들은 자네가 못 오는 줄 알고……."

"그럴 필요 없어요. 그들에겐 아무 말도 할 필요가 없어요. 문이 활짝 열려 있는 것을 보면 그들은 '들어가서 훔쳐 가도 아무 문제 없겠지'라고 생각할 것입니다. 그런데 제가 있다는 것을 그들이 알게 된다면 의아해할 것입니다. 안토니오 리베룰라 사건으로 제가 어떤 사람인지 그들은 잘 압니다. 그 신부님의 집으로 제가 들이닥쳐 그의 방에 있는 다락에서 우리가 내려오는 것을 보더니, 그는 떨어질 때 소리 나지 말라고 손수건으로 감싼 금고의 열쇠를 우리에게 던지고는 슬픔에 잠겨 자는 척했지 뭡니까! 그래서 전 아무런 방해 없이 나왔죠. 그건 그렇고 다들 준비된 모양이니 어서 가시지요." 바스케스는 잠자코 기다리고 있는, 성질과 몰골이 더럽고 사나운 청년들을 가리키며 말을 맺었다. 그들은 연거푸 소주잔을 기울이면서 술을 목젖까지 한 번에 쭉 퍼 넣고는 잔을 입에서 떼자마자 가래침을 뱉었다. "보십시오. 다들 준비되었어요."

카라 데 앙헬은 잔을 들어 바스케스의 사랑과 건강을 위해 건배를 청했다. 마사쿠아타는 아니스를 한 잔씩 따랐다. 세 사람은 함께 쭉 들이켰다.

전깃불을 켜지 않아 캄캄한 상태에서 치킨키라의 성모를 비추기 위한 촛불이 유일하게 방을 비추어 웃통을 벗은 사람들의 환상적인 그림자들이 건초 색깔의 담 벽에 어른거렸고, 선반 위의 술병들이 울긋불긋한 화염처럼 아른거렸다. 모두 시계를 주시했다. 그들은 총을 쏘듯이 마룻바닥에 침을 뱉었다. 카라 데 앙헬은 이들 무리와 떨어져서 성모 그림이 가까이 있는 벽에 어깨를 기대고 있었다. 그는 커다랗고 검은 두 눈으로 가구들을 둘러보면서 이런 결정적인 순간에도 모기처럼 끈질기게 따라붙는 생각, 즉 처자식을 갖고 싶다는 생각을 하고 있었다. 그는 문득 한 가지 우화가 생각나자 침을 삼키며 미소를 지었다. 그것은 사형 집행을 열두 시간 앞둔 한 정치범의 이야기였다. 전쟁 법무감이 방문해 상부의 명령이라고 전하며 목숨을 부지하는 것을 포함해 죽기 전에 꼭 청하고 싶은 것이 있다면 들어주겠노라고 말하자, 그는 단도직입적으로 아이를 갖고 싶다고 청했다. 이에 법무감은 재미있는 일이라 생각해 창녀를 오게 했다. 하지만 사형수는 여성의 몸에 손 하나 건드리지 않고 돌려보냈다. 법무감이 다시 찾아오자 그는 이렇게 말했다. "창녀의 자식들은 이미 많이 있습니다."

또 다른 미소가 그의 입가에 맴돌다가 이내 누그러졌다. 그는 마음속으로 중얼거렸다. '나는 연구소 책임자, 신문사 주간, 외교관, 국회의원과 시장을 역임했지. 그런데 지금은 고작 깡패들의 두목이라니! 이런, 제길! 이게 인생이란 말인가! 열대에서의 인생이란 이런 것인가!'

은총의 분수에 있는 시계에서 종소리가 두 번 났다.

"모두 거리로 나가!" 카라 데 앙헬이 외쳤다. 그는 권총을 꺼내고는 나가기 전에 마사쿠아타에게 말했다. "곧 내 보석과 같은 애인이랑 돌아오겠소."

"자, 이제 손을 쓰자!" 바스케스는 도마뱀처럼 장군의 집의 창문 쪽으로 기어오르며 명령을 했다. 무리 중 두 명이 그를 뒤따라 올랐다. "그리고 벽에 금이 가지 않도록 조심해야 해!"

장군의 집에서도 2시를 치는 종소리가 들렸다.

"카밀라야, 지금 오고 있니?"

"네, 아빠."

카날레스는 푸른 군복 상의에 승마용 바지를 입고 있었다. 군복에 있는 금실로 된 견장이 장군의 백발을 더욱 돋보이게 했다. 카밀라는 눈물 한 방울 내비치지 않고 아무 말 없이 쓰러지듯이 그의 품 안에 안겼다. 아직 슬픔이나 불행을 충분히 맛보지 않은 그녀의 영혼은 이를 이해할 수가 없었다. 눈물에 젖어 짠맛이 나는 손수건을 입 안에 물고 자근자근 씹어야 그 맛을 알 수 있는 것이다. 카밀라는 이러한 모든 것이 단지 게임이나 악몽처럼 보였다. 그럴 리 없다. 그녀와 그녀의 아버지에게 일어나는 일이 그녀에게는 현실에서 일어날 법한 일 같지 않았다. 카날레스 장군은 딸을 두 팔에 안은 채 작별을 고했다.

"아빠가 조국을 지키기 위한 마지막 전투에 나갈 때에도 네 엄마를 이렇게 안아 주었단다. 네 불쌍한 엄마는 내가 못 돌아오리라는 생각에 사로잡혀 있었지. 정작 아빠를 기다리지 못한 사람은 네 엄마였단다."

지붕 위에서 누군가 걷는 소리를 듣자 노병은 안고 있던 카밀라를 옆으로 밀어 놓고 꽃들이 있는 화단과 화분이 있는 안뜰을 가로질러 차고로 갔다. 철쭉과 제라늄과 장미 향기가 제각각 그에게 작별을 고했다. 자주 삐걱거리는 꽃병과 방에서 새어 나오는 불빛도 그에게 인사를 하는 것 같았다. 다른 집들과 연결이 끊어져 고립된 것처럼 갑자기 집 안이 캄캄해졌다. 도망친다는 것은 군인으로서 할 일이 아니다. 하지만 자유 혁명의 선봉에 서서 고국에 돌아온다는 생각을 하면……

카밀라는 계획에 따라 창문을 열고 도움을 요청했다.

"도둑이 들어와요! 도둑이 들어와요!"

거대한 밤에 그녀의 목소리가 사라지기 전에 집 앞을 지키던 경비병들이 두 손가락을 입에 대고 호루라기 소리를 내면서 들이닥쳤다. 금속 소리와 나무 부딪치는 소리가 불협화음을 일으켰다. 이윽고 문이 활짝 열렸다. 일상복을 입은 요원들이 무슨 일이 벌어지는지도 모르고 모자를 눌러쓰고 옷깃을 세운 채 뾰족한 칼을 쥐고 길모퉁이로 나왔다. 활짝 열린 문으로 모두 들어갔다. 매우 혼잡한 상황이었다. 집 안의 모든 물건들이 새로운 주인을 향해 널브러져 있었다. 바스케스는 지붕에 올라가자마자 전깃줄을 절단했다. 복도와 모든 방들이 깜깜해서 도무지 앞뒤를 분간하기 힘들었다. 몇몇이 성냥불을 켜서 찬장이며 옷장이나 금고가 있는 쪽을 찾으려 했다. 아래위로 돌리다가 더 이상 고생할 것 없이 그들은 자물통을 부수고 총을 쏴서 유리문을 깨뜨리고 고급 나무 가구들을 부스러기로 만들었다. 다른 무리는 응접실에서 길을 잃고 의자와 테이블과 초상화가 놓인 장식용 책상을 뒤집어엎고 어둠 속에서 언쟁을 하고, 덮개가 열려 있던 그랜드 피아노를 가지고 손장난을 치기도 하여서 건반을 누를 때마다 학대받는 짐승들처럼 고통스러워했다.

멀리서 포크와 숟가락과 나이프를 바닥에 내동댕이치는 소리가 깔깔거리는 웃음소리처럼 들렸다. 갑자기 비명 소리가 터졌다. 늙은 유모가 카밀라를 식당 안의 벽과 찬장 중 하나 사이에 숨겨 두고 있었는데, 대통령의 심복이 유모를 난폭하게 밀어 내동댕이쳤던 것이다. 노파의 쪽을 튼 머리카락이 숟가락과 포크와 나이프가 담긴 서랍의 손잡이와 엉켜 서랍 안의 물건들이 바닥에 흩어졌던 것이다. 바스케스는 나무 막대기로 그녀의 입을 막고 그녀의 몸을 사정없이 내리쳤다. 노파의 방어하는 손조차 보지 않았다.

2부

4월 24, 25, 26, 27일

12. 카밀라

카밀라는 몇 시간이고 자신의 방에 있는 거울을 바라보곤 했다. "악마는 교태를 부리는 여자를 통해 들어와요." 유모가 그녀에게 외치곤 했다. "나보다 더 악마가 있어?" 카밀라가 대꾸했다. 그녀는 까맣게 윤이 나는 머리에 피부를 깨끗하게 하는 카카오 기름을 발라 까만 피부가 더욱 반짝였고, 짙은 초록빛 바다에 빠져들 것 같은 눈동자에 그윽하게 파인 눈을 가지고 있었다. 목까지 단추가 채워진 교복을 입고 다니긴 했지만 학교에서는 그녀에게 '중국인 카날레스'라는 별명을 지어 주었다. 그녀는 이제 전보다 더 예뻐지고, 변덕이 줄어들었으며, 호기심도 줄어든 처녀가 되었다.

"난 이제 열다섯 살이야." 그녀는 거울을 바라보며 중얼거렸다. "하지만 아직도 벌레 떼들처럼 숙부와 숙모, 사촌들과 떼 지어 다녀야 하는 노새와 같은 생활로부터 벗어나지 못했어."

그녀는 머리카락을 잡아당기고 소리를 지르며 눈살을 찌푸렸다. 친척들 사이에 끼여 있어야 한다는 게 싫었다. 항상 거기서는 어린 아기였다. 군대의 퍼레이드를 가거나, 정오의 미사를 보거나, 카르멘 언덕에 가거나, 금빛 말을 타거나, 콜론 극장을 산책하거나, 골짜기를 오르내리거나, 그 어디를 가든 늘 그들과 함께했다.

숙부들은 손가락마다 반지를 껴서 소리를 냈으며 우스꽝스러운 콧수염을 기르고 있었다. 사촌들은 머리를 빗지 않았고 뚱뚱해서 납덩어리처럼 둔했다. 숙모들은 혐오스러웠다. 그들을 그렇게 보았기 때문에 사촌들이 어린 꼬마에게 주듯 종이봉지에 캐러멜을 담아 선물로 주는 것도 싫었고, 숙부들이 담배 냄새에 찌든 손으로 그녀를 쓰다듬거나 엄지와 검지로 그녀의 양 볼을 잡고 이리저리 흔드는 것도 싫었다. 그럴 때마다 그녀는 본능적으로 고개를 꼿꼿이 세웠다. 또 숙모들이 모자의 베일을 벗지 않은 채 그녀에게 입 맞추면 피부에 거미줄이 달라붙는 것 같은 느낌이 들었다.

일요일 오후마다 카밀라는 잠을 자거나 거실에서 가족 앨범의 오래된 사진들을 보거나 붉은 벽지를 배경으로 둔 검은 장식용 책상이나 은으로 장식된 테이블 혹은 상아로 된 콘솔 위에 있는 초상화들을 바라보다 지쳐 심심해했다. 그 동안 아버지는 숨을 거칠게 내쉬며 유리창을 통해 황량한 거리를 바라보거나 지나가는 지인들이나 이웃이 인사할 때 답례를 건넸다. 세월이 지나자 그들은 그에게 모자를 벗어 인사했다. 그는 카날레스 장군이었다. 장군은 호탕한 목소리로 "안녕하세요", "다음에 또 봅시다", "만나서 반갑네요", "잘 지내세요"라며 인사했다.

신혼 초의 어머니 사진이 있었는데 손가락과 얼굴만 보였다. 의

상의 포인트는 크게 세 부분으로 나눌 수 있는데, 무릎까지 내려온 당시 유행하던 드레스에 팔꿈치까지 올라오는 벙어리장갑, 목은 가죽 머플러로 감싸고 양산 밑으로 목까지 늘어뜨린 레이스가 있는 모자를 쓰고 있었다. 사진 속 숙모들은 조각처럼 뻣뻣하게 다듬은 헤어스타일에 이마에는 머리띠가 있고 시트로 감싼 응접실 가구처럼 빵빵한 가슴이 의상에 꽉 달라붙어 있었다. 그 당시 친구들의 사진도 있었다. 마닐라 외투에 빗과 부채를 든 여인들의 사진, 원주민 차림에 샌들을 신고 어깨에 항아리를 이고서 튜닉을 입은 여인들의 사진과 인공 사마귀에 보석으로 치장한 마드리드 여성의 사진. 이런 사진들은 카밀라에게 졸음을 유발했다. 거기에 황혼의 빛과 '이 사진은 내 그림자처럼 당신을 따르리라', '내 사랑을 증언하는 이 창백한 사진이 영원히 당신과 함께하리라', '만일 망각이 이 글자들은 지운다면 내 기억도 말을 잃으리라'와 같은 헌사가 그 어떤 예감을 들게 하며 몽상의 세계를 살그머니 열어 카밀라를 곤히 잠들게 했다. 또 다른 몇몇 사진 아랫부분에는 빛바랜 명주실로 새겨진 메마른 자줏빛 글자들이 가까스로 보였다. '1898년의 기억', '당신을 흠모하는 여인', '죽음을 넘어서까지', '당신을 남 몰래 사모하는 여인'.

그녀의 아버지가 황량한 거리를 지나가는 사람들에게 호탕한 목소리로 던지는 인사 한마디 한마디는 사진에 새겨진 문구에 화답이라도 하는 듯 응접실 가득 울려 퍼졌다. '이 사진은 내 그림자처럼 당신을 따르리라' '당신이 잘 있다니 정말 기쁘군요!', '내 사랑을 증언하는 이 창백한 사진이 영원히 당신과 함께하리라',

'안녕, 잘 있어요!', '만일 망각이 이 글자들을 지운다면 내 기억도 말을 잃으리라', '당신 어머니께 안부 전해 주세요!'

이따금 친구 중 한 명이 사진 액자에서 빠져나와 창가에서 장군과 대화하려고 멈춰 섰다. 카밀라는 그를 커튼 뒤에 숨어서 훔쳐보았다. 사진에서는 늠름한 체격에 날씬하며 까만 속눈썹에 사각무늬 바지에 단추를 채우지 않은 프록코트를 입고 멋진 모자를 쓰고 있는 세기말의 도발적인 차림이었다.

카밀라는 싱긋 웃고 속으로 생각했다. '아저씨, 그냥 사진 속에 계시는 게 나을 뻔했네요. 그랬다면 박물관에나 전시되었을 복고풍 패션이라고 사람들이 놀려 댔겠지만 지금처럼 배불뚝이 대머리에 사탕을 문 것처럼 볼록한 볼을 가진 모습은 보이지 않았을 테니 말이에요.'

먼지 냄새가 나는 벨벳 커튼의 어둠 속에서 카밀라의 초록빛 두 눈은 살며시 나와 일요일 오후 창밖의 투명한 모습을 바라보았다. 거리에서 무슨 일이 일어나는지 바라보는, 얼어 있는 유리처럼 차가운 그녀의 눈동자가 자아내는 냉철한 시선은 하나도 변한 것이 없었다.

굽이진 발코니 난간에서 떨어져 시간을 보내던 아버지는 쿠션이 있는 등받이 없는 의자에 팔을 괴고 있었는데, 와이셔츠의 소매가 빛에 반사되어 반짝였다. 그의 친구는 아버지가 매우 신뢰하는 인물 같았다. 매부리코에 작은 콧수염이 나고 까다로워 보이는 그 사람은 금빛 손잡이가 있는 지팡이를 들고 있었다. 아주 우연이었다. 마침 그가 집 앞을 지나가는 것을 장군이 "이거 당신을 여기서 보게 되다니 아주 행운인걸!" 하며 불러 세웠던 것이다. 카밀라는 그를 앨범에서 본 적이 있었다. 하지만 그를 알아보기가 힘들었다. 앨범 속의 사진을 면밀하게 살펴보아야 했다. 이 불쌍한 아저씨도 한때는 균형 잡힌 코에 호감 가는 인상을 가지고 있었다. 세월이 사람을 변하게 한다는 말이 맞았다. 지금은 각진 얼굴에 광대뼈가 튀어나오고 눈썹이 듬성듬성 나고 턱이 뾰족한 모습이었다. 그는 아버지와 천천히 쩌렁쩌렁 울리는 소리로 말하는 동안 마치 금 냄새를 맡으려는 것처럼 지팡이 손잡이를 코끝까지 들어 올렸다.

움직이는 무한한 공간. 그녀도 움직였다. 그녀 안에 멈추어 섰던 모든 것이 움직였다. 맨 처음 바다를 보았을 때 놀라움의 표현이 입 안에 맴돌았다. 하지만 숙부가 이 광경을 보고 어떠냐고 물었을 때는 제법 진지한 표정으로 이렇게 말했다. "전 이미 사진을 통해 알고 있었어요!"

그녀는 챙이 넓은 분홍빛 모자를 손에 쥐고 있었는데, 바람이 세차게 불어 모자를 날개처럼 흔들어 댔다. 굴렁쇠 같았다. 둥근 커다란 새 같았다.

눈이 휘둥그레진 사촌들은 놀라서 입을 다물지 못했다. 귀를 멀게 하는 파도 소리가 숙모들이 말하는 소리를 삼켜 버렸다. "참 아름답네! 어쩜 그렇게 예쁘지! 저 엄청난 물 좀 봐! 꼭 화가 난 것 같아! 기차에서 급하게 내릴 때 뭐 잊어버린 건 없을까? 물건들이 제대로 잘 있을까? 가방을 잘 챙겨야 하는데!"

숙부들은 가격이 적당해 잠시 입을 요량으로 산 주름진 가벼운 옷가지가 든 여행 가방에 부인들이 기차역에서 단지 싸다는 이유로 산 코코넛 꾸러미와 배낭과 바구니를 들고서 원주민 마을에 있는 호텔로 갔다.

"네가 말한 걸 잘못 들었어." 사촌 중 가장 조숙한 애가 마침내 입을 열었다. (자신에 대한 이야기가 나오자 갑자기 피부 속의 핏줄기가 솟구쳐 나와 카밀라의 까만 피부에 엷은 진홍빛 색조를 입히는 것 같았다.) "네가 말한 걸 잘못 들었어. 너는 바다가 영화에 나오는 것과 비슷하거나 조금 클 뿐이라는 사실을 말하고 싶었던 거지."

카밀라는 성당 앞의 문이 백 개 있는 곳의 영화관에 대해 말하는 것을 들어 본 적은 있지만 그것이 어떻게 생겼는지는 몰랐다. 하지만 사촌의 말을 들은 뒤 시선을 바다로 돌려 상상할 수 있었다. 모든 것은 움직인다. 그 어떤 것도 멈추어 있는 것은 없다. 화면은 또 다른 화면과 혼동되고 뒤섞여 파편화되어 튀어나오면서 매 순간 사라져 버리는 모습을 만들었다. 이 순간의 상태는 단단한 고체의 상태도, 출렁이는 액체의 상태도, 증발하는 기체의 상태도 아닌 바다 한가운데 있는 생명 같은 상태였다. 이것은 광채가 나는 상태였다. 그리고 그것은 움직이는 영상과 출렁이는 바다 속에 있었다.

구두 안에 있는 발가락을 웅크리고 눈동자를 사방으로 굴리며 카밀라는 자신의 눈으로 보지 못한 것을 명상하고 있었다. 처음에는 거대한 이미지를 보기 위해 동공이 비워지는 것 같더니 이내 그 거대한 이미지를 눈 안에 채워 볼 수 있었다. 파도의 출렁임이 그녀의 눈에까지 도착했던 것이다.

그녀는 사촌을 따라 천천히 바닷가로 갔다. 파도를 느끼기 위해 모래 위를 걷는 것은 쉬운 일이 아니었다. 태평양은 그녀에게 정중한 손을 내미는 대신 맑은 물살로 그녀의 발을 씻어 주었다. 깜짝 놀라 이내 물러섰으나 담보물 하나를 두고 나온 셈이 되었다. 그것은 분홍빛 모자였다. 그 모자는 물결 사이에서 오그라들면서 잘못을 저지른 어린아이가 아빠에게 나가겠다고 협박하며 칭얼거리는 것 같았다. '아! 바다가!'

그녀도 그녀의 사촌도 미처 깨닫지 못했다. 바다를 노려보며 난생처음으로 '사랑한다'라는 동사를 발음한 것이다.* 해가 완전히 저문 곳에서도 진홍빛이 묻어나는 하늘은 초록빛 바다를 더욱 차갑게 느끼게 했다.

카밀라는 왜 해변에서 햇빛에 그을리고 소금기 어린 살 내음을 맡으며 자신의 팔에 입 맞추었을까? 어째서 금단의 과일에 냄새를 맡고 입술을 가져다 댔을까? "바닷물의 산성은 어린 여자아이에게 좋지 않다." 숙모들이 호텔에서 훈계를 했다. "발을 적신 채 마구 돌아다니는 것도 좋지 않아." 카밀라는 아빠나 유모에게 입을 맞춘 적은 있지만 결코 냄새를 맡은 적은 없었다. 은총의 성당에 있는, 다 깨져서 발만 남은 예수상에 입 맞출 때는 아예 숨을 들이쉬기만 했다. 입을 맞추는 상대방의 냄새를 맡지 않는다면 그건 상대방의 맛을 전혀 느끼지 못하고 입 맞추는 것과 같다. 모래처럼 거무스름하고 짠 내가 나는 그녀의 살 내음과 솔방울과 모과 열매가 콧구멍을 활짝 열게 하고 자극시켜 키스를 열망하도록 가르쳐 주었다. 이러한 발견에도 불구하고 나중에 영화에 대해 이야기하고 아르헨티나의 탱고 음악을 휘파람으로 멋지게 연주하던 자신의 사촌과 정작 키스를 하게 되자 어떤 냄새가 나는지 무엇을 물고 있는지 도무지 파악할 경황이 없었다.

도시로 돌아와서 카밀라는 유모에게 영화 구경을 시켜 달라고 졸랐다. 극장은 성당 앞의 백 개의 문이 있는 광장에 있었다. 그들은 아버지 몰래 갔는데, 그녀는 긴장된 듯 손톱을 물고 삼종 기도를 드리며 들어갔다. 극장 안에 사람들이 가득 차 있는 것을 보고는 돌아 나올 뻔했다. 스크린 가까이에 겨우 두 자리를 잡았다. 이윽고 태양빛이 반사되는 것처럼 스크린 위로 불빛이 계속 비쳤다. 영사 기계와 렌즈와 전선의 연결 상태를 확인하는 중이었다. 가로등불의 필라멘트가 타는 소리를 내는 것처럼 극장의 장비들도 탁탁 튀는 소리를 냈다.

극장은 갑자기 어두워졌다. 카밀라는 꼭 술래잡기를 하는 기분이 들었다. 화면에 나타난 모든 것이 흐릿했다. 화면의 영상이 메뚜기들이 뛰는 것처럼 움직였다. 화면에 그림자처럼 비춰진 인물들이 말을 할 때면 무언가를 씹는 듯했고, 걸을 때는 팔짝 뛰어다니는 것 같았고, 팔은 꼭 탈구된 사람들처럼 건들거렸다. 카밀라는 문득 들창문이 난 방에서 어느 소년과 함께 숨어 있던 기억이 생생하게 떠올라 영화 보는 것도 잊었다. 그 방의 제일 어두운 구석에 투명한 셀룰로이드로 만든 예수상 앞에 거의 다 닳은 촛불 하나가 빛을 발하고 있었다. 그들은 침대 밑에 숨었다. 마룻바닥에 납작 누워야만 했다. 침대는 계속 삐걱거렸다. 조상 때부터 물려 내려온 가구였다.

멀리 안뜰에서 "장작 가져와!" 하고 외치는 소리가 들렸다. "장작!" 하고 가까이 있는 안뜰에서 외치는 소리가 들렸다. "장작! 장작!" 하며 다가오는 그 누군가의 발자국 소리가 들리자 "예, 가요"라고 하며 카밀라는 웃으려고 했다. 같이 숨어 있던 소년이 그녀를 빤히 쳐다보며 말리려고 했으나 요강이 반쯤 열려 악취를 풍기자 도저히 참을 수가 없었다. 먼지가 그녀의 눈 속에 들어가 눈물이 고이지 않았더라면 그녀는 웃음을 터뜨렸을 것이다. 그와 동시에 무언가 머리를 때리는 것 같은 느낌이 들었다.

지난날 숨어 있던 곳에서 나왔을 때와 마찬가지로 눈물을 글썽 거리며 객석에서 일어나 어둠 속에서 출구로 향해 뛰어가는 사람들 사이를 밀치고 영화관을 빠져나왔다. 그리고 쇼핑센터 입구까지 발길을 멈추지 않았다. 그곳에 이르러서야 사람들이 파문을 피하기 위해 다 떠나 버렸다는 사실을 깨달았다. 화면에서는 몸에 짝 달라붙은 옷을 입은 여성과 예술가의 넥타이를 매고 콧수염이 난 긴 머리의 남성이 탱고를 추고 있었다.

바스케스는 유모를 때려눕힌 육중한 나무 방망이를 여전히 손에 쥔 채 거리로 나왔다. 그러고는 머리로 신호를 보냈다. 그러자 카라 데 앙헬이 장군의 딸을 팔에 안은 채 나타났다.

그들이 투스텝 주점 안으로 사라졌을 때 경찰들은 전리품을 가지고 도망가기 시작했다.

바다거북처럼 푸짐한 보따리를 챙기지 못한 경찰들은 벽시계, 전신 거울, 조각상, 테이블, 십자가, 거북, 암탉, 오리, 비둘기, 기타 신이 만든 모든 물건들을 가지고 나왔다. 남성 의류, 여성 구두, 중국의 장식품, 꽃, 성자의 그림, 대야, 삼발이, 전등, 알멘드론 열매 다발, 촛대, 약병, 초상화, 서적, 우산, 요강 등.

마사쿠아타는 투스텝에서 나중에 문을 잠그려고 빗장을 손에 쥐고 기다리고 있었다. 카밀라는 자신이 아버지의 보호 하에서 행복하게 살아오던 집에서 불과 몇 걸음 떨어진 곳에 이런 지저분하고 썩은 내가 진동하는 곳이 있다는 사실이 믿기지 않았다. 어제까지만 해도 자신을 지켜 주던 유모가 오늘 처참하게 상처를 입었다는 사실이 거짓말 같았다. 어제까지 발자국 하나 없던 꽃밭은 오늘 납작해진 땅이 되었고 고양이는 도망쳐 버렸고 카나리아는 새장이 짓이겨져 죽었다. 카라 데 앙헬이 자신의 눈을 가리던 스카프를 벗겨 주자 카밀라는 자신의 집에서 멀리 떨어진 곳에 왔다는 느낌이 들었다. 그녀는 두세 번씩이나 얼굴을 만지작거리며 자신이 있는 곳이 어디인지 둘러보았다. 자신이 처한 절망적인 상황을 깨닫고 터져 나오는 울음을 손가락이 막았다. 이것은 꿈이 아니었다.

"아가씨." 그날 오후 자신에게 재앙의 소식을 알려 주던 무거운 목소리가 나른한 자신의 육체 주변에서 들려왔다. "적어도 여기는 안전해요. 당신의 놀라움을 덜어 주기 위한 것으로 뭘 드릴까요?"

"물과 불의 놀라움이요!" 술집 주인은 단지 아래에서 타다 남은 장작더미를 주워 담으며 말했다. 그 사이에 루시오 바스케스는 소주병을 들어 올려 병마개를 딴 후 쥐약이라도 들이마시듯 맛도 보지 않고 들이켰다.

마사쿠아타는 눈을 떼고 불을 훅훅 불며 계속 중얼거렸다. "빨리 타라! 빨리 타!" 그녀의 어깨 너머로 가게 뒷방 벽에 숯불의 붉은빛이 어른거렸다. 바스케스의 그림자가 안뜰 쪽으로 미끄러져 갔다.

"여기가 그가 그녀에게 말한 곳이죠." 바스케스가 높은 톤의 목소리로 말했다. "백 명이, 아니 천 명이 쳐들어올지 누가 알아요? 쥐약을 먹고도 살 수도 있고 죽을 수도 있는 것이니……."

한 잔 가득 담은 물이 넘쳐 숯불에 떨어져서 불이 꺼지자 그 색깔이 놀란 카밀라의 안색과 흡사했다. 지옥의 어느 과일의 씨가 마사쿠아타가 부젓가락으로 피워 놓고 꺼 버린 검은 숯불 위에 떠다니는 듯했다. '이게 물과 불의 놀라움이야.' 마사쿠아타는 이렇게 되뇌었다. 카밀라는 물을 몇 모금 마신 후 자신의 목소리를 되찾았다.

"우리 아빠는요?" 이게 그녀가 처음 한 말이었다.

"진정해요. 너무 걱정하지 말아요. 숯불에 데운 물을 조금 더 마셔요. 장군님에겐 아무 일 없으니 걱정 말아요." 카라 데 앙헬이 대답했다.

"그걸 당신이 아세요?"

"아마도 그럴 거요."

"혹시 무슨 불길한 일이 있으면……."

"쉿, 그런 소리 마세요!"

카밀라는 다시 카라 데 앙헬을 쳐다보았다. 얼굴 표정이 말보다 더 많은 것을 전해 줄 때가 있다. 하지만 대통령 심복의 검고 아무 생각 없는 눈동자에서는 아무것도 찾아낼 수 없었다.

"아가씨, 앉으셔야 해요." 마사쿠아타가 살피며 말했다. 그녀는 맥주를 마시고 지폐를 건네주던 그 사내가 처음으로 술집에 들어왔을 때 바스케스가 앉아 있던 의자를 끌고 왔다.

불과 몇 시간 전이었는데도 마치 몇 해 전처럼 느껴졌다. 대통령의 심복은 장군의 딸과 치킨키라의 성모 그림 앞에 놓인 촛불을 번갈아 보면서 응시했다. 촛불을 끄고 그녀를 자기 것으로 만들고 싶다는 생각이 그의 눈동자를 어둡게 만들었다. 한 번만 훅 불면 그녀를 완력으로건 설득을 통해서건 자신의 것으로 만들 수 있었다. 하지만 그는 시선을 성모의 그림에서 의자 깊숙이 앉아 있는 카밀라에게로 옮기며 그녀의 굵은 눈물이 흐르는 창백한 얼굴과 헝클어진 머리와 아직 미숙한 천사 같은 몸을 보자 자세를 바꿔, 아버지 같은 태도로 그녀가 들고 있던 잔을 내려놓으며 속으로 말했다. '불쌍한 여자 같으니!'

마사쿠아타는 두 사람만 남겨 놓고 자리를 비운다는 뜻으로 헛기침을 하고 나가다가 가게 뒷방까지 연결된 장미 향기 그윽한 화단에 술이 완전히 취한 바스케스가 뻗어 있는 것을 발견하고는 그에게 욕설을 퍼부었다. 그러자 카밀라는 또다시 흐느꼈다.

"완전히 죽 뻗으셨군. 이런 못된 양반, 네가 할 줄 아는 건 고작 누군가의 성화를 돋우는 것밖에 없지. 다들 네가 눈 깜짝할 새에 훔쳐 간다고 하지. 날 좋아한다고 네가 내게 몇 번이나 말했는지 몰라. 그게…… 고작…… 내가 뒤돌아섰을 때 술 한 병 훔쳐 처마신 거야? 그게 뭐 대수냐고 내게 말하겠지. 내가 너를 믿는 처지에 있으니까. 내게 선물을 주겠다고 했지. 이런 도둑놈 같으니! 어서 꺼져! 아니면 네 목덜미를 잡고 끌어 내릴 테니까!"

주정뱅이는 호소하는 투로 대꾸했다. 마사쿠아타가 다리로 그를 걸어차는 바람에 그의 머리가 바닥에 부딪혔다. 안뜰로 가는 문이 바람에 닫혀 버렸다. 뒷방에서는 이제 더 이상 아무 소리도 들리지 않았다.

"이젠 다 지나갔어요. 이젠 다 지나갔다니까." 끊임없이 눈물을 흘리는 카밀라의 울음소리에 카라 데 앙헬은 속삭이듯 말했다. "당신 아버지는 위험에 처해 있지 않아요. 당신은 여기 숨어 있으면 안전해요. 제가 당신을 보호하고자 여기 있는 겁니다. 이제 다 지나갔어요. 울지 말아요. 이렇게 울면 더 초조해져요. 울지 말고 날 봐요. 무슨 일이 어떻게 벌어졌는지 다 설명할 테니까요."

카밀라는 점차 울음을 그쳤다. 그녀의 머리를 쓰다듬던 카라 데 앙헬은 그녀의 눈물을 닦아 주려고 손수건을 꺼냈다. 회반죽 도료와 분홍 그림이 섞인 새벽빛이 지평선을 물들이고 문틈으로 방 안의 사물들을 비추고 있었다. 모든 존재들은 눈으로 보기 전에 냄새를 맡을 수 있는 것이다. 나무들은 새들의 지저귀는 소리에 간지러웠지만 긁을 수 없어 미칠 지경이었다. 분수의 물구멍이 연이어 하품을 했다. 대기는 밤과 죽은 이들의 검은 머리카락을 밖으로 내던지며 금발의 가면을 잡으려고 했다.

"하지만 꼭 필요한 것은 당신이 진정하는 것이오. 그렇지 않으면 모든 것을 잃게 되오. 아가씨 자신뿐 아니라 아버지는 물론 나까지 위태롭게 됩니다. 오늘 밤 당신을 당신 숙부 댁으로 보내러 돌아올 거요. 여기서 중요한 것은 시간을 버는 것이오. 참을성을 가져야 해요. 이런 식으로는 일을 해결할 수가 없어요. 어떤 사람들은 다른 사람보다 더 주의를 기울여야 해요."

"제가 걱정하는 건 저 자신이 아니에요. 말씀을 듣고 나니 저는 이제 안심이 돼요. 감사해요. 모든 것이 설명되는 것 같아요. 제가 여기 머물러 있어야 한다는 것도요. 하지만 아빠 때문에 걱정이에요. 아빠에게 정말 아무 일도 일어나지 않았는지 알고 싶을 뿐이에요."

"당신께 그 소식도 전해 드리지요."

"오늘요?"

"그래요. 오늘 당장 알려 드리죠."

나가기 전에 카라 데 앙헬은 돌아서서 그녀의 뺨을 다정하게 손으로 톡 쳐 주었다.

"이제 진정돼요?"

카날레스 장군의 딸은 다시 한 번 눈물에 젖은 눈을 들어 올리며 대답했다.

"소식을 전해 주세요."

13. 체포

헤나로 로다스의 아내는 빵이 배달되는 것을 기다리지도 않고 밖으로 나갔다. 빵 꾸러미들이 제대로 전달될지는 신만이 알고 있었다. 그녀는 수세미처럼 축 늘어져 옷을 벗지도 않은 채 침대에 누워 있는 남편과 요람으로 쓰고 있는 바구니에 곤히 잠든 아기를 놔두고 나갔다. 아침 6시였다.

은총의 분수에서 종이 울릴 때 그녀는 카날레스의 집에 가서 첫 번째 노크를 했다. 이 꼭두새벽에 놀라게 하는 것을 이해하리라 생각하고 또다시 문을 두들겼다. 문을 열어 주러 올까, 아니면 오지 않을까? 루시오 바스케스가 남편에게 어젯밤 일명 '사자가 깨어남' 이라는 바에서 지껄인 소리를 가능한 한 빨리 장군님께 알려야 해.

그녀는 문을 두드리는 것을 멈추고 문이 열리기를 기다리며 잠시 생각했다. 성당 앞에서 일어난 살인 사건의 책임을 거지들이 장군님께 뒤집어씌웠으니, 오늘 아침에 장군님을 잡으러 올 거야. 하지만 정말 최악의 일은 그들이 아가씨를 훔치려 한다는 거야.

"이런 철면피 같으니라고! 이런 철면피 같으니라고!" 그녀는 문 두드리는 것을 멈추지 않고 속으로 같은 말을 반복했다.

그리고 생각이 돌고 돌아 결국 같은 방향으로 흘렀다. 만일 그들이 내가 보는 앞에서 장군을 잡아 간다면? 그래도 그는 남자니까 감옥에 있겠지. 하지만 그들이 아가씨를 맞닥뜨리면? 예수님 맙소사! 한 번 더럽혀지면 방도가 없는데. 이 시골뜨기 파렴치한들이 뭘 할지는 안 봐도 뻔한데…….

다시 노크를 했다. 이 소리가 북소리처럼 집 안 전체에, 거리에, 대기 속으로 울려 퍼졌다. 문이 열리지 않자 그녀는 절망에 빠졌다. 그녀는 무심결에 건너편 길모퉁이에 있는 술집의 이름을 읊었다. "투스-텝……." 그 술집의 양쪽 문에 각각 인형의 그림이 있었다. 한쪽에는 남자 인형이, 다른 한쪽에는 여자 인형이 있었다. 여자 인형의 입에서 '작은 보폭으로 투스텝 춤을 추러 오세요'라는 문구가 나오고, 손으로 술병을 잡고 있는 남자 인형의 어깨 너머로 '아니요, 난 이미 큰 보폭으로 투스텝 춤을 추고 있다니까요!'라는 문구가 적혀 있었다.

아무도 없든지, 아니면 문이 열리지 않든지 문을 두들기는 데 지쳐서 그녀는 문을 밀어 보았다. 그러자 손이 앞으로 쭉 내밀어지는 것이었다. 문이 살짝 열려 있었던 것일까? 숄을 어깨에 두르고 현관문을 활짝 열자 이상한 예감이 일었고, 복도에 들어서자 총 맞은 새처럼 가슴이 뻥 뚫려 얼어붙은 채 바닥에 꽃병과 케찰새의 꼬리 깃털들이 흩어져 있었으며, 찢어진 휘장과 깨진 유리창과 거울과 부서진 가구, 휘어진 열쇠들, 서류, 의복, 양탄자가 성하지 않아 하룻밤 사이에 모든 것이 고물이 되어 있었다. 그녀는 아무런 영혼이 없는 쓰레기 더미가 된 참혹한 현실을 보고 핏기가 사라지고, 숨이 멎고, 눈이 캄캄해지며, 사지가 마비된 것 같았다.

유모가 머리가 깨진 채 아가씨를 찾아 폐허가 된 둥지를 유령처럼 헤매고 있었다.

"하하하." 그녀는 웃고 있었다. "호호호. 카밀라 아가씨, 어디 숨으셨어요? 이제 찾아갈 거예요. 왜 대답을 안 해요? 장작이요! 장작!"

그녀는 카밀라와 술래잡기를 하고 있다고 믿고 화단, 침대 밑, 문 뒤 구석구석 찾고 또 찾으면서 회오리바람처럼 맴돌았다.

"하하하! 호호호! 후후후! 장작이요! 장작이요! 카밀라 아가씨, 이제 나오세요. 이젠 못 찾겠어요. 카밀라 아가씨, 나오세요. 이젠 찾는 데 지쳤다니까요, 하하하! 나오세요! 장작이야! 이제 곧 갑니다. 히히히! 후후후!"

그녀는 카밀라를 찾아 우연히 분수대에 갔다가 잔잔한 물에 비친 자신의 모습을 보고 상처 입은 원숭이마냥 비명을 질렀다. 그녀의 웃음은 공포에 질려 떨리는 입술 사이로 새어 나오는 중얼거림으로 바뀌었다. 얼굴 위로 드리워진 머리카락을 손으로 감싼 채 그 끔찍한 광경으로부터 도망치기 위해 몸을 웅크렸다. 그토록 추하고 쭈글쭈글하게 늙은 모습에 대해 변명이라도 하듯 용서를 구하는 말을 내뱉고 있었다. 그러다 갑자기 또 다른 비명을 질렀다. 수세미 같아진 머리카락 사이와 그것을 움켜쥔 손가락 사이로 지붕으로부터 태양이 솟아 그녀 위로 떨어진 후 안뜰에서 사색에 젖어 있던 그림자가 그녀를 채어 가는 것이었다. 그녀는 미친 듯이 화가 나서 벌떡 일어나 그림자를 잡고선 발로 차고 손으로 물 위의 그림자를 내리치기도 했다. 그녀는 그 환영을 지우고 싶었다. 그림자는 채찍을 맞은 동물처럼 일그러졌지만 분노의 발길질에도 불구하고 늘 거기에 있었다. 물속의 그림자는 산산조각 났으나 물결이 잔잔해지자 다시 나타났다. 그녀는 그림자를 돌 위에 흩뿌려진 숯가루처럼 깨부수려 했으나 그림자는 그녀의 주먹질을 느끼기라도 하듯 도망쳤다. 손바닥이나 주먹으로 내리친 그림자가 먼지처럼 흩어졌다가 되돌아오는 것을 알게 되자 그녀는 성난 야수처럼 울부짖었다.

다리에서는 피가 흐르기 시작하고 두 손은 지칠 대로 지쳐 늘어졌지만 땅 위와 물 위의 그림자는 사라질 줄 몰랐다.

가눌 수 없는 분노로 인한 헤아릴 수 없는 충동과 처절한 절망에 대한 마지막 몸부림으로 몸을 분수대 안으로 던졌다.

장미 두 송이도 물속으로 떨어졌다.

가시 돋은 장미 가지가 유모의 눈을 찌른 것이다.

그녀는 자신의 그림자와 함께 바닥에서 허우적대다가 4월의 장미 화단에 피를 적시며 오렌지 나무 밑에서 꼼짝 않고 누워 있었다.

군악대가 거리를 지나고 있었다. 우람한 소리와 군인의 기상! 개선의 행진에 얼마나 목말라 있었던가! 트럼펫 주자가 가락에 맞추어 아무리 힘껏 불어 대도 사람들은 마치 평화로운 황금빛 곡식 사이에 녹슨 채 버려져 있는 칼을 지겨운 눈으로 바라보는 영웅들처럼, 이 아침에는 아무도 눈을 뜨고 내다보려 하지 않았다. 그들은 잠에서 깨자마자 공화국의 대통령에 반하는 나쁜 생각과 말과 행동으로부터 해방시켜 달라고 주님께 성호를 그으며 새로운 나날을 시작했다.

잠시 의식을 잃었던 유모도 군악대의 연주에 정신을 차렸다. 앞이 보이지 않았다. 틀림없이 아가씨가 살금살금 다가와 뒤에서 눈을 가렸을 것이라고 생각했다.

"카밀라 아가씨, 아가씨인 줄 다 알아요. 이제 아가씨를 보게 손 좀 치워 줘요!" 이렇게 중얼거리며 눈을 가린 아가씨의 손을 치우려고 손을 얼굴로 가져가 무언가를 치웠는데, 이것이 끔찍한 상처를 불렀다.

바람이 군악대 연주 소리를 휘몰고 지나갔다. 연주 소리와 암흑이 어린아이들이 장난할 때처럼 그녀의 눈을 가려 철자법을 배우던 구시가지에서의 학창 시절을 떠올리게 했다. 시간이 도약하여 망고 나무 두 그루가 자아내는 그늘에 앉아 있는 성숙한 자신을 보게 하더니, 또 다른 시간의 점프를 통해 건초 냄새가 풍기는 평평한 길을 덜컹거리며 가는 소달구지 속에 있는 자신을 보게 했다. 달구지 바퀴의 삐걱거리는 소리는 이중의 가시 면류관처럼 그녀를 여자로 만든 아직 수염도 안 난 달구지 몰이꾼의 침묵을 피 흘리게 했다. 황소들은 끊임없이 되새김질을 하며 신혼부부의 잠자리를 끌고 갔다. 휘어진 천구 속 하늘의 도취……. 하지만 기억은 폭포수가 쏟아지듯 빠르게 자리 이동을 해 한 무리의 남정네들이 집 안으로 들어오는 것을 보았다. 그들은 검은 야수처럼 씩씩

거리며, 지옥에서나 나올 법한 괴상한 고함을 지르며, 때리고, 욕설을 퍼붓고, 비열한 웃음을 짓고, 이를 악물고 피아노를 두들겨 댔다. 그 사이 카밀라 아가씨는 향수 냄새처럼 사라졌다. 유모는 이상한 고함 소리와 함께 무언가가 자신의 이마를 정면으로 내리치는 것을 느꼈다. 그러고는 거대한 암흑의 세계로 빠져 버렸다.

페디나라고 불리는 헤나로 로다스의 아내는 안뜰에서, 두 뺨은 피로 범벅이고, 머리는 헝클어지고, 조각난 넝마 같은 옷을 입고서 얼굴로 날아드는 모기들을 쫓아내기 위해 팔을 공허하게 휘젓는 유모를 발견했다. 유모는 하녀를 보고 겁이 나 방 안으로 도망쳤다.

"불쌍한 것! 불쌍한 것!" 그녀는 쉬지 않고 중얼거렸다.

창 밑에서 장군이 그의 동생 후안에게 쓴 편지를 발견했다. 그에게 카밀라를 부탁한다고 당부하는 내용이었다. 하지만 페디나는 그 편지를 끝까지 읽지 않았다. 그 이유는 그 집 유모 차벨로나의 고함 소리에 정신이 팔렸기 때문이기도 하고, 서둘러 이 집을 빠져나가야겠다는 생각이 들었기 때문이다. 고함 소리는 깨진 거울과 유리 파편들, 망가진 의자들, 밀어젖힌 찬장과 바닥에 흩어진 초상화들로부터 나오는 듯했다. 페디나는 싸구려 반지를 낀 손으로 움켜쥐던 네모나게 접힌 손수건으로 얼굴의 땀을 닦고 편지를 면으로 된 천에 넣은 후 재빨리 거리로 나서려 했다.

하지만 너무 늦은 뒤였다. 문 앞의 장교 한 명이 완강하게 그녀를 막아섰기 때문이다. 이 집은 군인들로 포위되어 있었다. 안뜰에서는 모기 떼들 때문에 고통을 받는 유모의 비명 소리가 들렸다.

마사쿠아타와 카밀라의 성화에 못 이겨 투스텝의 문밖을 지켜보고 있던 루시오 바스케스는, 사자를 깨운다는 주점에서 술기운에 장군의 체포에 대해 이야기한 친구 헤나로 로다스의 아내가 잡혀 있는 것을 숨죽이며 보고 있었다.

"난 울지 않아! 단지 기억할 뿐이지!" 마사쿠아타가 외쳤다. 그녀는 페디나가 체포당하는 순간 문밖으로 나와 있었다.

군인 한 명이 술집으로 다가왔다. '그들은 장군의 딸을 찾고 있어!' 마사쿠아타는 심장이 오그라드는 걸 느끼면서 생각했다. 같은 생각으로 바스케스도 머리카락이 곤두섰다. 병사는 가게 문을 닫으라고 알려 주러 온 것뿐이었다. 그들은 문을 닫고 문틈으로 거리에서 무슨 일이 벌어지고 있는지 감시했다.

다시 활기를 찾은 바스케스는 깜짝 놀랐다는 구실로 마사쿠아타를 애무하려 했다. 하지만 그녀는 늘 그랬듯이 그의 요구를 거부했다. 하마터면 그를 때릴 뻔했다.

"그렇게 잴 것 없잖아!"

"아, 그래요? 왜 안 그러겠어요. 이 머저리! 이 손 치우지 못해! 이 생각 없는 밀고자야! 어젯밤 내가 이야기했잖아요! 저 바보 같은 여편네가 장군의 딸을……."

"조용해! 다 들린단 말이야." 바스케스가 말을 막았다. 그들은 서로 옥신각신하면서도 문틈으로 거리를 내다보고 있었다.

"이것 봐요. 난 이렇게 조용히 이야기하고 있잖아요. 저 여자 아기의 대모를 장군의 딸이 서 줄 것이라고 내가 이야기했잖아요. 헤나로 때문에 일이 꼬이게 되었어요."

"시리아 말처럼 무식해 가지고!" 바스케스는 목구멍과 코 사이에 달라붙어 좀처럼 떨어지지 않는 가래를 떼어 내며 침을 뱉고 말했다.

"당신도 마찬가지잖아! 학교 문턱에라도 가 본 적 있어?"

"참 민감하긴!"

"쉿!"

그때 국방 법무감이 낡아 빠진 자동차에서 내리고 있었다.

"법무감이다." 바스케스가 말했다.

"뭐 하러 왔을까?" 마사쿠아타가 물었다.

"장군을 체포하러……."

"그래서 앵무새 모양으로 차려입고 나타났다고요? 얼른 날아가서 나한테 저 머리에 붙어 있는 깃털 하나만 뽑아다 줘요."

"그렇게 짓궂은 질문과 부탁을 하다니, 정중히 사양하겠네. 저자는 여기 있다가 대통령이 있는 곳으로 가려고 저렇게 차려입은 거야."

"재미있군요."

"그들이 장군을 어제 체포하지 못했다면 내 손에 장을 지지지."

"어젯밤에 그를 체포하려 했다고요?"

"좀 조용히 해!"

법무감은 고물차에서 내리자마자 낮은 목소리로 명령을 전달했고, 대위 한 명이 1개 소대의 병력을 이끌고 카날레스의 집으로 한 손에는 칼집에서 꺼낸 칼을, 다른 손에는 권총을 들고 들어갔다. 이러한 그들의 모습은 꼭 러일 전쟁의 천연색 사진 속 장교들 같았다.

바스케스의 머릿속에서는 숱한 사건이 꼬리를 물었다. 불과 몇 분이 몇 세기처럼 느껴지고 장교 한 명이 초조한 채 일그러지고 창백한 얼굴로 돌아와 법무감에게 보고했다.

"뭐라고? 뭐라고?" 법무감이 소리를 질렀다.

장교의 말은 점점 가빠지는 숨을 통해 고통스럽게 새어 나오고 있었다.

"뭐라고? 뭐라고? 장군이 도망쳤다고?" 법무감의 이마에는 두 개의 핏줄이 우락부락 솟아나서 시커먼 의문 부호를 새기고 있었다. "그리고 저, 저 집이 어떤 놈에 의해 들쑤셔졌다고?"

법무감은 지체 없이 장교를 대동하고 문으로 들어가서 한 번 획 훑어보고는 다시 거리로 나왔다. 그는 화가 치밀어 올라 도톰하게 살이 붙은 손으로 군모를 꽉 움켜잡았다. 입술이 하얗게 바래 흰 구레나룻 수염과 분간하기 힘들 정도였다.

"내가 알고 싶은 건 어떻게 도망쳤느냐는 거야!" 법무감은 문을 나서며 소리쳤다. "전화는 뭣 때문에 있는 거야? 명령을 하달하고 보고하기 위한 거잖아! 국가의 적을 체포하라고 명령했잖아! 간사한 늙은이! 잡기만 하면 목을 칠 거야! 살가죽을 벗기게 만들 거야!"

법무감의 눈길이 문득 페디나에게 쏠렸다. 장교 한 명과 상사 한 명이 소리 지르고 있는 그의 앞으로 그녀를 끌고 왔던 것이다.

"개 같은 년!" 그녀를 쳐다보며 그가 말했다. "이년에게서 곡소리가 나게 하자! 중위, 군인 열 명만 데려와서 저년을 감옥에 처넣어! 독방이다. 알았나!"

갑자기 움직이지 않는 비명 소리가 대기를 채웠다. 이 외침은 기름기가 낀 듯 무거웠고, 잔혹한 고통을 못 이겨 신음하는 소리 같았다.

"하느님 맙소사! 저 여자를 예수님처럼 십자가에 매달고 있어!" 바스케스는 탄식했다. 차벨로나의 비명은 점점 더 날카롭게 울려 가슴에 구멍을 내게 했다.

"예수님이라고요?" 마사쿠아타가 조롱하는 투로 항의했다. "저게 여자 소리로 들리지 않나요? 당신에게는 모든 남자들 목소리가 암놈인 찌르레기 소리처럼 들리나 보죠."

"그런 식으로 이야기하지 마."

법무감은 이웃집도 수색하라는 명령을 내렸다. 여러 그룹의 병사들이 병장과 상사의 지휘 하에 사방으로 흩어졌다. 안뜰이며 침실, 서재, 다락방과 분수를 샅샅이 수색했다. 지붕 위로도 올라가고, 옷장과 침대와 양탄자, 식기 놓는 장, 경대, 귀중품 상자를 치우기도 했다. 주변의 집들에서 문을 늦게 열어 주기라도 하면 개 머리판으로 치기 일쑤였다. 그러면 창백한 주인들의 주변에서 개들은 화가 나서 짖어 댔다. 집집마다 개들의 울음소리가 그치지 않았다.

"여기를 수색하면 어떡하지?" 바스케스는 무서워 말문이 막혀 있다가 겨우 입을 열었다. "제대로 된통 걸리게 되었군!" 무언가 구실을 대거나 속임수를 쓸 거리가 생각나지 않았다.

마사쿠아타는 카밀라에게 조심시키려고 달려갔다.

"내가 뭘 생각하는지 알아?" 바스케스가 뒤를 따라오며 말했다.

"그녀의 얼굴을 가리고 여기를 뜨는 거야."

그러고는 대답을 기다리지도 않고 문가로 되돌아왔다.

"기다려 봐! 기다려 봐!" 그는 문틈으로 살펴보며 말했다. "법무감이 명령을 철회했어. 이젠 더 이상 수색을 하지 않아. 우린 이제 살았다!"

술집 주인은 바스케스가 그렇게 기뻐서 이야기하는 사실을 직접 두 눈으로 확인하기 위해 문가 쪽으로 두어 걸음을 내디뎠다.

"저기 당신이 말하던 십자가에 못 박힌 예수님이 계시는군요!" 그녀는 한숨을 내쉬며 말했다.

"저 여자는 누구지?"

"유모예요. 보고도 몰라요?" 그러고는 바스케스의 음흉한 손길을 치우면서 덧붙였다. "좀 가만히 있어요! 가만히 있으란 말이에요! 나한테 이러지 말고 암캐한테나 가세요!"

"저 여자를 질질 끌고 오는 걸 봐! 너무 불쌍하다."

"마치 기차에 치여 깔린 것 같은 모습이네요!"

"어째서 사람들은 죽어 갈 때 눈을 사시로 뜨지?"

"더 보고 싶지 않아요."

칼을 뽑아 든 대위의 지휘 하에 병사들이 불쌍한 유모 차벨로나를 카날레스의 집에서 끌고 나오고 있었다. 법무감은 더 이상 그녀를 심문할 수가 없었다. 불과 하루 전만 하더라도 지금 고통에 신음하는 송장 같은 사람이 이 집의 대들보 역할을 했으며 그녀의 정치적 행동이란 카나리아에게 모이를 주고 분수 주변을 정리하고 장군의 고독한 생활과 카밀라의 변덕을 들어 주는 것뿐이었다.

법무감은 장교를 대동하고 차에 올라탔다. 그러나 첫 번째 모퉁이에서 차는 연기를 내며 멈추어 서야 했다. 네 명의 누더기를 입은 지저분한 사나이들이 차벨로나의 시신을 시체 해부실로 옮기기 위해 들것을 들고 왔던 것이다. 군대들도 각각 자신의 병영으로 돌아갔고, 마사쿠아타는 가게 문을 열었다. 바스케스는 늘 자신이 쓰던 의자에 앉아 헤나로 로다스의 아내가 체포된 것 때문에 초조한 마음을 숨기지 않았다. 머리는 벽돌도 녹이는 화로처럼 무거웠고 열이 났다. 술기운이 가시지 않은 채 장군의 도주를 걱정하고 있었다.

페디나는 자신을 감옥으로 호송하는 군인들과 신경전을 벌이며 끌려갔다. 인도에서 길 한가운데로 자신을 떠미는 군인들과 인도로 올라가려는 그녀 사이에는 긴장감이 감돌았다. 아무 말도 하지 않고 자신을 학대하도록 내버려 두었지만, 이런 식으로 걷고 또 걸으며 결국 인내심을 잃고 그들 중 한 명의 따귀를 때렸다. 즉시 예기치 않았던 개머리판이 답례로 날아오고 다른 군인이 등 뒤에서 때려서 그녀는 비틀거리며 꼬꾸라졌고, 그녀의 치아는 삐걱거렸고 눈앞에선 별이 아른거렸다.

"이런 파렴치한들 같으니! 무기란 이럴 때 쓰라고 있는 거예요? 창피한 줄 알아요!" 야채와 과일을 광주리에 가득 싣고 장을 보고 오던 한 아낙네가 끼어들었다.

"닥쳐!" 그녀에게 군인 한 명이 소리 질렀다.

"네 입이나 닥쳐. 이 철면피야!"

"아줌마는 저리 가! 당신 가던 길이나 가시지. 그렇게 할 일이 없소?" 상사가 외쳤다.

"난 너희와 함께 실업자가 될 거야. 이 살찐 돼지 놈들아!"

"닥쳐!" 장교가 끼어들었다. "아니면 부숴 버릴 거야!"

"나를 부숴 버리겠다고! 그런 미친 짓이 바로 너희에게만 있고 우리에게는 없는 거지. 팔꿈치도 안 닿는 소매에 엉덩이 부분은 해진 바지를 입은 추접한 놈들 같으니라고. 백성들을 너희 멋대로 농락하지 말고 너희 꼬락서니나 살펴보고 입 닥치란 말이야."

길을 지나가던 사람들이 놀라서 그녀를 쳐다보았다. 헤나로 로다스의 아내에 대한 신원을 알 수 없는 보호자는 차츰차츰 피의자로부터 멀어져 갔다. 호송대 사이에서 페디나는 침통한 모습으로 얼굴이 일그러진 채 땀이 범벅되어 숄을 바닥에 질질 끌며 감옥을 향해 걸어갔다.

국방 법무감이 탄 차가 아벨 카르바할 변호사의 집 모퉁이에 나타났다. 변호사는 실크해트를 쓰고 재킷을 입고 막 대통령 궁으로 나가려던 참이었다. 법무감은 차에서 껑충 뛰어 도로 위에 내려섰다. 카르바할은 문을 닫고 장갑 한쪽을 조심스럽게 끼고 있을 때 같은 법조계 동료에 의해 체포되었다. 그는 예복을 입은 채 한 무리의 군인들에 의해 길 한가운데로 호송되어 경찰서 제2부서로 갔다. 그곳은 깃발과 길게 늘어뜨린 종이사슬로 치장되어 있었다. 그들은 곧장 그를 학생과 사제가 감금되어 있는 유치장으로 끌고 갔다.

14. 온 세상이 노래하는구나!

거리는 지붕과 들판 사이로 4월의 신선함을 밝히는 여명의 해 맑은 빛을 통해 드러났다. 우유 깡통을 실은 수레를 끌고 가는 노 새들이 주인들의 채찍에 전속력으로 달리자 우유 깡통들은 요란 하게 떨그렁거렸다. 여명은 그 주변에 있는 부잣집 현관에서 젖을 짜는 암소들과 빈민촌의 길모퉁이도 비추었다. 거기 사는 사람들 은 아직도 깊은 꿈에 빠져 있거나 유리 같은 눈을 뜨고 순번을 기 다리며 자신이 사랑하는 암소의 젖을 짰다. 그들은 우유 담는 통 의 각도를 조절해 가급적 많은 우유를 담아 가려 했다. 그들 중에 는 재기에 성공해 가는 사람도 있는가 하면 쫄딱 망해 가는 사람 도 있었다. 또 그 근방에는 빵을 배달하는 아낙네들이 고개를 숙 이고 등을 구부리고 다리는 쭉 편 채 맨발로, 머리 위로는 커다란 바구니들을 차곡차곡 포개 탑을 쌓은 후 설탕과 붉은 깨를 넣어 구운 빵 냄새를 풍기며 힘에 겨워 비틀거리며 가고 있었다. 그 주 변에는 국경일임을 알리는 새벽종 소리가 들렸는데, 이는 산책을 하던 금속과 바람의 유령과 여러 맛이 나는 소리와 색깔의 재채기를 자명종처럼 깨워 주었다. 첫 번째 미사를 알리는 성당의 종소리는 분간하지 못하는 것을 분간하게 해 주었다. 이 종소리는 소심하기도 하고 대담하기도 했다. 왜냐하면 이 소리는 성당 사목의원의 초콜릿과 파이를 맛볼 수 있는 교회의 축제일 중 하루임을 알리는 소리이기도 했고, 이와 동시에 오늘 같은 국경일에는 이것들이 금지된 음식이었기 때문이다.

국경일……

대지의 향긋한 흙냄새를 풍기는 거리에서는 새 손수건 냄새가 나는 대통령 관저를 향해 깃발을 펄럭이며 지나가는 군대가 먼지를 많이 피우지 않도록 창문을 통해 길에다 물을 끼얹고 있었다. 이런 식으로 그들은 국경일에 대한 환호를 했다. 훈장이 주렁주렁 달린 고관대작들과 프록코트를 입은 의사들, 그리고 좀약 냄새가 나는 번쩍이는 군복을 입고 삼각모를 쓴 장성들이 마차를 타고 지나갔다. 계급이 낮은 장교들도 말발굽 소리를 내며 지나갔는데 그들에 대한 평가는 국가에 충성을 다해 국가가 그들을 위해 치러 주는 장례 비용에 의해 결정되었다.

각하,* 각하, 당신의 영광이 하늘과 땅에 가득하길! 대통령은 자신의 배려에 답례하는 군중에게 감사를 느끼고 이 광경을 보는 것을 멈추었다. 그는 이들과 멀리 떨어져서 최측근 그룹들과만 함께 있었다.

각하, 각하, 당신의 영광이 하늘과 땅에 가득하길! 여인들은 사랑하는 주님의 신성한 권능을 느꼈다. 지위 높은 성직자들도 그를 경배했다. 법률가들은 마치 스페인의 전설적인 알폰소 현왕*의 법률 경연 대회에 참가하는 듯한 기분을 느꼈다. 외교관들은 자신들이 마치 티프리스의 사절단이 되어 태양왕 루이 14세의 궁전인 베르사유에 온 것처럼 엄숙한 표정을 지었다. 국내외 기자들은 페리클레스*가 환생이라도 한 듯이 환호를 보냈다. 각하, 각하, 당신의 영광이 하늘과 땅에 가득하길! 시인들은 자신들이 아테네에 있기라도 한 듯이 변론을 했다. 성인상을 제작하는 어느 조각가는 자신을 피디아스*로 착각해 고귀한 지도자에게 영광을 보내는 환성이 거리에 울려 퍼지는 것을 들으며 눈에 흰자위만 보이도록 웃고 손을 비벼 댔다. 각하, 각하, 당신의 영광이 하늘과 땅에 가득하길! 바쿠스 신과 장례식의 성인을 신봉해 장송곡을 만드는 작곡가는 어디에 땅이 남아 있는지 확인하기 위해 발코니에 토마토 같은 색깔의 얼굴을 드러냈다.

예술가들은 자신들이 아테네에 있다고 믿었던 반면, 유대인 은행가들은 정치인들의 방들을 쭉 돌고 나서 자신들이 카르타고에 있다고 생각했다. 유대인들의 은행에 정치인들은 자신들의 신용을 예치시키고 정작 자신들의 개인 돈은 한 푼도 없는 개인 금고에 나라의 돈을 무이자로 예치시켰는데, 은행가들은 순종적인 자산가들을 통해 돈을 벌었고, 금은 본위의 화폐는 휴지조각으로 변했다. 각하, 각하, 당신의 영광이 하늘과 땅에 가득하길!

카라 데 앙헬은 손님들 사이를 지나갔다. (그는 사탄처럼 아름답고도 사악했다.)

"대통령 각하, 국민들이 각하께서 발코니로 나오시라고 연호하고 있습니다!"

"국민들이라고?"

주인의 이런 반문은 그의 의구심을 역력히 나타내는 것이었다. 주위가 조용해졌다. 짓눌려 있던 커다란 슬픔이 분노로 변했다. 이런 기미가 눈빛으로 나타나기 전에 그는 자리를 박차고 일어나 발코니로 갔다.

그가 군중에게 감사의 표시를 할 때 그의 측근들이 그의 주위에 둘러섰다. 그가 목숨을 구한 기쁜 기념일을 축하하러 온 여성 그룹 중의 한 명이 대통령이 나온 것을 보자마자 연설을 시작했다.

"민중의 아들……!"

주인은 쓰디쓴 가래침을 삼켰다. 그는 좀처럼 희망이 보이지 않던 도시에서 재산이 없는 어머니 밑에서 공부하던 학창 시절이 생각났는지도 모른다. 하지만 그의 심복은 낮은 목소리로 아첨을 했다.

"민중의 아들, 꼭 예수님처럼 말이에요."

"민중의 아들!" 그녀는 연설을 계속했다. "그는 진정 민중의 아들입니다. 이 찬란하게 아름다운 날, 태양은 하늘에서 빛나며 그 빛은 당신의 눈과 생명을 비춥니다. 또 태양은 천궁에서 어둠 속에서도 피어오르는 빛의 신성한 작업에 대해 가르쳐 줍니다. 캄캄한 밤의 어둠 속에서 각하, 당신처럼 들판에 씨를 뿌리는 대신 아무 허락 없이 범죄자들의 손이 당신이 가는 길목에 폭탄을 장전해 두었지만, 어떠한 유럽의 과학적 계략도 당신을 해치지는 못했습니다."

동원된 박수갈채가 연설한 여자에게 붙인 고약한 별명인 '암소의 혁'의 헌사와 통치자와 수행원들의 흥을 돋우던 일련의 카드 섹션을 파묻어 버렸다.

"대통령 각하 만세!"

"공화국의 대통령 각하 만세!"

"입헌 공화국의 대통령 각하 만세!"

"이런 환호가 전 세계 전역에 울려 퍼지리라. 그리고 영원히 그치지 않으리라. 입헌 공화국의 대통령 각하 만세! 조국의 수호자이며 위대한 자유당의 총수이고 진정한 자유주의자이고 열혈학도의 수호자시여!"

암소의 혁는 연설을 이어 갔다.

"조국에 있는 사악한 자식들의 계획이 대통령 각하의 적의 악랄한 후원에 힘입어 성공했더라면 우리의 국기에는 씻을 수 없는 오점이 남을 뻔했습니다. 그들은 당신의 고귀하신 생명이 주님에 의해 보호받고 있다는 것을 몰랐습니다. 또한 모든 이들이 당신이야말로 이 나라의 제1시민임을 인정하고 당신을 떠받들며 무시무시한 순간순간에도 당신을 둘러싸고 앞으로도 필요하다면 계속해서 당신 곁에 있을 것입니다.

그렇습니다. 신사 숙녀 여러분, 만일 그날 저들의 음흉한 음모가 성공했다면, 그리고 일찍이 위대한 국회의원 후안 몬탈보*가 간파했듯이 민주주의라는 심장을 파헤치기 위해 어둠 속에서 칼을 갈던 그들의 칼날을 막지 않았더라면, 보다 문명화된 국가로 발전하는 이 나라의 보호자이자 아버지의 부재 속에 우리는 고아로 전락했을 것입니다.

덕분에 이 궁전은 파괴되지 않은 채 남을 수 있게 되었고 이 나라의 문장(紋章)에 나오는 새인 케찰은 도망치지 않고 불사조처럼 잿더미에서 되살아날 수 있었고, 원주민들이 자유와 주권을 쟁취하기 위해 죽음을 불사하며 투쟁했던 아메리카의 자유라는 영광을 새기는 의미에서 피 한 방울 흘리지 않고 민족의 독립을 선포했던 그 정신을 지켜 나갈 수 있게 되었습니다.

바로 그래서, 신사 숙녀 여러분, 우리는 밤낮 없이 아버지의 사랑을 가지고 우리를 보호하시는 빛나는 보호자를 기리기 위해 이 자리에 섰습니다. 이미 제가 말씀드렸듯이 풀턴*이 수증기를 응용하고, 후아나 산타 마리아*가 해적인 침입자들로부터 렘피라 땅에서 불활성 물질을 찾아내 불을 피우며 자신을 보호했던 것처럼, 그분은 우리 조국을 발전과 진보의 최전선으로 이끄십니다. 조국 만세! 입헌 공화국의 대통령이자 자유당 총수이고 조국의 수호자이며 연약한 여성과 아이들과 교육의 보호자이신 대통령 각하 만세!"

암소의 혀의 만세 소리는 갑자기 터진 환성에 묻혀 버렸고, 그 환성은 파도처럼 밀려오는 박수 소리에 밀려나 버렸다.

대통령은 오른손으로 대리석 발코니를 쥐고 몇 마디 응답을 했다. 그는 마치 가슴을 정면으로 내보이기를 꺼리는 듯 비스듬히 서서 머리를 양쪽 어깨에 번갈아 기울이며, 미간을 찌푸리고 담배꽁초를 보며 조심스럽게 말했다. 남녀 할 것 없이 모두 눈물을 닦아 냈다.

"대통령 각하, 이제 안으로 들어가시렵니까?" 흐느끼는 소리를 듣고 카라 데 앙헬이 대범하게 말했다. "군중이 얼마나 감동을 받았는지 확인하셨지 않습니까?"

국방 법무감은 카날레스 장군의 도주를 보고하고 그 누구보다 먼저 대통령의 연설을 축하하기 위해 이제 막 몇 명의 친구들과 함께 발코니에서 돌아오는 대통령에게 허겁지겁 달려갔다. 하지만 모두가 같은 목적으로 각하에게 모여들자 이상한 공포와 알 수 없는 초자연적 힘에 눌린 데다가 카라 데 앙헬이 악수하려고 잡은 그의 손이 늘어나지 않도록 하려고 그는 조심스럽게 멈춰 서 버렸다.

대통령의 총애를 받는 심복이 등을 돌리고 대포를 쏘는 듯한 폭음이 불과 몇 초 사이에 연이어 터지는 소리를 법무감이 들은 것은 그의 손이 여전히 허공을 잡은 듯이 헤매고 있을 때였다. 사람들은 소리 지르고, 이리 뛰고 저리 뛰며 뒤집힌 의자를 발로 차고, 여자들도 상처를 입었다. 군인들의 발자국 소리도 들렸는데, 그들은 쉽게 열리지 않는 탄약통을 들고 어깨에는 장전된 총을 멘 채, 기관총, 깨진 유리 조각들, 장교들, 대포들 사이로 벼를 심듯이 줄지어 가고 있었다.

대령 하나가 손에 권총을 들고 계단 위로 사라졌다. 다른 한 명은 총을 들고 달팽이 모양의 계단을 타고 내려왔다. 그건 아무것도 아니었다. 대위 하나가 총을 들고 창문을 뛰어내렸다. 또 하나는 권총을 들고 문 앞에 서 있다. 이건 아무것도 아니다. 이건 아무것도 아니다! 하지만 공기는 차가웠다. 점차 귀빈들이 모여들었다. 누군가는 놀라서 오줌을 쌌고, 누군가는 장갑을 잃어버렸고, 말을 할 수 있게 된 사람들은 얼굴이 창백했고, 얼굴이 창백한 사람들은 말을 할 수가 없었다. 대통령이 언제 어디서 없어졌느냐고 물어도 대답하는 사람이 없었다.

작은 계단 바닥에 군악대의 타악기 제1주자가 누워 있었다. 그는 2층에서 드럼과 함께 굴러떨어졌다. 거기 있는 사람 모두 생명의 위협을 느끼며 공포에 사로잡혔다.

15. 숙부와 숙모들

대통령의 심복은, 프록코트에 높은 모자를 쓴 모습이 마치 아이들이 그린 생쥐를 연상하게 하는 대법원장과 고대의 성인 조각상처럼 무표정한 얼굴을 한 국회의원 사이로 대통령 궁을 나왔다. 그들은 바보 같은 타악기 주자 때문에 놀란 가슴을 쓸어내리기 위한 적당한 장소로 그랜드 호텔이 좋을지 아니면 주변의 바가 좋을지 입에 침이 마르도록 논쟁 중이었다. 그들은 이 타악기 주자를 지옥으로 보내거나 아니면 더 가혹한 형벌을 내린다 하더라도 일말의 양심의 가책을 느끼지 않았을 것이다. 국회의원은 그랜드 호텔로 가자며 귀족적인 장소에서 술잔을 기울이는 것이 관습적인 의무인 것처럼 굴었지만, 이러한 변명은 국고를 축내는 속임수에 불과했다. 대법원장은 이러한 갈등을 다음과 같은 판결로 해결하려 했다. "친구여, 부의 본질은 외양의 화려함에 있는 것이 아니기에 나는 다 빛 좋은 개살구인 화려한 호텔보다는 친한 친구끼리 편하게 술을 마실 수 있는 허름한 주막을 선호한다네."

카라 데 앙헬은 권력 기관 간 충돌의 틈바구니에서 피하는 것이 상책이라 생각해 대통령 궁의 길모퉁이에서 이들이 논쟁하도록 내버려 둔 채 후안 카날레스의 집을 찾아 인시엔소 구역으로 갔다. 카날레스 장군의 동생이 투스텝 주점에 사람을 보내든가 아니면 직접 가서 조카를 데려와 달라고 부탁하려 했다. '그가 직접 그녀를 데려오든 누굴 시켜서 데려오든 무슨 상관이람!' 그는 속으로 생각했다. '이제 그녀는 내 소관이 아니고 내가 그녀를 모르던 어제 이전처럼 이제는 나랑 아무런 상관이 없어.' 두세 사람이 그에게 인도를 양보하기 위해 찻길로 내려가며 인사를 했다. 그는 그들이 누구인지 보지도 않고 감사의 인사를 했다.

카날레스 장군의 동생 중 한 명인 후안은 인시엔소 구역 안에 쿠뇨라고 하는 동전 만드는 공장 옆의 주택가에 있는 왠지 무서운 느낌을 자아내는 건물에 살고 있었다. 칠이 떨어진 벽돌은 허물어질 것 같은 담장을 보강하고 있었고, 창문의 쇠창살 사이로 야수의 우리 같은 방들이 살짝 엿보였다. 거기에는 악마들이 득실거리는 것 같았다.

대통령의 심복의 노크 소리에 개 한 마리가 짖어 댔다. 개가 저렇게 화가 나서 울부짖는 걸로 봐서는 꼭 지옥을 지키는 개가 묶인 채로 짖어 대는 것 같았다.

사탄처럼 아름답고도 사악한 카라 데 앙헬은 손에는 모자를 들고 문 안으로 들어섰다. 그는 장군의 딸을 살게 할 집을 찾았다는 생각에 만족해했으나 개가 짖어 대는 소리와 들어오라고 계속해서 말하는 붉은 얼굴에 미소 짓고 있는 배불뚝이 사내의 권유가 섞여 마음이 혼란해졌다. 그는 바로 후안 카날레스였다.

"들어오세요! 여기로 들어오세요. 무슨 일로 저희 집에 찾아오셨나요?" 후안은 대통령의 총애를 받는 심복 앞에서 느끼는 불안감과는 거리가 먼 사무적인 소리로 말했다.

카라 데 앙헬은 방 안을 둘러보았다. 고약하게도 개는 방문객에게 계속 짖어 댔다. 그는 카날레스 형제들의 초상화들 중에서 장군의 초상화만 치운 것을 발견했다. 반대편에 있는 거울은 이 초상화의 비어 있는 자리를 다시 비춰 주었고, 전보를 보내는 용지 같은 색깔의 누런 벽지로 도배한 저쪽 방의 한 부분을 비추었다.

후안이 판에 박은 인사말을 마치는 동안 카라 데 앙헬이 보기에 그 개는 원시 시대에 와 있는 것처럼 이 집의 정신적 지주 역할을 해 오고 있는 것 같았다. 그 개는 부족의 수호자 역할을 했다. 하긴 대통령 각하까지도 수입한 개들을 위한 우리를 꾸며 놓았으니.

카라 데 앙헬은 이 집의 주인이 절망적으로 손을 흔드는 것을 거울을 통해 볼 수 있었다. 후안 카날레스는 의례적인 말을 마친 뒤 수영 선수처럼 바닥으로 팔을 쭉 펼쳐 내렸다.

"여기 우리 집에서는, 제 처와 당신을 시중드는 저는 제 형 에우세비오의 행동에 대해 참담한 분노를 느끼며 결코 용납할 수 없는 짓이었다고 생각합니다. 이게 무슨 일이람! 모든 범죄는 추악한 것이지요. 더구나 이번 사건의 경우 그 희생자가 어딜 보나 존경받을 만하고, 우리 군대에서 신망이 높던 인물이며, 더구나 대통령 각하의 친구였으니까요!"

카라 데 앙헬은 제정신을 잃은 그가 익사하는 자처럼 허우적거리며 하는 말에 긍정할 수도 부정할 수도 없는 당혹감 속에서 아무 말도 안 해 방문객이 주인에게 공포감을 유발하는 무거운 침묵을 지키고 있었다.

후안은 그가 하는 말이 허공에 메아리치고 있다는 것을 알자 더 신경이 곤두서서 중심을 잡지 못하고, 바닥을 딛고 있는 발을 향해 손을 내리쳤다. 그의 머리는 뜨겁게 달아올랐다. 그는 성당 앞의 살인 사건을 정치적으로 연결시켜 그 배후를 길게 가지치기하고자 했다. 그 어떤 것도 그에게는 이 사건과 연루되지 않은 것이 없었다. 이미 모든 것이 너무도 많이 꼬여 버렸다. 모든 것이 복잡해졌다. "복권이요, 친구여, 복권이요! 복권이요, 친구여, 복권이요!" 이 문장은 거리에서 복권을 팔고 독실한 가톨릭 신자이자 중재의 귀재였던 멋진 신사 풀헨시오 아저씨가 장사할 때 쓰는 표현인 동시에 이 나라에 대해 요점 정리하는 표현이었다. 카라 데 앙헬 대신에 카날레스가 풀헨시오 아저씨의 해골의 실루엣을 바라보았다. 이 해골의 뼈들과 턱, 그리고 손가락은 신경 역할을 하는 철사로 지탱되고 있었다. 풀헨시오 아저씨는 검정 가죽 가방을 팔에 끼고 주름살 없는 얼굴에 헐렁한 바지를 입고 엉덩이를 손바닥으로 치더니, 목을 길게 뽑아 코와 이 없는 입을 통해 동사에 나오는 소리로 외쳤다. "어이 친구, 친구, 이 땅에서 유일한 법은 복권이에요. 복권을 통해 감옥에 가기도 하고, 복권을 통해 총살당하기도 하고, 복권을 통해 국회의원이나 외교관, 공화국의 대통령, 장군이나 장관이 되기도 합지요. 모든 것이 복권에 의해 결정되는데 공부는 해서 뭐 해요! 복권이요! 복권! 복권 사세요! 여기 복권 몇 장이 있어요!" 흰 포도 넝쿨 같은 저 해골바가지는 껄껄거리며 웃고는 당첨된 복권 번호 리스트를 입 밖으로 발설하려 하고 있었다.

후안이 생각하는 것과는 딴판으로 카라 데 앙헬은 저 혐오스러운 겁쟁이 친구가 카밀라와 어떤 닮은 구석이 있을까 의아해하며 침묵 속에서 그를 지켜보았다.

"내 처도 들었다는데, 사람들이 저를 파랄레스 손리엔테 대령의 살인 사건에 끌어넣으려 하고 있단 말이에요!" 카날레스는 이마에 흐르는 굵은 땀방울을 호주머니에서 아주 힘겹게 빼낸 손수건으로 닦으면서 말했다.

"나는 아무것도 몰라요." 카라 데 앙헬는 차갑게 대답했다.

"이건 불공평해요! 제 아내와 저는 처음부터 에우세비오의 행동에 대해 반대했어요. 게다가 당신이 아실지 모르겠지만 형과 저는 자주 보는 사이가 아니에요. 거의 본 적이 없어요. 아니, 한 번도 본 적이 없어요. 이전에도 우리는 짤막한 인사만 하는 소원한 관계였어요.

이미 후안의 목소리는 자신감을 잃은 지 오래였다. 미닫이문 뒤에 있던 그의 아내는 자신의 남편을 돕는 적절한 시점이라 생각해 밖으로 나왔다.

"후안, 제게 손님을 소개시켜 주세요!" 그녀는 카라 데 앙헬에게 고개를 숙여 인사하고 예의 어린 미소를 지으면서 말했다.

"아, 그렇지!" 대통령의 심복과 엉겁결에 함께 일어선 당황한 남편이 답했다. "여기 제 처를 소개합니다."

"유디스 데 카날레스라고 해요."

카라 데 앙헬은 후안의 아내 이름을 들었지만 자신도 이름을 밝혀야 한다는 사실을 잊었다.

아무 이유 없이 길어지는 이 방문에서 설명할 수 없는 힘에 이끌려 그의 마음과 존재 자체가 어지럽혀지기 시작했다. 카밀라와 관계없는 그 어떤 말도 그의 귓가에는 들리지 않았다.

'하지만 왜 이자들은 자신의 조카딸에 대한 언급을 내게 하지 않을까?' 그는 생각했다. '저들이 그녀에 대해 이야기했더라면 내가 더 관심을 가져 주었을 텐데. 그녀에 대해 이야기했더라면 저들에게 후안이 어떤 살인 사건에도 연루되어 있지 않다고 확인시키며 걱정 말라고 말해 주었을 텐데. 저들이 그녀에 대해 한마디라도 했더라면……. 하지만 나는 얼마나 바보 같은가! 나는 카밀라가 더 이상 이전의 카밀라가 되지 않고, 내가 그녀에 대해 더이상 신경 쓰지 않게 여기 저들과 함께 있기를 바라지 않았는가. 나는 얼마나 바보인가! 저들과 그녀는 가까울 수밖에 없고, 나와는 그렇게 될 수 없는데. 난 따로 저 멀리 있어. 나와 그녀는 아무 관계도 아니야.'

유디스는 소파에 앉은 후 태연한 척하며 기다리려고 작은 레이스 손수건으로 코를 훔쳤다.

"두 분께서 이야기하시는데, 제가 방해가 되었나 봐요. 죄송해요."

"아!……."

"그……."

"저……."

세 사람이 동시에 말했다. 그리고 몇 초 후에 이 중에서 가장 우스꽝스러운 후안이 영문도 모른 채 "계속하세요, 계속하세요"라는 말만 반복했다. ('짐승 같으니라고!' 그에게 그의 아내가 눈으로 다그쳤다.)

"여기 계신 분께 우리가 비밀리에 내 형인 에우세비오가 파랄레스 손리엔테 대령의 살인자 중 한 명이라는 것을 알았을 때 당신과 내가 얼마나 화를 냈는지 말하고 있었다오."

"아, 그렇죠. 그렇고말고요." 유디스는 가슴을 내밀며 남편을 거들었다. "아주버님인 장군님이 이와 유사한 만행을 또다시 저지르지 말아야 한다고 저와 제 남편은 이야기했어요. 더 안 좋은 건 사람들이 제 남편을 공모자로 몰아넣고 있다는 것입니다."

"그래서 제가 미겔 씨에게 형과 나는 불구대천의 원수지간이어서 형을 본 지 오래되었다고 말씀드렸어요. 하다못해 사진을 통해서라도 서로 보길 꺼려했으니 말 다했죠!"

"사실 그 정도까지는 아니지만, 가족지간에는 늘 싸우고 쳐다보지도 않기 마련이에요." 유디스는 한숨을 푹 쉬면서 덧붙였다.

"저도 알지요." 카라 데 앙헬이 가로막았다. "형제간에는 떨어질 수 없는 인연의 끈으로 연결되어 있다는 말을 후안에게 해 주고 싶네요."

"미겔 씨, 그게 무슨 말인가요? 제가 공범이란 말인가요?"

"죄송해요."

"그렇게 생각하시면 안 돼요!" 유디스가 눈을 내리깔고 급히 끼어들었다. "돈 문제가 개입되면 모든 관계가 깨지기 마련이에요.

슬픈 일이지만 이건 현실이에요. 돈은 혈육 관계를 존중하지 않으니까요!"

"자신의 범죄에 나를 결부시키다니 뭐 이런 놈이 다 있어! 이런 중상모략이 또 어디 있어!"

"하지만 제가 말하려던 뜻은 그런 의미가 아니었어요!"

"후안, 이분이 말씀하시도록 잠자코 계세요!"

"당신 형은 자신의 딸이 내버려지지 않도록 여러분의 도움이 필요하다고 말했어요. 그래서 여기 당신 집에 와서 이 사실을 전해 달라고 제게 부탁했죠."

이번에는 카라 데 앙헬이 자신의 말이 허공에 맴돌고 있다고 느꼈다. 마치 스페인어를 전혀 모르는 사람들에게 이야기하는 느낌이 들었다. 배가 튀어나오고 면도한 후안과 가슴을 손수레에 파묻은 유디스 사이에서 그의 말은 부재한 자들을 위해 거울 속으로 빠져 들어갔다.

"그 여자아이를 위해 무언가 해 주어야 할 사람들이 바로 당신들입니다."

"물론이죠." 후안은 카라 데 앙헬이 자신을 체포하러 온 것이 아니라는 것을 알게 되자 예전의 평정을 되찾았다. "제가 너무 놀라 있어서 당신께 무슨 말씀을 드려야 할지 모르겠습니다. 저희 집에서 산다는 것은 생각조차 할 필요가 없어요. 불장난을 할 수는 없지 않습니까? 여기서 우리와 함께 있으면 불쌍한 그 아이는 잘 지낼 수 있겠죠. 하지만 그동안 저희와 잘 지내던 사람들이 대통령 각하의 원수의 딸을 이 신성한 가정에 들어오게 했다는 사실

만으로도 저희를 나쁘게 생각하고 우리와 관계를 끊을 것입니다. 게다가 그 잘난 제 형이 자기 딸을 이 나라 통치자의 최측근에게 제공했다는 사실이 공공연하게 알려지면 사람들이 무어라 말하겠습니까?"

"모두 그가 감옥에서 나오려 그랬다고 하겠지요!" 유디스가 또 다른 한숨을 가슴속에 파묻으면서 끼어들었다. "하지만 후안이 말했듯이 그가 자신의 딸을 대통령에게 제공하는 대신 대통령의 친구에게 제공했다는 사실이에요. 각하께서는 그의 그런 비열한 제의를 거부할 것이 확실하기 때문이죠. 그 잘난 연설을 통해 얻은 별명이기도 한 시민군의 왕자께서는 막다른 길에 다다랐다는 것을 깨닫고 도망치기로 결심하고 우리에게 자신의 딸을 남긴 거예요. 그것은 흑사병 같은 정치적 오명과 불명예를 뒤집어쓴 자에게서나 기대할 수 있는 행위예요! 우리가 이 사건의 후유증 때문에 얼마나 고통을 받아 왔는지 모르실 거예요. 우리가 백발이 된다 하더라도 주님과 성모님께서는 우리의 증인이 되어 주실 거예요!"

카라 데 앙헬의 눈에는 깊은 밤을 건넌 분노의 섬광이 서려 있었다.

"이제 더 이상 이야기할 게 없네요."

"괜히 수고스럽게 여기까지 찾아오시게 해서 저희가 죄송하네요. 제게 전화라도 하셨다면……."

"당신을 봐서라도, 만일 불가능하지만 않았다면 기꺼이 그 애를 사랑으로 받아 주었을 거예요." 유디스가 남편의 말에 덧붙였다.

카라 데 앙헬은 그들을 돌아보지도 않고 한마디 말도 없이 나갔다. 개는 쇠사슬을 이리저리 끌고 다니며 분노에 차서 짖어 댔다.

"당신 형제들의 집에 갈 거요." 카라 데 앙헬은 헤어지기 전에 현관에서 말했다.

"공연히 시간 뺏기지 마세요." 후안은 지체 없이 답했다. "전 이 동네에 살면서 보수주의자로 정평이 나 있지만 그럼에도 카밀라를 제 집에 받아들이지 않을 겁니다. 자유주의자들인 제 형제들은 당신을 미쳤다고 생각하거나 농담으로 여길 겁니다."

후안은 거의 거리까지 나와서 이런 말을 했다. 그리고 천천히 문을 닫았다. 그는 도톰한 손을 비빈 후 잠시 머뭇거리다가 돌아왔다. 그는 자신의 아내가 아닌 그 누군가를 애무하고 싶다는 참을 수 없는 충동을 느꼈다. 그러고는 계속 짖어 대는 개한테 갔다.

"당신 지금 나가시려거든 개는 그냥 놔두세요." 유디스는 안뜰에서 태양 볕이 내리치지 않는 틈을 타 장미 덩굴을 다듬어 주며 말했다.

"그래, 이제 가오."

"서둘러 가세요. 저도 기도하러 갈 거예요. 요즘 같은 때는 저녁 6시 넘어서 거리를 돌아다니지 마세요."

16. 카사누에바*에서

아침 8시를 넘어서자 페디나는 정규적인 등록 절차와 긴 시간 동안 소지품 검사를 받은 뒤 기타 모양의 무덤처럼 생긴 독방 감옥에 갇혔다. 셔츠에서 그녀가 장군의 집 바닥에서 주운 장군이 직접 쓴 편지가 발견되자, 그녀는 머리부터 발끝까지, 손톱부터 겨드랑이 밑까지 몸 전체를 샅샅이 조사당했다.

두 걸음도 안 되는 독방에 서 있기에 지친 그녀는, 온갖 고초를 겪은 후라서 앉는 것이 훨씬 나을 것 같아 앉아 보았으나, 얼마 안 있어 벌떡 일어섰다. 밑바닥에서 올라오는 찬기가 엉덩이와 정강이, 손, 귀까지 스며들어 온몸이 얼어붙어 버렸기 때문이다. 그러다 다시 앉았다 섰다를 끊임없이 반복했다.

감옥에서 나와 뜰에서 잠시 햇볕을 쬐는 여죄수들이 비록 마음은 뜨겁게 달구어졌지만 생야채 맛을 내는 톤으로 부르는 노래가 들렸다. 이들 음성 중 몇몇은 졸고 있는 톤으로 흥얼거렸지만, 전반적으로 잔혹한 단조로운 소리로 울렸다. 그런데 이러한 무거운 돌림 노래는 갑작스러운 절망적인 외침으로 끊기곤 했다. 그들은 저주를 퍼부었고 욕을 했다.

시편을 고르지 못한 음정으로 낭송하는 어느 목소리가 처음부터 페디나를 괴롭혔다.

카사누에바에서
나쁜 집에 이르기까지
맑은 하늘이
비추며 지나가네,
이제 우리는 외로이 있으니
맑은 하늘이여
우리를 안아 주소서.

아, 아, 아!
저를 안아 주소서,
여기서부터
나쁜 집에 이르기까지
맑은 하늘이
비추며 지나가네.

첫 두 행은 이 노래의 나머지 부분과 잘 어울리지 않았다. 그럼에도 불구하고 이러한 사소한 어려움이 오히려 나쁜 집과 카사누에바 사이의 괄호를 강조하는 것 같았다. 이들이 처해 있는 고통스러운 현실을 강조하기 위해 작품의 리얼리티를 희생시키며 리듬이 깨졌다. 이러한 사실은 페디나의 공포를 더욱 가중시켰는데, 앞으로 느낄 분간할 수 없고 깜짝 놀랄 공포를 예감하지 못한 채 페디나는 이미 무서워 떨고 있으면서도 공포를 느낀다는 사실에 더 걱정을 했다. 저 오래된 음반 같은 목소리가 단순한 범죄보다 더 많은 비밀을 감추고 있을 때 그녀의 몸에는 뼛속 깊숙이 공포가 배어 있었다. 저렇게 신맛 나는 노래를 들으며 아침 식사를 한다는 사실은 불공평한 일이었다. 그녀의 살가죽이 벗겨지는 것이 하더라도 지하 감옥에서 다른 죄수들이 웅얼거리는 소리를 듣는 것보다는 나았을 것이다. 그들은 창녀의 침대가 감옥에서의 침대보다 더 차다는 사실은 생각하지 않고 자유와 따스함에 대한 강력한 열망을 가지고 있었다.

아들에 대한 추억이 그녀를 진정시켰다. 그녀는 아들을 아직도 배 속에 지니고 있는 것처럼 생각해 왔다. 무릇 어머니들이란 단 한순간도 자식의 부재를 느낄 때가 없는 법이다. 그녀가 감옥에서 나와 제일 먼저 할 일은 자식을 영세시키는 것일 것이다. 세례식이 얼마 남지 않았다. 카밀라 아가씨가 선물로 준 아기용 긴 스커트와 머리쓰개는 참 예쁘다. 그날 아침 식사로 옥수수 잎으로 만 타말리와 초콜릿을 하고, 점심 식사로는 발렌시아 스타일의 쌀 요리에 호박 소스를 준비하고, 오후 간식으로 계피 음료와 쌀 음료, 아이스크림과 두루마리 과자를 준비해야지 생각했다. 친구들에게 보낼 초청장 인쇄를 안경 쓴 인쇄공에게 맡기기로 마음먹었다. 그리고 기차 같은 힘을 가진 말들이 몰고 딸랑거리는 은빛 사슬이 있는 슈만의 마차 두 대에 프록코트와 고깔모자를 쓴 마부들이 손님들을 태우기를 바랐다. 얼마 후 이런 생각을 접으려 했다. 그 이유는 이런 생각이 현실 가능성이 없어서가 아니라 자신의 결혼 기념일을 하루 앞둔 누군가가 다음과 같이 중얼거렸기 때문이다. "자기야, 내일 이 시간에 기대해도 돼." 정작 이렇게 말한 사람은 그 다음 날 결혼식을 앞두고 벽돌에 머리를 맞아 죽었다.

다시 페디나는 자신의 아기에 대해 생각했다. 이런 생각을 하며 속으로 즐기지 않는다면 벽에 그려진 음탕하고 도발적인 그림들을 자기도 모르는 사이에 보고 당황해했을 것이다. 십자가, 기도 문, 사람 이름들, 날짜들, 카발라 숫자들이 온갖 사이즈의 성기들과 뒤범벅되어 있었다. 남근 옆에 신의 말씀이 적혀 있었고, 13이라는 숫자가 엄청나게 큰 고환 위에 새겨져 있었고, 악마의 흰 뿔이 촛대처럼 그려져 있었고, 꽃잎은 손가락 형태로 생겼으며, 판사들과 치안 재판관들에 대한 풍자적인 그림들이 그려져 있었다. 배들과 닻들, 태양, 요람, 술병, 꼬여 있는 손과 팔, 칼이 관통한 눈과 심장, 경찰처럼 수염이 난 태양, 늙은 노처녀의 얼굴 같은 달, 삼각 모양이나 오각 모양의 별들, 시계, 인어, 날개가 달린 기타, 화살······.

페디나는 너무도 놀란 나머지 전복적인 광기로 가득 찬 세계로부터 벗어나려고 다른 쪽 벽면으로 고개를 돌렸으나 다른 쪽 벽들에도 사내들의 음탕한 모습을 그린 그림들로 넘쳐났다. 그녀는 두려움에 할 말을 잃고 눈을 감아 버렸다. 그녀는 이 미끄러운 세계에서 열린 창문을 통해서가 아니라 심연이 열리면서 굴러다니

기 시작했고, 하늘은 그녀에게 늑대의 이빨 같은 별들을 가르쳐
주었다.

바닥에서는 개미 떼들이 바퀴벌레 한 마리를 나르고 있었다. 이
광경이 페디나에게는 그림들에 대한 인상이 남아서인지 성기가
자신의 털에 의해 나쁜 욕구의 침대로 끌려가는 것처럼 보였다.

카사누에바에서

나쁜 집에 이르기까지

맑은 하늘이

여성으로서의 수치심을 닦아 내기라도 하듯 맨살에 유리 조각
을 가지고 비비대고 있을 때, 노랫소리가 다시 들려왔다.

시내에서는 공화국 대통령의 명예를 기리는 축제가 계속되었
다. 밤마다 중앙 광장에는 영화 스크린이 교수대처럼 세워졌고,
이단자의 처형식에 참석한 것 같은, 신심이 깊은 군중에게 선명하
지 못한 영화들을 상영했다. 조명을 받은 정부 청사 건물이 하늘
로 솟아 있었다. 공원을 둘러싸고 있는 날카로운 철조망 주변에
터번을 둘러 쓴 것처럼 원의 형태로 사람들이 모여들었다. 사회
지도층 인사들은 공원 안에서 축제를 즐기며 배회하는 반면, 별빛
아래 모인 서민들은 종교적 숙연함 속에서 영화를 지켜보았다. 정
어리처럼 붙어 있는 할아버지와 할머니, 장애인들, 신혼부부들,
지루한 듯 하품을 하며 의자에 앉아 여자들에게 집적대거나 친구
가 되자며 말을 걸거나 인사를 하는 거리의 한량들을 쳐다보았다.

간헐적으로 부자나 가난뱅이나 할 것 없이 모두 하늘을 쳐다보았다. 굉음에 이어 형형색색의 폭죽이 무지개 모양의 실을 길게 자으며 떨어졌다.

감옥에서의 첫날 밤은 끔찍했다. 죄수는 악몽 속에서 자신의 삶과 유리된 채 어둠 속을 헤매야 한다. 벽들도 사라지고, 지붕도 지워지고, 바닥도 없어졌다. 하지만 이런 붕 떠 있는 느낌을 자유롭다는 해방감 때문에 느꼈다면 얼마나 좋겠는가! 페디나는 죽어 있을 때의 느낌이 이럴 것이라는 생각이 들었다.

황급하게 페디나는 기도를 드렸다. "성모 마리아님, 저희를 위하여 빌어 주소서. 은총이 가득하신 마리아여, 당신께서는 단 한순간도 저희를 버린 적이 없습니다. 이번에도 당신의 보호와 도움을 비나옵니다. 저의 간절한 소망을 들어주소서. 저는 당신께 다가가 당신의 발밑에서 저의 죄를 울면서 고합니다. 저의 탄원을 들어주시고 저버리지 마옵소서. 아멘." 그림자가 그의 목을 짓눌렀다. 그녀는 넘어진 후 갑자기 길게 느껴진 양팔을 쭉 뻗어 얼어붙은 바닥을 덮고는 억압을 받는 자들과 순례자들이 정의를 위해 싸우다 부당하게 처벌받는 수감자들의 바닥도 덮고자 했다. 그녀는 연도를 되풀이했다.

저희를 위하여 빌어 주소서…….

저희를 위하여 빌어 주소서…….

저희를 위하여 빌어 주소서…….

저희를 위하여 빌어 주소서…….

저희를 위하여 빌어 주소서……
저희를 위하여 빌어 주소서……
저희를 위하여 빌어 주소서……
저희를 위하여 빌어 주소서……

천천히 그녀는 몸을 추슬렀다. 배가 고팠다. 누가 아기에게 젖을 줄까? 그녀는 가까스로 문 쪽으로 가서 문을 두들겼다.

저희를 위하여 빌어 주소서……
저희를 위하여 빌어 주소서……
저희를 위하여 빌어 주소서……

멀리서 12시를 알리는 종소리가 들렸다.

저희를 위하여 빌어 주소서……
저희를 위하여 빌어 주소서……

그녀의 아들이 있는 세상에서도…….

저희를 위하여 빌어 주소서……

그녀는 열두 번의 종소리를 정확히 셌다. 다시 힘이 솟아 스스로 자유롭다고 생각하려 애썼다. 결과는 성공이었다. 친지들과 자신의 소지품들과 함께 집에 있는 자신을 발견했으며, 후아니타에게 "안녕, 만나서 반가웠어!"라고 말하거나, 손뼉을 쳐서 가브리엘리타를 불러내거나, 불이 잘 지펴지나 감시하거나, 티모테오에게 예의 바른 인사를 한다. 이런 상상을 그녀는 자신이 직접 겪은 것처럼 생생하게 만들고 싶었다.

밖에서는 축제가 계속되었다. 교수대 대신 영화 스크린이 설치되고, 물레바퀴를 돌리는 노예들처럼 사람들은 공원을 배회했다.

예기치 않게 감옥의 문이 열렸다. 자물쇠 열리는 소리는 그녀로 하여금 낭떠러지 끝에 있는 듯한 느낌을 주어 다리를 모으게 했다. 남자 두 명이 아무 말 없이 그녀를 찾으러 와서 그녀를 밤바람이 바닥에 세게 부는 좁은 복도로 밀쳐 내더니, 어둠 속에서 방 두 개를 지나, 빛이 들어오는 홀로 데려갔다. 그녀가 들어갔을 때, 국방 법무감이 서기관에게 낮은 목소리로 말하고 있었다.

'저 사람은 카르멘의 성 처녀 앞에서 오르간을 치던 바로 그분이다.' 페디나는 속으로 생각했다. '내가 체포당했을 때 이미 그를 본 적이 있다. 그를 성당에서 봤다. 저자는 그렇게 나쁜 사람이 아닐 것이다!'

법무감의 눈은 그녀를 뚫어지게 바라보았다. 그러고 나서 그녀에게 이름, 나이, 주소, 직업과 같은 몇 가지 일반적인 질문을 했다. 로다스의 아내는 명확하게 답했고, 자신의 입장에서 덧붙여 말하기도 했다. 서기관이 마지막 대답을 기록하고 있을 때 그녀는 질문을 하려고 했으나 전화 통화와 옆방에서 정적 속에서 목이 쉰 어느 여자가 다음과 같이 떠드는 통에 잘 들리지 않았다. "그래요! (……) 어떻게 되었나요? (……) 참 잘되었네요! (……) 오늘 아침 그 용감한 여자에게 물어보라고 시켰어요. (……) 복장은요? (……) 치수만 맞는다면 그 복장이 좋겠어요. (……) 뭐라고요? (……) 아뇨, 안 되겠어요. 얼룩이 묻었어요. (……) 예, 하지만 그럴 필요 없어요. (……) 그래요 (……) 그래요. (……) 틀림없이 오셔야 해요. (……) 안녕히 계세요. (……) 안녕히 주무세요."

그동안 법무감은 페디나의 질문에 잔인하게 비꼬면서 답했다.

"그렇게 신경 쓸 거 없어요. 그래서 우리가 여기 있는 거니까. 당신같이 왜 여기 잡혀 있는지 모르는 사람들에게 그 이유를 설명하기 위해서 말이오."

그는 두꺼비같이 생긴 눈을 더 휘둥그렇게 뜨며 목소리 톤을 바꾸어 천천히 덧붙였다.

"하지만 그전에 오늘 아침 에우세비오 카날레스의 집에서 당신이 뭘 했는지 말해 주어야 하오."

"그러니까 어떤 일 때문에 장군님을 뵈러 갔어요."

"그게 어떤 일인지 우리가 알 수 있을까요?"

"나리, 그건 제 개인적인 사소한 일이에요! 지극히 개인적인 일이라고요! 정말이에요. 다 말씀드리겠어요. 성당 앞에서 얼마나 더 많이 죽었는지는 모르지만 대령의 살인 사건 때문에 장군님을 체포하려 한다는 사실을 알려 주려고 했어요."

"그러고도 왜 잡혀 있는지 모른다는 얼굴 표정을 짓고 있단 말이야? 이런 도둑년 같으니! 이게 별일 아닌 것 같아? 도둑년! 이게 별일 아닌 것 같으냐고?"

그가 별일이란 말을 꺼낼 때마다 그의 분노는 격화되었다.

"잠깐만요, 나리, 제게 말 좀 하게 해 주세요! 잠깐만요! 저는 나리께서 생각하시는 그런 여자가 아닙니다. 제발 제 말 좀 들어 보세요. 장군님 댁에 갔을 때 장군님은 이미 거기 없었어요. 그를 보지 못했어요. 전 그 집에서 아무도 보지 못했어요. 모두 떠나고 텅 빈 집만 덩그러니 있었어요. 단지 하녀가 뛰어다니고 있었을 뿐이에요!"

"그게 별일 아니라고? 별일 아니냔 말이야! 거기 몇 시에 갔나?"

"은총의 분수에서 아침 6시를 알리고 있을 때였어요, 나리!"

"잘도 기억하는구나! 어떻게 카날레스가 체포될 것이라는 걸 알았나?"

"제가 말인가요?"

"그래, 바로 당신 말이야!"

"남편을 통해 들었어요!"

"당신 남편 이름이 뭔가?"

"헤나로 로다스예요."

"그는 누굴 통해 알게 되었나? 그걸 어떻게 알게 되었냐고? 누가 그 사실을 그에게 말했지?"

"루시오 바스케스라고 불리는 친구에게서요, 나리. 그는 비밀경찰이에요. 그자가 제 남편에게 말했고, 제 남편은 저에게……."

"그리고 넌 장군에게!" 법무감은 미리 짐작하며 말했다.

페디나는 '이런 잔인한 놈 같으니. 아니야!' 라고 말하는 것처럼 고개를 절레절레 흔들었다.

"그럼 장군은 어디로 도망쳤지?"

"맹세코 저는 장군님을 본 적이 없어요. 제가 말씀드리지 않았나요? 제 말을 못 들으셨어요? 그를 본 적이 없어요! 그를 본 적이 없단 말이에요! 이분이 제가 한 말을 적고 계신데 제가 왜 거짓말을 하겠어요?" 그녀는 자신을 쳐다보는 주근깨투성이의 창백한 얼굴을 가진 서기관을 가리켰다.

"당신은 그가 쓰고 있는 내용에 별로 신경 쓰지 않잖아! 내가 묻는 말에 대답이나 해! 장군은 어디로 도망쳤냐고?"

"몰라요! 제가 뭘 대답할 수 있다고 생각하세요? 몰라요. 저는 그를 본 적이 없다고 말씀드렸잖아요! 내 참!"

"네가 아무리 모른다 하더라도 당국은 다 알고 있단 말이야. 당신이 장군과 이야기했다는 것도 말이야."

"기가 막혀 웃음밖에 안 나오네요!"

"웃지 말고 잘 들어! 당국은 모두 알고 있어!" 그는 책상을 쳤다. "네가 장군을 안 봤다면 이 편지는 어디서 났어? 편지가 날아들어서 네 셔츠 안으로 들어갔다고 말하려나?"

"그의 집에 버려져 있는 것을 제가 발견한 거예요. 제가 그 집을 나가려고 할 때 주운 거예요. 하지만 이런 말도 다 필요 없겠지요. 나리는 저를 거짓말쟁이처럼 대하니까 이 말도 안 믿으시겠지요."

"그걸 주웠다고? 그런 말을 누가 믿어!" 서기관은 씩씩거리며 화를 냈다. "이봐, 아줌마. 소설 쓰지 마. 당신이 거짓말하는 대가로 받을 형벌은 내 평생 기억할 만한 무시무시한 게 될 거야."

"저는 사실만 말씀드렸을 뿐이에요. 당신이 그렇게 절 못 믿으시는 것은 제가 아들에게 몽둥이로 때려 가면서 이해시키려 해도 안 되는 것이나 마찬가지예요."

"내가 너에 대해 뭐라고 이야기하느냐에 따라 넌 아주 비싼 값을 치르게 될 거야! 너와 장군은 대체 무슨 관계지? 넌 도대체 장군에게 무슨 존재지? 여동생이야? 뭐야? 그놈에게서 뭘 얻어 내려 했지?"

"제가 장군님과 말인가요? 아무 관계도 아니에요. 고작 두 번본 게 전부인 걸요. 하지만 아, 그렇죠, 그분의 따님이 제 아이의 대모가 되어 주기로 약속했었지요."

"그건 이유가 되지 않아!"

"그러니 거의 제 대모나 마찬가지잖아요, 나리."

서기관이 뒤에서 말을 거들었다.

"모두 다 새빨간 거짓말이야!"

"루시오가 제 남편에게 어떤 남자가 그분의 따님을 납치하려 한다고 해서 저는 정신을 잃고 그곳으로 달려간 거예요."

"거짓말 치지 마! 장군이 어디 숨어 있는지 그 은신처를 나에게 말해 주는 게 신상에 좋을 거야. 난 당신이 그 장소를 알고 있는 유일한 사람이라는 것을 알아! 지금 이 자리에서 우리에게, 아니나에게 그 장소를 이야기해 줘야 해! 울지 말고, 자 이야기해 봐!"

그러고는 아주 정감 있고 고백하는 말투로 말했다.

"만일 네가 내게 장군이 있는 곳을 말하면, 잘 들어 봐, 난 네가그걸 알고 있다는 걸 또 내게 말할 거라는 것도 아는데, 나한테 그가 어디 숨어 있는지 이야기하면 널 용서하고 풀어 주겠어. 여기서 네 집으로 아무 일 없이 가는 거야. 생각해 봐. 잘 생각해 보라고!"

"아이, 나리, 제가 알기만 한다면야 나리께 말씀드렸겠지요! 하지만 전 몰라요, 불행하게도 전 모른단 말이에요. 하느님 맙소사, 제가 어떻게 해야 한단 말입니까!"

"왜 네가 안다는 사실을 부인하지? 그것 때문에 너 자신이 다친다는 걸 몰라?"

잠시 침묵 후에 법무감이 말을 이어 가는 동안 서기관은 쩝쩝거리며 입맛을 다셨다.

"좋게 대해 주려 했더니 너같이 나쁜 년한테는 통하지 않는구나." 법무감은 화가 폭발하기 일보 직전의 어조로 점점 빠르게 말했다. "다른 방법을 써서 네 입에서 사실이 튀어나오게끔 할 테다. 네가 국가 안보에 반하는 엄청난 중죄를 저지른 것을 아느냐? 그리고 배신자이자 반역자이고 살인자이며 대통령 각하의 적이 도주하는 것을 도운 대가로 법이 너에게 책임을 물을 것이다. 이제 충분히 이야기했다. 너무 많이 이야기했어!"

로다스의 아내는 어쩔 줄 몰라 했다. 저 악마 같은 자의 말에는 죽이기까지 하겠다는 끔찍하면서도 즉각적인 위협을 내포하고 있었다. 그녀의 턱과 손가락과 다리가 후들거렸다. 손가락뼈가 뽑힌 듯 손가락이 후들거려 마치 장갑이 후들거리는 것처럼 손이 떨렸다. 말 한마디 못하고 이빨이 후들거리는 것이 마치 그녀의 고통을 전보로 보내는 것 같았다. 다리는 후들거려 꼭 영혼이 악마와 동행해 두 마리의 사나운 짐승이 폭주하며 비틀거리는 마차를 끌고 가는 것 같았다.

"나리!" 그녀는 애원했다.

"장난이 아냐! 어디 보자! 장군이 어디 있나?"

어느 아기의 울음소리를 들려주기 위해 문이 열렸다. 아기는 격렬하고도 고통스럽게 울고 있었다.

"네 아이를 봐서라도 어서 말해!"

법무감이 말을 마치기도 전에 페드나는 울음소리가 어디서 나오는지 사방을 헤매고 다녔다.

"두 시간 전부터 울고 있었어. 어디 있는지 찾아봐야 헛수고야. 장군의 은신처가 어디 있는지 말 안 하면 아이는 배가 고파서 울다가 죽어 버릴 거야!"

그녀는 문 쪽으로 달려갔다. 하지만 세 마리의 검은 짐승 같은 남자들이 나타나 별 힘 안 들이고 여자의 연약한 몸부림을 제압했다. 이 속절없는 몸부림과 진압 과정에서 그녀의 머리는 헝클어지고, 블라우스는 치마 밖으로 나오고, 속치마는 내려갔다. 하지만 그녀에게는 옷가지가 벗겨지고 내려가는 것이 문제가 되지 않았다. 거의 벌거벗은 상태에서 무릎을 꿇고 아기에게 젖을 물릴 수 있게 해 달라고 법무감에게 애원했다.

"나리, 카르멘의 성모님을 위해서라도!" 그녀는 변호사의 구두를 어루만지면서 간청했다. "카르멘의 성모님을 위해서 내 아기에게 젖을 물리게 해 주세요! 이제 더 울 힘도 없는 연약한 아기를 봐주세요. 제 앞에서 죽어 가는 아기를 봐주세요. 나중에 저를 죽인다 하더라도 저 아이를 봐주세요!"

"여기 카르멘의 성모 따윈 없어! 장군이 어디 숨어 있는지 말 안 하면 우린 계속 여기 남을 것이고, 네 아이 역시 울다가 죽을 거야!"

그녀는 미친 여자처럼 문을 지키는 남자들 앞에 무릎을 꿇었다. 그러고는 그들과 몸싸움을 했다. 그러다가 다시 법무감 앞에 무릎을 꿇고 그의 구두에 키스를 하려 했다.

"나리, 제 아들을 살려 주세요!"

"그래, 네 아들을 위해서라도 장군이 어디 있는지 말하란 말이야! 무릎을 꿇고 이런 쇼를 해도 다 소용없어! 내가 묻는 말에 답을 안 하면 아들에게 젖을 물린다는 기대는 안 하는 것이 좋을 거야!"

이렇게 말하며 법무감은 오래 앉아 있어 지쳤다는 듯이 자리에서 일어났다. 서기관은 저 불쌍한 어머니의 입에서 아직 나오지 못하고 있는 증언을 적으려고 펜을 꽉 잡은 채 입맛을 다셨다.

"장군은 어디 있나?"

겨울밤에 얼어붙은 도랑에 흐르는 물처럼 아기의 울음소리는 억지로 새어 나오며 기가 꺾였다.

"장군은 어디 있나?"

페디나는 뭘 해야 할지 모른 채 입술을 깨물고 상처 입은 짐승처럼 잠자코 있었다.

"장군은 어디 있나?"

그렇게 5분, 10분, 15분이 지났다. 마침내 가장자리를 검은 천으로 두른 손수건을 꺼내 입을 문지르고는 다시 위협했다.

"좋아, 끝까지 대답 안 하면 그놈이 간 길을 기억할 때까지 네 년의 뼈를 석회가루로 만들어 줄 테다!"

"원하는 건 모두 다 해 드릴게요! 하지만 그전에 아기에게 젖을 물리게 해 주세요! 나리, 제발 그러지 마세요! 이건 부당한 일이 예요! 어린 생명이 무슨 죄가 있겠습니까! 당신 맘대로 제게 형벌을 내려 주세요!"

문을 지키던 사내 한 명이 그녀를 바닥으로 밀었다. 다른 한 명이 그녀에게 발길질을 해 그녀는 바닥에 꼬꾸라졌다. 그리고 벽돌들과 집기를 던져 비명과 분노를 지워 버렸다. 그러나 그녀는 아들의 울음소리밖에 느끼지 못했다.

새벽 1시가 다 되어서야 더 이상 구타하지 말라고 그녀의 뼈가 갈리기 시작했다. 그녀의 아기는 여전히 울고 있었다.

간헐적으로 법무감은 반복해서 말했다.

"장군은 어디 있나? 장군은 어디 있나?"

1시…….

2시…….

마침내 3시가 되었다……. 그녀의 아기는 울고 있었다…….

5시처럼 느껴진 3시가 되었다…….

아직 새벽 4시는 안 되었다……. 그녀의 아기는 울고 있었다…….

이제 4시다. 그녀의 아기는 울고 있었다…….

"장군은 어디 있나? 장군은 어디 있나?"

헤아릴 수 없을 만큼 깊게 패고 갈라진 틈으로 가득 찬 두 손을 움직일 때마다 손가락의 마디들은 더 벌어지기만 했고 손가락 사이는 찢어지고, 손톱에서는 피가 나왔다. 페디나는 뼈 위를 돌로 으깨는 손을 가져갔다 내놨다 하면서 고통으로 울부짖었다. 그녀가 자신의 고통 때문이 아닌 자식을 위해 탄원하려고 잠시 멈추었을 때는 지체 없이 그녀를 구타했다.

"장군은 어디 있나? 장군은 어디 있나?"

그녀는 법무감의 목소리가 들리지 않았다. 점점 사그라지는 아들의 울음소리가 그녀의 귓가에 가득 맴돌았다.

4시 40분, 의식이 없는 그녀는 바닥에 내동댕이쳐졌다. 그녀의 입술 사이로 끈적끈적한 침이 나왔고 거의 보이지 않는 젖줄로 애간장을 태웠던 젖가슴에서는 석회석보다 흰 젖이 나왔다. 간헐적으로 분노에 찬 은밀한 통곡이 눈에서 흘러나왔다.

시간이 지나 여명이 비치자 그녀는 감방으로 옮겨졌다. 잠이 깨자 그녀는 넝마를 뒤집어쓴 인형처럼 아무런 생명력 없이 싸늘하게 누워 죽어 가는 아기를 보았다. 아기는 엄마의 젖을 느끼며 조금 기운을 차렸지만, 젖꼭지를 빨자 석회의 쓴맛 때문에 이내 입을 떼고 다시 울기 시작했다. 어머니는 다시 젖을 물렸지만 소용없었다. 아기를 품에 안고 소리를 지르며 문을 두드렸다. 아기의 몸이 차가워졌다…… 아기의 몸이 차가워졌다…… 아기의 몸이 차가워졌다…….

순진한 아이를 이렇게 죽게 내버려 둘 수는 없었다. 다시 문을 두들기고 소리쳤다.

"아! 내 아들이 죽어 가고 있어요! 내 아들이 죽어 가고 있어요!

아, 내 생명, 내 피붙이, 내 생명! 제발 이리 오란 말이야! 내 아들이 죽어 가고 있어요! 성모 마리아님! 지복하신 성 안토니오! 성녀 카타리나의 예수님!"

밖에서는 축제가 계속되었다. 첫날처럼 이튿날도 교수형대 같은 스크린이 세워지고 사람들은 물레방아를 돌리는 노예들처럼 정원을 배회했다.

17. 사랑의 책략

"그가 올까요, 안 올까요?"

"곧 나타날 거예요!"

"이미 늦었어요. 하지만 그가 오기만 한다면 얼마나 좋을까요?"

"틀림없이 그럴 거예요. 지금이 밤이니까 올 거라고 믿는 거예요. 안 오면 내 성을 갈아요. 너무 걱정 마세요."

"그가 아빠의 소식을 가지고 올 거라 생각하세요? 그가 제게 약속했어요."

"물론이죠, 그렇고말고요."

"아, 하느님이 제게 나쁜 소식이라도 가져온다면! 내가 지금 뭐라…… 난 미쳐 버릴 것 같아요. 이런 의심이 빨리 사라지도록 그가 빨리 왔으면 좋겠어요. 하지만 그가 나쁜 소식을 전하려 한다면 차라리 안 오는 게 좋아요."

조그만 임시 주방 한구석에서 마사쿠아타는 침대에 누워 말하는 카밀라의 떨리는 목소리를 듣고 있었다. 촛불 하나가 치킨키라의 성모 앞 바닥에서 타오르고 있었다.

"당신 모습을 보니 그가 꼭 올 거라는 생각이 드네요. 물론 좋은 소식을 가지고 말이에요. 제 말을 믿으세요. 당신은 도대체 어떤 책에서 그런 생각을 끄집어냈냐고 물으시겠죠? 내 마음 깊숙한 곳에서 느껴지는 직감이에요. 제가 틀릴 리 없어요. 특히 남자들에 관련된 건 그래요! 내가 그걸 당신께 이야기한다면…… 물론 손가락 하나가 손을 만드는 건 아니죠. 하지만 모든 게 마찬가지예요. 뼈 냄새를 맡으면 수캐들이 몰려드는 것처럼 말이에요."

술집 주인이 말하는 동안 바람 부는 소리가 간간이 들렸다. 카밀라는 그녀가 불이 꺼지지 않도록 입으로 부는 것을 바라보았다.

"아가씨, 사랑은 빙수 같은 거예요. 빙수를 만들자마자 먹으면 시럽을 충분히 드실 수 있지만, 그렇지 않으면 녹아서 사방으로 넘친답니다. 그러니 제때 빨리 드셔야 해요. 그렇지 않으면 다 떨어지고 말아요. 그러고 나면 아무 색깔도 없고 녹아 버린 얼음덩이만 남게 되지요."

거리에서 발소리가 났다. 카밀라는 가슴이 너무 뛰어 두 손으로 가슴을 짓눌러야 했다. 발소리는 문 앞을 지나 이내 사라져 버렸다.

"나는 꼭 그가 오는 줄 알았어요."

"그렇게 늦지는 않을 거예요."

"그는 여기 오기 전에 내 숙부님들 댁에 갔을 거예요. 아마 제 숙부 후안과 함께 올 거예요."

"고양이야, 저리 가! 고양이가 당신 우유를 먹고 있네요. 쫓아

버려요."

카밀라는 의자에 깜박 잊은 채 있던 잔 주변에서 술집 주인의 고함에 놀라 우유가 묻은 수염을 핥고 있는 고양이를 보았다.

"당신 고양이 이름이 뭐예요?"

"벤후이."

"저는 방울이라고 부르던 고양이를 가지고 있었어요. 암놈이 었죠."

그때 다시 발소리가 들렸다. 이번에는 아마도…….

그였다.

마사쿠아타가 문고리를 여는 동안 카밀라는 손으로 잠시 머리를 가다듬었다. 심장이 뛰기 시작했다. 영원히 끝날 것 같지 않던 그날의 막바지에 이르러 그녀는 마치 수술대 위에서 가위질 소리를 듣고 있는 환자처럼 마취되고, 힘이 없고, 기미가 낀 얼굴이었다.

"아가씨, 좋은 소식이 있어요!" 문에 들어서자마자 카라 데 앙헬은 여기 올 때의 고뇌에 찬 표정을 바꾸며 말했다.

그녀는 침대 옆에서 눈물이 글썽한 채로 추위에 떨며 머리를 매만지고 서 있었다. 대통령의 심복은 그녀의 손을 어루만져 주었다.

"당신이 가장 기다리는 당신 아버지에 대한 소식은……." 그는 마사쿠아타를 빤히 쳐다보면서 이같이 말하며 목소리 톤을 바꾸지 않은 채 잠시 생각에 잠겨 말을 그쳤다. "당신 아버지는 당신이 여기 숨어 있다는 사실을 몰라요."

"아버지는 어디 계시죠?"

"조용히 하세요!"

"아버지가 무사하다는 사실을 알기만 하면 전 어떻게 되든 상관 없어요!"

"앉으세요." 술집 주인이 카라 데 앙헬에게 의자를 건네주면서 끼어들었다.

"고맙습니다."

"그리고 하실 말씀이 많은 것 같은데, 더 필요하신 게 없으면, 두 분이 계시게 전 잠깐 나가 있겠어요. 저는 오늘 아침에 나가 아직 돌아오지 않은 루시오가 어떻게 됐는지 알아봐야겠어요."

마침 대통령의 심복은 술집 주인에게 둘이 오붓이 있게 해 달라고 부탁하려던 참이었다.

하지만 마사쿠아타가 이미 속치마를 갈아입으려고 어두운 안뜰을 가로질러 가자 카밀라가 말했다.

"그녀에게 신의 축복이 있길 바라요. 안 그래요, 마사쿠아타? 가엾어라. 정말 좋은 여자예요! 그녀가 말하는 모든 것에는 정이 넘쳐나지요. 당신이 참 좋은 사람이라고 그녀가 말했어요. 당신을 오래전부터 알아 왔는데, 당신은 부자이고 무척 친절하다고 말했어요."

"그래요, 참 좋은 여자지요. 하지만 그녀 앞에서 비밀 이야기를 할 수는 없었어요. 그녀가 나가서 다행이에요. 당신 아버지에 대해 제가 알고 있는 건 그가 도망치고 있다는 사실이에요. 그가 국경을 넘지 않는 한 정확한 정보를 알 수는 없어요. 저 여자에게 당신 아버지에 대해 무슨 말을 했나요?"

"아뇨, 왜냐하면 그녀가 다 알고 있다고 생각했기 때문이에요."

"그럼 그녀가 더 이상은 아무것도 알지 못하는 것이 좋아요."

"그리고 제 숙부님들께서 당신께 뭐라고 말씀하시던가요?"

"당신 아버지 소식에 대한 정보를 캐내느라고 그들을 보지 못했어요. 하지만 내일 제가 그들에게 방문할 거라고 미리 알려 놓긴 했어요."

"너무 서둘러서 죄송해요. 하지만 거기 있으면 제가 더 안심할 거라는 점을 당신이 이해해 주었음 해요. 특히 후안 숙부님이 그래요. 그분은 제 대부이시기도 하고 저를 딸처럼 대해 주셨어요."

"자주 보던 사이였나요?"

"거의 매일 봤지요. 우리가 숙부님 댁에 가지 않으면 숙부님이 혼자 우리 집으로 오시든지, 아니면 숙모님과 함께 오셨으니까요. 제 아버님이 제일 좋아하던 동생이 바로 후안 숙부님이세요. 항상 제게 이렇게 말씀하셨어요. '내가 없으면 널 후안 숙부에게 맡기마. 후안 숙부를 찾아. 그를 네 아빠처럼 따라야 한다.' 지난 일요일에는 다 함께 식사를 했어요."

"어찌 되었건 제가 당신을 여기 숨긴 이유는 경찰이 당신을 습격하는 것을 피하기 위해서이고, 여기가 더 가까워서라는 점을 아셔야 합니다."

탄 촛불 심지를 자르지 않아 눈이 피로해 근시안이 보는 것처럼 떠다니는 듯이 보였다. 카라 데 앙헬은 저 꺼질 것 같은 불빛 속에서 반쯤 아픈 자신의 성격을 보았다. 그리고 창백하고 외롭고 레몬 빛 드레스를 입은 모습이 그 어느 때보다 더 매혹적으로 보이는 카밀라를 보았다.

"뭐에 대해서 생각하나요?" 그의 목소리는 부드럽고 다정한 남자의 목소리였다.

"제 불쌍한 아버님이 낯설고 어두운 곳에서 허기진 상태로 다니실 생각을 하니, 아! 뭐라고 말씀드려야 할까요, 아무런 도움 없이, 꿈을 꾸듯이, 목마르고 배고픈 상태에서 헤매실 생각을 하니 가슴이 아파요. 성모님께서 아버님을 보호하시길! 하루 종일 성모님 그림 앞에 촛불을 켜 놓고 있으면서 이런 생각을 했어요."

"그런 생각일랑 하지 말아요. 불행을 부르지 마세요. 세상사라는 것은 일어났다고 적혀 있는 것만큼만 일어나기 마련이에요. 당신이 저를 이해하기가 얼마나 머나먼지, 제가 당신의 아버지를 돕는다는 것이 얼마나 힘겨운지 모르실 거예요!" 그녀는 그가 자신의 손을 잡고 쓰다듬는 것을 내버려 두었다. 그들은 성모 마리아의 그림을 바라보았다.

대통령의 심복은 생각했다.

하늘의 열쇠 구멍이 그대로 맞으리라!
왜냐하면 그대가 태어났을 때
열쇠 제조공이 그대의 형상을 눈으로 빚어
샛별에 새겨 놓았기 때문이니라.

그 순간 이런 시 구절이 그의 뇌리를 스쳐 지나갔고, 두 영혼이 뒤섞여 하나의 숨결을 만드는 것 같은 착각이 일었다.

"당신은 제 아버님이 멀리 계시다고 말씀하셨죠. 언제쯤 돌아오실지 알 수 있나요?"

"그건 모르겠어요. 다만 시간의 문제겠지요."

"오랜 시간 기다려야 하나요?"

"아뇨."

"후안 숙부님이 아마 소식을 가지고 오실지도……."

"아마……."

"제가 당신께 숙부님과 숙모님에 대한 이야기를 할 때 당신은 무슨 일이 있었던 사람처럼 느껴져요."

"무슨 말씀을 하시는 거예요! 절대 그렇지 않아요. 오히려 정반대로 그분들이 있기에 제 책임이 경감되는 것 같아 안도되는 걸요. 그분들이 안 계셨다면 제가 당신을 어디로 모셔야 할지 난감했을 거예요."

카라 데 앙헬은 장군의 도주와 그녀의 숙부와 숙모가 장군이 포박당한 채 병사들에 의해 끌려 들어오거나 피범벅이 된 들것에 실려 타말리 요리처럼 몸이 차가운 상태로 있는 것을 두려워한다고 말하는 것을 상상하면서 목소리 톤을 바꿨다.

문이 갑자기 열리고 마사쿠아타가 사색이 되어 돌아왔다. 문빗장이 바닥에 굴러떨어졌다. 바람이 휙 일더니 해먹을 흔들듯이 촛불을 흔들었다.

"갑작스럽게 뛰어 들어와 두 분을 방해해서 죄송해요. 루시오가 체포되었어요! 이 신문을 받았을 때, 제 친구가 제게 말해 주었어요. 그는 지금 감옥에 있대요! 헤나로 로다스가 허풍을 떨어서 그렇게 되었다고 하네요! 이런 바지저고리 같은 놈! 이런 성주간(聖週間) 오후에 이렇게 애를 태워야 하다니! 매 순간 심장이 쿵쿵 뛰었어요! 그가 당신과 루시오가 그의 집에서 아가씨를 채어 갔다고 이야기했대요."

대통령의 심복은 이런 재앙을 막을 수 없었다. 몇 마디 말이 엄청난 폭발을 불러일으킨 것이다. 카밀라와 그와 그들의 가엾은 사랑은 단 1초도 안 되는 순식간에 산산조각 나서 날아가 버린 것이다. 카라 데 앙헬이 현실을 직시하기 시작했을 때, 카밀라는 그 어떤 위로도 없이 침대에 엎어져 울고 있었다. 술집 주인은 자신의 말이 세계를 절망의 나락으로 빠뜨리고 카라 데 앙헬 입장에서 그 자신이 눈을 뜬 채로 생매장당하는 느낌이라는 사실을 모른 채, 여전히 그 체포에 대해 자세히 이야기했다.

한참 운 뒤 카밀라는 몽유병에 걸린 사람처럼 일어나 술집 주인에게 거리로 나가게 걸칠 옷을 달라고 부탁했다.

"사람들이 이야기하는 것처럼 당신이 신사라면 저를 후안 숙부님께 데려다 주세요." 그녀가 카라 데 앙헬에게 말하는 동안 술집 주인은 그녀에게 모포를 건네주었다.

대통령의 심복은 차마 할 수 없는 말, 차마 입 밖에 낼 수 없는 말을 하고 싶었고, 그의 내밀한 희망 앞에서 잔혹한 운명이 엄습해서 춤추는 눈망울을 통해 이야기하고 싶었다.

"제 모자 어디 있죠?" 그의 목소리는 불안한 침을 삼키느라 쉬어 있었다.

손에 모자를 쥐고 떠나기 전, 그는 한때나마 환상의 나래를 폈던 이곳 주막 내부를 새삼스럽게 둘러보았다.

"하지만 너무 늦은 것 같습니다." 그는 문을 막 나서면서 마땅치 않은 듯 말했다.

"낯선 집으로 가기엔 너무 늦은 시간이지만, 저희 집으로 가는 거예요. 당신도 아시다시피 숙부님 댁은 저희 집이나 마찬가지니까요."

카라 데 앙헬은 그녀를 부드럽게 어깨로 감싸고 마치 그녀의 영혼을 낚아채려는 듯 그녀에게 진실을 거칠게 말했다.

"당신 숙부의 집에 대해서는 생각도 하지 마세요. 숙부나 숙모 모두 장군에 대해서 알고 싶어 하지 않았고, 자신의 형제를 모른 척했어요. 오늘 당신 숙부 후안이 내게 그렇게 말했어요."

"하지만 당신은 방금 전에 그들을 보지 못해서 그들에게 당신이 방문할 거라는 소식을 전했다고 말했잖아요! 우린 어디 있어야 할까요? 당신이 저한테 한 말을 잊어버리고 제 숙부에 대해 험담을 늘어놓아 저를 전리품처럼 이곳에 가두어 놓고 도망치지 못하게 하려는 거죠! 제 숙부님과 숙모님이 우리에 대한 소식을 듣기 싫어하고 저를 집에 들여놓기 싫어하신다고요! 당신 미쳤어요. 어서 이리 와서, 당신께 그들이 그렇지 않다는 것을 납득시키기 위해서라도 저를 그들에게 데려다 주세요!"

"저는 미치지 않았어요. 당신이 굴욕에 노출되지 않게 하기 위해서라면 제 목숨도 바칠 수 있어요. 그리고 제가 거짓말을 했다면, 그것은, 그 이유는, 모르겠어요. 제가 거짓말을 한 이유는 단지 당신이 앞으로 겪을지 모르는 고통을 맞기 전 마지막 순간까지 당신께 달콤함을 선사하기 위해서였어요. 저는 그들에게 다시 찾아가 당신을 거리에 내몰지 말아 달라고 간청하려던 참이었어요. 하지만 이제는 그것도 불가능해요. 당신이 거리로 나간다면 이제는 그것도 불가능해요."

가로등 불빛 아래의 거리는 더욱더 쓸쓸해 보였다. 술집 주인은 성모 그림 앞에서 타오르던 촛불을 가지고 나와 그들이 거리로 나갈 때 불을 비춰 주었다. 그러나 바람이 촛불을 꺼뜨리고 말았다. 그 작은 불꽃은 성호를 그으며 꺼지고 말았다.

18. 문 두들기는 소리

땅 땅 땅! 땅 땅 땅!

문 두드리는 소리는 폭죽 터지는 소리처럼 온 집 안을 울렸고, 이 소리에 깬 개가 거리를 향해 짖어 대기 시작했다. 이런 소음이 거리의 꿈을 태워 버렸다. 숙부의 집 앞에서 안도감을 느낀 카밀라는 카라 데 앙헬을 바라보며 자신 있게 말했다.

"저놈이 저렇게 짖어 대는 이유는 아직 저를 못 알아보았기 때문이에요! 루비! 루비! 나야! 루비야, 날 몰라보겠니! 숙부님 모시고 와서 문을 열게 해!"

그리고 다시 카라 데 앙헬을 바라보며 말했다.

"우리 여기서 잠깐 기다려요!"

"그래요. 저는 신경 쓰지 마세요. 기다립시다!"

그는 마치 모든 것을 잃은 사람처럼 될 대로 대라는 식으로 다 죽어 가는 소리로 대답했다.

"아마 못 들은 것 같네요. 더 세게 문을 두드려야겠어요."

그러더니 일어나서 문고리가 떨어질 정도로 여러 번 두드렸다. 도금된 청동 문고리는 사람의 손 모양이었다.

"지금쯤이면 나와 볼 시간인데, 하녀들이 잠들어 있는 것이 분명해요. 아버지는 잠을 못 이루시는 밤이면 '하녀처럼 잠을 잘 잘 수 있다면!' 하고 말씀하셨어요."

루비만이 이 집에서 살아 있다는 신호를 보내고 있었다. 개 짖는 소리가 어떨 때는 현관에서, 또 어떨 때는 안뜰에서 들려왔다. 문 두들기는 소리는 침묵 속에 던져진 돌처럼 결코 목표물에 도달하지 못한 채 떨어지고 말았고, 이는 카밀라의 목을 잠기게 만들었다.

"이상하네요!" 그녀는 문에서 떨어지지 않은 채 살펴보았다. "틀림없이 주무시고 계실 거예요. 그분들이 나오시도록 더 세게 두들겨야겠어요!"

땅땅땅땅…… 땅땅땅땅!

"이제 나오실 거예요! 아직 못 들으신 게 분명해요."

"그 전에 이웃들이 나올 겁니다!" 카라 데 앙헬은 이렇게 말했다. 아직 안개가 끼어서 아무것도 제대로 보이지는 않았지만, 멀리서 문소리가 들렸다.

"무슨 일이 일어난 건 아니겠지요?"

"그럴 리 있겠습니까? 문을 더 세게 두들겨 봅시다. 걱정 마세요!"

"잠깐 더 기다려 보아요. 그들이 나오실지 모르잖아요."

카밀라는 마음속으로 시간을 세고 있었다. 하나, 둘, 셋, 넷, 다섯, 여섯, 일곱, 여덟, 아홉, 열, 열하나, 열둘, 열셋, 열넷, 열다섯,

열여섯, 열일곱, 열여덟, 열아홉, 스물, 스물하나, 스물둘, 스물셋, 스물넷, 스무울다섯······.

"나오지 않네요!"

"스물여섯, 스물일곱, 스물여덟, 스물아홉, 서어른, 서른하나, 서른둘, 서른셋, 서른넷, 서른다섯······." 카밀라는 쉰까지 세게 될까 봐 두려웠다. "서른여섯, 서른일곱, 서른여덟······."

카밀라는 갑자기, 왜 그런지 모르지만, 카라 데 앙헬이 후안 숙부에 대해 한 말이 사실일지 모른다는 생각이 들었다. 불안에 사로잡혀 자신이 계속해서 문을 두드리고 있다는 데에 스스로 놀랐다. 탕탕탕탕탕! 이젠 문고리에서 손을 떼지도 않았다. 땅땅땅-땅, 땅땅땅땅! 그럴 수 없다! 땅-땅-땅-땅 땅땅땅땅땅땅땅 땅땅땅땅땅땅땅땅땅땅땅땅······.

대답은 늘 매한가지였다. 개가 끊임없이 짖어 대는 소리만 들릴 뿐이었다. 그녀가 자신도 모르는 무슨 짓을 했기에 그들이 문을 열지 않는 것일까? 다시 한 번 불렀다. 그녀는 문을 두들길 때마다 새로운 희망을 가졌다. 그들이 자신을 거리에 내버려 둔다면 자기는 어떻게 될 것인가? 그런 생각만 해도 기운이 쭉 빠졌다. 그녀는 두드리고 또 두드렸다. 마치 적의 머리에 망치질을 하듯이 격분해서 두들겼다. 발은 무거웠고, 입 안은 썼으며, 혓바닥은 수세미처럼 헐었고, 치아는 근심으로 떨렸다.

순간 창문이 열리는 소리가 들렸고, 사람 목소리가 들리는 것 같았다. 그녀의 온몸에 다시 생기가 돌았다. 오! 주님, 그들이 나와요! 그녀는 비록 천사같이 아름답지만 저 혐오스럽게 고양이처럼 번뜩이는 악마같은 검은 눈을 가진 사내로부터 벗어날 수 있다는 사실이 기뻤다. 그 순간 문을 경계로 한 집 안의 세계와 거리의 세계가 빛이 없는 두 행성처럼 서로 스치는 관계처럼 느껴졌다. 집은 부드럽고 지혜를 안겨 주는 빵을 은밀하게 제공해 주고, 그 안에 소속해 있다는 안정감을 주고, 사회적으로도 인정을 받는 곳이다. 아버지가 넥타이를 정성 들여 매고 있고, 어머니는 가장 좋은 보석으로 광채를 내고, 아이들은 '아쿠아 플로리다'라는 향수를 뿌리고 머리를 곱게 빗은 가족 초상화 같은 것이다. 하지만 거리는 그렇지 않다. 불안정하고, 위험하고, 모험이 넘치고, 거울상처럼 거짓되고, 이웃들의 더러운 옷가지들을 빠는 공공 세탁소 같은 세계다.

카밀라는 어렸을 때 저 문에서 얼마나 많이 놀았던가! 아버지와 후안 숙부가 헤어지기 직전 마지막으로 세상사에 대해 대화를 나누고 있을 때, 그녀는 푸른 하늘에 비늘이 덮인 언덕처럼 솟아 있는 이웃집들의 굴뚝을 바라보며 얼마나 즐겼던가!

"저 창문을 통해 나오는 소리를 못 들으셨나요? 들으셨죠? 하지만 문이 열리지 않네요. 혹시 우리가 집을 잘못 찾은 것은 아닐까요? 그랬다면 아주 우스운 상황이겠죠!"

카밀라는 문고리에서 손을 떼고 집의 앞면을 살피기 위해 인도에서 내려왔다. 틀리지 않았다. 후안의 집이 맞았다. '건축사, 후안 카날레스', 금속으로 된 문패에는 이렇게 적혀 있었다. 카밀라는 아이처럼 울상이 되어 마침내 울음보를 터뜨렸다. 흘러내리는 눈물이라는 여러 마리의 조랑말들은 그녀의 머릿속 머나먼 곳에서 카라 데 앙헬이 투스텝 주막을 나올 때 말했던 내용과 같은 시커먼 생각을 끌어내고 있었다. 그것이 사실이라 하더라도 그녀는 결코 믿고 싶지 않았다.

안개가 거리를 한 치 앞도 볼 수 없게 했다. 거리는 온통 막걸리 색깔과 채송화 향의 크림으로 된 석고가 세공된 것 같았다.

"저를 다른 숙부님 댁으로 안내해 주세요. 괜찮으시다면 우선 저를 루이스 숙부님에게 안내해 주세요."

"당신이 원하는 곳이라면 어디든지 안내해 드리죠."

"그럼 이리 오세요." 그녀의 눈에서는 비처럼 탄식이 흘러내렸다. "여기서는 저를 집 안에 들이지 않으려 하는군요."

그리고 그들은 떠났다. 그녀는 한 발짝 한 발짝 걸을 때마다 뒤를 돌아보며 마지막 순간까지 문이 열릴 것이라는 기대를 버리지 않았다. 카라 데 앙헬은 침울한 모습이었다. 그는 언젠가 다시 후안 카날레스를 만날 작정이었다. 이러한 폭력에 복수하지 않고 놔두는 것은 참을 수 없는 일이었다. 점점 더 멀어지는데도 개는 계속해서 짖어 댔다. 그나마의 위로도 곧 사라졌다. 이제는 개소리조차 들리지 않았다. 동전을 만드는 공장 앞에서 술 취한 우편배달부를 만났다. 졸고 있는 사람처럼 편지들을 길 한복판에 떨어뜨리고 있었다. 그는 쓰러질 듯 앞으로 한 발자국도 나가지 못하고 있었다. 가끔씩 손을 들어 허공에 휘두르며 닭 울음소리를 내고 웃었고 침이 흠뻑 묻은 단추들을 푸느라 애를 먹었다. 카밀라와 카라 데 앙헬은 마치 똑같은 용수철에 의해 튕긴 듯이 편지들을 주워 다시 흘리지 말라고 경고하면서 우편배달부의 가방에 넣어 주었다.

"감-사 합-니-다. 저엉-말 감-사-합-니-다!" 그는 동전 만드는 공장의 벽에 몸을 기댄 채 말을 더듬었다. 그들이 가방에 편지들을 넣어 주고 떠나오는데, 그는 노래를 부르며 걸어가고 있었다.

하늘로 올라가기 위해선
긴 사다리와
작은 사다리가
필요하다네!

반은 노래를 부르고, 반은 말하며 또 다른 노래를 불러 댔다.

성모님이 하늘로
올라가시네, 올라가시네,
오르고 올라
당신의 나라로 올라간다네!

"성 요한이 손가락을 내리실 때 나 구, 구, 구메르신도 솔라레스는 더 이상 우편배달부가 아니리니, 더 이상 우편배달부가 아니리니, 더 이상 우편배달부가 아니리니……"

그리고 노래를 불렀다.

내가 죽거들랑
누가 나를 묻어 주리?
오로지 자선 단체의
자매들만 그러리라!

"아이, 히히히히, 너는 남을 위해서만 살았어, 너는 남을 위해서만 살았어, 너는 남을 위해서만 살았어!"

그는 안개 속으로 사라졌다. 그는 머리가 커다랗고 키가 작은 사내였다. 유니폼은 그에게 커 보였고, 모자는 작아 보였다.

그 사이 후안 카날레스는 그의 형인 호세 안토니오와 통화를 하려고 애쓰고 있었다. 전화국에서는 전화를 받지 않았고, 크랭크 소리는 구역질을 일으켰다. 마침내 귀신이 기어들어 가는 소리로 대답하는 소리가 들렸다. 그는 호세 안토니오 카날레스의 집을 바꿔 달라고 부탁했다. 그랬더니 기대 이상으로 대번에 기계를 통해 형의 목소리가 들렸다.

"예, 예, 저 후안입니다…… 제 목소리를 못 알아보실 줄 알았습니다…… 한번 상상해 보세요…… 그 애와 그자가…… 예, 그렇고말고요, 그럼요…… 물론이죠…… 예, 예…… 틀림없이 그들은 형님 댁으로 갔을 겁니다…… 뭐라고요? 뭐라고요?…… 이미 그렇게 생각했어요…… 우리를 벌벌 떨게 한 채 가 버렸어요…… 형님 댁에서도 그럴 거예요. 형수님도 놀라시면 안 되잖아요. 제 처는 문밖으로 나가려고 했지만 제가 말렸지요! 물론이지요! 자연스럽게 제풀에 지칠 것입니다…… 좋아요, 거기 있는 이웃들도…… 그럼요…… 여기선 더 상황이 심각했었죠…… 그들이 아마 눈치를 줄 겁니다…… 아마 형님 댁에서 다시 루이스 집으로 가겠죠…… 아! 아니라고요? 이미 왔다고요?"

통나무 같은 어둠이 점차 밝아지더니 레몬주스 빛, 오렌지주스 빛, 새로 지핀 아궁이의 붉은빛, 첫 번째 불꽃의 황금빛 광택으로 점차 변하더니 새벽빛이 호세 안토니오의 집에서 아무런 성과 없이 문을 두들기다 돌아오는 그들을 거리에서 사로잡았다.

발걸음을 옮길 때마다 카밀라는 반복해서 말했다.

"제가 해결할 거예요!"

추위에 이가 떨려 캐스터네츠처럼 부딪쳤다. 비탄에 젖은 초원과 같은 그녀의 눈은 의심할 수 없는 고통으로 아침이 그려지는 것을 바라만 보았다. 가혹한 운명으로 상처 입은 사람들의 분위기를 담고 있었다. 그녀의 걸음걸이는 휘청거렸다. 그녀의 몸짓은 자신의 것이 아닌 것 같았다.

작은 새들이 공원의 정원과 집의 내부와 안뜰의 작은 정원에 걸친 오로라에게 인사를 했다. 가늘게 떨리는 천상의 음악회가 새벽의 푸른 창공으로 올라갔다. 그사이에 장미들은 잠이 깼고, 다른 한쪽에서는 종이 울리며 주님에게 아침 인사를 건네다가 정육점에서 고기를 써는 부드러운 소리로 바뀌었다. 수탉들은 날개를 퍼덕이면서 시간을 재며 울어 댔고, 빵집에서 빵을 광주리에 내려놓을 때 무음의 선적 소리를 냈고, 밤을 새운 사람들이 내는 발소리와 목소리가 할머니들이 새벽 미사를 보러 문을 여는 소리나 기차를 타러 밖으로 나가는 손님들이 먹을 빵을 구하러 밖으로 나가는 하녀들이 문 여는 소리와 섞여 들렸다.

날이 밝았다…….

매들이 고양이의 시체를 제일 처음 맛보겠다고 싸우고 있었다. 수캐들은 눈을 번뜩이며 혀를 내민 채 암캐들을 따라다니느라 헐떡였다. 어느 수캐는 꼬리를 양쪽 다리 사이에 감춘 채 절룩거리며 이빨을 드러내기 위해 우울하고도 겁에 질린 모습으로 가까스로 고개를 돌렸다. 대문과 담을 따라 개들은 나이아가라 폭포를 그렸다.

날이 밝았다…….

밤새 시내의 거리를 비로 쓸던 원주민 무리가 귀신들이 입는 투박한 천을 걸치고 아침의 정적을 깨는 매미 울음소리 같은 언어로 말하며 자신의 숙소로 속속 돌아오고 있었다. 옆구리에 우산을 끼듯이 빗자루를 끼우고 맨발에 해진 옷을 입고 있었다. 가끔 그들 중 한 명은 승강장 가장자리에 남아서 엄지와 검지로 코를 누르며 소리를 냈다. 성당의 문 앞을 지날 때는 모두 모자를 벗었다.

날이 밝았다…….

귀한 칠레산 소나무들이 초록빛 가지를 쭉 뻗어 달아나 버리는 별들을 사냥하려 했다. 첫 영성체 예식을 위해 구름처럼 몰려가는 사람들. 외국산 기차의 경적 소리.

마사쿠아타는 그들이 함께 돌아오는 것을 축하했다. 그녀는 밤새 걱정하느라 눈을 붙일 수 없었고, 루시오 바스케스의 아침 식사를 가지고 나가려던 참이었다.

카라 데 앙헬이 카밀라에게 작별 인사를 건넬 때, 그녀는 믿을 수 없는 자신의 불행 때문에 울고 있었다.

"다음에 봅시다!" 그는 자신이 왜 그렇게 말하는지 모른 채 말했다. 거기서 그가 할 일은 이제 없었기 때문이다.

그는 밖으로 나가며 자신의 어머니가 돌아가신 이래 처음으로 눈가에 눈물이 고이는 것을 느꼈다.

19. 계산서와 초콜릿

국방 법무감은 쌀이 들어간 초콜릿 음료를 다 마시고는 마지막 침전물까지 마시려는 듯 잔을 두 번이나 기울여 마셨다. 그러고는 셔츠 소매로 모기 날개 같은 콧수염을 문지른 뒤 전등 가까이 가서 자신이 정말 다 마셨는지 확인하려고 했다. 심한 근시에 셔츠 칼라를 떼고 서류들과 이끼 긴 법전 사이에 앉아 걸신들린 사람처럼 초콜릿을 마셔 대고 있는 이 법학사가 남자인지 여자인지 밝혀내기가 힘들 정도였다. 또한 도장이 찍힌 종이로 된 나무 줄기가 가장 가난하고 비참한 자들까지 포함한 모든 사회 계층의 사람들로부터 영양분을 흡수하고 있었다. 어떤 계층의 사람들도 저 도장 찍힌 종이의 허기짐을 본 적이 없었을 것이다. 잔에서 눈을 떼었을 때, 손가락을 집어넣어 남은 게 있나 확인했을 때 서재에 있는 단 하나의 문으로 하녀가 들어오는 것을 보았다. 하녀는 구두가 큰지 한 발 한 발 질질 끌면서 귀신처럼 나타났다.

"벌써 초콜릿을 다 드셨나요?"

"그럼. 할멈은 참 대단해요. 기가 막히게 맛있어요! 난 마지막 남은 한 모금을 마시는 게 제일 좋단 말이야."

"잔은 어디다 두셨어요?" 하녀는 책상 위에서 그늘을 만드는 책들 사이를 뒤지며 물었다.

"저기, 잘 안 보여요?"

"말씀하시는 동안 찾았어요. 이것 보세요. 서랍들이 도장 찍힌 종이들로 꽉 차 있잖아요! 원하시면 내일 나가서 이게 팔릴지 알아볼게요."

"하지만 사람들이 눈치채지 않도록 조심해요. 사람들은 악의에 차 있으니까."

"저는 어린애가 아니에요! 25센타보짜리 400장과 50센타보짜리 200장은 족히 돼요. 아까 오후에 다림질하면서 세어 봤어요."

거리에서 문을 두들기는 소리가 하녀의 말을 가로막았다.

"저 두들기는 매너하곤. 나쁜 놈들!" 법무감이 투덜댔다.

"늘 저런 식으로, 누구인지는 모르지만 자신을 나타내죠. 심지어는 저기 부엌에서도 여러 차례 저 소리가 들린답니다."

하녀는 이렇게 말하고 나서 누가 두들기는지 알아보려고 밖으로 나갔다. 머리가 작고 불쌍한 하녀는 무채색의 속치마를 길게 늘어뜨린 채여서 마치 우산 같은 몰골이었다.

"나 없다고 해!" 하녀에게 법무감이 소리쳤다. "저것 봐! 차라리 할멈이 창가로 가서 말하는 게 낫겠어!"

몇 분 지나자 늙은 하녀는 늘 그렇듯이 발을 질질 끌면서 편지를 가지고 왔다.

"답변을 기다린대요."

법무감은 아무렇게나 편지 봉투를 찢었다. 그러고는 카드를 꺼내 본 후 부드럽게 하녀에게 말했다.

"잘 알았다고 전해!"

하녀는 발을 질질 끌면서 명령을 받고 편지를 전해 준 소년에게 말한 후 쇠창살이 있는 유리 창문을 닫았다.

문마다 성호를 긋느라고 돌아오는 데 시간이 걸렸다. 초콜릿이 더럽게 묻은 잔을 아직도 가져가지 않은 채였다.

그동안 법무감은 안락의자에 기대앉아 방금 받은 카드의 마침표와 쉼표까지 세밀하게 읽고 또 읽었다. 그에게 사업 하나를 제안하는 동료의 편지였다. '금이빨에 관한 건.' 법학사 비달리타스는 이렇게 적고 있었다. '대통령 각하의 친구이자 창녀촌의 포주인 그녀가 오늘 아침 식사 시간에 찾아와서 카사누에바 형무소에서 그녀의 사업에 딱 맞는 젊고 예쁜 여자를 보았다고 내게 말했다. 그녀는 1만 페소를 제공하겠다고 말한다. 그 싱싱한 여자가 자네의 지휘 하에 잡혀 있는 것을 알고는 자네가 불편하게 생각하지만 않는다면 그 액수를 자네에게 지불할테니 그 여자를 포주의 고객에게 넘기길 바란다고 전해 달라고 한다.'

"더 시키실 일 없으시면 저는 자러 가겠습니다."

"예, 없어요. 잘 자요."

"안녕히 주무세요. 연옥의 영혼들처럼 푹 쉬시길!"

하녀가 발을 질질 끌며 나가는 동안 법무감은 거래를 위해 제시된 금액의 자릿수를 하나하나 확인했다. 일, 영, 영, 영, 또 다른 영. 1만 페소!

늙은 하녀가 돌아왔다.

"신부님께서 내일 미사는 더 일찍 열린다고 하신 말씀을 전한다는 걸 깜빡했네요."

"아, 그렇지! 내일이 토요일이니까! 종이 울리자마자 나를 깨워 주게나. 알아들었나? 어젯밤을 꼬박 새워서 그 시간엔 아마 꿈속에 빠져 있을 거야."

"그때 깨워 드리죠."

이렇게 말하고 그녀는 발을 질질 끌며 천천히 사라졌다. 하지만 또다시 돌아왔다. 더러운 잔을 싱크대로 가져간다는 것을 깜박 잊어버렸던 것이다. 그걸 기억해 냈을 때는 이미 옷을 벗은 상태였다. "운 좋게도 기억해 냈지." 그녀는 작은 목소리로 중얼거렸다. "그렇지 않았다면 어쩔 뻔했담!" 그녀는 힘겹게 구두를 신고는 안도의 한숨을 쉬었다. 하마터면 더러운 잔을 그냥 둔 채 침대에서 곯아떨어질 뻔했던 것이다.

법무감은 하녀가 들어왔다 나가는 줄도 모른 채 자신의 최근 걸작인 에우세비오 카날레스의 도주에 관한 고소장을 읽는 데 골몰해 있었다. 네 명의 혐의자가 있었다. 페디나 데 로다스, 헤나로 로다스, 루시오 바스케스, 그리고— 이 순간 혀를 입술 사이로 내밀었다— 이제 마지막으로 잡아야 할 미겔 카라 데 앙헬이 바로 그들이다.

장군의 딸 납치 사건은 마치 공격을 받았다고 느낀 문어가 뿜는 검은 구름처럼, 당국의 감시를 조롱하기 위해 만든 책략에 불과하다고 생각했다. 페디나 데 로다스의 증언은 이런 점에서 결정적이었다. 그녀가 아침 6시에 장군을 찾으러 나타났을 때 이미 그 집은 비어 있었다. 그녀의 증언은 처음부터 사실처럼 들렸다. 조금만 더 그녀에게 압력을 가하면 카라 데 앙헬의 죄를 입증할 만한 결정적인 단서를 얻어 낼 수 있을 것이라고 생각했다. 아침 6시에는 그 집에 아무도 없었다는데, 여기에, 장군이 자정에 집에 도착했다는 경찰의 진술을 더하면, 장군은 새벽 2시에 다른 혐의자가 장군의 딸을 납치하는 척하는 동안 도주했음이 틀림없다.

대통령 각하의 신임이 두터운 자가 당신의 잔혹한 정적의 도주를 도우려고 지휘했다는 것을 각하께서 아시면 얼마나 실망하실까! 파랄레스 손리엔테 대령의 절친한 친구가 그를 죽인 자 중 한 명의 도주를 도와주었다는 것을 각하께서 아시면 얼마나 기막혀하실까!

법무감은 비록 모두 암기하고 있었지만 이 사건과 관련된 항목을 찾아 군사 법전을 읽고 또 읽었다. 거기서 '죽음의 고통' 혹은 이에 준하는 '최고형'이라고 적힌 두 줄의 문구를 접하자 그의 표독스러운 눈과 누런 피부는 더욱 빛났다.

미겔, 드디어 니가 내 손아귀에 들어왔구나! 내 이 순간을 얼마나 기다렸는지! 네가 어제 궁전에서 나를 무시하고 나서 이렇게 빠른 시간에 다시 보게 될 줄은 몰랐다! 미리 경고하노니 내 복수의 나사를 조이는 작업은 결코 끝나지 않을 것이다!

그리고 다음 날 오전 11시에 그는 복수의 일념을 불태우며 총알같이 차가운 가슴을 안고 대통령 궁으로 가는 계단을 올라갔다. 카라 데 앙헬에 대한 체포 영장과 소송에 관한 문서를 지닌 채였다.

"이것 봐! 법무감." 대통령은 문서를 읽고 결론을 내렸다. "그 얘긴 그만하고 이제 내 말 잘 들어. 로다스의 부인이나 미겔은 잘못이 없네. 부인은 풀어 주고 이 체포 영장은 찢어 버리게. 죄가 있는 사람은 바로 당신들이야. 이런 아무짝에도 쓸모없는 바보 같으니! 카날레스 장군이 조금만 도망칠 기미를 보여도 경찰이 그냥 쏴 버리면 그만이었단 말이야. 이게 내가 내린 명령이었단 말이야! 넌 지금 경찰처럼 훔치기 위해 손톱을 빼느라고 문이 열렸는지도 모르잖아! 넌 지금 카라 데 앙헬이 카날레스의 도주를 도운 공범이라고 보는 거지? 카라 데 앙헬은 그의 도주를 도운 게 아니라 그를 죽이려 했어. 하지만 그 역시 경찰처럼 터무니없이 쓸데없는 짓을 하고 말았지. 이제 돌아가도 돼. 그리고 다른 두 명의 공모자인 바스케스와 로다스에 대해 말한다면, 그들은 교활한 시정잡배에 불과하기 때문에 유감스럽긴 하네. 특히 바스케스는 사람들이 그에게 가르쳐 준 것보다 더 많이 알고 있네. 이제 들어가게."

20. 같은 언덕의 코요테들

펠렐레의 시선을 눈물로도 눈에서 결코 떼어 낼 수 없었던 헤나로 로다스는 법무감 앞에 출두해 머리를 숙이고 집안의 불행과 자유를 상실한 상태에 낙담한 나머지 풀이 죽어 있었다. 법무감은 하인에게 하듯이 수갑을 풀게 하고 자신에게 가까이 오도록 시켰다.

"아들아." 질책을 하는 느낌을 줄 정도의 긴 침묵 후에 그는 말했다. "난 다 알아. 하지만 내가 널 심문하는 이유는 성당 앞에서 거지가 어떻게 죽었는지 네 입을 통해 확인하기 위해서란다."

"사실은⋯⋯." 헤나로는 성급하게 말을 꺼냈다가 자신이 말하고자 하는 것에 대해 놀라기라도 한 듯이 말을 멈추었다.

"그래, 사실은⋯⋯."

"아! 나리, 신의 자비를 봐서라도 제발 저에게 아무런 벌도 주지 마세요. 아! 나리! 제발요. 다 말씀드리겠습니다. 제발 저를 어떻게 하지 말아 주세요!"

"걱정하지 마라, 아들아, 법이란 상습범에게만 가혹한 거야. 하지만 너 같은 친구는 그리 걱정할 게 없단다. 자, 이제 사실을 이야기하렴."

"아! 저를 어떻게 하지 말아 주세요. 보시다시피 전 무서워요!"

그에게 엄습하는 위협적인 분위기를 막으려는 듯 탄원하는 어조로 말한다는 것이 말투가 꼬여 버렸다.

"걱정 마!"

"사실은…… 그날 밤, 나리도 언젠지 아시는 그날 밤, 저는 성당 옆에서 루시오와 만날 약속이 있어서 중국인들이 사는 구역을 지나 올라가고 있었습니다. 나리, 저는 일자리를 찾고 있었고, 루시오는 제게 비밀경찰에서 일자리를 하나 구해 주겠다고 말했지요. 그가 일자리를 찾은 줄 알고 만났는데, 안부 인사부터 시작해 여기저기서 일어나는 일에 대한 이야기를 나눴지요. 그 친구가 내게 '사자가 깨어남'이라는 아르마스 광장에 있는 술집에서 술 한 잔 내겠다고 해서 한잔했습니다. 그런데 딱 한 잔 한다는 것이 그만 두 잔, 석 잔, 넉 잔, 다섯 잔, 우리는 지칠 때까지 마셔 버렸습니다."

"그래, 그래." 법무감은 장단을 맞추면서 혐의자의 진술을 기록하고 있는 주근깨가 많은 서기관을 쳐다보았다.

"그런데 저를 비밀경찰에 취직시킬 수 없다는 것이 밝혀졌죠. 그래서 저는 그 친구에게 제 걱정은 말라고 말했죠. 그러고 나서, 아! 생각났습니다. 그가 술값을 냈어요. 그리고 우린 다시 함께 나갔죠. 우린 성당 앞으로 나갔는데 거기서 루시오는 총살시켜야 할 광견병 걸린 벙어리를 기다리기 위해 망을 보아야 한다고 했죠. 그래서 저는 '난 이만 빠진다!' 고 했습죠. 그래서 일단 성당 앞으로 갔습니다. 저는 조금 뒤처져서 가는 중이었죠. 그는 길을 천천히 건너다가 성당 입구에 도달하자마자 뛰었습니다. 저도 덩 달아 그를 뒤따라 뛰어가며 우리가 누군가에게 쫓기고 있으려니 생각했습니다. 하지만…… 바스케스는 벽으로부터 나오는 물체 를 봤는데, 그게 바로 그 벙어리였습니다. 벙어리는 자기가 노출 되었다고 생각하자 담벼락이 무너지기라도 하는 것처럼 비명을 질러 댔습니다. 하지만 여기서는 이미 총을 꺼내 아무 말도 없이 그에게 첫 발을 발사했습니다. 그리고 또 한 방…… 제가 그냥 목수로 있었다면 더 좋았을 텐데…… 누가 나를 경찰이 되도록 하려 했는지!"

펠렐레의 젤리와 같은 시선이 로다스의 눈을 다시 엄습했다. 아 무 말 없던 법무감은 무표정하게 벨을 눌렀다. 발소리가 들리더니 여러 명의 간수들이 간수장을 앞세우고 문을 통해 나타났다.

"이보게, 간수장. 저놈에게 곤봉 2백 대를 날리게."

명령을 내리는 법무감의 목소리 톤은 전혀 변화가 없었다. 그는 마치 은행 지배인이 고객에게 2백 페소를 지불하는 듯이 말했다.

로다스는 이해할 수가 없었다. 그는 고개를 들어 맨발로 자신을 기다리고 있는 법무부 하급 관리들을 바라보았다. 그리고 그 어떤 놀라는 기색도 없이 침착하고 무감각한 표정을 짓고 있는 그들을 보고 아연실색했다. 서기관은 주근깨투성이의 얼굴을 그에게로 돌리더니 무표정한 눈으로 바라보았다. 간수장은 법무감에게 뭐 라고 말했다. 법무감도 간수장에게 뭐라고 말했다. 로다스는 귀머거리가 된 기분이었다. 그는 이해할 수가 없었다. 단지 지붕이 둥근 긴 현관인 옆방으로 가라고 간수장이 고함치고, 사정거리 안으로 로다스에게 다가가서 그를 난폭하게 밀칠 때에야 로다스는 어렴풋이 앞으로 그의 몸에 닥칠 일에 대해 이해할 수 있었다.

법무감이 로다스에게 고함을 지를 때 또 다른 용의자인 바스케스가 들어왔다.

"이놈한테는 더 이상 잘 대해 줄 수가 없군! 이놈에게 필요한 건 곤봉 세례밖에 없어!"

바스케스는 이러한 취급에 대해서 인지하고 있었지만 자신에게는 다른 대접을 하리라 생각하고 법무감이 하는 말을 그다지 귀담아 두지 않았다. 비록 비자발적이긴 했지만 그는 엉뚱하게도 카날레스 장군의 도주에 너무도 깊숙이 개입되어 있었다.

"이름은?"

"루시오 바스케스."

"본적은?"

"여기입니다."

"감옥 말인가?"

"아뇨, 어떻게 그럴 수 있겠습니까? 이 도시 출신이라는 거죠."

"결혼했나?"

"전 평생 독신으로 살 겁니다!"

"묻는 말에나 대답해! 직업은?"

"평생 고용되어 있습니다."

"그게 뭐야?"

"공적인 일, 즉 공무원이란 말입니다."

"체포된 적 있나?"

"예."

"죄명은?"

"집단 살인."

"나이?"

"전 나이가 없습니다."

"어떻게 나이가 없을 수 있나?"

"제가 몇 살인지 모릅니다. 하지만 나이를 꼭 가져야 한다면 서른다섯쯤으로 해 두죠."

"펠렐레의 암살에 대해서 아는 게 있나?"

법무감은 피의자를 빤히 쳐다보며 단도직입적으로 질문을 쏟아냈다. 기대와 달리 그의 말은 자연스럽게 손을 문질러 대고 있는 바스케스의 기를 꺾는 데 아무런 효과가 없었다.

"펠렐레 암살 사건에 대해 단지 내가 알고 있는 것은 내가 그를 죽였다는 사실이죠." 바스케스는 그 어떤 의심의 여지도 없다는 듯 손을 가슴에 대고 짓눌렀다. "내가 그랬어요."

"너에겐 이게 장난처럼 보이는구나!" 법무감이 탄식했다. "아니면 이게 네 생명까지 좌지우지할 수 있는 사건이라는 걸 모르던지!"

"아마도……."

"뭐? 아마도?"

법무감은 어떤 태도를 취해야 할지 망설였다. 바스케스의 침착한 태도와 기타 소리 같은 목소리며 살쾡이 같은 눈빛이 그를 무장 해제시켜 버렸다. 법무감은 시간을 벌기 위해 서기관을 돌아보았다.

"받아 적게……." 그러고는 떨리는 목소리로 덧붙였다. "루시오 바스케스가 헤나로 로다스와 공모해 펠렐레를 살해했다고 루시오 본인이 직접 증언했다고 적어."

"예, 그렇게 적었습니다." 서기관이 이빨 사이로 중얼거렸다.

"제가 보기엔, 법학사님은 잘 모르고 계신 것 같습니다. 무슨 증언이 그렇게 거창해요? 그런 바보천치를 없앴다고 해서 제 손이 더럽혀지지 않을 것이란 건 분명할 텐데요." 루시오는 침착하게 반박했다. 그가 비꼬는 투로 말했기 때문에 법무감은 입술을 물어뜯어야 했다.

"법정을 존중해라. 아니면 부숴 버릴 테야!"

"제가 말씀드리고자 하는 것은 이 사건이 아주 합당한 사건이라는 것입니다. 제가 단순히 쾌감으로 사람을 죽이는 놈이 아니라는 것입니다. 대통령 각하의 분부대로 따른 것입니다."

"조용해! 이 허풍쟁이야! 이제 일이 수월하게 풀리려면……."

그리고 말을 끝맺지 못했다. 왜냐하면 그 순간 간수들이 헤나로 로다스를 어깨에 멘 채 들어왔기 때문이다. 로다스는 베로니카의 모포처럼 늘어지고 넝마가 되어 바닥에 발을 질질 끌며 왔다.

"몇 대 때렸나?" 법무감이 간수장에게 물었고, 간수장은 채찍으로 사용되는 소의 음경을 원숭이 꼬리처럼 목에 매고 서기관을 향해 실실 웃고 있었다.

"2백 대입니다!"

"그럼……."

서기관은 팔짱을 끼고 있는 법무감의 팔을 펴면서 말했다.

"저라면 또 2백 대 치라고 말하겠습니다." 자신의 말을 사람들이 이해하지 못하도록 그는 단어들을 붙여 가며 중얼거렸다.

법무감은 충고를 따랐다.

"그래, 간수장. 내가 이자를 심문하는 동안 2백 대를 더 때리게."

'이런 자전거 안장같이 생긴 늙은이 같으니!' 바스케스는 생각했다.

간수들은 간수장을 뒤따라 그 참혹한 짐 덩어리를 끌고 나갔다. 형벌을 집행할 모퉁이에 멍석을 깔고 그를 실패 감듯이 돌돌 말았다. 네 명이 그의 팔다리를 잡고 다른 간수들은 그에게 몽둥이질을 했다. 간수장은 숫자를 세었다. 로다스는 처음 몇 번의 채찍질에는 몸을 움찔거렸다. 그러나 몇 대부터 그렇게 되었는지 모르지만 이내 나자빠져서 아무런 기력 없이 고통에 신음할 뿐이었다. 축축하고 착 달라붙는 누리끼리한 모과나무 가지가 획획거리며 내리칠 때 이미 응고된 상처가 다시 터져 피가 솟아나기 시작했다. 이제는 고통도 느끼지 못할 정도가 되어 익사할 때 짐승이 내는 소리와 같은 마지막 탄식을 쏟아 냈다. 얼굴은 멍석에 푹 파묻혔고 머리는 헝클어져 있었다. 그의 폐부를 찌르는 탄식은 간수들이 지쳐서 더 이상 세게 치지 않자 간수장이 황소의 음경으로 간수들을 칠 때 그들이 내는 헐떡거리는 소리와 뒤섞여 버렸다.

"루시오 바스케스, 이웃의 자식 중 어느 누구나 죄를 지었을 때 대통령 각하의 명령이었다고 이야기하며 자유를 찾는다면 우리로 서는 일이 수월해질 거야. 증거가 어디 있나? 대통령 각하가 미치지 않은 한 그런 명령을 내릴 리 없어. 그렇게 비열하고 비겁한 방식으로 그 불쌍한 놈을 죽이라고 명령한 문서는 도대체 어디 있는거야?"

바스케스는 창백해져서 뭐라고 대답해야 할지 생각하는 동안 바지 호주머니에 떨리는 손을 집어넣었다.

"너도 알겠지만 법정에서는 네 진술이 조서와 부합해야 한다. 그렇지 않으면 우리가 어떻게 하겠나? 그 명령의 증거는 어디 있나?"

"사실은 그 문서를 제가 지금 가지고 있지 않습니다. 되돌려 주었어요. 대통령 각하께서는 틀림없이 그 문서의 소재를 아실 겁니다."

"뭐가 어째? 왜 되돌려 주었나?"

"왜냐하면 처음부터 제가 그 일을 완수하면 서명해서 돌려줘야 한다고 말해 왔기 때문입니다. 저는 그 문서를 가지고 있음 안 되었습니다. 그렇지 않겠어요? 이런 상황을 당신이 이해해 주셨음 합니다."

"더 이상 어떤 말도 하지 마! 날 가지고 놀려는 거구나! 대통령 운운하면서 날 속이려고! 이런 도둑놈 같으니! 나는 이런 바보 같은 짓을 믿을 만한 초등학생 어린이가 아니란 말이다! 경찰의 진술을 충분히 증명할 수 있을 때 법률에 규정된 특별한 경우를 제외하고 개인의 진술은 아무런 증거도 될 수 없다. 하지만 나는 너에게 형법 강의를 할 용의가 없다. 이쯤이면 충분해. 충분히 이야기했어."

"저를 못 믿으시겠다면 각하께 물어보세요. 아마 당신은 각하가 하시는 말씀을 믿게 될 겁니다. 거지들이 고발당했을 때도 제가 여기 있지 않았습니까?"

"조용해! 그렇지 않으면 곤봉으로 입을 닥치게 할 테다. 내가 이미 대통령 각하께 문의한 바 있다. 바스케스, 네가 사람들이 너에게 가르쳐 준 것보다 더 많이 알고 있다는 사실을 그분께 이미 말씀드렸다. 그리고 네 목숨은 이제 위험하단 말이다."

루시오는 법무감의 말에 목이 잘린 것처럼 고개를 숙였다. 바람은 창밖에서 사납게 불어 대고 있었다.

21. 제자리 돌기

카라 데 앙헬은 칼라와 넥타이를 미친 듯이 벗어 던졌다. 이웃이 다른 사람들의 행동에 대해 만들어 낸 풍문보다 더 바보 같은 것은 없다. 타인들의 행위…… 타인들!……. 때때로 그 비판은 신랄한 중얼거림일 뿐 아무것도 아니다. 사람의 호의가 침묵 속에 묻히고, 흘러가는 풍문만이 과장된다. 이것은 아름다운 똥에 불과하다. 종양을 솔로 살살 긁는 것처럼 고통스럽게 타오른다. 친근하면서도 상냥하게 정보를 주는 척하거나 자비를 베푸는 척하면서 교묘하게 비난하는 것은 더 깊은 상처를 줄 수 있다. 심지어 하인들에게까지도 그러하다! 이런 빌어먹을 뼈가 있는 소문!

셔츠를 한 번 잡아당기자 단추들이 빠졌다. 그만 셔츠를 찢어 버린 것이다. 가슴이 갈라지는 것 같은 소리가 들렸다. 하녀들은 그와 카밀라 간의 사랑에 대해 거리에서 사람들이 이야기하는 것을 그에게 자세히 들려주었다. 자신들을 상 받는 날의 여학생처럼 존경하는 여자를 집에 두지 못해 결혼하기를 꺼리는 카라 데 앙헬과 같은 남자들은—사람들은 그들에 대해 결코 좋게 말한 적이 없는데— 순종하는 여자들을 선택하고 독신 생활을 마친다는 것이었다.

그는 셔츠를 벗기 전에 커튼을 절반쯤 닫았다. 잠이 필요했다. 아니면 최소한 이 방이라도 한낮이 아닌 것처럼, 아니 그날이 아닌 것처럼 있고 싶었다. 다른 날도 아닌 왜 하필 그날인가 하는 원한에 사무쳤다.

'자자!' 그는 셔츠는 열어젖히고 바지 단추를 풀면서 구두와 양말을 벗은 채 침대 한쪽 끝에서 반복해서 생각했다. '아! 얼마나 바보 같은가! 재킷도 벗지 않았군!'

시멘트 바닥에서 올라오는 냉기를 막느라고 발뒤꿈치로 걸으면서 코트를 의자 등받이에 걸친 뒤 바닥이 너무 차 목이 긴 알카라반 새처럼 한 발로 뛰어 다시 침대로 돌아왔다. 펑! 그는 마치 바닥에 있는 어느 짐승에 쫓기는 것처럼 땅속으로 꺼지듯이 침대로 들어갔다. 허공에 던져진 바짓가랑이는 커다란 시곗바늘처럼 돌아갔다. 바닥은 시멘트라기보다 얼음에 가까웠다. 이런 끔찍할 데가! 바닥은 소금에 절인 얼음이자 눈물 젖은 얼음이었다. 얼음조각에서 구조선으로 옮겨 타듯이 침대로 뛰어들었다. 그는 자신에게 일어났던 일을 벗어던지고 어스름과 꼼짝 않고 가루가 된 행위에 둘러싸인 하얀 섬을 떠올렸다. 그는 잊으려 했고, 잠들려 했고, 자신의 존재를 부인하고 싶어 했다. 차곡차곡 쌓을 수도 없고 기계의 각각의 부분처럼 해체될 수도 없는 추론에 이제는 염증이 났다. 상식이 뒤틀리는 것에 이제 신물이 난다. 차라리 꿈을 꾸는 것이나 비이성적인 세계가 낫다. 처음에는 푸른색으로 부드러운 무감각의 세계로 시작했다가 초록의 세계로, 그 후에는 개인을 억압하고 눈이 기관 속으로 증발하며 암흑의 세계로, 간다. 아, 열망이란! 열망의 대상은 잡히는 것이기도 하고 잡히지 않는 것이기도 하다. 이것은 열 손가락을 다 모아서 새장 안에 넣어야 할 황금빛 꾀꼬리다. 안식을 주는 한 조각 꿈은 슬그머니 거울을 통해 들어와 코를 통해 창문으로 나간다. 옛날처럼 평온하게 자는 것이 바로 그가 바라는 바였다. 그는 그에게 남은 꿈의 세계라는 것이 그가 사는 집의 천장보다도 높아서 그날, 그 지울 수 없는 날, 그의 집 위의 맑은 공간 속에 있는 것이라는 것을 깨달았다. 엎드려서 누웠다. 불가능했다. 몸을 왼편으로 뉘어 심장을 침묵시키려 했고, 몸의 오른편으로 뉘어서도 마찬가지였다. 감정적 걱정에서 벗어나 잠을 청했지만 곤히 잠들기에는 역부족이었다. 그의 본능은 완력으로 카밀라를 취하지 못해서 그가 불면의 상태에 있게 되었다고 꾸짖고 있었다. 삶의 어두운 측면은 때로 자살이 유일한 도피처라는 충동을 일게 한다. "이젠 더 이상 현재의 내가 되지 않을 거야!" 그는 이렇게 말하곤 했다. 그러고는 마음속으로 떨었다. 그는 한쪽 발로 다른 쪽 발을 건드렸다. 그는 자신이 묶여 있던 십자가에서 못이 빠져나오는 것 같은 느낌이었다. '술주정꾼들은 걸어갈 때 왠지 교수형을 받는 것 같은 느낌이 든단 말이야.' 그는 속으로 생각했다. '마찬가지로 교수형을 받는 자들도 고통으로 다리를 마구 흔들 때나 바람이 그들을 흔들 때 꼭 주정뱅이 같은 느낌이 들어.' 그의 본능은 자신을 책망했다. 주정뱅이의 섹스…… 교수형을 받는 자들의 섹스…… 너, 카라 데 앙헬! 스웨터에 묻은 콧물의 섹스!…… '성적인 회계를 다루는 책에서 짐승은 결코 숫자를 실수하는 법이 없다.' 그는 생각했다. '우리는 공동묘지에서 아이들을 싸지른다. 심판의 트럼펫 소리. 좋아, 그건 트럼펫이 아냐. 언젠가는 금으로 만든 가위가 아이들을 낳는 끊임없는 흐름을 자를 것이다. 남자들이란 악마 같은 백정이 소시지를 만들기 위해 잘게 다진 고기를 가득 채운 돼지의 창자들 같아. 나 자신의 본성을 파악해서 카밀라를 내 욕구로부터 구원할 수 있을 때, 비로소 나는 나 자신의 일부를 소시지처럼 채워 넣지 않고 남겨 둘 수 있게 된다. 그래서 공허하고, 불안하고, 신경질적이고, 아프고, 유혹에 빠진 나 자신을 느끼는 거야. 남자는 여자에 의해 돼지 창자처럼 다진 고기로 스스로 만족하기 위해 채워진다. 참 추접하구나!'

침대 시트가 스커트처럼 그에게 감겼다. 그것은 땀으로 범벅이 된 참을 수 없는 스커트였다.

'슬픈 밤' *의 나무는 잎사귀들 때문에 고통을 받을 것이다! '아! 내 머리!' 차임시계의 흐르는 소리…… 『마녀들, 죽은 여자』*…… 그의 목에 감긴 나선형의 비단…… '단 한 번도…….' 하지만 이웃집의 어딘가에 축음기가 있다. 한 번도 그 소리를 들어 본 적은 없다. 그게 있는지도 몰랐다. 그 존재를 알리는 첫 번째 소식이었다. 뒷집에는 개가 있다. 아마 두 마리일 것이다. 여기 축음기가 있다. 하지만 한 대뿐이다. '축음기의 트럼펫 소리와 뒷집의 개 짖는 소리 사이에서 주인의 소리가 들린다. 내 집에 있는 소리, 내 머리에서 나는 소리, 나의 소리…… 가까이 있는 것과 멀리 있는 것은 한 이웃이다. 누군가의 이웃이 된다고 할 때 나쁜 점이 바로 이런 것이다. 이게 무슨 일인가! 축음기를 틀어 놓는 것, 그리고 세상 모든 것에 대해 험담하는 것. 나에 대해 뭐라고 이야기할지 벌써 다 알겠다. 빛바랜 호박씨들. 나에 대해 그들이 뭐라 말해도 상관하지 않겠다. 하지만 그녀에 대해서는…… 조사해 봐서 그녀에 대해 조금이라도 나쁜 말을 하는 기미가 보이면 그들을 청년자유당원이라고 고발할 것이다. 이미 여러 번 그들에게 이런 식으로 협박했다. 하지만 지금은 행동으로 옮길 용의가 충분히 있다. 그럼 그들이 얼마나 고초를 받을 것인가! 비록 무뢰한이 아니라 하더라도 말이다. 벌써 그들이 사방으로 떠드는 소리가 들린다. "자정이 지난 뒤 그 불쌍한 소녀를 납치해서 뚱쟁이가 운영하는 주막으로 데려가 강간했대! 비밀경찰은 아무도 들어오지 못하도록 입구를 감시했대!" 그 신사라고 하는 작자들은 내가 그녀의 옷을 벗기고 찢는 광경과 이제 막 덫에 걸려 살과 깃털을 파닥이는 새를 상상할 것이다. "그놈이 그녀를 죄짓는 사람처럼 혹은 설사약을 먹은 사람처럼 애무도 하지 않고 눈을 감은 채 자기 여자로 만들었대." 실상은 그렇지 않으며 내가 신사의 의무를 다했다는 것을 후회하고 있음을 그들이 알기나 할까? 그들이 말하는 모든 것이 거짓이었다는 것을 상상이라도 할까? 그들이 꼭 상상하고 싶었던 것은 그 여자다. 그녀가 나와 함께 있는 모습을 상상하고, 그녀가 그들 자신과 함께 있는 모습을 상상할 것이다. 그들은 그녀를 발가벗기고 그들이 주장하기에 내가 그녀에게 했던 짓을 그들 자신들이 하는 것을 상상할 것이다. '그들을 청년자유당원이라고 매도하는 것은 이런 일련의 세라핌*에 비하면 아무것도 아니다. 더 심한 대가를 찾아봐야 한다. 이상적인 형벌은, 두 명의 그 노총각에게 내가 아는, 대통령이 이미 건드린 여자 두 명을 붙여 주는 것이다. 여자 둘이면 돼. 걔네들 둘이면 돼. 하지만 둘 중 하나는 임신한 상태다. 상관없다. 더 잘됐다. 대통령이 원하면 그 여자의 배를 유심히 보며 지나가는 것은 일도 아니다. 이들은 무서워서 그녀들과 결혼할 테고……'

그는 두 팔로 다리를 감싸 쥐고 머리를 베개에 묻어 몸을 계란 모양으로 만들고는 머릿속을 고통스럽게 스쳐 지나가는 생각을 멈추고자 했다. 시트 네 모서리의 얼어붙은 부분은 사념의 연쇄고리를 끊고 휴식을 제공할 수 있도록 그의 신체가 닿기만을 기다리고 있었다. 그래서 고통스러운 생각을 쫓아내기 위해 그는 시트 밖으로 발을 뻗어 침대의 차가운 청동 막대기에 닿았다. 천천히 눈을 떴다. 그럼으로써 눈꺼풀이라는 섬세한 수예품을 찢는 것 같았다. 그의 눈은 천장을 바라보는 움푹 파인 구멍 위에 걸려 있었고, 빛과 어둠 사이의 약한 그림자처럼 무중력으로 떠 있었으며, 뼈는 물렁한 상태에 늑골은 연골이 되어 버렸고, 머리도 부드러운 물체가 되어 버린 듯했다. 솜으로 된 손이 희미한 어둠 속에서 문을 두드리는 시늉을 계속했다. 몽유병자의 솜으로 된 손…… 집들의 문은 두드리는 나무로 되어 있다…… 문을 두드리는 나무들로 구성된 숲이 바로 도시다…… 그녀가 문을 두드릴 때, 이 소리가 나는 잎들은 떨어졌다…… 문의 나무기둥은 접촉 받지 않은 잎들을 떨어뜨리고 난 후에 아무 영향 없이 그대로 있다…… 그녀는 두드리는 것밖에 도리가 없었다…… 그들은 문을 열어야 했다. 하지만 열지 않았다. 그렇게 그들을 문밖으로 쫓아낸 것이다. 네가 못질을 한 만큼 나도 하겠다. 그뿐이다. 그렇게 그들을 집 밖으로 내쫓았다.

"누구야? 뭐야?"

"방금 받은 사망 통지를 가지고 왔습니다."

"그래, 하지만 그걸 그에게 가지고 가지 마. 지금쯤 자고 있을 거야. 거기 그의 책상 위에 올려놓아라."

"성령의 도움을 받아 호아킨 세론 씨가 어젯밤 사망했음. 그의 아내와 자식들, 그리고 친지들은 당신에게 이 사실을 알리게 됨을 슬퍼하며 당신께서 그의 영혼을 주님께 의탁하고 오늘 오후 4시에 공동묘지에서 올리는 장례식에 참석해 주길 바라고 있음. 문상객은 공동묘지 입구에서 헤어짐. 빈소는 카로세로 거리."

하녀들 중 한 명이 호아킨 세론 씨의 사망 통지문을 읽는 것을 그는 억지로 들어야 했다.

침대 시트로부터 한쪽 팔을 빼낸 그는 팔베개를 했다. 후안 카날레스가 깃털 장식으로 된 옷을 입고 그의 코앞을 지나갔다. 그는 나무로 된 네 개의 심장과 예수의 심장* 네 개를 끄집어내더니 캐스터네츠처럼 연주했다. 카라 데 앙헬은 머리 뒷부분에서 유디스의 철사로 된 촘촘한 코르셋에 조여진 외눈박이 거인의 가슴처럼 커다란 가슴과 곱게 빗질하여 뱀처럼 길게 땋은 머리를 느꼈다. 팔베개를 하고 있던 팔이 저려 오자 전갈이 기어 다니는 옷을 벗을 때처럼 조금씩 팔을 뺐다.

아주 조금씩······.

어깨 위로 개미들을 가득 실은 승강기가 올라가는 것을 느꼈다······ 자석에 홀린 듯 개미들을 실은 승강기는 팔꿈치 밑으로 내려가고 있었다······ 경련의 그림자는 앞 팔의 터널을 통해 떨어지고 있었다······ 그러더니 손으로 떨어졌다······ 접힌 손가락으로 흘렀다······ 바닥에까지 만 개의 손톱들이 느껴졌다······.

가여운 소녀, 너에게 못질하는 자를 못질했지만 아무런 성과가 없다! 짐승처럼 잔인하고 노새처럼 미련한 놈들, 보이기만 하면 내 그들에게 침을 뱉어 줄 테다······ 셋 더하기 둘은 다섯인데······ 거기에 다섯을 더해 열을 만들고······ 또 아홉을 더해 열아홉, 그래, 열아홉 번 그들의 얼굴에 침 뱉을 것이다. 카밀라는 처음에는 활기차게 문을 두드렸으나 나중에는 땅을 파는 것처럼 보였어. 결국 노크를 하는 것이 아니라 스스로의 무덤을 파는 것이었어! 아무런 희망도 없이 잠을 깨야 하다니! 내일 그녀를 보러 갈 것이다. 그녀의 아버지 소식을 전해 준다는 명목으로 그녀를 볼 수 있다. 그럴 수 있다. 만일 오늘 소식을 알고 있었더라면 볼 수 있었을 텐데. 그럴 수 있다······ 내 말이 의심으로 가득 차 있다 하더라도······.

'나는 당신의 말을 믿어요! 내 숙부들이 아버지를 부인했다는 것과 그들의 집에 내 사진조차 들이기 싫어한다는 것이 의심할 바 없이 확실하네요.' 암말이 아픈 것처럼 어깨의 통증을 호소하며 마사쿠아타의 침대에 누워서 카밀라는 이렇게 생각했다. 한편 주막의 다른 곳에 있는 낡은 테이블에서는 동네 사람들이 장군의 도주라든지 그의 딸의 납치, 대통령 심복의 민첩함 등 그날 있었던 사건에 대해 이야기하며 잔을 비웠다. 술집 주인은 귀먹은 벙어리마냥 손님들이 이야기하는 내용을 잠자코 듣고만 있었다.

급격하게 밀려오는 멀미가 카밀라로 하여금 이 악취를 풍기는 보잘것없는 사람들로부터 멀리 벗어나게 했다. 침묵 속에서 수직으로 떨어지는 것 같은 느낌을 받았다. 소리를 지른다면 신중치 못한 짓일 테고, 이런 붕 떠 있는 느낌에 대한 놀라움 속에서 소리를 지르지 말까 고민하다가 그만 소리를 질러 버렸다…… 죽은 새의 깃털로부터 오는 냉기가 그녀를 감쌌다. 마사쿠아타는 무슨 일인가 하고 급하게 찾아왔다. 그녀는 카밀라가 막대기처럼 팔을 쭉 늘어뜨리고 턱은 떨고 눈을 감은 채 술병처럼 온몸이 녹색으로 질려 있는 것을 보았다. 그녀는 소주 한 잔을 카밀라의 입 속으로 붓고 얼굴에도 뿌렸다. 너무 놀란 나머지 그녀는 손님들이 언제 나갔는지도 몰랐다. 치킨키라의 성모와 모든 성인들에게 제발 그녀가 더 이상 거기 남지 않기를 기도드렸다.

'오늘 아침 우리가 헤어질 때 내가 한 말 때문에 그녀가 울었다. 이제 그녀에게 남은 것이 뭐가 있겠는가! 거짓말처럼 보이는 것이 사실로 판명 날 때 사람들은 기쁨에 겨워 울거나 비탄에 빠져 운다.'

카라 데 앙헬은 침대에 누워 비몽사몽 중에 천사와 같은 푸른빛이 타오르는 것을 느끼며 그렇게 생각했다. 차츰차츰 잠이 든 채 자신의 날숨에 의해 움직이는 미지근한 공기처럼 그 어떤 몸이나 형체를 느끼지 못하고 자신의 생각에 취해 떠다녔다.

그의 몸이 무의 심연 속으로 꺼져 들어갈 때, 카밀라만이 묘지의 십자가처럼 높고도, 달콤하면서도, 잔인하게 버티고 있었다.

현실의 어두운 바다를 헤쳐 가는 신사인 꿈이 자신의 많은 배들 중 한 척에 그를 실었다. 보이지 않는 손들이 사건들에 대한 열린 입, 허기진 파도들이 희생자들의 조각들을 놓고 격렬한 논쟁을 하는 입으로부터 그를 꺼내 주었다.

"누군가?" 꿈이 물었다.

"미겔 카라 데 앙헬입니다." 보이지 않는 사람들이 대답했다. 그들의 손은 흰 그림자처럼 검은 그림자로부터 나왔고 만질 수 없었다.

"그를 사랑의 희망을 잃어버린 연인들이 탄 배에 실어라. 여기서 그들은 사랑하는 이들과 행복하게 살 수 있다." 꿈은 주저하며 말했다.

꿈의 사람들은 순종하며 그를 배로 옮겨 주었다. 그들은 일상적인 행위에 미세한 먼지를 다시 덮는 비현실의 층위를 걷고 있었는데, 소음이 그를 그들의 손아귀에서 풀어 주게 했다.

……침대……

……하녀들……

안 돼, 사망 통지서는 안 돼. 한 아이가 있다!

카라 데 앙헬은 눈을 손으로 만지고, 공포에 질려 머리를 들었다. 침대로부터 두 발자국 떨어진 거리에 아이가 있었는데, 그는 너무 숨이 차서 말도 못했다. 마침내 그 아이가 말했다.

"사실은…… 술집 주인아주머니가…… 거기로 오시래요……
아가씨가…… 몹시…… 아프대요……."

대통령 각하가 아프다는 이야기를 들었다 하더라도 대통령의
심복은 그렇게 빨리 옷을 입지는 않았을 것이다. 그는 옷걸이에서
보이는 대로 모자를 쓰고 구두끈도 묶지 않고 넥타이도 엉망으로
맨 채 거리로 나왔다.

"누구지?" 꿈이 물었다. 그의 사내들은 삶이라는 더러운 물에서
막 시들기 시작하는 장미 한 송이를 낚았다.

"카밀라 카날레스입니다." 그들이 대답했다.

"좋아. 사랑에 빠진 여성들이 탄 배에 자리가 있다면 거기에 실
어라. 거기에선 결코 행복할 수 없을 것이니라."

"박사님, 좀 어떻습니까?" 카라 데 앙헬은 아버지 같은 말투로
부드럽게 따져 물었다.

"제가 보기에는 열이 더 오를 것 같습니다. 폐렴인 것 같습니다."

22. 살아 있는 무덤

아들은 더 이상 살지 못했다. 신중함을 잃어버린 산산조각 난 삶의 혼돈 속에서 페디나는 꼭두각시 인형과 같은 움직임으로 메마른 나무껍질의 무게를 지닌 시체를 열이 난 얼굴 가까이 번쩍 들어 올렸다. 그녀는 시체에 입을 맞추고는 뺨을 비볐다. 하지만 얼마 안 가 주저앉아 무릎을 꿇어 버렸다. 그때 문 밑으로 짙 빛깔의 그림자가 흘러내렸다. 여명의 빛이 바다처럼 평평하게 문틈으로 새어 들어와 아기의 사체를 더 잘 볼 수 있게 했다.

얼굴은 상처로 뒤범벅이었고 다크서클이 눈가에 서려 있고 입술이 흙빛이어서 수개월 된 아기가 아니라 포대기에 감긴 태아 같았다. 그녀는 재빨리 아기의 얼굴에 햇빛이 닿지 않도록 불어 오른 젖가슴에 아기를 바싹 끌어안았다. 알아들을 수 없는 단어에 탄식을 섞어 가며 신을 원망했다. 간혹 가다 괴로운 딸꾹질을 하는 것처럼 숨이 넘어가면서 그녀는 "아들아! 아들아! 아들아! 아들아!" 하고 연달아 탄식을 하며 중얼거렸다.

눈물은 그녀의 굳은 얼굴을 따라 흘러내렸다. 그녀는 남편도 자신의 육체적 고통도 잊은 채 죽도록 울었다. 그녀가 고백하지 않으면 그들이 남편을 감방에 넣어 굶겨 죽이겠다고 협박했다. 상처 입은 두 손과 가슴, 충혈된 눈, 맞아서 으스러진 어깨를 비롯한 온몸의 상처와 고통을 잊고 자신이 버려 둔 일에 대한 걱정 등 모든 것을 제쳐 두고 정신이 혼미해지고 광폭해졌다. 눈물이 말라 버려 더 이상 울 수 없는 지경에 이르렀을 때에야 그녀는 자신이 아들의 무덤이 되었다는 것을 느꼈다. 아들이 마지막이자 영원히 끝나지 않는 꿈을 다시 한 번 자신의 뱃속에서 꾸고 있다고 생각했다. 순간 그녀의 한없는 고통 속으로 한 줄기 기쁨이 스며들었다. 아들의 무덤이 되었다는 생각이 발삼 향유처럼 그녀의 심장을 어루만져 주었다. 그녀는 죽은 애인과 한 무덤 속에 묻히는 성스러운 동양의 여성들이 느끼는 기쁨을 느꼈다. 그녀는 자신의 아들과 함께 무덤에 묻히지 않았기 때문에, 자신이 살아 있는 무덤이자 궁극적인 대지의 요람이며 그들을 호사파트*라고 부를 때까지 둘이 합쳐져서 밀접하게 붙어 있는 모성의 옷자락이라고 느꼈다. 그녀는 눈물을 닦을 생각은 않고 파티에 나갈 준비를 하는 것처럼 헝클어진 머리를 매만졌다. 그러고는 두 팔과 다리 사이에 아기를 꼭 끌어안은 채 감옥 구석에 쭈그리고 앉았다.

무덤은 죽은 자에게 키스하지 않는다. 따라서 그녀는 죽은 아기에게 키스해선 안 된다. 반면에 무덤은 죽은 자를 꾹 누른다. 그녀 역시 아기를 꼭 껴안는다. 무덤은 죽은 자를 침묵 속에서 부동자세로 있게 하는 부드럽고 강한 셔츠이며, 간지러운 구더기들이며,

격렬한 해체다. 문 밑으로 들어오는 어른거리는 빛은 천년이 지나야 불확실한 열망을 채워 줄 것 같았다. 그 빛에 쫓기는 그림자는 전갈처럼 천천히 벽을 타고 드리워진다. 그것은 뼈들로 만든 벽이다. 추접한 그림들로 문신이 새겨진 뼈들이다. 무덤의 내부는 어두워 페다나도 눈을 감았다. 또 무덤은 바깥으로 잠자코 있기 때문에 그녀는 말 한마디 하거나 탄식을 내뱉는 것조차 하려 하지 않았다.

오후가 한참 지났다. 하늘의 물로 닦은 무성한 삼나무 냄새가 났다. 제비가 날고 반달이 떴다. 이미 햇빛이 완연히 물든 거리에는 장난을 치는 아이들로 가득 찼다. 학교는 새로운 생명들의 범람을 거리에 토해 내고 있었다. 어떤 아이들은 파리 떼처럼 이리 갔다 저리 갔다, 파도처럼 왔다 갔다 하며 놀았다. 다른 아이들은 격렬하게 닭싸움하는 두 명의 아이들을 원을 그리며 빙 둘러섰다. 코피가 터졌고, 코딱지가 나왔고, 눈물이 글썽했다. 어떤 아이들은 집집마다 문을 두드리고 달아났다. 또 어떤 아이들은 샌드위치, 코코넛 과자, 아몬드 타르트, 계란 흰자위와 설탕으로 만든 과자를 훔치기 전에 사탕을 슬쩍 하는가 하면 해적처럼 과일 바구니를 습격해 빈 배처럼 만들어 버렸다. 그 뒤로는 우표 수집한 것을 교환하거나 껄렁하게 담배를 피우는 아이들이 있었다.

카사누에바의 정문 앞에 마차 한 대가 멈추더니 젊은 여자 세 명과 아주 뚱뚱한 늙은 여자가 내렸다. 자태로 보아 그들이 어떤 사람들인지 알 수 있었다. 젊은 여자들은 원색의 무명옷에 붉은 스타킹, 그리고 굽이 비정상적으로 높은 노란 구두를 신고 있었고, 팬티까지 보이게 하는 길고 더러운 무릎까지 내려온 속치마, 배꼽까지 보이는 블라우스를 입고 있었다. 그들의 헤어스타일은 루이 15세 스타일로, 기름을 잔뜩 바른 구불구불하고 길게 땋은 머리카락을 녹색이나 노란색 리본으로 양쪽으로 묶고 있었다. 두 뺨은 홍등가의 문에 달린 붉은 등을 연상시켰다. 검정 옷에 진홍빛 숄을 두른 늙은 여인은 보석을 촘촘하게 낀 살찐 손으로 문을 움켜잡고 간신히 마차에서 내려왔다.

"마차는 여기서 기다려야 하지요, 촌. 안 그래요?" 셋 중에서 가장 나이 어린 여자가 황량한 거리의 돌멩이조차 알아들을 정도로 높고 날카로운 목소리로 물었다.

"그래, 여기서 기다려." 늙은 여자가 대답했다.

네 사람은 수위로 일하는 여성이 열렬히 환영하는 카사누에바로 들어갔다.

썰렁한 현관 앞에는 다른 사람들도 기다리고 있었다.

"이봐요, 친타. 비서관 있나요?" 늙은 여인이 수위에게 물었다.

"촌 여사님, 이제 막 왔습니다."

"그래요. 나를 응대하고 싶다면 나에게 아주 급한 명령서가 있으니 그것을 가지고 와 달라고 전해 주세요."

수위가 돌아오는 동안 늙은 여인은 잠자코 기다렸다. 그 건물은 어느 정도 나이가 지긋한 사람들에게는 수녀원 분위기를 풍겼다. 감옥이 되기 전에 이 건물은 사랑의 감옥이었다. 여성들로 넘쳐났었고 지금도 그랬다. 그 거대한 벽을 따라 테레사 수녀원 수녀들의 낭랑한 목소리가 비둘기들이 날아다니는 것처럼 헤매고 다니는 것 같았다. 하지만 예전에 있던 백합꽃은 보이지 않고, 지금은 하얗고 따스한 불빛이 그곳을 밝히고 있었다. 금식 기도와 수행복 대신 십자가와 거미줄의 표식 아래 만발한 온갖 종류의 고문의 가시덤불이 자리 잡았다.

수위가 돌아오자 촌 여사는 비서관에게 용건을 말하려고 안으로 들어갔다. 이미 그녀는 소장과 말을 마친 상태였다. 국방 법무 감은 1만 페소를 받는 조건으로 그녀를 넘기라고 전했으나 그가 말을 남기지 않은 것은 그 후로 감금되어 있던 페디나 데 로다스가 금이빨을 가진 촌 여사가 운영하는 성매매업소인 '달콤한 매혹'에서 일하게 된다는 사실이었다.

문 두들기는 소리가 두 번 천둥처럼 요란하게 울렸다. 그 소리는 두 눈을 감고 미동도 없이 아기를 안고 숨도 쉬지 않고 구석에서 쭈그리고 앉아 있는 가련한 페디나가 있는 감방까지 맴돌았다. 그녀는 애써 못 들었다는 의식을 덧씌웠다. 이윽고 빗장 열리는 소리가 났다. 오래되어 산화된 경첩이 침묵 속에서 탄식하듯이 펴졌다. 그들은 문을 연 뒤 그녀의 목덜미를 움켜쥐고 데리고 나갔다. 그녀는 빛을 보지 않으려고 눈을 감았다. 무덤은 내부가 깜깜한 법이다. 그녀는 보석과 같은 죽은 아기를 가슴에 안은 채 맹인이 되어 끌려 나갔다. 이제 가장 치욕적인 일을 하기 위해 팔린 짐승이 된 것이다.

"이 애는 벙어리인 척하나 봐요!"

"우리를 보려고 눈을 뜨지도 않네!"

"부끄러워서 그럴 거야!"

"자기 아들을 깨우고 싶지 않아서 그러는 걸 거야!"

마차를 타고 가면서 금이빨의 촌과 세 아가씨가 내린 촌평이었다. 마차는 돌이 울퉁불퉁하게 튀어나온 길을 달리면서 악마들이 내는 소리를 냈다. 돈키호테같이 생긴 스페인 마부는 말에게 하도 욕을 해 대서 말들을 바짝 마르게 하더니, 급기야는 투우장에서 창을 든 기수였던 전적을 살려 투우장에서처럼 말들이 그에게 봉사하도록 했다. 그의 옆에 있는 페디나는 노래 가사에 나온 식으로 하면 나쁜 집들로부터 카사누에바를 멀어지게 하는 길을 따라가고 있었다. 그녀를 에워싸는 세상에서 가장 잊힌 곳에서 눈썹도 까닥하지 않고, 입술도 떨지 않고, 온 힘을 다해 아기를 꼭 끌어안은 채였다.

촌 여사는 마차 통행료를 지불하려고 멈춰 섰다. 그동안 아가씨들은 페디나가 내리는 것을 도와주었다. 상냥한 동료들의 손에 이끌려 페디나는 '달콤한 매혹'으로 들어갔다.

대부분 군인들이었던 몇몇 손님들이 살롱에서 밤을 보내고 있었다.

"지금 몇 시죠?" 주점에 들어서며 촌 여사가 외쳤다.

군인들 중 한 명이 대답했다.

"6시 20분이네요. 촘피파 여사님……."

"오랜만이네요. 그동안 적적했어요."

"제 시계로는 25분입니다." 바텐더가 끼어들었다.

새로 온 아가씨는 이들 모두의 관심 대상이었다. 모두가 그날 밤을 그녀와 보내고 싶어 했다. 페디나는 자신을 돌처럼 차고 무겁게 느끼며 눈꺼풀을 올리지 않고 품에 아들의 시체를 안은 채 무덤처럼 침묵을 지키고 있었다.

"이리 와." 금이빨 여사는 세 아가씨에게 명령했다. "이리 와서 쟤를 부엌에 데려가 마누엘라에게 먹을 걸 주라고 해. 그리고 옷 좀 입히고 머리도 빗겨 줘."

파란 눈동자를 가진 어느 포병 대장이 새로 온 여자에게 접근해서 다리를 더듬으려 했다. 하지만 세 아가씨 중 한 명이 그녀를 지켜 주었다. 이후에 다른 군인이 야자나무를 안듯이 그녀를 안았는데, 수캐가 암캐에게 달라붙은 것처럼 눈자위는 희고 치아를 번뜩였다. 그러고 나서 그녀에게 키스를 했고 소주 냄새 가득한 입으로 차갑게 얼어붙고 눈물이 말라 짭짜름한 맛이 나는 뺨을 핥았다. 병영과 창녀촌에 기쁨이 넘쳐나던 시절이 아니던가! 창녀의 열정은 총으로 찌든 군인의 냉기를 보상해 주었다.

"이것 봐! 이 골치 아픈 색골아, 가만있지 못해!" 촌 여사가 끼어들어 이런 무례한 짓을 그만두게 했다. "아, 그래? 이거 감방으로 보낼 일이네!"

페디나는 무덤 속의 암흑과 침묵을 깨려는 위협으로부터 자유롭게 된 것에 만족하면서 눈꺼풀을 누르고 입을 닫은 채 정직하지 못한 야비한 행동으로부터 군이 자신을 보호하려 하지 않았다. 그녀는 품 안에 안긴 죽은 아들이 살아서 잠들어 있기라도 한 것처럼 재우고 있었다.

그들은 그녀를 안뜰로 데려갔다. 그곳에서는 석양빛이 분수 안으로 차츰차츰 사그라지고 있었다. 거기에서는 온갖 소리가 들려왔다. 여자들이 탄식하는 소리, 연약하고 쇠약한 목소리들, 병자들이나 풋내기들의 귓속말, 죄수나 수녀들의 목소리, 억지 웃음소리, 목이 쉰 외침, 양말 신은 채 걸어가는 소리. 누군가가 창문 밖으로 트럼프 한 벌을 집어던져 바닥에 부채꼴 모양으로 흩뿌려졌다. 누가 그랬는지 알 수 없었다. 머리가 헝클어진 어느 여자가 창밖으로 머리를 내밀더니 마치 자신의 운명에 대한 점을 치듯이 카드들을 바라본 후 창백한 뺨에서 눈물을 닦았다.

'달콤한 매혹'의 현관문 위에는 홍등이 하나 매달려 있었다. 마치 짐승의 충혈된 눈 같았다. 그 밑에서는 남자들이나 돌멩이들이나 할 것 없이 추악한 색조를 띠었다. 마치 사진을 현상하는 암실이 가져다주는 신비 같았다. 남자들은 천연두에 걸린 사람들이 상처를 없애기 위해 하는 것처럼 붉은 등의 빛 속에서 목욕을 하러 왔다. 그들은 피를 빨아먹기라도 하는 듯 부끄러워하면서 얼굴을 노출시키고, 가로등불과 시청의 하얀 조명 세례를 받고, 밤새 사진을 현상하느라 피곤하다는 표정을 짓고 집 안의 맑은 등불 속으로 돌아왔다.

페디나는 주변에서 벌어지는 일에는 아무런 관심도 두지 않은 채 자식에 관한 일이 아니라면 아무런 존재 가치가 없다는 상념에 사로잡혀 있었다. 그 어느 때보다 눈을 굳게 감고, 입도 다물었다. 아기의 시체는 젖이 불은 가슴에 꼭 안겨 있었다. 그녀가 부엌에 도착할 때까지 동료들이 그녀를 이런 상태에서 빼내려고 갖은 말을 해도 아무 소용이 없었다.

요리사인 마누엘라 칼바리오는 오래전부터 '달콤한 매혹'의 아궁이와 쓰레기 더미를 지배해 왔다. 그녀는 수염이 없고 풀을 먹인 앞치마를 두른 영원한 주님의 모습을 띠고 있었다. 이 거대하고 위대한 요리사의 광대뼈에서 아래턱까지 흔들리는 살은 페디나를 보자마자 말의 육화된 형체로 나타나기 시작했다.

"또 다른 철면피 같은 년이네! 이년은 어디서 굴러먹었어? 저기 꼭 안고 있는 건 또 뭐야?"

세 명의 아가씨는 감히 말은 꺼내지 못하고 자기네들도 모르겠다는 시늉을 지었다. 그들은 요리사에게 한 손을 다른 손 위로 올려 쇠창살을 그려 보이며 그녀가 감옥에서 나왔다고 말했다.

"이런 돼지나 암탉 같은 년!" 요리사가 말을 계속하자 세 아가씨는 물러갔다. 그녀는 덧붙였다. "네게는 먹을 것 대신 독약이 어울린다. 여기 네 도시락이 있다. 자…… 받아…… 받지 못해!"

그러고는 적선을 하듯 그녀의 등을 쇠꼬챙이로 몇 대 갈겼다.

페디나는 눈을 뜨거나 대답하지 않은 채 죽은 아기를 안고서 바닥에 주저앉았다. 하도 똑같은 자세로 아기를 안고 있었기 때문에 이젠 그 무게를 전혀 느끼지 못했다. 요리사는 소리를 지르고 성호를 그으며 왔다 갔다 했다.

마누엘라는 몇 번 빙빙 돌다가 부엌에서 안 좋은 냄새가 나는 것을 느꼈다. 그래서 접시 하나를 가지고 싱크대로 갔다. 거기서 주저하지 않고 페디나에게 발길질을 하며 외쳤다.

"이 썩은 걸 가지고 오다니! 여기 와서 어서 꺼내지 못해! 그걸 가지고 어서 여기서 나가! 그걸 가지고 여기 있지 말란 말이야!"

그녀가 소리를 질러 대자 촌 여사와 아가씨들이 달려와 나무에서 가지를 꺾듯이 이 가련한 여자의 팔을 열어젖히며 아기를 빼냈다. 그러자 페디나의 눈이 번쩍 뜨였고 비명을 지르고는 쓰러지고 말았다.

"냄새를 풍기던 게 바로 이 아이였네. 죽었어! 이런 잔혹할 데가……!" 마누엘라가 소리를 질렀다. 창녀들이 주방을 점령하고 당국에 소식을 전하려고 전화하는 동안 '달콤한 매혹'에서는 단 한마디의 말도 나오지 않았다. 그들 모두 아기를 보고 입을 맞추기를 원했다. 아기는 이 손에서 저 손으로 전해지며 이 입술에서 저 입술로 옮겨졌다. 타락한 침과 마스카라가 이젠 냄새가 나는 시체의 주름진 얼굴을 뒤덮었다. 그들은 서럽게 울고 밤샘 장례를 치를 절차에 대해 이야기했다. 파르판 소장은 경찰의 사망 신고서를 받고자 했다. 가장 넓은 방을 비우고 사방에서 풍기는 퀴퀴한 정액 냄새를 지우기 위해 향을 피웠고, 마누엘라는 부엌에서 콜타르를 태웠고, 아기는 에나멜을 입힌 검은 관 속에 꽃과 수건에 싸여 있었지만 누렇게 바싹 말라 움츠린 모습은 마치 중국식 샐러드에 나오는 야채의 씨앗 같았다.

그날 밤은 모두가 아들을 잃어버린 느낌이었다. 네 개의 양초가 타고 있었다. 타말리 요리와 소주 냄새, 병들어 가는 육체의 냄새, 담배꽁초와 오줌 냄새가 진동했다. 반쯤 취한 어느 여자가 가슴 한쪽을 옷 밖으로 내민 채 시가를 입에 물고 피워 대기도 하고 씹어 대기도 하면서 눈물이 범벅이 되어 노래를 반복해서 흥얼거렸다.

잘 자라, 사랑스러운 아가야
호박같이 생긴 머리,
네가 잠을 안 자면
코요테가 너를 잡아먹는단다.

잘 자라, 내 아가야
왜냐하면 나는
기저귀를 빨고
바느질을 해야 한단다.

23. 대통령 각하에게 온 우편물

1. '솔직한 고래' 라는 침구류 가게의 주인이자 이 도시에 살고 있는 브란의 미망인 알레한드라는 자신의 가게가 '투스텝' 주막과 가까이 있기 때문에 그곳에서 가끔씩, 특히 밤에 회합을 갖는데, 최근의 방문에서 어떤 사람들이 병자인 여자를 돌본다는 기독교적인 목적으로 방문했다고 보고함. 그런데 이 내용을 대통령 각하에게 보고하는 이유는 이 주막에 에우세비오 카날레스 장군이 숨어 있다고 보이기 때문임. 그녀가 벽을 통해서 대화를 엿들은 바로는 거기 있는 사람들이 국가 안보와 대통령 각하의 귀한 생명을 위협하는 모의를 꾸미고 있다 함.

2. 이 도시에 사는 주민 솔레다드 벨마레스에 의하면 그녀는 재원이 고갈되었는데 보잘것없는 그녀에게 아무도 돈을 대출해 주지 않아 뭘 먹고 살아야 할지 막막하며, 또 그렇기 때문에 그녀의 아들 마누엘 벨마레스와 그의 처남 페데리코 오르네로스의 자유를 허용해 주기를 간청한다고 함. 그들이 사는 주의 지방 장관에

의하면, 그들은 정치적으로 개입하지 않았으며 정직한 노동으로 생활비를 벌기 위해 도시에 왔던 바, 그들이 저지른 유일한 죄가 있다면 기차역에서의 일자리를 얻기 위해 에우세비오 카날레스 장군의 추천서를 받은 것임.

3. 프루덴시오 페르펙토 파스 대령에 의하면, 최근 그의 국경 시찰은 그 지방의 지형 도로와 오솔길의 상태를 조사함으로써 점령해야 할 지역에 대한 판단을 내리고, 혁명 운동이 일어날 경우 전략적으로 유리하게 수행될 수 있는 전투 계획에 대한 상세한 기록을 할 수 있는 기대 효과를 발생시킨다고 함. 국경에서 후안 레온 파라다와 몇몇 군인들이 지원하여 이 일을 수행하고 있으며 전쟁 장비로 수류탄, 기관총, 소총, 광산용 다이너마이트와 지뢰 시설에 필요한 모든 장비를 가지고 있음을 확인했음. 혁명 세력 중 무장 병력은 25명에서 30명 정도 되며, 그들은 항시라도 정예 정부군을 공격할 준비가 되어 있음. 카날레스가 이들의 선봉에 서 있는지는 확인이 안 됨. 만약 그것이 사실일 경우 혁명 당원들을 구금하는 외교적 조치가 선행되지 않는 한 침공할 것임. 그는 현재 다음 달 초에 예정된 침공을 감행할 만한 마음의 준비를 갖추고 있긴 하나 그의 보병 여단은 임시 탄약 집적소에 있는 43구경 소총밖에 없어 장비가 부족함. 소수의 병든 군인들을 제외하고는 사기가 높고, 아침 6시부터 8시까지 매일 훈련을 받고, 매주 소 한 마리씩 잡아 보급하고 있으며, 해안 항구에 모래를 대량 주문하여 요새를 만들려고 함.

4. 후안 안토니오 마레스는 자신의 신병 치료를 위해 의사를 보

내 주신 대통령 각하께 감사를 표시함. 또한 수도로 돌아와서 아벨 카르바할 변호사의 정치적 활동에 관한 그의 전문적 지식을 이용해 여러 사건을 맡아 은혜에 보답할 수 있도록 청원함.

5. 루이스 라벨레스는 몸 상태가 안 좋고 이곳에서는 치료할 방도가 없어 미국으로 돌아가서 공화국을 대표하는 영사로서 복무하길 희망하되, 뉴올리언스에서나 이전과 같은 조건이 아닌 단지 대통령 각하의 진실한 친구로서 복무하고 싶다고 함. 지난 1월 말 각하의 초청자 명단에 끼이는 엄청난 영광을 누려 현관에서 기다리고 있는데 참모진이 면담 순서를 바꾸면서 그에 대한 불신을 표시했다고 함. 그의 순서가 왔을 때 관료 한 명이 그를 다른 방으로 데리고 나가서 그가 무정부주의자라도 되는 것처럼 몸을 수색했고, 그 이유는 대통령 각하를 암살하라고 아벨 카르바할 변호사의 사주를 받은 자가 온다는 제보가 있었기 때문이라고 설명했다 함. 다시 대기실로 돌아왔을 때는 이미 면담 자체가 취소된 뒤였으며, 그 이후 대통령 각하를 알현하려고 여러 차례 시도했지만 그러지 못했고, 보안 문제 때문에 문서를 통해서는 전달하기 힘든 민감한 사항을 말씀드리고 싶다고 함.

6. 니코메데스 아세이투노는 장사 때문에 지방에 갔다가 수도로 돌아오는 길에 저수 탱크에 붙은 대통령 각하의 성명서가 완전히 훼손된 것을 발견했다고 함. 여섯 글자는 찢겨 나가고 몇몇 다른 글자도 훼손되었다고 함.

7. 국방 법무감의 명령에 의해 중앙 형무소에 구속 수감되어 있는 루시오 바스케스가 대통령 각하와의 면담을 청원했다고 함.

8. 에우세비오 카날레스 장군 소유의 별장인 '대지'의 관리인 카타리노 레히시오에 의하면, 작년 8월 장군의 친구 네 명이 방문했을 때 술을 마시다가 장군이 만취 상태에서 혁명이 구체화되면 두 개 대대가 자신의 휘하에 있게 될 것이라고 공언했다고 함. 하나는 파르판이라는 성을 가진 소장이 지휘할 부대이고, 또 다른 부대를 지휘할 대령의 이름은 밝히지 않았다 함. 혁명에 대한 소문이 구체화되어 대통령과의 면담을 여러 번 요청했으나 실현되지 않아 이렇게 서면으로 보고한다고 함.

9. 메가테오 라이온 장군이 안토니오 블라스 쿠스토디오 신부가 그에게 보낸 서신을 제출함. 우르키호 신부는 대주교의 명령에 의해 산루카스 교구의 안토니오 신부가 자신의 후임자를 임명한 것에 대해 그가 중상모략을 하고 아르카디아 데 아유소 부인의 후원을 받아 가톨릭 신도들을 선동하고 있다고 함. 우르키호 신부는 아벨 카르바할 변호사와 친분이 두텁기 때문에 장차 어떤 일을 초래할지 몰라 대통령 각하께 보고함.

10. 이 도시에 거주하는 알프레도 톨레다노는 불면증 때문에 늦은 시각에 잔다고 함. 그러다가 각하의 친구들 중 한 명인 미겔 카라 데 앙헬이 반정부 인사인 장군과 같은 성을 가진 동생 후안 카날레스의 집 문을 두드리는 것을 보고 놀랐다고 함. 각하께서 관심을 가지실 만한 사안이라 생각되어 보고함.

11. 여행사 직원인 니코메데스 아세이투노는 저수 탱크에 붙어 있는 대통령 각하의 이름을 훼손한 자가 기예르모 리사로의 책을 가지고 있었고 술에 취한 상태였던 자라고 보고함.

12. 카시미로 레베코 루나가 보고하길, 자신이 제2형무소에서 2년간 징역 생활을 하게 되는데, 그는 가난하고 그를 중재해 줄 친척이 없기 때문에 대통령 각하께서 그를 석방해 주실 것을 청원함. 그가 기소된 죄목은 성당 관리인으로 일하던 곳의 정문에 각하의 모친 탄생 기념일 공고문을 반정부 인사의 사주에 의해 떼어 냈다는 것인데, 이 사실 자체가 확실치 않으며, 만일 그가 뜯었다 하더라도 다른 공고문을 뜯으려다가 그렇게 되었다는 것임. 왜냐 하면 그는 글을 읽을 줄 모르기 때문임.

13. 루이스 바레뇨 박사는 자신의 부인과 함께 연구차 외국으로 나갈 수 있는 허가를 내주시기를 대통령 각하께 청원함.

14. 이 도시의 '달콤한 매혹'이라는 성매매업소의 창녀 아데라이다 페냘이 대통령 각하께 알려 드려 달라고 부탁하길, 모데스토 파르판이라는 소장이 만취한 상태에서, 에우세비오 카날레스 장군이 자신이 군대에서 알게 된 유일하게 진실한 장군이고, 장군에게 닥친 불행은 대통령이 숙달된 훈련관들을 두려워하는 데서 기인한 것이며, 그럼에도 불구하고 혁명은 승리할 것이라고 말했다 함.

15. 제네랄 병원 산라파엘 병실 14번 침대에 있는 환자 모니카 프레도미노에 의하면, 자신의 침대가 페디나 데 로다스라는 환자의 침대와 붙어 있는데 페디나가 비몽사몽 중에 카날레스 장군의 목숨이 위태롭다고 말했다고 함. 더 이상은 그녀가 뭐라고 말하는지 알아듣기 힘들었지만 누군가가 그녀 주변에서 밤을 새우고 말하는 내용을 적는 것이 좋겠다고 감히 대통령 각하께 정부에 대한

겸손한 찬탄의 표시로써 보고드린다고 함.

16. 토마스 하벨리는 아르켈리나 수아레스 양과의 결혼을 발표하고 이 결혼을 공화국의 대통령 각하께 바친다고 함.

4월 28일

24. 창녀들의 집

"웡중밍 녕!"

"낭 망잉양! 잉렁 싱컹멍 녕 강응닝……."

"웡랑공?"

"앙뭉 겅동 앙낭!"

"앙뭉 겅동 앙닝랑공?"

"쳇!"

"조용히 못해! 도대체 뭔 짓거리야! 하느님이 이 세상을 만드신 후로 페루의 방언이 항상 있었다고는 하지만, 이건 이해할 수 없는 짐승 소리 같잖아." 금이빨이 소리 질렀다.

그녀는 검은색 블라우스에 진홍색 스커트를 입고 주점의 진열대 뒤에 있는 가죽 의자에 앉아 저녁 식사 한 것을 되새김질하고 있었다.

얼마 후 그녀는 반짝반짝 빛나는 머리를 동여매서 땋은 구릿빛 피부의 하녀에게 말했다.

"이봐, 판차, 여자애들한테 이리 오라고 말해. 이런 식으로는 안 돼. 사람들이 곧 올 거야. 애들은 여기서 기다리며 손님들이 오면 박수를 쳐야 해! 내가 마부처럼 한 명을 족쳐 대야 하니, 나 원 참!"

두 명의 아가씨가 스타킹만 신은 채로 뛰어나왔다.

"소동 그만 피워라, 콘수엘로! 우리 아가씨들은 어쩌나 예쁜지! 추말리아, 애교 좀 피워 봐! 이것 봐, 아델라이다, 그래 너한테 이야기하고 있는 거야! 소장이 오면 전리품으로 칼을 빼내야 해. 얼어붙을 놈! 그놈 외상값이 얼마나 밀렸는지 알아?"

"정확히 9백 페소입니다. 거기에다 어젯밤 제가 36페소를 더 꿔 주었어요." 바텐더가 대답했다.

"칼 한 자루로는 그 값에 훨씬 못 미치네. 금으로 만들었다 하더라도 안 되겠어. 더 안 좋은 건 여기 계속 들러붙는다는 거야. 아델라이다, 내가 지금 너랑 이야기하는 거니, 아님 벽창호랑 이야기하는 거니?"

"예, 촌 여사님, 잘 들었어요……." 아델라이다 페냘은 깔깔대며 말하더니 동료의 머리 리본을 잡고 계속 장난을 쳤다.

'달콤한 매혹'이 지니고 있는 다양한 품목의 아가씨들이 오래된 긴 의자에 쭉 앉아 있었다. 키 큰 아가씨, 키 작은 아가씨, 뚱뚱보, 날씬이, 늙은 여자, 젊은 여자, 사춘기 소녀, 순종적인 여자들, 비사교적인 여자, 금발의 여자, 빨간 머리 여자, 검은 머리 여자, 눈이 작은 여자, 눈이 큰 여자, 백인 여자, 흑인 여자, 백인과 흑인 혼혈아가 있었다. 그들은 서로 닮은 구석은 없었지만 유일한 공통점을 가지고 있었는데, 바로 그들에게서 상한 해산물에서 나는 쉰 냄새, 즉 남자 냄새가 난다는 것이었다. 싸구려 천으로 만든 셔츠가 흔들거렸고 젖가슴은 액체처럼 출렁였다. 두 다리를 벌리고 멍하니 앉아 있는 동안에도 그들은 막대기처럼 가느다란 다리를 살짝 보이게 하고 현란한 색상의 양말대님과 흰 리본으로 장식한 빨간 팬티나 검은 리본으로 장식한 창백한 참치 빛깔의 팬티를 입고 있었다.

손님을 기다린다는 것은 그녀들을 안달 나게 했다. 그들은 거울 앞에서 뭉쳐 앉아 소같이 눈을 멀끔멀끔 뜨고 수속을 밟는 이민자들처럼 기다리고 있었다. 지루함을 달래기 위해 잠을 자거나 담배를 피우거나 민트 향이 나는 캐러멜을 먹거나 흰색의 연속 무늬로 장식된 천장의 파란 벽지 위에 파리가 싼 똥의 수를 세어 보기도 했다. 앙숙끼리는 언쟁을 했고, 친한 친구들끼리는 부끄럼 없이 느긋하게 서로 애무를 했다.

거의 모든 여자들이 별명을 가지고 있었다. 눈이 큰 여자들에게는 도미라고 했는데, 키가 작으면 새끼 도미, 나이가 많고 뚱뚱하면 큰 도미라 했다. 또 코끝이 올라가면 들창코, 피부가 검으면 검둥이, 흑인과 백인의 혼혈이면 밤톨이, 눈꼬리가 처져 있으면 짱깨, 금발이면 게으름뱅이, 말을 더듬으면 말더듬이라고 불렸다.

이런 일반적인 통칭 외에 성녀, 암퇘지, 왕발이, 꿀단지, 요부, 지렁이, 비둘기, 폭탄, 배알 없는 년, 귀머거리폭탄 등의 별명도 있었다.

초저녁의 몇몇 손님들은 음담패설이나 하고 시간이 비어 있는 아가씨들에게 키스를 하거나 못살게 구는 진상들이었다. 그들은 얼굴이 반들반들했고 몸은 말랐다. 촌 여사는 이 문둥이 같은 놈들에게 귀싸대기를 갈겨 주고 싶은 마음이 간절했지만, '여왕들'을 봐서라도 자신의 집에서 그들에게 가죽 샌들로 왕위를 씌워 주는 것에 대해서는 집에서는 꾹 참았다. 저놈들에게 둘러싸여 있는 불쌍한 여왕들! 그들은 보호자를 자처하면서 그녀들을 착취하고, 연인임을 자처하면서 자신들을 돌봐 줄 사람과 정에 굶주려 있는 그녀들을 갉아먹었다.

또한 초저녁에는 경험이 없는 애송이들이 찾아오곤 했다. 그들은 벌벌 떨며 들어와서는 말도 잘 못 꺼내고 넋을 잃은 나비들처럼 몸짓도 서툴렀는데, 거리로 다시 나간 후에야 제정신을 차렸다. 그들은 좋은 사냥감이었다. 말도 고분고분 잘 듣고 시시덕거리지도 않았다. 그들은 겨우 열다섯 살이었다. "잘 자요." "날 잊지 마요." 들어오기 전에는 죄의식이나 무훈을 세우겠다는 허영심이 있었지만 깔깔거리고 능숙하게 몸놀림을 하는 그녀들과 한바탕 치르고 난 뒤 나른한 피로 속에서 나갈 때는 입 안에 여인의 교태를 한가득 넣고 나갔다. 아, 그 시궁창 같은 집을 벗어날 수 있다니 얼마나 좋았을까! 그들은 신선한 풀을 씹었고 별빛을 보며 그것이 자신들의 근육으로부터 나오는 광선이라고 생각했다.

더 늦은 시간에는 비중 있는 손님들이 들어왔다. 열정적이고 사업으로 성공한 배불뚝이들은 천문학적으로 찐 뱃살이 흉부를 에워싸고 있었다. 자로 옷감을 재듯이 여자를 끌어안는 백화점 종업원들이 있는가 하면, 의사들은 진찰을 하듯이 아가씨들을 다뤘다. 계산을 하다가 말미에는 흥분해서 모자까지 저당 잡히던 신문기자, 불안하고 방탕한 가정생활을 하는 게 꼭 고양이와 제라늄을 연상시키는 변호사, 우윳빛 치아를 드러내는 시골 손님, 어깨가 축 늘어져 여자에게는 매력 없는 공무원, 비곗덩어리인 장사꾼, 양가죽 냄새를 풍기는 수공업자, 항상 해군 모자나 시계 혹은 지갑이나 반지를 쓸데없이 만지작거리는 부자, 이발사보다는 과묵하고 치과의사보다는 집중력이 없는 약사…….

홀은 밤 12시가 되자 활활 타올랐다. 사내들과 계집들은 입으로 서로 불태웠다. 음란함을 돋우는 침과 살의 서로에 대한 공방인 키스를 하는 것은 살짝 깨무는 것과 가볍게 때리는 것과 너털웃음과 미소를 동반한다. 그 와중에 샴페인 병 따는 소리와 용감한 자들이 시도하는 소총 탄알 따는 소리도 들려왔다.

"이게 바로 인생이야!" 한 노인이 테이블 위에 팔꿈치를 받치고 말했다. 그의 두 눈은 바쁘게 두리번거렸고, 두 다리는 불안정하게 움직였으며, 이마 밖으로 붉은 힘줄이 터져 나올 것만 같았다.

그리고 분위기가 더 고조되자 같이 축제를 즐기는 동료에게 물었다.

"저기 있는 저 여자와 내가 사귈 수 있을까?"

"그럼, 그러기 위해선……."

"그리고 그 여자 옆에 있는 여자는? 그 여자가 더 맘에 드는데!"

"그 여자도 마찬가지야."

애교스럽게 맨발로 다니는 피부가 검은 여자가 홀을 지나쳤다.

"저기 가는 저 여자는?"

"누구? 저 검둥이 여자애 말이야?"

"그 애 이름이 뭐지?"

"아델라이다야. 사람들은 암퇘지라고 부르지. 하지만 쟤를 주목하진 마. 왜냐하면 파르판 소장이랑 주로 같이 있기 때문이지. 쟤는 저 사람이 찜해 두었다네."

"암퇘지라고! 쟤가 아양 떠는 모습 좀 봐!" 노인은 낮은 목소리로 말하며 지켜보았다.

그녀는 자신의 뱀과 같은 기교를 총동원해 교태를 부려 파르판의 넋을 빠지게 했다. 그녀는 마법에 걸리게 할 것 같은 아름다운 눈으로 그의 얼굴에 접근해 문어 같은 입술을 바쁘게 놀리며 혀로 도장을 찍듯이 키스하고는 미지근한 젖가슴과 배로 그를 지그시 눌러 댔다.

"이 쓸모없는 것 좀 벗어 던져요!" 암퇘지는 파르판의 귓가에 속삭였다. 그리고 대답도 기다리기 전에 ─ 대답하기에는 이미 늦어 버렸지만 ─ 그가 차고 있던 칼을 혁대에서 빼내 바텐더에게 건네주었다.

함성의 열차가 달리더니, 모든 사람들의 귓가라는 터널을 뚫고 지나가서는 계속해서 달렸다.

커플들은 음악의 박자에 맞추거나 엇박자를 내며 머리가 둘인 동물처럼 움직였다. 여자처럼 진한 화장을 한 남자가 피아노를 연주했다. 피아노나 그나 상아 같은 몇 개의 이가 빠져 있었다. "그야 내가 색마 중의 색마이기 때문이지요." 그는 왜 화장을 하느냐고 묻는 사람들에게 이렇게 대답하고는 자세한 설명을 덧붙였다.

"친구들은 나를 페페라 부르고, 남자들은 나를 비올레타라고 불러요. 난 테니스 선수는 아니지만 가슴이 파인 셔츠를 입는데, 그건 내 새가슴을 빛나게 하기 위해서죠. 우아해 보이라고 단안경을 쓰고 기분 전환용으로 프록코트를 입는답니다. 또 얼굴에 분가루 — 아, 이런 제가 말실수*를 했나 봐요! — 를 바르고 립스틱을 바르는 것은 지금껏 있어 왔고 앞으로도 지워지지 않을 천연두 자국을 숨기려는 것입니다. 하지만 너무 신경 쓰지 마세요. 이제 저에겐 익숙해졌으니까요."

함성이라는 전차는 스치듯이 달렸다. 피스톤과 톱니바퀴 사이의 분쇄하는 바퀴들 밑에 깔린 술 취한 여자가 맥없이 몸을 비꼬며 자빠져 있었다. 그녀의 두 손은 사타구니를 누르고 있었고 흐르는 눈물은 그녀의 뺨과 입술의 화장을 지워 내고 있었다.

"아이, 내 거거거거거기야! 아이, 내 거거거거기야! 아……이…… 내…… 거기야! 아이!"

술 취한 사람들을 제외한 거기 있던 모든 사람들이 무슨 일이 일어났는지 알아보려고 달려갔다. 이런 난리 통에 유부남들은 누가 그녀를 때린 것은 아닌지 의심해 경찰이 오기 전에 자리를 피하는 게 상책이라 여기고 떠날 채비를 하느라 바빴다. 하지만 다른 사람들은 이 일이 그다지 끔찍한 일이 아니라 생각하고 이곳저곳 옮겨 다니며 사람들 사이에 끼어 동료들을 불편하게 만들었다. 그 여자 주변에는 더 많은 사람들이 모여들었는데, 그 여자는 바닥에 쓰러져 발버둥 치면서 흰 눈자위와 혀를 내보이고 있었다. 이런 심각한 위기 상황에서 그녀의 틀니가 빠져나왔다. 관객들 사이에서 이것은 광기 어린 망상으로 보였다. 사람들은 시멘트 바닥에 빠르게 굴러다니는 틀니에게 폭소로 화답했다.

촌 여사가 이러한 소동에 종지부를 찍었다. 그녀는 뒤에 있다가 병아리에게 달려가는 암탉처럼 안으로 들어왔던 것이다. 그녀는 울부짖는 이 불쌍한 여자의 한쪽 팔을 잡아 질질 끌고 부엌까지 가서 칼바리오와 함께 그녀를 석탄 창고에 가두어 버렸다. 물론 그전에 칼바리오는 쇠꼬챙이로 그녀를 몇 대 갈겼다.

암퇘지에게 반한 늙은이는 이 소란을 이용해 아직 술에 취하지 않은 소장으로부터 아가씨를 가로채는 데 성공했다.

"별 볼일 없는 년이죠! 그렇지 않아요, 소장?" 금이빨이 부엌에서 되돌아오며 말했다. "실컷 먹고 자빠져 자지도 못할 만큼 거기가 아프진 않아요. 군인이 출격할 때 거기가 아픈 것과 같은 정도예요."

주정뱅이들의 웃음소리가 그녀의 목소리를 잠재웠다. 그들은 엿으로 만든 과자를 토해 낼 것처럼 웃어 댔다. 그러는 동안 그녀는 바텐더에게 말했다.

"이 소동을 일으킨 흑인 계집애 대신 어제 카사누에바에서 데려온 애를 쓰려고 했는데, 그만 이런 일이 생겨서 참 안타깝네!"

"참 괜찮은 애였는데요."

"법무감이 내게 돈을 돌려주도록 아까 변호사에게 말했는데, 그가 어떻게 일을 처리하는지 두고 봐야지. 그 개자식이 1만 페소를 고스란히 갖게 할 수는 없지. 어림없어!"

"그럼요. 사실은 변호사도 운 없게 걸려든 거죠."

"모두가 위선자들이야!"

"그러면 변호사도 덤으로 마찬가지겠네요."

"네가 말하는 모두가 그렇지. 하지만 분명히 말해 두는데, 내게 두 번 다시 골탕 먹이는 일은 없을 거야! 그들은 개미 떼들이 아니라 단지 큰 엉덩이에 불과하니까 말이야……!" 그녀는 누가 문을 두드리는지 창문으로 확인해 보려고 말을 끝맺지 못했다.

"어머나, 이런 일이 생기다니! 당신을 생각하고 있었는데 하느님이 보호소장인 저에게 당신을 보내셨네요!" 그녀는 코트 깃을 세워 눈 밑까지 가리고 붉은 불빛의 세례를 받고 문 앞에서 기다리고 있는 신사를 보며 큰 소리로 말했다. 그는 인사에 답하지도 않고 급사에게 문을 빨리 열라고 호통을 쳤다.

"판차야, 서둘러 가서 빨리 문 열어! 미겔 씨가 기다리고 있는 거 안 보이니?"

촌 여사는 가슴으로부터 나오는 직감으로 사탄 같은 그의 눈빛을 통해 그를 알아보았던 것이다.

"이건 기적 같은 일이에요!"

카라 데 앙헬은 홀 안을 쭉 둘러보며 인사를 하다가 입술 아래에 긴 수염이 걸려 있고, 파르판 소장으로 보이는 덩치 큰 작자를 보자 마음이 놓였다.

"이건 기적이에요! 당신 같은 분이 이런 누추한 곳에 가난한 자들을 보러 오시다니!"

"그렇지 않아요, 촌 여사. 뭘 그렇게까지……."

"제가 당신께 오시라고 간청도 안 했는데 오시다니! 제게 급한 일이 생겨서 모든 성자들에게 간절히 부탁했는데, 그들이 당신을 이곳으로 보내셨군요."

"그렇다면 당신은 제가 항상 당신의 부탁을 들을 준비가 되어 있다는 것을 아셔야 합니다."

"고마워요. 급한 일이 뭔지 당신께 말씀드리지요. 그전에 먼저 술 한 잔 하셔야죠."

"괜찮으시다면⋯⋯."

"괜찮고말고요! 무엇이든 원하시는 것이 있으면 제게 터놓고 말씀하세요. 당신께 소홀히 하는 일이 없도록 하지요. 위스키 한 잔이 좋겠네요. 그런데 그걸 마시려면 저리로 가야 해요. 이리 오세요."

금이빨의 방들은 이 집의 다른 부분과는 완전히 분리되어 있어서 다른 세상같아 보였다. 테이블과 옷장과 대리석으로 만든 콘솔 위에는 우표들과 조각들과 자비로운 이미지를 가진 성자들의 유골함 등이 가득 있었다. 성가족 조각 하나가 그 크기와 완성도 면에서 눈길을 끌었다. 백합꽃 높이의 아기 예수에게서 부족한 것을 찾는다면 말을 못한다는 것뿐이었다. 그 양편에는 요셉과 성모 마리아가 별 모양이 새겨진 옷을 입고 광채를 내고 있었다. 성모님은 온갖 보석으로 장식되어 있었고 요셉은 포토시 광산을 통째로 살 정도의 보석 두 개로 장식된 컵을 들고 있었다. 전등의 긴 갓 안에는 피투성이 상태의 검은 피부의 예수상이 있었고, 자개로 장식된 넓은 진열장에는 무리요*의 그림을 본떠서 조각한 성모의 승천 모습이 새겨져 있었는데, 재미있는 것은 그녀의 발을 나선 모양으로 감고 있는 에메랄드 뱀이 가장 값어치가 나간다는 점이었다. 자비로운 이미지의 성상들 사이에 본명인 콘셉시온(임신 혹은 성모 수태)을 줄인 말인 촌의 처녀 시절 초상화들이 걸려 있었다. 그 그림들은 공화국의 대통령과 대법원의 법관 두 명이 그녀를 프랑스의 파리로 모시겠다며 서로 다투던 모습과, 축제 중에 세 명의 도살꾼이 그녀 때문에 칼부림을 하던 그녀 나이 스무 살 때의 모습도 있었다. 그리고 방문객의 눈에 띄지 않도록 방 한구석에는 최후의 승리자가 되어 그녀의 남편이 된, 성가시게 생긴 한 남자의 초상화가 있었다.

"미겔 씨, 소파에 앉으세요. 소파의 푹신함이 마음에 드실 거예요."

"폐를 끼치고 싶지 않습니다만……."

"꼭 성당 안에 있는 것 같네요."

"프리메이슨 회원처럼 말씀하시지 마세요. 제 성자상들도 놀리지 말아 주시고요!"

"무엇을 도와 드릴까요?"

"먼저 위스키 한 잔부터 드세요."

"건배!"

"미겔 씨, 사실 안 그런 척했지만 제가 감기가 심해요. 빈 잔은 거기 놓으세요. 테이블 위에요. 이리 주세요."

"감사합니다."

"미겔 씨, 아까 제가 말씀드린 것처럼 급한 일이 있는데요, 제게 조언 좀 해 주세요. 당신 같은 분은 어떻게 할지 잘 아실 테니까요. 제가 사업상 두고 있는 여자애 하나가 아무짝에도 쓸모없게 되었어요. 그래서 딴 애를 알아보던 참이었는데, 지인 한 명이 카사누에바에 법무감의 명령으로 감금되어 있는 아이가 하나 있는데 꽤 쓸 만하다고 그러더라고요. 그래서 어딜 찔러야 할지 아는 저로서는 이전에도 저에게 여자들을 대 준 적 있는 제 변호사 후안 비달리타스에게 곧장 달려가 그 여자애 몸값으로 1만 페소를 제공할 테니 넘겨 달라는 편지를 제 이름으로 써 달라고 부탁했어요."

"무려 1만 페소나요?"

"들으신 그대로예요. 두 번 다시 말씀드릴 필요도 없어요. 좋다고 승낙하더군요. 그의 책상에서 저는 5백 페소짜리 지폐들을 세어서 주었어요. 그자가 돈을 받자 제게 그 여자를 넘겨주라는 명령이 담긴 서류를 주더군요. 거기서 그 여자가 잡혀 있는 이유는 정치적인 일 때문이라는 것을 알았어요. 그녀를 카날레스 장군의 집에서 체포한 것 같았어요……."

"뭐라고요?"

금이빨의 초상화를 보며 그다지 관심을 기울이지 않던 카라 데 앙헬은 여러 시간 전부터 찾고 있던 파르판 소장이 밖으로 나가지 않는지 귀를 쫑긋 세우며 신경 쓰고 있었는데, 어깨너머로 듣는 사업 이야기에 카날레스 장군의 이름이 섞인 것을 알게 되자 경악을 금치 못했다. 카밀라가 혼수상태에서 한 말로 보아 그 불쌍한 여자는 바로 카밀라의 유모인 차벨로나가 틀림없다고 생각했다.

"제가 말씀하시는 도중에 끼어들어서 죄송하지만, 그 여자는 어디 있나요?"

"곧 아시게 될 겁니다. 하지만 제가 하던 이야기를 먼저 하고 난 다음에요. 그래서 법무감의 명령서를 가지고 아이들 셋을 데리고 직접 카사누에바에 가서 그 여자를 데려오려고 했어요. 물건을 보지도 않고 살 수는 없지 않겠어요? 조금 더 화려하게 보이려고 마차를 타고 갔지요. 전 명령서를 주고 그들은 그것을 잘 검토한 후에 그 여자와 상담을 하고는 그녀를 저에게 넘겨주었어요. 덜 피곤하게 하기 위해 곧장 그녀를 집으로 데려왔어요. 여기선 모두 그녀를 환영했고 좋아했어요. 그런데 미겔 씨, 왜 제가 당신에게 이런 슬픈 소식을 전해야 할까요?"

"그녀는 어디에 있나요?"

카라 데 앙헬은 그녀를 그날 밤 당장 데려가기로 마음 먹었다. 악마 같은 늙은 여자가 하는 이야기는 1분이 1년 같았다.

"역시 다른 남정네들처럼 토끼가 풀을 뜯어 먹듯이 말씀하시는군요. 하지만 제 이야기를 마저 할게요. 카사누에바에서 그녀와 함께 나올 때부터 그녀가 눈을 안 뜨고 말 한마디 안 하는 것을 눈치챘어요. 마치 벽에다 대고 말하는 것 같았어요. 저는 그게 그 애의 나쁜 버릇이라고 생각했어요. 또한 그녀가 가슴에 아기 크기의 그 무언가를 꼭 안고 있는 것을 발견했지요."

대통령의 심복의 마음에는 카밀라의 모습이 떠올랐는데, 상반신으로는 8세 아이의 모습으로 비눗방울처럼 빠르게 피워 올랐다가 한순간에 뻥하고 꺼졌다.

"아이라고요?"

"그래요, 제 요리사인 마누엘라 칼바리오 크리스탈레스가 가엾게도 벌써 썩기 시작하는 죽은 아기 시체를 발견했어요. 마누엘라가 불러서 제가 부엌으로 달려갔어요. 아기와 그 여자 사이를 떼어 놓으려고 온 힘을 다해서 억지로 팔을 펴서 겨우 아기를 빼냈어요. 어찌나 꼭 안고 있던지 마누엘라의 팔이 빠질 뻔했어요. 그 아기를 빼내니까 그 여자가 마치 최후의 심판을 받는 날에 죽은 자들이 눈을 뜨는 것처럼 번쩍 눈을 뜨는 거예요. 그러더니 소리를 질러 댔는데, 그 소리가 어찌나 크던지 시장까지 들렸을 거예요. 그러더니 쓰러져 버리는 거예요."

"죽었나요?"

"처음에는 우리도 그런 줄 알았어요. 그래서 산후안 데 디오스 병원에서 사람들이 와서 침대 시트로 싸 가지고 데려갔어요. 차마 그 모습을 보고 싶지는 않았어요. 전 이미 얼이 빠져 있었으니까요. 감은 두 눈에서는 이제 아무짝에도 소용없는 눈물만 흘러나왔다고 합디다."

촌 여사는 마음을 진정시키려고 잠시 말을 중단했다. 그러고는 입 안으로 웅얼거리며 말했다.

"오늘 아침 병원에 방문했던 애들이 그녀의 소식을 물었더니 위독하다고 합니다. 바로 여기에 제 고민거리가 있는 거예요. 도무지 법무감이 1만 페소를 가져야 할 아무런 이유가 없어졌다는 거예요. 그래서 그로부터 어떻게 하면 돈을 돌려받아 좋은 데 쓸 수 있을지 고민하고 있어요. 그가 그 돈을 갖게 하느니 가난한 자들에게 적선하는 것이 천부당만부당 옳은 일이니까요!"

"그건 변호사가 도로 찾아 드려야죠. 그리고 그 불쌍한 여자는……."

"바로 그거예요. 제가 말을 끊어서 죄송해요. 비달리타스 변호사가 오늘 법무감의 집과 사무실에 두 번이나 찾아갔는데 매번 저에게 물 한 모금 돌려줄 수 없다고 말하더래요. 아 글쎄, 이 철면피 같은 작자가 암소를 샀는데 암소가 죽으면 판 사람 책임이 아니라 산 사람이 돈을 잃는 법이라고 씨부렁거렸대요. 이건 동물에게 해당될 뿐 아니라 사람에게도 적용된다고 말하더래요. 아, 그냥 콱……."

카라 데 앙헬은 침묵을 지켰다. 저 팔려 간 여자는 누구일까? 죽은 아기는 누구일까?

촌 여사가 위협적인 말투로 말하자 금이빨이 드러났다.

"어찌 되었든 제가 지금 이 인간에게 해 주고 싶은 것은 제 어머니에게도 받아 보지 못한 강력한 매를 때리는 거예요! 설사 제가 감옥에 갇히는 한이 있더라도 말이죠! 그런 놈이 더 이상 도둑질을 못하게 한다면야 그 정도의 가치라면 주님께서도 저를 이해해 주실 거예요. 사기꾼 같은 늙은이! 원주민처럼 생긴 철면피 같으니! 이미 오늘 아침 공동묘지의 흙을 파서 그놈의 집 대문 앞에 뿌리라고 시켰어요. 그 삭은 뼈들이 그놈한테 무슨 짓을 할지 두고 봐야죠."

"아기는 땅에 묻었나요?"

"여기 이 집에서 밤을 새우며 애도했어요. 여자애들은 매우 감상적인 면이 있죠. 옥수수 요리까지 했는 걸요."

"제대로 예식을 했겠군요."

"그렇고말고요."

"경찰들은 어떻게 했나요?"

"돈을 주고 사망 확인서를 받았어요. 다음 날 아침 우리는 섬에 가서 매끄럽고 하얀 예쁜 상자에 시신을 넣어서 묻었어요."

"그 시체에 대한 친척이나 가족이라고 주장할 만한 사람이 나올까 봐 두렵지 않으신가요? 적어도 그들에게 알리실 생각은?"

"바로 그 점이 걸려요. 하지만 누가 그렇게 주장할까요? 그 애 아빠는 정치적인 문제로 감옥에 잡혀 있는데 성은 로다스라고 하네요. 그 애 엄마는 아시는 것처럼 병원에 있잖아요."

카라 데 앙헬은 큰 짐을 던 듯 마음속으로 미소를 지었다. 카밀라의 식구는 아니다……

"미겔 씨, 제게 충고를 해 주세요. 이자가 제 돈을 갖지 않도록 도와주세요. 생각해 보세요, 무려 1만 페소나 돼요!"

"제 생각에는 대통령 각하를 직접 뵙고 그에게 불평을 늘어놓는 게 좋으리라 판단됩니다. 각하께 면담을 청하고 각하를 믿으세요. 그럼 일이 해결되고 돈은 여사님 수중으로 돌아오게 될 것입니다."

"그게 바로 제가 생각한 것이고 하려고 했던 것이에요. 내일 긴급 전보를 보내 면담을 청원할 거예요. 각하와는 오래전부터 우정을 간직하고 있답니다. 각하께서는 장관 시절일 때 저에 대한 열정을 품고 계셨었죠. 벌써 오래전 이야기가 되었네요. 그때 저는 젊고 예뻤어요. 저기 저 사진처럼 몸매가 좋았었죠. 그때 저는 엘

시엘리토에서 이제는 돌아가신 어머니와—어머님께 평화와 안식이 깃들기를!—함께 살고 있었어요. 그런데 앵무새 한 마리가 어머니의 한쪽 눈을 쪼아서 애꾸눈으로 만들어 놓았어요. 그래서 그 앵무새를—제 입을 용서해 주세요—구워서—두 마리였다면 토스트를 해 먹을 텐데—개한테 먹였더니 그만 미쳐서 광견병에 걸렸어요. 그 시절 제가 가장 즐거워하던 것은 우리 집 앞으로 지나가던 장례식 행렬이에요. 사람들도 지나가고 시체들도 지나갔어요. 대통령 각하와 친해지게 된 것도 바로 이런 이유 때문이었어요. 그분은 장례식을 무서워하셨어요. 저는 정반대였죠. 물론 그건 제 잘못이 아니었어요. 그분은 아는 건 많으셨지만 어린애 같은 면이 있으셨어요. 그에게 해로운 이야기건 이로운 이야기건 모두 곧이 믿으셨어요. 그런 분에게 전 마음이 끌렸죠. 그래서 갖가지 색깔의 관이 지나가는 내내 우리는 키스를 끊임없이 나누었어요. 그러다 지쳐서 그만두었죠. 그분이 좋아하던 것은 귀를 핥아 주는 것이었는데, 어떨 때는 죽은 사람처럼 고름이 나서 멈추곤 했지요. 지금 미겔 씨가 앉아 계신 바로 그 자리에 그분께서 흰 비단 손수건으로 목에 매듭을 지으시고, 챙이 넓은 모자에, 분홍색 끈으로 리본을 맨 운동화에, 푸른 양복을 입고 앉아 계셨던 모습이 생생하답니다."

"그런 일이 있었으니 나중에 대통령이 되셔서 당신의 결혼식에 증인을 서 주셨겠네요."

"천만에요. 이미 돌아가신 제 남편은—그분이 천국에서 쉴 수 있게 해 주소서!—그런 걸 좋아하지 않으셨어요. '개들이나 결혼

(교미)할 때 자신들을 지켜볼 증인들이 필요하다' 라고 말씀하셨지요. 그러고는 '뒤에 있던 개들은 혀를 밖으로 내밀고 침을 흘리고 다닌다' 고 하더군요. 남들이 우리를 보라고 사진은 남겼지요. 박제된 비둘기들 사이에 있던 장식 거울에 비친 우리를 찍었어요. 바닥에는 호랑이 가죽으로 된 무거운 양탄자가 깔려 있었고요. 저는 한가운데에 있었고 남편은 제게 팔을 걸치고 있었어요. 그 사진을 찍을 때 제 남편은 인생의 절정에 있었어요. 콧수염이 났고 약간 등이 구부정했었죠. 카메라 렌즈만 돌아가는 것이 아니라 그 역시 제 멋진 모습에 신나서 '미소를 지어 봐. 그래 그렇게' 하며 쉰 목소리로 말했었죠. 하지만 다 오래전 이야기예요……."

25. 죽음이 쉬어 가는 곳

신부는 성직자의 평복 자락이 찢어질 정도로 뛰어왔다. 그보다
는 덜하지만 다른 몇몇 사람들도 달려왔다. '이 세상에 영혼보다
더 소중한 것이 어디 있어?' 그는 물었다. 적어도 어떤 사람들은
이보다 하잘것없는 일에 비록 배 속에서 소리가 나더라도 식탁을
박차고 일어난다. 배 속! 서로 다른 세 인물*과 하나의 유일하고
도 진실한 신! 배 속의 소리는 저기가 아닌 바로 여기 나한테서 난
다. 내 배, 내 배, 배…… 너의 배로부터…… 예수님…… 저기
식탁 위에 하얀 식탁보와 깨끗한 자기로 만든 그릇이 놓여 있고
바싹 마른 하녀가 있다…….

마지막 임종을 지켜보는 이웃집 아낙네들에 이끌려 사제가 들
어왔을 때, 카라 데 앙헬은 뿌리를 뽑아내는 것 같은 구두 소리를
내면서 카밀라의 침대 머리맡으로 가고 있었다. 술집 주인은 의자
를 끌어 신부에게 내주었다. 모두 기도를 했다.

"죄인인 저는 주님께 고백하나이다." 그들은 이렇게 기도를 시

작했다.

"성부와 성자와 성신의 이름으로…… 자매님, 언제 마지막으로 고백성사를 드렸나요?"

"두 달 되었어요."

"보석 기도는 하였나요?"

"네, 신부님."

"죄를 말하세요."

"신부님, 제가 잘못한 일은……."

"심각한 일인가요?"

"아뇨, 저는 제 아빠의 말을 순종하지 않았어요. 그리고……."

(……똑-딱, 똑-딱, 똑-딱).

"신부님, 제 죄를 고하오니……."

(……똑-딱).

"……저는 미사를 빠졌어요……."

병든 소녀와 고백 신부는 마치 카타콤과 같은 지하 공동묘지에서 이야기하는 것 같았다.

악마와 수호천사와 죽음은 고백 성사에 참석했다. 죽음은 카밀라의 유리와 같은 눈을 텅 비게 만들었다. 악마는 침대머리에 자리 잡고 거미를 뱉어 냈다. 천사는 구석에서 콧물을 흘리며 울고 있었다.

"저의 죄를 고백해요, 신부님. 제가 잠들거나 일어날 때 기도를 드리지 못했어요. 신부님, 그리고……."

(……똑-딱, 똑-딱).

"…… 친구들과 싸웠어요!"

"명예 때문에요?"

"아뇨……."

"자매님, 당신은 주님을 매우 노하게 하셨네요."

"저의 죄를 고백해요, 신부님, 저는 사내아이처럼 말을 탔어요……."

"거기 다른 사람들도 있었나요? 결국 그게 소문났나요?"

"아뇨, 단지 원주민 몇 명이 있었을 뿐이에요."

"당신은 남성과 동일한 능력을 가지고 있다고 생각했군요. 이것도 중죄입니다. 왜냐하면 주님께서 여성이 남성이 되려고 하는 것을 금지시켰기 때문이에요. 그것은 마치 신이 되려다가 스스로를 잃은 악마를 모방한 것으로 보시기 때문이에요."

이 술집의 방 중앙에, 즉 온갖 색깔의 병들이 제대처럼 있는 선반 정면에 카라 데 앙헬과 마사쿠아타와 이웃 여자들이 아무 말없이, 두려움과 희망이 교차하는 눈빛으로 천천히 호흡을 내쉬며 죽음이라는 상념에 짓눌린 채 오케스트라처럼 한숨 소리로 화음을 내면서 기다리고 있었다. 반쯤 열린 문틈으로는 은총 성당의 앞마당과 집들과 드문드문 걸어가는 행인들과 같은 한낮의 거리 모습이 내다보였다. 카라 데 앙헬은 카밀라가 죽어 가는데 아무렇지 않게 오가는 그들을 보며 비애를 느꼈다. 가느다란 햇빛의 채에 걸러진 두꺼운 모래들, 상식이라는 이름의 그림자, 오감에 반하는 허무맹랑한 감각, 똥을 만들며 걸어 다니는 공장들…….

고백 신부로부터 나오는 말의 사슬은 고요 속에서도 끊임이 없었다. 병자인 소녀는 기침을 했다. 대기는 그녀의 폐 안에 있는 작은 북들을 찢어 놓았다.

"저의 죄를 고백해요. 신부님, 제가 저지르고 또 기억할 수도 없는 가벼운 죄와 치명적인 죄를 고백해요."

사면을 바라는 라틴어 기도 소리와 악마의 성급한 도주와 빛과 같은 천사의 발소리, 이 모든 것이 하얗고 따뜻한 날개와 함께 새롭게 카밀라에게 다가갔고, 카라 데 앙헬에게는 보행자들에 대한 그의 분노와 자신의 고통에 동감하지 않는 모든 것에 대한 설명할 수 없는 증오와 유아적 혐오를 없애고, 부드러움으로 자신을 채색하면서— 은총은 숨겨진 길을 통해 오는 법이다 — 죽음의 위협에 심각하게 직면한 한 사내의 목숨을 구원하겠다는 마음을 품게 했다. 그 대가로 신은 의학 기술로는 불가능하다는 카밀라의 생명을 되돌려 줄지도 모른다고, 그는 생각했다.

신부는 소리 없이 나갔다. 그는 문 앞에 잠시 멈춰 서서 두더지 담뱃불을 켜고는 법으로는 코트 안에 입고 다녀야 하는 평상복을 고쳐 입었다. 그는 부드러운 재, 즉 완전히 타 버린 인간의 유해와 같은 사람이었다. 어느 죽은 여자가 그에게 고백 성사를 부탁했다는 소문이 파다했다. 이웃 여자들이 그의 뒤를 쫓아 나갔다. 카라 데 앙헬은 자신이 생각했던 바를 수행하고자 달려 나갔다.

헤수스 거리, 금빛 말과 기마대 병영. 여기서 카라 데 앙헬은 당직을 보는 장교에게 파르판 소장을 불러 달라고 했다. 장교는 그에게 잠시 기다리라 말하고 소장을 찾으러 들어갔다가 소리를 지르며 돌아왔다.

"파르판 소장님! 파르판 소장님!"

이 목소리는 아무런 응답 없이 커다란 안뜰에서 사라져 갔다. 목소리의 울림에 대해 멀리 떨어진 집들의 처마에서 응답이 들려 왔다. 요르 판 판!…… 요르 판 판!……

대통령의 심복은 주변에서 일어나는 일에 별 관심을 두지 않은 채 문에 서서 기다렸다. 개 몇 마리와 독수리 몇 마리가 죽은 고양 이 시체를 놓고 서로 각축전을 벌이는 것을 맞은편 창문 안에서 어느 장교가 수염 끝을 만지작거리면서 흥미롭게 지켜보고 있었 다. 두 명의 아낙네가 파리들이 들끓는 가게에서 주스를 마시고 있었다. 그 옆집 문에서는 해군 복장을 한 다섯 명의 아이들이 돌 팔이 의사처럼 창백한 안색을 가진 아빠와 임신한 엄마를 따라 나 왔다. 백정 하나가 아이들 사이를 비집고 가며 담뱃불을 피웠다. 그는 피범벅이 된 옷을 입고서 소매를 걷고 가슴에는 날이 선 도 끼를 메고 있었다. 군인들은 들어왔다 나갔다 했다. 현관의 축축 한 판석 위에 묻은 맨발 자국은 뱀처럼 길게 꼬리를 늘여서 안뜰 로 향하다가 사라졌다. 당직을 보는 장교는 침을 뱉으며 만들어 놓은 원의 한가운데 있는 철제 의자에 앉아 파수병들이 그 앞에서 잠시 멈춰 설 때 그들의 허리춤에 있는 병영 열쇠가 딸랑거리는 소리를 들었다. 그때 나이가 들어서 쭈글쭈글하고 햇빛에 그을린 구릿빛 피부의 노파가 어린 사슴의 걸음걸이처럼 살금살금 장교 에게 다가갔다. 그녀는 무명 숄로 머리를 가리고 정중하게 애원하 는 말투로 말했다.

"나리, 제 인생의 모든 걸 걸고 나리께 부탁하니 제 아들을 볼 수 있도록 허용해 주세요. 성모님께서 나리를 축복해 주실 거예요."

장교는 담배 냄새와 이빨 썩는 냄새가 섞인 침을 뱉고 대답했다.

"아주머니, 아드님 이름이 어떻게 되나요?"

"이스마엘입니다, 나리."

장교는 드문드문 침을 뱉었다.

"성은 어떻게 되죠?"

"미호예요, 나리."

"다른 날 오시는 게 낫겠어요. 오늘 우린 바쁘니까."

노파는 숄을 내리지 않은 채 자신의 불행을 세는 듯이 발자국 수를 세면서 물러났다. 인도에 가까이 가자 잠시 멈추더니, 여전히 앉아 있던 장교에게 되돌아갔다.

"용서해 주세요, 나리. 전 이제 더 이상 여기 올 수 없어요. 저는 10만 킬로미터 너머 멀리서 왔어요. 이 늙은이가 이제 다시 떠나면 언제 되돌아올 수 있을지 모르겠네요. 제발 제 아들을 불러 주세요."

"바쁘다고 이야기했잖아요. 더 이상 귀찮게 하지 말고 돌아가세요."

이 광경을 본 카라 데 앙헬은 선한 행동을 해서 주님께서 카밀라의 건강을 돌려주시길 바라며 낮은 목소리로 장교에게 말했다.

"그 친구를 불러 주게나, 중위. 그리고 담뱃값이니 받게.

군인은 이 미지의 남자를 바라보지도 않고 돈을 받고선 이스마엘 미호라는 자를 불러오라고 명령했다. 노파는 이 착한 사람이 천사일 것이라고 생각했다.

파르판 소장은 병영에 없었다. 행정병 한 명이 귀에다 펜을 꽂은 채 발코니에 나타났다. 그가 대통령의 심복에게 말하길 이 시간 즈음과 밤에는 그를 '달콤한 매혹'에서 찾을 수 있는데, 전쟁의 신인 마르스의 귀한 아들인 그는 군 복무 의무와 사랑의 의무시간을 나누어 봉사하는 것이라고 했다. 그럼에도 불구하고 카라 데 앙헬은 그의 집을 한 번 방문하는 것도 나쁘지 않겠다고 생각했다. 그는 마차를 탔다. 파르판은 다섯 번째 지옥*의 둥근 집에 살고 있었다. 문의 칠은 벗겨져 있었고, 습해서 문의 아귀가 잘 맞지 않아 문틈으로 어두운 실내를 볼 수 있었다. 카라 데 앙헬은 두세 번 문을 두들겼으나 아무도 없었다. 돌아와 '달콤한 매혹'으로 곧장 가기 전에 카밀라의 상태를 살피러 갔다. 마차가 흙길에서 돌로 포장된 길로 들어서자 엄청난 소음을 일으켜 그를 놀라게 했다. 말발굽 소리와 바퀴 소리와 바퀴와 말발굽 소리.

금이빨이 자신과 대통령 각하의 사랑 이야기를 마치자, 대통령의 심복은 홀로 돌아갔다. 파르판 소장을 시선에서 놓치지 않는 것과 카날레스 장군의 집에서 체포되어 비열한 법무감에 의해 1만 페소에 팔려 간 여성의 신상에 대해 아는 일이 중요했다.

춤은 한층 더 무르익었다. 술에 만취한 파르판이 이승보다는 저승에서나 들을 만한 목소리로 노래하는 왈츠에 맞추어 커플들은 춤을 추고 있었다.

창녀들이 왜 나를

좋아할까?

왜냐하면 그들에게

'카페의 꽃'을 부르기 때문이야······.

파르판은 암퇘지가 사라진 것을 알자 갑자기 일어나 딸꾹질을 하며 고함을 질렀다.

"이 바보들아, 암퇘지가 없잖아, 그렇지 않아? 지금 한창 작업 중이겠지, 이 바보들아, 그렇지 않아? 이제 나는 간다······ 나는 갈 거야······ 갈 거야······ 나라고 못 갈 것 같아? 갈 거야······."

그는 어렵게 책상을 잡고 일어났다. 그러다 의자를 잡고 벽을 짚어 사환이 급하게 연 문 쪽으로 비틀비틀 걸어갔다.

"나는······ 간······다! 이년이 돌아오긴 하겠지! 그렇지 않겠어? 하지만 나는 간다. 우리 같은 사관학교 출신들은 그저 죽도록 술이나 마시는 거지. 그러곤 우리를 화장하지 않고 술독에서 걸러 내면 돼! 꿀꿀이죽과 천민들이여, 만세!"

카라 데 앙헬은 그에게 다가갔다. 파르판은 다리에 나사가 풀려 허공에 둥둥 뜨듯이 비틀거리며 거리로 나서고 있었다. 오른쪽 발을 허공에 띄우고, 이번에는 왼발, 다음에는 왼발, 그다음에는 오른발, 그 후론 양쪽 발을 허공에 띄웠다. 이 상태에서 한 걸음 내딛고는 넘어져서 말했다. "자신의 신세가 낫다고 노새가 마부에게 말했다!"

또 다른 성매매업소의 열린 창문에서 나오는 빛이 거리를 비추고 있었다. 머리가 긴 피아니스트가 베토벤의 「월광 소나타」를 연주하고 있었다. 빈 살롱에서 요나의 고래보다 작은 그랜드 피아노 주위에 손님들처럼 빙 둘러 놓은 의자들만이 연주를 듣고 있었다. 대통령의 심복은 이러한 음악 소리에 마음이 아린 듯 잠시 멈추었다가 마음대로 조종되는 꼭두각시가 되어 버린 가련한 소장을 담 쪽으로 밀어서 세웠다. 그리고 조각난 마음을 음악 소리에 내맡기기 위해 벽 쪽으로 가까이 다가갔다. 대지로부터 멀리 떨어진 곳에서 잠들고 있던 뜨거운 눈을 가진 죽은 자들 사이에서 조각난 마음이 부활할 때, 빛나는 대중의 눈은 감겨지고 주정뱅이들을 십자가형에 처하고 관에 못질하기 위해 지붕의 처마 끝에서는 이슬방울들이 떨어졌다. 피아노에서 각각의 못질하는 소리는 영원히 닫힌 사랑의 문을 열어 달라고 두들기기 위해 자석 상자처럼 손가락들이 움직이는 아르페지오 소리로 나타나 미세한 모래들을 한곳으로 모았다가 퍼뜨리고 다시 모았다. 그것은 항상 같은 손가락들에 똑같은 손이었다. 별이 가득한 하늘에서 잠들어 있는 풀밭으로 내려온 달빛은 도망쳤고, 새들과 사랑이 생성될 때 우주가 무한하고 초자연적이고, 사랑이 식을 때는 우주가 작아진다고 믿고 싶어 하는 영혼들에게 두려움을 품게 한 민둥산은 달빛을 따라갔다.

파르판은 마치 무르익은 과일을 떨어뜨리기 위해 나무를 흔들어 대는 것처럼 자신의 손을 흔들어 대는 미지의 인물의 손에 이끌려 주막의 진열대 앞에서 정신이 들었다.

"소장, 나를 몰라보겠나?"

"네…… 아뇨…… 지금 당장은……."

"기억해 보게."

"아! 당……신은……." 맹수에게 잡아먹힌 것처럼 축 늘어져 있던 소장은 진열대에서 내려오면서 하품을 했다.

"미겔 카라 데 앙헬이네. 잘 부탁하네."

"죄송해요. 정말 못 알아봐서 죄송합니다. 당신은 항상 대통령 각하 주변에 계신 분이죠."

"괜찮네. 미안해할 것 없다네, 소장. 이렇게 자네를 막 깨워서 미안하네."

"신경 쓰실 것 없습니다."

"하지만 자네는 병영으로 돌아가야 한다네. 그리고 자네랑 둘이서 할 이야기가 있네. 마침 이 술집의 주인이 없으니 잘되었네. 어제 오후 내내 바늘 찾듯이 병영과 자네 집에서 자네를 찾아다녔다네. 내가 지금부터 하는 말을 그 누구에게도 되풀이하면 안 되네."

"사나이로서 맹세하죠."

대통령의 심복은 그의 손을 힘차게 잡으면서도 시선은 문 쪽을 향했다. 아주 조용히 그에게 말했다.

"나는 당신을 없애라는 명령이 있다는 것을 알 만한 위치에 있다네. 자네가 또 한 번 취해 군인 병원 침대 신세를 지게 된다면 자네를 영원히 잠재울 약을 투여하라는 명령이 떨어졌네. 자네가 '달콤한 매혹'에서 자주 만나는 애인이 자네가 혁명에 대해 허풍 떠는 것을 대통령 각하께 보고했다네."

대통령 심복의 말은 파르판의 가슴에 못질을 했다. 파르판은 주먹을 불끈 쳐들었다.

"이런 나쁜 년!"

누군가를 쥐어 패는 시늉을 하고 나서 그는 고개를 떨구었다.

"오! 하느님, 이젠 어떻게 하지요?"

"한동안 술을 끊어야겠지. 그게 당장의 위험을 피하는 길이라네. 그리고……."

"네, 저도 술을 끊으려고 생각했습니다만 어려울 것 같아요. 아, 무슨 말씀을 하시려던 참이었나요?"

"내가 자네에게 말하려고 했던 것은 병영에서 아무것도 먹지 말라는 것이라네."

"어떻게 당신께 사례를 드려야 할지 모르겠습니다."

"침묵으로……."

"물론이지요. 하지만 그것으론 부족하지요. 지금부터 앞으로 신세를 갚을 기회가 오겠죠. 당신께 목숨을 빚진 사내가 있다는 것을 늘 염두에 두세요."

"좋아, 그리고 이건 친구로서 자네에게 충고하는 건데 대통령 각하께 잘 보일 방법을 찾아보게."

"네, 알겠습니다."

"그건 아무것도 아닐세."

두 사람은 최고 통치자의 호감을 얻는 가장 효과적인 방법을 예로 들면서 서로 그 예를 추가해 나갔다. '죄를 저지르는 것'이나 '무방비 상태의 사람들에게 불법 행위를 저지르는 것', 또는 '여론에 대한 폭력의 우위성을 과시하는 것', 그렇지 않으면 '국민이 저축한 돈으로 치부하는 것', 혹은…….

피를 보는 범죄가 가장 이상적일 것이다. 이웃을 억압하는 것은 시민으로서 대통령 각하의 신임을 얻는 가장 효과적인 방법일 것이다.

외관상 두 달 감옥에 있는 것은 각하의 신임을 얻는 자가 누리는 공직을 얻는 가장 직접적인 방법이다. 보석을 받고 나쁜 짓을 하면 언제라도 감옥에 보낼 수 있는 사람에게만 주어졌던 책임 있는 공직이 주어질 것이다.

그건 아무것도 아니다.

"당신은 아주 자비로운 분이십니다."

"아닐세, 소장, 나에게 감사할 건 없네. 자네를 구원한 이유는 지금 아주 위독한 병자 소녀를 위해 주님께 요청하기 위해서였다네. 그 여자를 구하기 위해 자네를 구한 걸세."

"사모님은 아마도……."

구약의 아가서에서 가장 달콤한 구절이 순간 떠올랐는데, 거기에는 케루빈*과 하얀 오렌지 꽃으로 가득한 숲 속에 예쁜 자수가 있었다.

소장이 사라지자 카라 데 앙헬은 지금까지 사람들을 숱하게 죽음으로 내몰았던 자신이 지금 사람을 생명으로 이끄는 자신이 맞나 의구심을 가졌고, 내일의 깨뜨릴 수 없는 푸른 자신의 모습이 어떠할지 사뭇 궁금했다.

26. 회오리바람

뚱뚱하게 살찐 소장의 모습을 지워 버린 카라 데 앙헬은 문을 닫고 살금살금 발소리를 죽여 불이 켜져 있는 뒷방으로 들어갔다. 현실과 꿈의 차이라는 것은 순수하게 기계적이다. 잠들었다 다시 깼다. 거기서 어떻게 지낼까? 어스름 속에서 대지가 움직이는 것처럼 느껴졌다……. 거의 죽어 가는 카밀라 주변에는 시계 소리와 파리 몇 마리가 윙윙거리는 소리뿐이었다. 시계는 매 순간의 박동과 더불어 쌀 알갱이를 떨어뜨리며 길을 표시했다. 이는 카밀라가 더 이상 이 세상에 존재하지 않았을 때 돌아오는 길을 표시하기 위해서였다. 파리들은 그 작은 날개에서 벽을 따라다니며 죽음의 냉기를 씻고 있었다. 다른 파리들은 윙윙거리며 빠르게 날아다녔다. 카라 데 앙헬은 소리를 내지 않고 침대 곁에 가만히 있었다. 병자는 혼수상태에서 혼잣말로 중얼거렸다. 꿈의 유희…… 장뇌유(樟腦油)의 저수지들…… 천천히 대화하는 별들…… 보이지 않고 짭짤하며 벌거벗은 허공의 접촉…… 손의 이중 경첩…… 손 안에 쥐어진 손의 무용함…… 향수를 넣은 비누에…… 책의 정원 안…… 호랑이가 있는 곳에서…… 잉꼬들이 있는 저기 저 넓은 곳…… 주님의 새장 안에서……

……신의 새장 안에서, 수탉의 미사, 볏에 있는 달의 물방울이 있는 어느 수탉의 미사…… 수탉은 성채의 빵을 쪼아 먹고……, 불을 켜고 끈다…… 불을 켜고 끈다…… 불을 켜고 끈다…… 미사 시간에 성가를 부른다…… 그것은 수탉이 아니고 꼬마 군인들에게 둘러싸인 술병 목에서 셀룰로이드의 불꽃…… 성녀 로사의 '백장미' 빵집에서 타는 불꽃…… 병아리를 위한 수탉의 맥주 거품…… 병아리를 위해……

죽음의 사자에게 그 여자를
관 속에 넣자고 했지만,
죽음의 사자는 그 일을
내켜 하지 않네!

…… 콧물이 소리나고 있지 않은 곳에서 북소리가 들린다. 바람의 학교에서 막대기가 움직이는 궤적이 그려진다. 이건 북소리다……. 잠깐, 이건 북소리가 아니라 문에다 손수건을 동여맨 손이 청동으로 만든 손잡이를 두들기는 소리다. 드릴로 낸 구멍처럼 이러한 노크 소리가 이 집의 폐부를 덮는 침묵의 모든 면을 관통했다. 땅……땅……땅…… 집에서 나는 북소리……. 각각의 집마다 살아 있는 사람을 부르거나 죽은 자가 사는 것처럼 문이

잠겼을 때 부르는 알람이 있다. 집에서 나는 땅땅 소리, 집에서 나는 땅땅 소리, 집에서 나는 땅땅 소리. 문소리가 들릴 때 집에 있는 분수대의 물줄기는 눈이 있어서 하녀들에게 "문 두드리고 있어요"라고 말하고, 그 소리는 벽에 메아리친다. "문 두드리고 있어요. 어서 가서 여세요." "문 두드리고 있어요. 어서 가서 여세요." 재는 요동을 쳐서 석쇠라는 감옥에서 부드러운 오한을 일으키지만 보초처럼 망을 보는 고양이 때문에 아무 짓도 하지 못한다. 가시의 옹고집으로 인한 죄 없는 희생양인 장미도 깜짝 놀란다. 벽에 걸린 거울은 생명 없는 영혼인 가구를 통해 살아 있는 목소리로 말한다. '문 두드리고 있어요. 어서 가서 여세요.'

……온 집 안이 지진이 일어난 것처럼 진동하면서 누가 문의 북소리를 울려 대는지 나가서 확인하기를 원했다. 요리해 놓은 냄비가 춤추고, 꽃병이 흔들리고, 세숫대야는 뎅그렁거리고, 사기 접시들은 기침을 하고, 컵과 식칼들이 하얗게 웃는 이빨처럼 흩어져 있고, 빈 병들은 촛농으로 막힌 술병들의 뒤를 따라 행렬을 이루었다. 기도서와 부활절의 종려나무 가지는 이 문 두드리는 소리의 폭풍에서 집을 건져 내려 애쓰고, 가위와 달팽이들과 초상화와 오래된 털목도리와 양념병과 종이 상자와 성냥들과 못들은…….

……이 모든 사물들이 다 깨어 있건만 오직 숙부와 숙모는 부부 침대라는 섬에서 술 냄새 자욱한 이불을 뒤집어쓰고 자는 척했다. 아무리 애를 써 봐도 문소리는 드넓은 침묵 속에서 얻어먹일 것이 없었다. "계속 노크를 하고 있어요!" 숙부들의 부인 중에서도 가장 위선적인 숙모가 중얼거렸다. "그래, 하지만 문을 열어 주

는 건 위험해!" 어둠 속에서 그녀의 남편이 대답했다. "지금 몇 시일까요? 여보, 아주 곤히 잤어요…… 계속 문을 두들기네요!" "그래, 하지만 문을 여는 건 위험해." "이웃들이 뭐라고 할까요?" "그래, 하지만 문을 여는 건 위험해." "우릴 위해서라도 나가서 문을 열어 주어야겠어요. 이웃들이 우리에 대해서 뭐라고 하겠어요? 생각해 보세요." "그래, 하지만 문을 여는 건 위험해." "이건 말도 안 돼요. 이런 법이 어디 있나요? 이건 몰염치한 짓이에요." "그래, 하지만 문을 여는 건 위험해."

숙부의 겁주는 것 같은 목소리가 하녀들의 목청에 의해 잦아졌다. 송아지 고기 냄새를 풍기는 유령 같은 하녀들이 주인들의 방에 잔소리하러 찾아온 것이다. "나리! 마님! 그들이 문을 두들겨요." 그리고 이들은 들끓는 자신들의 간이침대와 꿈의 세계 사이로 돌아가선 몇 번이고 반복해서 흉내를 내었다. "아…… 하지만 누가 여는지 조심해야 해!" "아…… 하지만 누가 여는지 조심해야 해!"

……땅땅땅, 집의 북소리…… 거리의 어둠…… 개들은 짖어대 하늘에 자수를 놓는데, 검은 파충류 동물들과 은빛 섬광을 비추는 거품에다가 두 팔을 담그고 빨래하는 세탁부를 위해 지붕을 수놓는다.

"아빠!…… 유모!…… 아빠!"

병원에서 혼수상태에 빠진 카밀라는 아빠와 유모를 불렀고, 그녀의 숙부와 숙모는 그녀가 혼수상태에 있다 하더라도 집에 그녀를 불러들이려 하지 않았다.

카라 데 앙헬은 그녀의 이마에 손을 가져다 대었다. '병세가 조금이라도 호전된다면 이건 기적이야.' 그는 그녀를 쓰다듬으면서 이렇게 생각했다. '만일 내 손의 열기로 그녀의 병을 뽑아낼 수 있다면!' 그는 어린 싹이 죽어 가는 것을 보고 부드럽게 마사지하는 그의 손길이 그녀의 피부 밑의 심연으로 빠져 사라져 버리고, 어떻게 하면 좋을지 방법을 찾을 수 없다는 데에서 말할 수 없는 고통을 느꼈다. 이러한 번민과 바람은 자연스럽게 기도가 되었다. '내가 만일 그녀의 눈꺼풀 밑으로 들어가 그녀의 눈물을 걷어 낼 수 있다면…… 우리를 불쌍히 여기시고 이 고난에서…… 그녀의 눈동자에서 희망이라는 작은 날개의 빛이라도 볼 수 있다면…… 오, 하느님, 그녀를 구원하시고, 이 고난의 땅에서 당신을 간절히 부르노니……'

'사랑을 할 때…… 하루하루를…… 살아간다는 것은 범죄이다…… 주여, 그 죄를 바로 오늘 저희에게 주시옵소서.'

그는 자신의 집에 대하여 생각했다. 이제 그 집은 낯선 집이었다. 그의 집은 저 너머에 있는 카밀라와 함께 있는 집이다. 저기 저 집은 그의 집은 아니지만 카밀라가 있다. 그런데 카밀라가 없다면? 공허하게 맴도는 고통이 그의 온몸을 찔러 댔다. 카밀라가 없다면?

대형 마차 한 대가 지나가자 모든 것이 흔들렸다. 주막에 있는 선반 위의 술병들은 떨그렁거렸고, 시장에서는 소음이 들렸고, 이웃집들도 흔들거렸다. 카라 데 앙헬도 놀라서 자신이 서서 자고 있었다는 착각이 들 정도였다. 차라리 앉아 있는 것이 낫다고 생각했다. 다행히도 테이블 옆에 의자가 있었다. 의자에 앉는 데 1초가 걸렸다. 시계 소리와 장뇌의 냄새, 그리고 은총의 예수와 성축제의 예수를 위해 봉헌된 촛불, 전지전능함, 테이블, 타월, 치유, 악마를 막기 위해 이웃집에서 빌려 온 성 프란체스코의 동아줄, 이런 모든 것이 서로 부딪히지 않고, 천천히 음률에 맞추어 분해되어, 졸음을 유발하는 하강하는 음악으로 변했다. 그러다가 순간적인 용해 작용을 거쳐 투명하고, 반은 점액질의, 거의 보일 듯한, 거의 굳은, 바늘땀이 없는 꿈의 푸른 그림자에 의해 관찰된 스펀지보다 더 구멍이 많은 매혹적인 불쾌한 상태가 되었다.

…… 기타를 반주하는 건 누구인가? 어두운 사전에서의 연약한 뼈의 골절…… 어두운 지하에서의 뼈의 골절이 농업 기술자의 노래를 부를 것이다…… 낙엽 사이의 날선 추위…… 대지의 숨구멍을 통하여 사각의 날개가 악마적인 끝없는 웃음을 솟아나오게 한다…… 그들은 웃고 침을 뱉는다. 그들은 대체 무엇을 하는가? 이제 밤이 아니고 그림자가 카밀라로부터 나온다. 이것은 죽음 속에 튀겨진 해골의 웃음의 그림자다…… 그 웃음은 새까맣고 무시무시한 이빨 사이에서 나온다. 하지만 대기와의 접촉 속에서 수증기와 섞이고 하늘로 올라가 구름이 된다 …… 가까이에서는 인간의 내장으로 엮어진 울타리가 땅을 경계 짓는다. 멀리서는 인간의 눈이 하늘을 나눈다…… 성난 태풍을 향해 말의 늑골은 바이올린 역할을 한다…… 카밀라의 장례식 행렬을 보라…… 그녀의 눈은 검은 마차라는 강물의 고삐로부터 거품 속을 헤엄치고 있다. 사해(死海)는 틀림없이 두 눈을 가지고 있으리라!

그 녹색의 눈! 왜 마부들은 어둠 속에서 흰 장갑 낀 손을 휘두르고 있는가? 장례 행렬 뒤에선 어린이의 허리뼈들이 가득한 납골당이 노래를 부르고 있다. "달아, 달아, 네 선인장 열매 먹고 껍질은 늪에다 버려라!"…… 이렇게 작고 부드러운 뼈들이 노래를 부른다…… "달아, 달아, 네 선인장 열매 먹고 껍질은 늪에다 버려라!"…… 단춧구멍 같은 눈알을 가진 궁둥뼈…… "달아, 달아, 네 선인장 열매 먹고 껍질은 늪에다 버려라!"…… 왜 일상적인 삶은 계속될까?…… 왜 전차는 달릴까?…… 왜 모두가 죽지 않는 걸까?…… 카밀라의 장례식이 지난 후에는 그 어떤 것도 존재할 수 없다. 모든 것은 여분이고 허위고 존재하지 않는다…… 다만 웃음만 안겨 줄 뿐이다…… 웃음으로 기울어진 탑…… 추억을 상기시키기 위해 호주머니를 탐색한다…… 카밀라가 살았던 시절의 작은 먼지들…… 작은 쓰레기들…… 실 한 가닥…… 이 시간대에 카밀라는 있었을 것이다…… 실 한 가닥…… 한 장의 더러운 카드…… 아, 관세도 물지 않고 와인과 통조림을 수입해서 티롤레스의 백화점에서 팔던 그 외교관의 카드!…… 허위 장학생…… 난파선…… 하얀 왕관의 구명복들…… 허위 장학생…… 그의 품 안에서 움직이지 않고 있는 카밀라…… 만남…… 종지기의 손…… 그들은 길모퉁이를 돈다…… 감정이 피를 뽑는다…… 보랏빛의 조용하고 형체도 없는 감정…… 왜 그녀를 안아 주지 않는가?…… 그녀는 거미줄 같은 촉감을 가지고 팔이 없어 의지하지도 못하고 소매만 남은 채로 떨어지려 하고 있다…… 전보를 전달하는 전기선에…… 전보를 전달하는 전기선을 바라보며 시간을 보낸다. 유대인 거리의 초라한 집에서 불투명한 유리로 만든 인간이 다섯 명 나온다. 그들은 모두 이마에서 피를 흘리면서 그를 가로막는다…… 그는 우표를 붙인 풀 냄새가 나는 카밀라가 있는 곳에 가기 위해 절망적으로 그들과 싸운다…… 저기 멀리 카르멘의 언덕이 보인다…… 카라 데 앙헬은 들판에서 길을 찾기 위해 허우적거린다…… 눈이 먼다…… 운다…… 인간의 개미집으로부터 그를 분리시키는 그림자의 가는 천을 이빨로 물어뜯으려 하고 있다. 고작 개미집이 있는 작은 언덕에 설치한 차일 밑에서 장난감과 과일과 엿으로 만든 과자 따위를 팔기 위해 …… 그는 손톱을 세운다…… 그의 머리카락이 곤두선다…… 작은 다리를 건너는 데 성공하고 카밀라를 만나기 위해 달려가지만 다섯 명의 불투명한 유리 인간들이 그의 길을 가로막는다. "성체 안에서 그녀가 조각나고 있는 것이 보이지 않는가?" 그는 그들에게 소리친다. "그녀를 다 파괴하지 않도록 내가 지나갈 수 있게 하라!"…… "이것 봐!" "각각의 그림자가 과일을 가져가는데, 그 과일마다 카밀라의 조각이 꿰매져 있는 것을 보라!" "사람의 눈을 어찌 믿을 수 있겠는가? 나는 그녀를 땅에 묻는 것을 보았다. 하지만 묻힌 것은 그녀가 아니라는 것을 확실히 알게 되었다. 그녀는 여기 성체 안에 있다. 이 마르멜로, 망고, 배, 복숭아 열매 냄새 나는 묘지 안에서 그녀의 조각을 가지고 하얀 비둘기들을 만들었는데, 수십, 수백 마리의 비둘기들에 '내 추억', '영원한 사랑', '널 생각해', '영원히 사랑해 줘', '날 잊지 마오'와 같은 판에 박힌 글귀를 리본으로 매달아 놓았다." 그의 목소리는 거슬리는 장난감 나팔 소리와 늙은 돼지 창자와 오래된 빵 부스러기로 만든 북소리와 군중 속에 묻혀 버린다. 교회의 큰 종소리와 작은 종소리 속에서, 태양이 작열하는 열기 속에서, 정오의 의미 없는 촛불 속에서, 빛나는 성체 속에서 아버지들은 옛날 마차처럼 발을 질질 끌며 올라가고 아이들은 뒤쫓아간다…… 다섯 명의 불투명한 사람들은 합쳐져서 하나의 육체를 만든다…… 연기가 배어 있는 종이…… 일정 거리가 지나며 더 이상 굳은 상태를 유지하지 않는다…… 그들은 청량음료를 마신다…… 함성처럼 떨리는 손 사이에 청량음료로 만든 깃발…… 스케이트를 타는 사람들…… 옳음과 그름을 무관심하게 바라보는 공공의 거울을 통해 카밀라는 스케이트 타는 사람들 사이에서 미끄러진다. 자신을 방어하기 위해 말할 때 그녀의 목소리에서 나는 화장품 향기가 자욱해진다. "안 돼요, 여기선 안 돼요!"…… "하지만 여기서 안 될 게 뭐 있어?" …… "왜냐하면 전 지금 죽어 있기 때문이에요!"…… "그게 무슨 상관이야?"…… "그게……"……"그게 뭘? 말해 봐!"…… 둘 사이에는 기다란 하늘의 한기가 지나가고, 빨간 바지를 입은 남자들의 기둥이 뛰어간다…… 카밀라는 그들을 쫓아 나간다…… 그는 카밀라를 따라 첫 발자국을 내디디려 한다…… 마지막 북소리에 갑자기 기둥이 멈춰 선다…… 대통령 각하가 다가간다…… 그는 온통 금빛이…… '따라리' 하고 트럼펫 소리가 난…… 군중이 물러서고 벌벌 떤다…… 빨간 바지를 입은 사내들이 자신의 머리를 가지고 서커스를 한다…… 브라보! 브라보! 한 번 더! 한 번 더! 정말 잘하네!…… 빨간 바지 입은 남자들은 명령을 듣지 않고 군중의 목소리에 복종하여 자신의 머리를 가지고 서커스를 한다

…… 세 차례의 동작 …… 하나! 머리를 빼낸다…… 둘! 별들이 머리를 가지고 빗질할 수 있을 정도로 그것을 높게 던진다…… 셋! 다시 손 안에 받고 다시 제자리로 놓는다…… 브라보! 브라보! 바로 그거야! 다시 한 번! 한 번 더!…… 닭살이 돋는다…… 차츰차츰 목소리가 잦아진다…… 북소리가 들린다…… 모두가 보고 싶지 않았던 장면을 보고 만다…… 빨간 바지를 입은 사내들이 머리를 빼내고, 하늘로 던지지만 그것을 끝내 받아 내지 못하고 만다…… 해골은 뒤로 팔이 묶여서 꼼짝 못하는 사람들 앞에서 바닥에 떨어져 박살 나고 만다.

두 번의 큰 노크 소리에 놀라 카라 데 앙헬은 잠에서 깨어난다. 끔찍한 악몽이다! 다행히도 현실은 다르다. 악몽으로부터 빠져나온 사람처럼 장례식에 다녀온 그는 자신의 상태를 살핀다. 누가 문을 두들기는지 살펴보기 위해 달려 나간다. 장군에 대한 소식일까 아니면 대통령 궁에서의 긴급한 호출일까?

"안녕하세요."

"안녕하세요." 대통령의 심복은 고개를 기우뚱하며 듣고 안경으로 자신을 응시하며 자신보다 키가 크고 얼굴이 작고 불그레한 남자한테 답했다.

"실례합니다만, 여기가 악단 단원들에게 요리를 해 주는 아주머니가 살고 계신 곳인가요? 그 아주머니는 상중에 입는 검은 옷을 입고 계십니다."

카라 데 앙헬은 그의 면전에서 문을 닫았다. 근시안의 사나이는 그를 찾아 계속 두리번거렸다. 그러다가 그가 없다는 사실을 확인하자 옆집으로 물으러 갔다.

"안녕, 토마시타, 잘 있어!"

"전 지금 작은 광장으로 갈 거예요!"

이 두 목소리가 동시에 들렸다. 이미 문 앞에 있던 마사쿠아타가 덧붙였다.

"산책을 하는 여자예요."

"그런 말 말아요."

"그녀를 데려갈지 모르니 조심해요!"

"그리로 가서 뭐라고 떠드는지 살펴보세요!"

카라 데 앙헬은 문을 열러 갔다.

"어떻게 지냈나요?" 그는 감옥에서 돌아온 마사쿠아타에게 물어보았다.

"항상 그렇죠."

"그들이 뭐라고 말하던가요?"

"아무 말도 안 했어요."

"바스케스를 봤나요?"

"아, 글쎄 제 말 좀 들어 보세요. 아침 식사 바구니를 가져갔더니 그대로 되돌려 주더라고요!"

"그렇다면 감옥 안에 있지 않다는 이야기군요."

"아침 식사에 손도 안 댄 걸 보자 맥이 풀렸어요. 그러자 거기 계신 어떤 분이 노역장으로 보냈다고 하더라고요."

"시장이 그러던가요?"

"아뇨, 내게 치근덕거리던 그 작자한테 한 번 쏘아붙이고 말았죠."

"카밀라는 어떤가요?"

"제 갈 길을 가고 있어요. 그 가여운 여자는 제 갈 길을 가고 있어요!"

"정말 안됐군요."

"그녀는 그래도 운이 좋은 편이지요. 인생이란 게 어떤 건지 모른 채 가려 하잖아요! 당신이 더 안됐어요. 은총의 예수에게 가서 기도하세요. 기적을 행하는 것을 누가 막을까요?…… 오늘 아침 감옥에 가기 전에 촛불을 밝히고 '은총의 검은 아기 예수님, 우리 모두를 위하여 제가 당신께 왔으니 제 말을 들어 주소서. 당신의 면전에서 그녀가 죽지 않게 해 주소서.' 또한 이렇게 일어나기 전에 저는 성모님께도 기도드렸죠. 지금은 당신께 같은 이유로 부탁을 드리려고 해요. 일부러 이 촛불을 끄지 않은 채 당신께 남겨 두었던 거예요. 제 간청을 또 한 번 상기시켜 드리러 오겠지만, 저는 당신의 힘을 믿고 떠나려 해요."

카라 데 앙헬은 반쯤 잠이 든 채 자신의 꿈을 상기시켰다. 빨간 바지를 입은 사내들 사이에 부엉이 같은 얼굴의 국방 법무감이 알 수 없는 사람과 펜싱을 하고 있었다. 법무감은 그에게 키스도 하고, 핥기도 하고, 뜯어먹기도 하고, 똥을 싸기도 하고, 다시 뜯어먹었다.

27. 망명 가는 길

카날레스 장군이 타고 가는 노새는 피로에 찌들어 안장 머리에 달라붙은 기수의 움직이지 않는 몸에 오후의 희미한 빛을 받으며 가고 있었다. 새들은 숲 속에서 날아다녔고 산 위에 걸린 구름은 피로와 꿈이 그를 점령할 때까지 도저히 다닐 수 없는 비탈길을 따라서, 물의 소용돌이가 노새를 번쩍 깨우게 하고 휴식을 주는 넓은 돌이 있는 강을 따라서, 돌맹이가 미끄러져 떨어지면 절벽으로 떨어져 가루가 되고 마는 가파른 진흙 비탈을 따라서, 악취가 나는 가시덤불이 얽힌 숲 속을 따라서, 마녀들과 산적들의 사연이 있는 산양들이 가는 길을 따라서 가는 기수처럼 여기저기를 오르락내리락했다.

밤이 되자 혓바닥이 늘어나기 시작했다. 5,500미터에 달하는 늪지를 지나자 누군가가 장군을 노새에서 내리게 해 버려진 집으로 데려갔다. 그러고는 아무 소리 없이 사라져 버렸다. 하지만 그는 곧 돌아왔다. 다름 아닌 매미가 찌르륵 찌르륵 찌르륵 우는 바깥 어디를 다녀온 것이 틀림없었다. 그는 잠깐 동안 오두막 안에 머물러 있다가 연기처럼 사라졌다. 하지만 곧 돌아왔다. 들어갔다가 나오곤 했고, 갔다가 돌아오곤 했다. 마치 자신이 찾아낸 사람을 누군가한테 보고하러 갔다가 다시 동태를 살피러 돌아오는 것 같았다. 별빛에 비친 주위 풍경도 침묵 속에 움직이는 충실한 개처럼 도마뱀이 꼬리를 쉬익, 쉬익, 쉬익 하고 흔들며 가는 길을 쫓아갔다.

마침내 그는 아예 오두막에 와 버렸다. 바람은 나뭇가지들을 들쑤시며 다녔다. 개구리들이 점성술을 가르치는 밤의 학교 수업 동안 동이 텄다. 소화를 시키는 데 적절한 분위기. 빛의 오감(五感). 문가에 쪼그리고 앉아 있는 사내의 눈에 사물들이 명확하게 형체를 드러내기 시작했다. 그는 동이 트는 것과 잠들어 있는 기수의 흠 잡을 데 없는 숨소리에 안절부절못하는 소심하고 종교적인 사내였다. 어젯밤에는 장군을 마차에서 내려 준 알 수 없는 그 덩치가 오늘은 보다 인간적으로 보였다. 차츰 날이 밝아 오자 그는 불을 피우기 시작했다. 연기에 그을린 거칠게 깨뜨린 돌을 십자 모양으로 놓고 소나무 가지로 전날 피운 모닥불이 있던 자리의 재를 헤치고, 그 자리에 마른 가지와 초록빛 목재를 함께 지폈다. 초록 목재는 조용히 타지 않았다. 그것은 작은 앵무새처럼 떠들고, 땀을 흘리고, 경련을 일으키고, 웃기도 하고, 소리치기도 했다……. 잠에서 깨어난 기수는 자신이 보고 있는 생소한 광경과 피로로 자신의 육체에 대한 생소한 느낌 때문에 몸이 얼어붙었다. 그는 벌떡 일어나 손에 권총을 쥐고 문 쪽으로 가며 이대로 죽을 수 없다고 생각했다. 하지만 자신에게 조준된 총구를 보고도 아랑곳하지 않는 사내는 말없이 부글부글 커피가 끓고 있는 주전자를 손으로 가리켰다. 기수는 그것을 무시했다. 그리고 오두막을 수많은 군인들이 포위하고 있을 줄 알고 천천히 문 쪽으로 다가갔다. 하지만 정작 밖에 보이는 것은 장밋빛을 발산하는 대평원뿐이었다. 더 먼 곳은 푸른 거품 같았다. 나무들, 구름들, 간지러운 새들의 노래. 그가 타고 온 노새는 무화과나무 밑에서 졸고 있었다. 그는 눈도 깜박하지 않고 자신이 눈으로 본 증거를 귀로 시험해 보려 했지만, 들리는 것은 화음을 맞춘 새들의 합주 소리와 개울물들이 천천히 흘러가는 소리뿐이었다. 풍성한 개울물은 마치 뜨거운 커피 속에 녹아든 백설탕처럼 싱싱한 대기에 거의 눈에 보이지 않는 S자를 남겨 놓으며 흘렀다.

"혹시 정부에서 나오셨나요?" 사내가 40~50개의 옥수수들을 조심스럽게 자기 등에 감춰 쌓으면서 말했다.

기수는 눈을 올려 자신의 동행자를 바라보았다. 그는 고개를 저으며 커피 잔을 입에 댔다.

"타티타!"* 사내는 길 잃은 개가 주변을 공허하게 살피는 것 같은 눈빛으로, 무언가 숨기고 있는 몸짓으로 중얼거렸다.

"나는 도망치는 중인데……."

사내는 옥수수 숨기는 일을 멈추고 기수에게 커피를 더 따라 주기 위해 다가갔다. 카날레스는 고통스러워 더 이상 말을 할 수가 없었다.

"나리, 저도 그렇습죠. 옥수수를 훔쳐서 도망을 다니고 있습죠.

하지만 전 도둑놈이 아닙니다요. 그 땅은 제 땅이었고 전 노새들을 빼앗겼습니다요."

카날레스 장군은 원주민의 말에 흥미를 느껴 어떻게 훔치게 되었고, 왜 도둑이 아닌지에 대해 물어야 했다.

"나리, 곧 제가 도둑이라는 직업을 가지지 않고도 훔쳐야 했던 이유를 아시게 될 것입니다요. 여기서 저를 보시는 것처럼 저는 이 근방 땅의 주인이자 여덟 마리의 노새의 주인이었습니다요. 저는 집도 있고 처자식도 있고, 나리처럼 정직한 사람이었습니다요……"

"그래서……"

"아, 글쎄, 3년 전 정치 위원이 와서 대통령 각하의 잔칫날에 쓸 거라면서 저에게 노새 등에 소나무를 싣고 가자고 하더라고요. 그래서 시키는 대로 했습죠. 별수 없지 않습니까! 노새가 있는 곳에 다다랐을 때 그가 저를 감옥의 독방에 처넣고 메스티소인 군수와 함께 제 노새들을 나눠 가지는 거였어요. 그래서 그건 제 것이고 제가 일해서 번 돈으로 산 거라고 말했더니, 정치 위원이라는 작자가 너는 짐승이다. 주둥이를 다물지 않으면 족쇄를 채우겠다고 협박했어요. 그래서 제가 정치 위원에게 말했죠. '좋다. 마음대로 해라. 하지만 노새는 내 거다.' 딱 그렇게밖에 말할 수 없었어요. 타티타. 왜냐하면 그놈이 가죽 띠를 휘둘러 제 머리를 마구 치는 통에 죽을 것만 같았거든요……"

불행한 노병의 흰 콧수염 밑으로 쓰디쓴 미소가 생겼다가 사라져 버렸다. 원주민은 언성을 높이지 않고 같은 톤으로 말을 계속했다.

"병원에서 나오니까 놈들이 마을에 와서 이러더군요. '네 자식들은 감옥에 있다. 3천 페소를 내면 풀어 주겠다.' 금쪽같은 자식들이었기에 형무소장에게 달려가서 땅을 담보로 3천 페소를 낼 테니 제발 자식들을 군대로 징집하지 말고 그냥 감옥에 있게 해 달라고 사정했습죠. 그래서 전 수도에 갔는데 거기서 변호사가 어느 외국인한테 보내는 문서에 3천 페소를 담보로 땅을 준다는 내용이라면서 제게 읽어 주었는데, 정작 제가 서명한 문서의 내용은 달랐나 봅니다요. 법원에서 사람이 와서 이제 그 땅은 네 것이 아니니 나가라는 거예요! 제가 외국인에게 3천 페소에 팔았다나요! 저는 하늘에 맹세코 그건 사실이 아니라고 했습니다만, 변호사 말만 믿고 제 말은 믿지 않더라고요. 그래서 전 제 땅에서 쫓겨났고, 제가 3천 페소나 냈는데도 불구하고 제 자식들은 군대에 징집되었어요. 한 애는 국경에서 망을 보다 죽었고, 다른 애는 죽느니만 못할 만큼 기합을 받고 있고, 제 처는 말라리아로 죽어 버렸어요. 그래서 말이죠, 나리, 아무리 제게 몽둥이질을 해 대고 족쇄를 채운다 해도 도둑놈이 아닌데도 훔쳐야 되는 신세입니다요."

"……이것이야말로 군인들이 보호해야 하는 거야!"

"나리, 무슨 말씀이신지?"

늙은 카날레스의 가슴속에는 불의 앞에 선 정의로운 자의 영혼에 이는 폭풍우가 동반되는 감정이 족쇄를 풀고 꿈틀거렸다. 부패한 피 같은 조국의 현실에 마음이 아팠다. 정수리와 모근(毛根), 손톱 밑과 잇몸까지도 통증이 느껴졌다. 무엇이 현실이었던가? 항상 케피*를 쓰고 있었지만 머릿속으로는 생각을 못했던 것이다. 군인이 되어 도적들과 착취자들, 그리고 오만한 매국노들 무리의 명령을 수행한다는 것은 쫓겨나서 기아에 시달려 죽는 것보다 더 슬프고 불명예스러운 일이다. 이상과 대지와 민족에 반하는 정권에 군인들이 충성하기를 요구받는 현실은 비참하지 아니한가!

원주민은 장군이 지껄이는 말을 이해할 수 없었지만 그를 숭배해야 할 진귀한 대상이라고 여겼다.

"타티타, 이제 가셔야죠. 기마경찰대가 곧 올겁니다!"

카날레스는 원주민에게 그와 함께 다른 나라로 가자고 제안했다. 자신의 땅을 빼앗긴 원주민은 뿌리 없는 나무와 같아서 고향을 떠나는 것을 쉽게 승낙했다. 게다가 보수도 충분했다.

그들은 화롯불을 끄지 않은 채 오두막을 나왔다. 밀림에서 낫으로 가지를 헤치고 길을 만들며 갔다. 호랑이의 발자취가 군데군데 보였다. 그림자. 빛. 그림자. 빛. 나뭇잎의 무성함. 그들은 뒤쪽에서 활활 타오르는 오두막을 보았다. 정오. 움직이지 않는 구름. 미동도 하지 않는 나무들. 절망. 눈부시게 하얀 빛. 바위들 또 바위들. 곤충들. 갓 다림질한 속옷 같은 깨끗하고 따뜻한 뼈들. 발효. 머리 위를 맴도는 놀란 새들. 물과 갈증. 열대. 시간에 구애 없는 열기 속에서의 끊임없는 변화……

장군은 햇빛을 피하기 위해 목에 손수건을 묶고 있었다. 원주민은 노새와 함께 그의 곁에서 함께 갔다.

"내 생각으로는 오늘 밤새 걸어야 내일 국경에 도달할 수 있을 것 같아. 나는 친구들의 집이 있는 라스알데스에 가야 하는데, 대로로 잠깐 걷는 모험을 감행해도 괜찮을 것 같은데……."

"나리, 대로를 통해서라고요? 어떻게 하시려고요? 기마보병대가 나리를 볼 것입니다요!"

"힘내게! 모험을 하지 않으면 아무것도 얻을 수 없다네. 그 친구들을 만나야 도움을 얻을 수 있다네. 자, 어서 가세!"

"안 됩니다요! 나리."

원주민은 깜짝 놀라 말했다.

"들리세요? 타티타, 들리세요?"

가까이 오는 말발굽 소리가 들렸다. 그러다가 차츰차츰 바람이 멈췄다. 그러더니 다시 돌아올 것처럼 말발굽 소리는 뒤로 사라져 갔다.

"조용히 하게!"

"기마경찰대예요, 나리. 틀림없어요. 그러나 라스알데스에 가려면 많이 돌아가야 하니, 이 길로 가는 수밖에 없어요."

원주민을 따라 장군은 옆길로 돌아섰다. 그는 노새 등에서 내려 노새를 끌고 가야 했다. 골짜기에 들어서자 달팽이 집에 들어간 것 같아서 그들을 위협하는 것을 막기 위한 외투보다도 더 안전했다. 갑자기 날이 어두워졌다. 잠든 것 같은 깊은 골짜기에는 짙은 그늘이 빼곡하게 쌓여 갔다. 끊임없이 불어오는 미풍 속에서 나무와 새들은 시계추처럼 왔다 갔다 하는 바람 결에 신비한 소식을 알려 주는 전령처럼 느껴졌다. 말발굽 소리가 났던 그들이 떠나온 곳을 먼발치에서 바라보니 별빛 가까이에서 붉은 먼지구름만이 피워 오를 뿐이었다.

그들은 밤을 꼬박 새워 걸었다.

"저기 저 산 위에 올라서면 라스알데스가 보일 것입니다요, 나리."

원주민은 카날레스의 친구들에게 알리기 위해 노새를 끌고 앞서 갔다. 그들은 세 명의 독신 자매로, 편도선염에 걸린 채 삼위일체를 찬미하는 찬가를 부르고, 9일장을 치르다가 귀에 통증을 느끼고, 얼굴의 통증에서 옆구리가 저리는 삶을 살았다. 그들은 카날레스 장군이 온다는 소식을 아침 식사 대신 들었다. 그들은 거의 기절할 뻔했다. 그들은 침실에서 장군을 맞았다. 거실은 안전하지 않을 것 같았다. 시골에서는 방문객들이 집에 들어와 "아베 마리아! 아베 마리아!" 하고 외치며 부엌까지 그냥 들어오는 풍습이 있었다. 장군은 천천히 냉정한 어조로 자신의 불운에 대해 이야기하다가 딸의 이야기가 나올 때는 눈물까지 흘렸다. 그녀들은 울다 울다 너무 고통스럽게 울어 자신들의 고통도 잠시 잊고, 그렇게 엄격하게 장례식을 치르는 어머니의 죽음에 대해서도 잊었다.

"어떻게든 우리가 장군님이 피신하는 것을 도와 드릴게요. 적어도 국경을 통과하시는 것만이라도 도와 드릴게요. 밖에 나가서 이웃들에게 정보를 받아 볼게요. 밀수업자들을 알아 둔 것을 이럴 때 써먹어야죠. 거의 모든 국경의 요지는 정부에 의해 감시받고 있어요."

세 자매 중 맏이가 이렇게 말하면서 동생들에게 눈빛으로 신호를 보냈다.

"그럼요. 언니 말대로 우리가 장군님께서 피신하시는 것을 도와 드릴게요. 제가 도시락 좀 싸 드리는 것도 나쁘지 않을 거예요."

놀라 자빠질 지경이었던 둘째의 말에 막내가 덧붙였다.

"오늘 하루 종일 저희와 함께 지내실 테니, 저는 여기 남아서 장군님께서 더 이상 슬퍼하시지 않도록 말동무를 해 드릴게요."

장군은 아무 대가 없이 도와주는 세 자매를 감사의 눈빛으로 바라보고는 이런 폐를 끼치게 된 것에 대해 용서를 구한다고 낮은 목소리로 말했다.

"장군님, 아무것도 아니에요!"

"아니에요. 장군님. 그런 말 마세요!"

"아가씨들, 호의는 충분히 알지만 이 집에 내가 있는 것이 얼마나 많은 곤란함을 일으킬지……."

"장군님은 저희와 친구 아닌가요? 어머님께서 돌아가셨으니 이제 저희가……."

"어머님께서 어떻게 돌아가셨는지 말해 줄 수 있겠소?"

"제 동생이 이야기해 줄 겁니다. 우리는 할 일이 있어서 나가 봐야 할 것 같아요."

맏이가 이야기했다. 그러고는 한숨을 쉬었다. 그녀는 숄에다 코르셋을 둘둘 말아서 그것을 입기 위해 부엌으로 나갔다. 거기에서는 둘째가 돼지고기와 닭고기로 도시락을 싸고 있었다.

"어머님이 무슨 병을 앓고 계신지 몰라서 수도로 모시고 갈 수 없었어요. 이건 장군님께서도 아시는 내용이잖아요? 어머님의 병환은 점점 위독해져만 갔어요. 불쌍한 우리 어머님! 어머님은 이 세상에 저희만 남겨 놓고 가시는 것이 서러워 울면서 돌아가셨어요. 별도리가 없었어요……. 하지만 그 이후 우리에게 생긴 일을 들어 보세요. 의사가 열다섯 번의 왕진비로 이 집값에 해당되는 액수를 요구하는 거예요. 이 집은 아버님이 우리에게 남겨 주신 전 재산인데 말이죠. 잠깐 실례하겠어요. 장군님과 함께 온 친구가 무엇을 원하는지 알아봐야겠어요."

막내가 떠나자 카날레스는 잠이 들었다. 눈은 감겼고 몸은 새털처럼 가벼워졌다.

"필요한 게 있나요?"

"다른 건 필요 없고 어디 누울 수 있는 데를 알려 주세요."

"저쪽으로, 보이죠…… 돼지들과 함께……."

시골의 평화는 잠든 장군의 꿈을 수 놓았다. 뿌린 대로 거둔 들판의 풍성함. 목초와 야생화로 뒤덮인 들판의 부드러움. 사냥꾼의 총소리에 놀라 아침은 사라지고, 자고새도 흩어지고, 장례식의 검은 충격에 신부는 성수를 흩뿌리고, 황소에게 속임수를 쓰자 격노하여 껑충껑충 뛰었다. 독신녀들의 집 안뜰에 있는 비둘기 집에서는 몇 가지 중요한 사건이 일어났다. 유혹자의 죽음, 약혼 기간, 태양 아래서 서른 번의 결혼…….

아무것도 아니라고 말하는 자처럼!

"아무것도 아니라고 말하는 자처럼!" 비둘기들이 자신의 집에서 고개를 내밀며 말했다.

아무것도 아니라고 말하는 자처럼!

12시에 그들은 장군에게 점심 식사를 하게 하려고 깨웠다. 바나나와 쌀 요리, 쇠고기 수프, 고기 전골, 닭고기 요리, 콩 요리, 커피.

"아베 마리아!"

정치 위원의 목소리가 점심 식사 중에 들렸다. 노처녀들은 어찌할 줄 몰라 파랗게 질렸다. 장군은 문 뒤로 숨었다.

"아가씨들, 그렇게 놀라지 마. 나는 뿔이 만 천 개 있는 악마가 아니란 말이야! 이것 참 곤란하군. 내가 그렇게 잘해 줬건만 아직도 이리 겁을 내다니!"

불쌍한 자매들은 할 말을 잃었다.

"빈말이라도 안으로 들어오라거나 바닥에라도 앉으라거나 하지 않는군!"

막내가 의자를 이 마을 최고의 권력자에게 내주었다.

"고맙군. 이것 봐, 여기 3인분의 접시 외에 또 한 접시가 있는데 누구와 식사를 같이 하나?"

세 자매는 잠시 장군이 식사하던 접시를 응시했다.

"그게 말이죠……." 맏이가 고통에 겨워 손가락을 잡아당기며 말을 더듬거렸다.

둘째가 말을 거들었다.

"글쎄, 뭐라고 설명드려야 할지…… 저희 어머님이 돌아가셨지만 저희는 항상 어머님 식사까지 차려 놓아야 덜 외로움을 느낀답니다."

"이젠 너희가 강신술(降神術)을 쓰는 사람들이 되어 버린 모양이군."

"위원님, 식사는 하셨나요?"

"말은 고맙지만 내 마누라가 차려 줘서 식사는 이미 했네. 하지만 낮잠은 전보를 받느라 놓치고 말았어. 내무부 장관의 전보였는데, 의사와의 문제를 조속히 해결하지 않으면 너희 의사에 반하겠지만 명령을 속히 집행하라는 거야."

"하지만 위원님, 이건 옳지 않아요. 위원님은 이 일이 부당하다는 것을 아시잖아요?"

"정당하지 않다 하더라도 좋은 건 좋은 거야. 하지만 신께서 명령하시는 곳에서 악마는 침묵해야 하지……."

"그야 그렇지요……." 세 자매가 통곡하는 눈빛으로 탄식했다.

"나야 너희를 괴롭히러 오게 돼서 마음이 아프지만 9천 페소라는 액수에 대해서는 이미 알 테고, 이 집은……."

뒤를 돌아 밖으로 나가려는 그의 뒷모습은 그녀를 때리는 것 같았고, 그의 어깨는 세이바 나무기둥 같았고, 혐오스러운 의사의 환영을 떠올리게 했다.

장군은 그녀들이 우는 소리를 들었다. 정치 위원이 되돌아오는 것을 막으려는 듯 그녀들은 거리로 통하는 문을 잠그고 빗장까지 걸었다. 그녀들의 눈물은 닭고기 요리 접시 위에 뚝뚝 떨어져 흘러내렸다.

"산다는 게 너무 잔인해요, 장군님! 이제는 이놈의 나라를 떠나 다시 돌아오지 않으셔도 되니 장군님은 그나마 다행이에요!"

"그런데 그자가 무엇으로 당신들을 협박하던가요?" 카날레스가 개입하자 울지도 못하고 있는 세 자매 중 맏이가 동생들에게 말했다.

"너희 중 한 명이 말씀드려라."

"어머님을 무덤에서 빼낸다는 걸로……." 막내가 더듬거리며 말했다.

카날레스는 세 자매를 바라보며 씹는 것을 멈추었다.

"그게 무슨 말이오?"

"장군님, 방금 들으셨듯이 무덤에서 어머님의 시체를 꺼낸다는 이야기예요."

"하지만 그건 너무 잔혹한 일이오."

"말씀드려라……."

"네. 이미 짐작하시겠지만, 장군님, 그 의사는 이 마을에서도 최고로 불한당 같은 작자예요. 이미 그렇다는 이야기는 들었지만 저희는 설마 했는데, 닥쳐 보니 정말이더라고요. 장군님, 저희는 어떻게 해야 좋지요? 장군님, 어쩌면 그렇게 사람이 나쁠 수가 있을까요?"

"무 요리 좀 더 드세요, 장군님."

둘째가 무 요리 그릇을 밀어 주었다. 카날레스가 무 요리를 덜고 있는 동안 막내는 이야기를 계속했다.

"저희는 그 작자의 함정에 걸려든 거예요. 그가 묘지를 세워 둔 건 계획적인 술책이에요. 환자가 위독하게 되면 가족들이 마지막으로 생각하는 것이 장사 지내는 일이잖아요. 그 시점이 우리에게도 왔어요. 어머님을 맨땅에 묻어 드리는 게 안타까워 그자가 소개한 묘지 중 한곳에 묻게 했어요."

"그자는 우리가 단지 여자들뿐이라는 것을 알고는……." 맏이가 흐느끼며 말했다.

"그 청구서가 온 날 우리 셋 다 현기증으로 쓰러질 것 같았어요. 열다섯 번의 방문 치료로 9천 페소를 요구하는 거예요. 또 이 집을 9천 페소에 팔라는 거예요. 아마 그가 결혼하려고 그런 요구를 한 것 같아요."

"만일 그에게 이 액수를 지불하지 않으면…… 아, 이 말은 도저히 참을 수 없어요. 자신의 묘지에서 우리의 똥을 치우겠다는 거라지 뭡니까!"

카날레스는 주먹으로 테이블을 쳤다.

"이 썩을 놈의 의사!"

그가 다시 한 번 식탁을 세게 치는 바람에 접시와 나이프와 유리잔들이 쨍그랑 소리를 냈다. 그는 어느 악당의 목을 졸라 죽이고, 계속해서 치욕적인 악재만 만들어 내는 사회 조직 전반을 때려 부술 기세로 주먹을 쥐었다 폈다 했다. '그래서 그리스도교 신앙은 그런 악당들과 더불어 참고 살아가기 위해 가난하고 불쌍한 사람들은 이 지상에서 천국을 약속받는다고 한다. 그건 아니다! 이 허위로 가득 찬 왕국은 이제 지겹다! 나는 밑으로부터 위로의 완벽하고 총체적인 혁명을 할 것을 맹세한다. 서민들은 기생충들, 관직에 있는 착취자들, 땅에서 일하고 살아야 할 게으름뱅이들을 향해 분연히 일어나야 한다. 이런 것을 모두 부숴 버려야 한다, 부숴 버려야 한다, 부숴 버려야 한다……. 신도 이곳에 머물 필요 없고 꼭두각시의 머리도 잘라 내야 한다.'

그의 도주는 이 집 식구들의 친구인 어느 밀수업자의 도움으로 그날 밤 10시로 결정되었다. 장군은 자신의 딸에게 보내는 긴급

서신까지 포함해 몇 통의 편지를 썼다. 원주민은 대로를 통하여 짐꾼처럼 하고 갈 것이다. 작별 인사도 없었다. 말발굽은 헝겊으로 싸여 있어서 그들은 소리 없이 말을 타고 사라져 갔다. 담 벽에 달라붙어 자매들은 어두운 골목의 암흑 속에서 울고 있었다. 넓은 길로 나서려 할 때 어느 한 손이 장군이 탄 말을 멈추게 했다. 질질 끌고 가는 소리가 들렸던 것이다.

"누가 지나가기만 해도 어찌나 무서운지 숨이 멎을 것 같네요! 하지만 걱정 마세요. 의사가 자신의 약혼자에게 바치는 세레나데를 부르러 가는 길일 겁니다." 밀수업자가 속삭였다.

소나무 가지를 잘라 만든 횃불이 거리의 끝에서 타고 있었다. 그 널름거리며 환히 빛나는 불의 혀 속에서 집들과 나무들과 창문 밑에 몰려 있는 대여섯 명의 사나이가 너울거리고 있었다.

"저들 중 누가 의사지?" 장군은 손에 총을 들고 물어보았다.

밀수업자는 고삐를 당겨 말을 세우고는 팔을 들어 기타를 메고 있는 한 사나이를 손가락으로 가리켰다. 총성이 대기를 찢었고, 바나나 하나가 송이에서 떨어져 나가듯이 한 남자가 꼬꾸라졌다.

"휴우! 어쩌려고 이러세요! 어서 도망가요. 안 그러면 잡혀요. 갑시다! 박차를 가해요!"

"그……건 민……중……을 위……해 누……구……나 해……야 할 일……이……었……어!" 달리는 말 위에서 말하다 보니 그의 말소리는 끊길 수밖에 없었다.

말 달리는 소리는 개들을 깨웠고, 개들은 암탉들을 깨웠고, 암탉들은 수탉들을, 수탉들은 사람들을, 사람들은 억지로 일어나 하품을 하고 기지개를 켜고는 겁을 냈다.

세레나데를 부르던 사람들은 의사의 시체를 들어 올렸다. 집집마다 사람들이 등불을 들고 나왔다. 세레나데의 여주인공은 충격을 받고 얼얼하여 울지도 못하고 반쯤 벌거벗은 채로 핏기 없는 손으로 종이 등을 들고서 살인이 일어난 어둠 속을 우두커니 바라보았다.

"자, 이제 강가로 왔습니다, 장군님. 그런데 이제부터 우리가 건너려는 곳은 진짜 남자들만이 건널 수 있는 곳입니다. 아, 운명이 우리를 허락한다면!"

"두려울 것 없어!" 밤색 말을 타고 뒤따라오던 장군이 말했다.

"좋습니다! 쫓아와서 잡으려는 자들이 있으면 사자 같은 용기가 생기는 법이죠. 자, 바짝 붙으세요! 절 놓치지 마세요!"

주위는 혼란스러웠다. 대기는 미지근했지만 가끔은 유리처럼 얼어붙은 한기를 느끼게 해 주었다. 강물 소리는 사탕수수나무들을 무덤으로 만들어 버렸다.

그들은 말에서 내려 계곡 속으로 뛰어들었다. 밀수업자는 돌아올 때 다시 찾기 위해 말들을 자신이 아는 곳에 묶어 두었다. 강물은 어둠 속에서 별들로 가득한 하늘을 비춰 주었다. 강물은 잠을 자는 것 같은 미끄러운 기슭을 따라 개구리 냄새를 풍기며 콸콸 흘러갔다.

밀수업자와 장군은 각자 손에 권총을 쥐고 강물 위로 솟아오른 바위를 찾아 이 바위에서 저 바위로 뛰어다녔다. 그들의 그림자는 악어처럼 그들을 뒤따랐다. 악어들도 그림자처럼 그들의 뒤를 따라다녔다. 구름처럼 달려드는 곤충들이 그들을 쏘아 댔다. 공중에는 날개 달린 독약이 날고 있었다. 바다 냄새가 났다. 밀림이라는 그물에 잡힌 바다였다. 모든 물고기들, 불가사리, 산호, 폴립 모체, 심연, 물살……, 낙지의 긴 촉수는 머리 위에 이끼의 기둥처럼 세워져 있어 죽음 이후의 신호처럼 보였다. 야수들조차 그들이 지금 가고 있는 곳을 피해 다녔다. 카날레스는 자신의 민족의 영혼처럼 불길하고 안전하지 않고 파괴적인 자연의 한가운데에서 사방을 둘러보았다. 분명히 인육을 먹어 본 경험이 있을 것 같은 악어 한 마리가 밀수업자를 공격했으나 그는 그보다 먼저 뛸 시간이 있었다. 하지만 장군의 경우에는 그렇지 않아 방어하기 위해 뒤로 돌아가려던 전광석화 같은 순간 멈춰 섰다. 그때 또 한 마리의 악어가 아가리를 벌린 채 그를 기다리고 있었다. 결정적인 순간이었다. 죽음의 전율이 그의 등골을 타고 내려갔다. 머리카락이 곤두섰다. 혀가 절로 나오고 손이 움츠러들었다. 세 발의 총성이 울렸고 메아리가 반복될 때 그는 막아섰던 다친 악어가 도망가는 틈을 타 안전하게 뛰어올랐다. 밀수업자는 또 몇 발을 쏘았다. 충격으로부터 정신을 되찾은 장군은 뛰어가 밀수업자의 손을 잡으려 했다가 그만 총구를 잡아 손가락을 데었다.

먼동이 트자 그들은 국경에서 헤어졌다. 들판의 에메랄드 위로, 새들이 음악이 나오는 상자로 변신하는 촘촘한 숲이 있는 산 위로, 그리고 밀림 위로, 빛의 보석 더미를 나르는 악어의 모양을 한 구름이 떠다니고 있었다.

3부

몇 주, 몇 달, 몇 년……

28. 어둠 속의 대화

제1의 목소리:

"오늘이 며칠일까?"

제2의 목소리:

"글쎄, 며칠쯤 됐을까?"

제3의 목소리:

"어디 기다려 보게. 내가 체포된 것이 금요일이니 금, 토, 일, 월…… 월요일…… 하지만 내가 여기 온 지 며칠 되었더라? 글쎄, 오늘 며칠쯤 되었을까?"

제1의 목소리:

"아니, 자네들은 어떻게 모를 수가 있는가? 마치 오래전부터 우리가 여기 와 있는 것처럼 말이지……."

제2의 목소리:

"그들이 우리를 공동묘지에 매장시켜 놓아서 영원히 잊히게 되었어."

제1과 제2의 목소리:

"그렇게 말하지 말게나."

"그렇게……"

"……우리까지도 말하면 안 되지."

제3의 목소리:

"하지만 계속 말씀하게나. 난 침묵이 두려워. 어둠 속에서 늘어난 어느 손이 내 목을 조르는 모습이 떠오른단 말이네. 정말 두렵다네."

제2의 목소리:

"도시가 어떻게 되어 가고 있는지 자네가 말 좀 하게나, 젠장! 자네가 마지막으로 본 장본인이니. 사람들이 어떻게 지내는지 말이네. 가끔 나는 전 도시가 우리처럼 어둠 속의 높은 성벽에 갇히고, 거리가 겨울의 얼어붙은 진흙 깊숙이 잠겨 있는 모습을 상상해 본다네. 자네도 나와 같은 생각일지 모르지만 겨울이 끝날 즈음이면 나를 뒤덮은 진흙이 바싹 말라붙을 것이라는 생각을 하면 견딜 수가 없다네. 난 도시에 대해 이야기할 때마다 먹을 것 생각이 나서 미치겠네. 캘리포니아산 사과가 갑자기 먹고 싶군."

제1의 목소리:

"그건 거의 오렌지 맛이지! 난 말이네, 따뜻한 차 한 잔 마시면 원이 없겠네."

제2의 목소리:

"난 이 도시가 그대로 있을 것이라는 생각을 한다네. 마치 아무일도 일어나지 않고 우리도 여기 갇혀 있지 않은 것처럼 말이네.

전차는 계속 달리고 있을 것이네. 몇 시쯤 되었을까?"

제1의 목소리:

"대략······."

제2의 목소리:

"도무지 감이 안 잡히네."

제3의 목소리:

"말하게, 계속 말하게, 조용히 있지 말게. 이게 내가 세상에서 가장 바라는 것이네. 침묵은 내게 두려움을 안겨 준다네. 무섭네. 어둠 속에서 늘어난 어느 손이 내 목을 조르는 모습이 떠오른단 말이네. 정말 두렵다네!"

그리고 숨이 넘어가는 소리로 덧붙였다.

"이걸 입 밖으로 내고 싶지 않지만 그들이 우리에게 몽둥이질을 할까 봐 두렵다네."

제1의 목소리:

"입 좀 닥치게! 채찍질당한다는 생각만 해도 끔찍하다네!"

제2의 목소리:

"채찍을 맞는다면 아들과 그 아들의 손자까지 수치심을 느낄 걸세!"

제1의 목소리:

"단지 죄만을 이야기하겠지. 차라리 조용히 하게나!"

제2의 목소리:

"성당 관리인들에게는 모든 것이 죄라네······."

제1의 목소리:

"이런! 자네 도대체 무슨 생각을 하는 건가!"

제2의 목소리:

"성당 관리인들의 입장에서 보면 다른 사람들이 하는 일이라는 것이 모두 죄라는 뜻이네."

제3의 목소리:

"말하게, 계속 말하게, 조용히 있지 말게. 이게 내가 세상에서 가장 바라는 것이네. 침묵은 내게 두려움을 안겨 준다네. 무섭네. 어둠 속에서 늘어난 어느 손이 내 목을 조르는 모습이 떠오른단 말이네. 정말 두렵네!"

거지들이 붙잡혀 있던 감방에 학생과 성당 관리인이 붙잡혀 있게 되었는데, 카르바할 변호사가 이제 함께하게 된 것이다.

"내 체포는 나를 아주 심각한 지경으로 몰게 했다네." 카르바할이 말했다. "아침에 하녀가 빵을 사러 나갔다가 집이 군인들로 둘러싸여 있다는 소식을 가지고 돌아왔다네. 아내가 그 소식을 내게 말했는데, 나는 소주 밀수업자를 체포한다고 생각해 별로 대수롭지 않게 여겼다네. 면도를 하고, 목욕을 하고, 아침을 먹고, 대통령 각하께 축하를 드리러 외출하려고 정장을 입었다네. 마차로 향하려는데…… 국방 법무감이 내 집 앞에서 제복을 입고 있기에 그에게 말했지. '안녕, 자넬 여기서 만나다니!' 그가 내게 답하기를, '자네 때문에 왔다네. 어서 가게나. 이미 조금 늦었다네!' 라고 하는 거야. 몇 걸음 걷다가 군인들이 내 집을 포위하고 있다는 사실을 아느냐고 그가 내게 묻더군. 그래서 모른다고 답했지. '그럼 내가 이야기해 주지, 이 생쥐 같은 녀석아. 그들은 널 체포하러 온 거야 라고 대답하는 거야. 난 그의 얼굴을 바라봤는데 농담을 하는 게 아니었어. 이때 어느 장교가 내 팔을 잡더니 나를 호송해 가는 거야. 프록코트에 실크 모자 차림인 나를 뼈다귀나 되는 것처럼 이 감방에 처넣은 거지."

그리고 잠시 쉬었다가 덧붙였다.

"이제 자네들이 이야기하게나. 침묵은 내게 두려움을 안겨 준다네. 무섭네……!"

"아니! 도대체 무슨 일이지? 성당 관리인의 머리가 맷돌처럼 얼어붙었네!" 학생이 외쳤다.

"그게 무슨 소린가?"

"그의 맥박을 짚었는데, 아무런 느낌이 없어서……."

"그건 내가 아니야. 똑바로 말하라고."

"그럼 누구일까! 변호사님, 당신인가요?"

"아니."

"그럼…… 이 방 안에 죽은 시체가 있단 말인가!"

"아니라네. 시체가 아니라 바로 날세."

"하지만 당신은 누구시오? 당신 몸이 얼음장처럼 차네요!" 학생이 말했다.

매우 약한 목소리:

"또 다른 한 명이오."

앞서의 세 목소리:

"아!"

성당 관리인은 카르바할 변호사에게 자신의 불운에 대해 이야기했다.

"교회의 비품실에서 냄새가 날 만한 것을 깨끗이 치우고 인화성 있는 물건들이 꺼져 있는지 오래된 목재 장식들과 금 장식품과 시체의 머리털을 확인하고 성당을 나가려는데 성인의 존재와 철야 기도하는 사람들의 부동자세와 파리들의 움직임 등으로 소심해져 잠시 멈춰 서고는 평신도단이 기획한 성모님의 9일 기도가 취소되었다는 이미 지난 포스터를 떼러 갔다가 제가 글을 못 읽어서 그만 대통령 각하 모친의 출입을 알리는 포스터를 떼어 버리고 말았어요. 그 이유는 오로지 주님만이 아실 거예요. 내가 일부러 그럴 리가 있겠어요! 그런데 나를 체포해서는 혁명을 기도했다는 죄목으로 이 감방에 넣은 겁니다."

오직 학생만이 자신이 투옥된 이유에 대해서 밝히지 않았다. 조국의 끔찍한 상황에 대해 말하는 것보다는 차라리 자신의 피로한 폐에 대하여 이야기하는 것이 덜 고통스러웠다. 그는 조난 중에 섬광을 보았다는 것과 시체 사이에서 섬광을 보았다는 것과 창이 없는 학교에서 눈을 떴다는 것을 잊기 위해 육체적인 고통을 감수하고 있었다. 그 학교에서는 믿음의 빛을 끈 대신에 아무것도 준 것이 없었다. 단지 어둠과 혼돈, 혼란과 거세당한 자의 우울만이 남았다. 그리고 천천히 잃어버린 세대의 시를 음송했다.

허무의 항구에 닻을 올린다,
어깨 너머 마스트에는 불빛이 없고
바다로부터 돌아오는 선원들처럼

짭짤한 눈물에 젖는다.

네 입은 내 얼굴에 쾌락을 주니 키스해 다오!
네 손은 어제부터 아직까지 내 손에 들어 있네,
아! 부질없어라. 삶이 우리 심장의
차가운 강바닥을 흘러가 버린다는 것은!

찢어진 배낭과 흩뿌려진 벌집
벌들은 별똥별처럼
우주로 도망치네! 아직은 아냐.
바람에 나부끼는 장미는 꽃잎 하나 남지 않았네,
심장은 무덤들에게 박동을 주네.

아! 리-리-리, 삐걱거리며 달리는 수레여!
달빛 없는 밤에 말들이 달려간다.
머리까지 장미를 듬뿍 달고서
별들로부터 되돌아오는 것 같아 보인다.
단지 묘지로부터 올 뿐인데.

아! 리-리-리, 삐걱거리며 달리는 수레여!
통곡의 케이블선이여, 리-리-리,
짙은 눈썹 사이로, 리-리-리!

새벽의 수수께끼는 별들에 있고,

모퉁이를 도는데 도는 게 아니네,

얼마나 세상으로부터 멀리 떨어져 있는가!

게다가 얼마나 이른 시간인가!

눈꺼풀의 해변에 도달하기 위해

드높은 바다에서 눈물의 파도가 투쟁한다.

"말해 보게, 계속 말하게." 긴 침묵 후에 카르바할이 말했다. "어서 말하게!"

"자유에 대해 말해 봅시다!" 학생이 중얼거렸다.

"이런 일이!" 성당 관리인이 개입했다. "감옥에서 자유를 논하다니!"

"그럼 환자들은 병원에서 건강에 대해 이야기하지 않는가?" 제4의 목소리가 가는 소리로 중얼거렸다.

"친구들이여, 이젠 자유에 대한 희망이 없다네. 그저 우리는 주님께서 원하실 때까지 참고 살아야 할 뿐이네. 조국의 안위를 열망하는 시민들은 저 멀리 있다네. 몇몇은 타국에서 구걸하며 지내고, 다른 사람들은 공동묘지에서 썩고 있다네. 이젠 아무도 거리에 얼씬거리지 못할 날이 올 걸세. 나무들은 이제 예전처럼 과실을 맺지 못한다네. 옥수수는 이제 이전의 영양분을 잃었네. 꿈은 더 이상 휴식을 주지 않는다네. 물도 더 이상 신선하지 않다네. 대기는 점점 숨 막힐 것 같아지네. 재앙이 페스트를 불러오고, 페스트가 재앙을 불러온다네. 이제 곧 모든 것을 끝내 버릴 지진이 일어날 걸세. 우리 민족이 나쁜 길로 접어들었다는 것을 내 눈을 통해 보게나. 하늘의 목소리는 천둥을 일으키며 우리에게 소리친다네. '사악한 놈들! 역겨운 것들! 불안을 조장하는 공범자들!' 감옥의 담벼락에 수백 명의 사람들이 살인자의 총탄에 쓰러져 도장이 찍힌 뼈들을 남겼지. 궁전의 대리석은 무고한 자들의 피로 젖어 있다네. 자유를 찾기 위해 우리는 어디를 바라보아야 하지?"

성당 관리인:

"그야, 전능하신 신이지!"

학생:

"무엇을 위해? 만일 응답하시지 않는다면?"

성당 관리인:

"왜냐하면 그것이 주님의 의지이기 때문이지."

학생:

"참 안됐구나!"

제3의 목소리:

"말하게, 계속 말하게, 조용히 있지 말게. 이게 내가 세상에서 가장 바라는 것이네. 침묵은 내게 두려움을 안겨 준다네. 무섭네. 어둠 속에서 늘어난 어느 손이 내 목을 조르는 모습이 떠오른단 말이네. 정말 두렵다네!"

"기도하는 것이 낫겠네……."

성당 관리인의 목소리는 감방의 분위기를 그리스도교적인 화합으로 감돌게 했다. 자신의 구역에선 자유주의자요 성직자들을 증오하던 카르바할도 중얼거렸다.

"기도하세."

하지만 학생이 개입했다.

"기도해서 뭐 하나! 기도해선 안 되네! 그 문을 부수고 혁명의
길로 가야 하네!"

그때 누군지 알 수 없는 두 팔이 학생의 어깨를 강하게 감쌌다.
학생의 뺨에는 눈물에 젖은 수염이 느껴졌다.

"산호세 유년 학교의 늙은 선생은 이제 편안히 눈을 감을 수 있
겠네. 이런 젊은이가 있는 한 이 나라가 모든 것을 잃은 것은 아니
라고!"

제3의 목소리:

"말하게, 계속 말하게, 계속 말하라니까!"

29. 국방 회의

카날레스와 카르바할에 대한 선동, 반란, 반역죄를 적용한 기소장은 그들의 상황을 악화시키는 여러 조항 등이 첨가되어 지면수가 늘어나 도저히 한 번에 읽어 내려갈 수 없는 분량이 되었다. 열네 명의 증인이 선서를 하고, 그들 모두 4월 21일 밤 성당 앞에 있었다고 증언했다. 그들은 가난의 장엄함 속에 있었기 때문에 습관적으로 그곳에서 잤는데, 에우세비오 카날레스 장군과 아벨 카르바할 변호사를 보았고, 그들이 나중에 호세 파랄레스 대령이라고 확인된 군인 한 명을 습격해서 피해자가 저항하고 사자처럼 육탄 방어를 했음에도 불구하고 목을 졸라, 피해자는 방어할 무기도 못 써 본 채 두 사람의 월등한 힘에 의해 간단히 제압당했다고 했다. 또 살인이 자행되자 카르바할 변호사가 카날레스 장군에게 이렇게 말했다고도 증언했다. "지금 작은 노새를 탄 사나이를 처치했으니 병영의 대장들은 군대 최고 사령관인 장군님을 알아보고 무기를 넘겨주는 데 어려움이 없을 겁니다. 이제 동이 트니 뛰어가 우리 집에서 기다리고 있는 친구들에게 이 소식을 알려 공화국의 대통령을 체포하고 죽인 후 새로운 정부를 조직합시다."

카르바할은 놀라서 어안이 벙벙했다. 기소장의 페이지마다 놀라움을 그에게 예약하고 있었다. 어이가 없어 웃음이 나왔다. 하지만 그냥 웃기에는 혐의가 너무 위중했다. 그는 계속 읽어 나갔다. 사형이 언도된 사람들이 대기하는 아무 가구도 없는 감방에서 안뜰이 보이는 조금 열린 창으로 들어온 빛을 통해 읽을 수 있었다. 그날 밤 이 사건을 재판할 예정인 국방 위원회는 회의를 열고 있었고, 그들은 그가 자신을 변호하도록 기소장을 내주었던 것이다. 하지만 그들은 마지막 순간에 와서야 그에게 기소장을 보여 주었다. 그는 온몸이 떨렸다. 그는 이해하지 못한 채 쉬지 않고 읽어 댔다. 어둠이 그의 기소장을 곧 집어삼킬 것이라고 생각하면 안타깝기도 했다. 기소장은 그의 손 안에서 차츰차츰 한 줌의 축축한 재로 변해 버리는 것만 같았다. 그는 끝내 대단한 것을 읽지 못하고 말았다. 해가 지면서 빛이 가지는 심정과 동감을 했고 별들의 고통은 빛을 잃어버린 그의 눈에 구름이 자욱하게 했다. 마지막 줄, 두 단어, 서명, 날짜, 페이지……. 그는 페이지 번호를 읽으려고 했으나 소용없었다. 까만 잉크 자국처럼 어둠이 지면을 뒤덮었던 것이다. 그는 기진맥진해져서 이 쓸모없는 물건이 읽어야만 하는 것이 아니라 그가 심연으로 빠질 때 목에 매달고 있어야 할 것처럼 여겨졌다. 일반적인 처벌로 기소된 죄인들이 쇠사슬을 질질 끌고 가는 소리가 안뜰에서 들렸고, 저 멀리서는 시내 거리에서 자동차들이 지나가는 소리가 아련하게 들렸다.

"오, 하느님. 얼어붙은 제 불쌍한 피부는 온기가 필요하고, 제 눈은 태양이 비칠 다른 반구의 모든 사람들보다도 더 햇빛을 필요로 합니다. 그들이 제 고통을 알기라도 한다면 그들은 당신보다 더 자비로운 사람들입니다. 오, 하느님, 제게 태양을 돌려주시어 제가 그걸 마저 읽을 수 있도록 도와주소서."

그는 촉감으로 읽지 않은 지면들을 세고 또 세었다. 91페이지나 남았다. 그는 손가락 끝으로 서류의 표지를 굴리고 또 굴리며 장님처럼 절망적으로 읽고자 했다.

황혼이 질 때 그를 경찰 제2부에서 중앙 법원으로 특별히 감금된 마차에 태워 이송했는데, 그럼에도 불구하고 그는 거리를 보고, 거리의 소리를 듣고, 거리를 느낄 수 있다는 사실에 기뻐했고, 잠시나마 자신을 집으로 보내고 있다고 믿었다. 말은 쓰디쓴 입에서, 간지럼과 눈물 속에서 사라져 버렸다.

법정 집행인들은 입 안 가득 눅눅한 거리에서 풍기는 캐러멜 향을 맛보며 두 팔을 벌리고 있는 그를 발견했다. 그들은 그에게서 서류 뭉치를 낚아채고는 한마디 말도 하지 않은 채 그를 국방 회의가 소집된 방으로 밀어 넣었다.

"하지만, 대통령 각하!" 카르바할은 회의를 주재하고 있는 대통령에게 먼저 말을 꺼냈다. "기소장을 읽을 시간도 주지 않고 어떻게 저 자신을 변호할 수 있단 말입니까?"

"우리는 그것과 아무런 상관이 없다." 각하가 대답했다. "회의 주재 시간은 짧다. 시간은 흐르고 이건 긴급 사항이다. 그래서 우리는 이제 형을 선고하려는 것이다."

그다음에 일어난 일은, 카르바할에게는 꿈에서나 벌어질 수 있는 일로, 반은 종교적 의식이고 반은 풍자극 같았다. 그는 주연 배우였고, 그를 둘러싸고 있는 허공의 적으로부터 불의에 습격을 당한 채 죽음의 그네를 타며 모두를 바라보았다. 하지만 두려움을 느끼지 않았고, 아무것도 느끼지 못했으며, 그의 불안감은 마비당한 피부 속에 잠식된 듯했다. 겉으로만 보면 그는 용감한 사람 같았다. 판사석 앞의 책상은 규정대로 국기가 씌워져 있었다. 모두 군복 차림이었다. 그들은 아주 많은 분량의 서류들을 읽어 나갔다. 선서를 했다. 군사법전은 돌처럼 책상에, 즉 국기 위에 놓여 있었다. 거지들은 증인석에 앉아 있었다. '절름발이'는 곱슬머리를 빗고, 앞니가 빠진 채, 잘난 체하는 주정뱅이의 쾌활한 얼굴로 낭독하는 기소문의 한마디 한마디를 경청했고, 재판장의 몸동작을 하나하나 놓치지 않고 지켜보았다. '호랑이 구원자'는 납작한 코나, 귀까지 걸친 것처럼 큰 입 안의 몇 개 안 남은 이빨을 만지면서, 고릴라 같은 위엄을 보이며 소송을 지켜보았다. 키가 크고, 빼빼 마른 몸에, 사악한 인상의 '홀아비'는 재판장에 있는 판사들에게 미소를 짓자 시체와 같은 우거지상을 드러낸 꼴이 되었다. 둥글둥글하고 주름진 얼굴을 가진 난쟁이 '룰로'는 웃음과 분노, 호감과 증오를 순간순간 내비치며 더 이상 거기 서 일어나는 일에 대해 보거나 듣고 싶지 않은 것처럼 눈을 감고 귀를 막았다. '멋진 셔츠를 입은 사나이 돈 후안'은 그에게는 필수불가결한 셔츠를 입고, 키가 작고, 의심이 많으며, 부르주아 가족의 분위기를 풍기는 중고품 복장을 입고 있었다. 토마토 주스가 묻은 넓은 넥타이,

굽이 휘어진 에나멜 구두, 착탈식 커프스, 움직일 수 있는 와이셔츠 가슴의 레이스 장식. 밀짚모자와 완전히 귀가 들리지 않는 상태는 그로 하여금 훌륭한 신사의 풍모를 자아내게까지 했다. 그 어떤 말도 들리지 않는 상태에서 돈 후안은 이 방의 벽면 앞에 두 걸음씩 서 있는 군인들의 수를 세었다. 그와 가까이에는 '음악가' 리카르도가 있었는데, 그의 머리와 얼굴 일부는 형형색색의 수풀이 그려진 손수건으로 뒤덮여 있었고, 코는 붉었고 콧수염에는 음식물이 묻어 지저분했다. 음악가 리카르도는 혼자 지껄이면서 앉은 의자에 침을 질질 흘리며 왼쪽 겨드랑이 밑의 이를 긁고 있던 귀머거리의 볼록 나온 배를 바라보았다. 귀머거리는 작은 요강처럼 한쪽 귀만 있는 흑인 '페레케'를 바라보았다. 페레케는 바싹 마르고, 턱수염이 나고, 오래된 침대 매트리스 냄새를 풍기는 애꾸눈 '미오나 소녀'를 바라보았다.

기소문을 읽는 검사는 가지런히 빗은 머리가 너무 작아 군복의 목 칼라가 두 배쯤 커 보였는데, 벌떡 일어나더니 사형을 구형했다. 카르바할은 판사석에 제정신이 박힌 자가 있는지 둘러보았다. 그의 시선이 멈춘 첫 번째 사람은 영락없는 주정뱅이에 불과했다. 책상을 덮은 국기 위에 놓인 검은 손은 장날 열리는 연극에서 농부가 선고를 하는 것 같았다. 그다음 시선이 멈춘 갈색 피부의 장교 역시 술에 취해 있었다. 그리고 술에 취한 모습의 결정판을 보여 주는 대통령은 너무 취해 기절할 것만 같았다.

그는 자신을 변호할 수가 없었다. 몇 번 몇 마디 말을 해 보려고 했지만, 그때마다 아무도 그의 말을 듣지 않는다는 뼈아픈 인상을 받았고, 사실 아무도 그의 말을 듣지 않았다. 하고자 하는 말은 젖은 빵처럼 입 속에서 맴돌다 사라져 갔다.

단순한 검사들이나, 탁상 램프의 설사와 같은 불빛으로 온몸을 머리끝에서 발끝까지 목욕시킨 금과 마른 고기로 만든 인형들 같은 선고를 하려는 자들이나, 오렌지 빛의 바닥을 검은 달로 더럽히는 뱀의 그림자와 두꺼비의 눈을 가진 거지들에 비하면 미리 써놓고 편집된 선고는 너무도 엄청난 내용을 담고 있었다. 군인들은 붕대 같은 손수건을 빨고, 그 주위에 있는 가구들은 범죄를 저지른 집의 가구처럼 침묵을 지켰다.

"선고에 항소합니다!"

카르바할은 목소리가 목구멍까지 잠겨 겨우 말을 꺼냈다.

"그만 해! 여기선 항소니 읍소니 그런 것 없어!" 국방 법무감이 못마땅해하며 말했다.

카르바할은 두 손에 엄청난 양이라고 느껴지는 물이 가득 담긴 컵을 들어 올리고는, 그의 체내에서 맴돌고 있는 상념을 쫓아 버리려고 꿀꺽 마시기 시작했다. 고통을 받는다는 생각, 죽음의 작동 기재, 뼈마디에 와 닿는 총알의 감촉, 살아 있는 피부에 흘러내리는 선혈, 얼어붙은 눈, 미지근한 시체를 덮는 천, 대지. 두려움에 질려 컵을 내려놓았다. 팔을 뻗쳤으나 어떻게 행동할지 결정하고는 이내 멈췄다. 자신에게 건네주는 담배를 사양한 것이다. 그는 떨리는 손가락으로 목을 꼬집고 석회를 바른 벽에 시선을 굴리며 자신의 얼굴이 비친 창백한 시멘트를 찾아보려 했지만 찾을 수가 없었다.

거의 죽은 사람의 모습으로 입에서는 쓴맛이 나고 다리는 휘청거리고 눈에는 눈물이 잔뜩 고인 채 바람이 센 통로로 끌려 나왔다.

"변호사, 술이나 한잔 하시오." 해오라기 같은 눈을 가진 중령이 그에게 말했다.

"중령, 내일부터 자네는 포병 중대로 배치되네. 정치범에게는 그 어떠한 호의를 베풀면 안 된다는 명령을 받았다네." 어둠 속에서 한 목소리가 들렸다.

몇 걸음 더 앞으로 가자, 그들은 2.5미터의 길이에 2미터 폭의 토굴에 그를 밀어 넣었다. 거기에는 이미 열두 명의 사형수가 비좁은 공간에서 정어리들이 통조림 안에 있는 것처럼 꼼짝 못하고 있었다. 그들은 발을 딛고 있는 것 자체에 만족해야 했다. 그들은 자신들의 분비물을 밟고 있었다. 카르바할은 13번을 부여받았다. 군인들이 지나갈 때마다 고통스러워하는 이 무리의 탄식 소리는 지하의 침묵을 가득 메웠고, 저 멀리서 들리는 벽 앞에 선 자의 함성이 그들을 당황하게 했다.

두세 번에 걸쳐 카르바할은 갈증으로 죽음에 이르게 하는 사형 선고를 받은 이 불쌍한 친구가 외치는 소리를 기계적으로 세고 있는 자신을 발견했다. 일흔둘…… 일흔셋…… 일흔넷…….

발로 짓이겨진 배설물의 고약한 냄새에다 토굴의 답답한 공기 때문에 그는 기절할 것만 같았고, 그는 희미하게 들려오는 사형수의 신음 소리를 세면서 그만 다른 무리의 사람들과 달리 절망적인 지옥에 떨어지듯 배설물에 미끄러졌다.

루시오 바스케스는 감방 밖에서 서성거리고 있었다. 황달로 온몸이 노랗게 뜨고, 손톱과 눈동자도 떡갈나무 잎의 뒷면 같은 색깔이었다. 이러한 비참한 상황에서도 자신의 불행을 초래한 장본인인 헤나로 로다스에게 언젠가는 복수하겠다는 일념이 그를 지탱해 주었다. 그의 존재는 막설탕처럼 검고 달콤하고 아련한 희망으로 자양분을 공급받고 있었다. 구더기가 서식하는 가슴으로 어둠 속에서 몇 밤을 보내도 복수할 수만 있다면 아무리 많은 세월이 걸린다 해도 기다릴 수 있었다. 칼로 그의 내장을 파내고 시체를 바닥에 팽개쳐 버리겠다는 환상이 사악한 그의 의식을 구체화시켰다. 바스케스는 추위로 손이 갈고리 모양이 되었고, 노란 진흙으로 된 기생충처럼 꼼짝 않고 있으며 몇 시간이고 복수를 음미하고 있었다. 그를 죽이겠다! 그를 죽이겠다! 원수가 가까이 있기라도 한 것처럼 그는 손을 어둠 속에서 빼내 칼의 얼어붙은 손잡이를 느끼고는 행동으로 시범을 보이는 유령처럼 로다스에게 상상 속에서 칼을 겨누었다.

벽 앞에 선 자의 함성이 그를 흔들었다.

"주우님, 제에발 물 좀 주우세요!…… 무울! 물! 물! 물! 티네티, 물! 물! 주우니임, 제에바알…… 무울, 무울…… 물……!"

벽 앞에 선 자는 문을 두들겼지만 문 밖으로는 바닥부터 천장까지 벽돌로 담이 쌓여 있어서 문이 보이지 않았다.

"물, 티네티! 물, 티네티! 제발 물 좀 주시오, 티네티, 제발!"

눈물도, 침도, 그 어떤 수분도 없이, 그 어떤 신선한 것도 없이 목은 갈증의 가시로 채워졌고, 망치질을 하는 듯한 그의 외침은

빛과 흰 얼룩의 세계를 맴돌았다.

"물, 티네티! 물 좀 주게, 티네티! 티네티, 물!"

얼굴에 곰보 자국이 있는 중국인 하나가 죄수들을 돌보고 있었다. 그는 한 세기에 한 번 올까 말까 할 정도로 찾아와서는 생명의 호흡을 불어넣고 떠났다. 그 반신반인의 이상한 인간은 존재하기라도 하는 걸까? 아니면 모든 이들이 만들어 낸 허구일까? 짓이겨진 배설물들과 벽 앞에 선 사람의 고함 소리 때문에 그들은 정신이 마비된 것 같아서 선행을 베푸는 천사라는 존재도 환상에 불과할지 모른다는 생각을 했다.

"물, 티네티! 물, 티네티! 제발, 물, 물, 물, 무울!"

군인들은 끊임없이 가죽 샌들로 타일을 밟으면서 들어왔다 나갔는데, 그들 중 몇 사람은 깔깔대며 벽 앞에 선 자에게 답했다.

"티로레스, 티로레스! 사람처럼 말하는 교태 부리는 암탉과 대체 무엇을 하는 건가?"

"물, 제발, 물, 나리들, 물, 제발!"

바스케스는 복수할 일과 사탕수수 껍질처럼 바싹 말라 가는 대기 속에서 이탈리아인의 외침에 대해 되씹고 있었다. 그런데 총소리가 그의 숨을 멎게 했다. 총살을 하고 있다. 새벽 3시쯤 되었을 것이다.

30. 극한 상황에서의 결혼

"이웃 중에 위독한 환자가 있어요!"

이 집 저 집에서 늙은 처녀들이 나왔다.

"이웃 중에 위독한 환자가 있어요!"

군인 같은 얼굴에 외교관 같은 태도를 지닌 '2백여 집' 출신 페트로닐라는 특별한 장점이 없으면서도 베르타라고 불리기를 원했다. 그다음에 2백여 집과 친하게 지내는 실비아라는 친구가 나왔는데, 프랑스의 메르빙거 왕조풍의 옷차림에 강낭콩 같은 얼굴이었다. 실비아의 친구 엔그라시아도 나왔는데, 그녀의 코르셋은 코르셋이라기보다 그녀의 살 속에 좌초된 철갑에 가까웠고, 구두의 양끝은 비좁아 보였고, 목에 걸린 시곗줄은 교수대의 밧줄처럼 그녀의 목을 옥죄고 있었다. 엔그라시아의 조카도 나왔는데, 독사처럼 생긴 심장 헤어스타일에, 목이 쉬고 남자 같은 목소리에 키는 엔그라시아의 허리 밑에도 못 미쳤는데, 달력을 보고 언제 재앙과 혜성과 적그리스도가 나타나는지 말하기를 좋아했다. 그녀는 예언에 의하면, 열정에 달아오른 여성들을 피해 남성들이 나무 위에 올라가고, 여성들이 나무에 올라가 그들을 끌어 내리는 시기가 온다고 말했다.

이웃 중에 위독한 환자가 있어요! 얼마나 기쁜가! 그들은 그런 생각을 하지는 않았다. 하지만 거의 입 밖으로 튀어나올 뻔했다. 왜냐하면 이런 일을 전하는 목소리치곤 너무도 부드러웠기 때문이다. 그 일은 각자에게 가위질하고도 남을 만큼 충분한 옷감을 제공할 것이기 때문이다.

마사쿠아타는 그들을 기다리고 있었다.

"저희 자매들은 준비가 되어 있어요." 2백여 집의 여인 중 한 명이 무엇을 위해 준비가 되어 있는지는 밝히지 않은 채 말했다.

"옷이 필요하시다면 제게 말하면 돼요." 실비아가 말했다.

머릿기름 냄새가 안 날 때면 쇠고깃국 냄새를 풍기는 엔그라시아는, 코르셋으로 하도 조여서 말이 반밖에 발음되지 않는 소리로 덧붙였다.

"바로 이런 위독한 병세 때문에 나는 기도하고 또 기도했지."

그녀들은 주막 뒤에 모여 서서 환자의 침대를 약국의 상품처럼 에워싸는 침묵과 밤낮으로 그녀를 지키는 신사를 방해하지 않기 위해 낮은 목소리로 말했다. 정말 반듯한 신사야. 정말 반듯해. 그녀들은 카밀라의 용태를 살피기보다는 신사의 얼굴을 보기 위해서 발뒤꿈치를 올렸다. 카밀라는 머리는 헝클어지고 긴 눈썹에 목이 아주 가느다란 유령처럼 누워 있었다. 그녀들은 무언가 비밀스러운 사연이 있지 않을까 의심하기도 하며 술집 주인으로부터 이러한 비밀의 열쇠를 캐내려고 가만있지 않았다. 그는 그녀의 애인이다. 그녀의 애인! 그녀의 애인! 그러면 그렇지. 그녀의 애인이라 그랬구나! 각각은 이런 달콤한 말을 되뇌었다. 실비아만은 예외로, 침대 위의 그녀가 카날레스 장군의 딸이라는 것을 알아차리고는 모른 척하고 나가서 다시는 돌아오지 않았다. 정부의 적들과 상종하면 안 된다. 그는 그녀의 애인이기도 하지만 대통령의 총애를 받는 자다. 내 오빠는 국회의원이니, 오빠를 궁지에 몰아넣을 수는 없다. '주님, 이 시간으로부터 저희를 자유롭게 하소서.'

환자를 방문하는 것 이외에도 그 애인에게 위로하는 것으로 자비를 베푼다고 생각하는 노처녀들을 카라 데 앙헬은 쳐다보지도 않았다. 그는 카밀라에게서 나오는 반사적인 탄식과 고통스러운 신음 소리에 정신을 집중해 노처녀들이 자신에게 말하는 것을 듣지도 않고 감사하다고 전했다. 또한 그에게 악수하는 손에 그 어떤 정감 어린 반응도 하지 않았다. 비탄에 잠겨 자신의 몸 전체가 식어 가는 것을 느꼈다. 비가 올 것 같은 예감과 사지가 나른해지는 것을 느꼈다. 인생보다 더 넓은 공간에서 보이지 않는 귀신이 가까이 있는 것처럼 느꼈다. 그 공간에는 대기만 있고, 빛만 있고, 어둠만 있고, 사물들만 있다.

의사가 이러한 사념의 연결고리를 깼다.

"그럼, 선생님……."

"이젠 기적만이 필요할 뿐이오!"

"선생님, 여기 다시 돌아올 거죠, 그렇죠?"

술집 주인은 잠시도 쉬지 않았다. 시간은 그녀를 굴복시키지 못했다. 이웃집에서 빨래를 할 수 있다는 허락을 받고 이른 아침부터 온몸이 젖었고, 바스케스에게 줄 아침 도시락을 싸서 감옥에 가져가지만 그에 대한 소식은 아무것도 얻지 못한 후, 빨래에 비누칠을 하고 문질러 빨아서 널어 두고, 그것이 마를 동안 집으로 달려가서 이런저런 밀린 일을 마친 다음, 환자에게 가서 성자들 그림 앞에 초를 켜 놓고 식사하라고 카라 데 앙헬을 깨운 다음, 의사의 시중을 들고, 약국에 간 후, 노처녀들과 수다를 떨고, 침대 매트리스를 파는 가게 주인과 싸웠다.

"이건 돼지들이나 쓸 매트리스지!" 그녀는 넝마로 파리들을 놀라게 하려는 듯한 태도로 문에서 소리를 질렀다. "이건 돼지들에게나 필요한 매트리스야!"

"단지 기적만이 필요할 뿐이다!"

카라 데 앙헬은 의사의 말을 되뇌었다. 기적이란 선조 때부터 자의적으로 내려오던 것으로, 육신이 썩을 인간이 절대적 불모로부터의 승리를 의미하는 것이다. 기적을 행해 달라고 신에게 외칠 필요를 느꼈다. 그러는 동안 세상은 불필요하고, 적대적이고, 불안하고 존재 가치 없이 스스로의 팔에 의해 미끄러져 돌아갔다.

모두가 파국의 또 다른 순간을 기다리고 있었다. 개는 짖어 댈 것이고, 사람들은 문을 두드릴 것이며, 은총의 성당에서 종이 평소보다 두 배로 울리면 마을 사람들은 성호를 긋고 한숨 속에서 외쳐 댈 것이다. "이제 영원한 안식을 취하게 되었다! 그녀의 시간이 온 것이다! 그녀의 애인은 정말 안됐구나! 결국 그렇게 되어야만 했던 거야! 주님의 뜻대로 이루어지게 하소서! 우리 역시 그렇게 되겠지!"

　페트로닐라는 동안으로 늙어 가는 친구들 중 한 명에게 이 이야기를 해 주었다. 그 친구는 영어뿐만 아니라 다른 신기한 것도 가르쳐서 사람들은 그를 '티처'라고 불렀다. 그녀는 초자연적인 방법을 써서 카밀라를 살릴 수 있을지 알고 싶었고, '티처'는 그 해답을 알 것이라고 생각했다. 왜냐하면 그는 한가한 시간이면 접신에 대한 이론, 신비주의, 마법, 점성학, 최면술과 심령 과학 연구에 몰두했으며, 심지어는 '도깨비 집에 숨겨 놓은 보석들을 찾아내는 마법의 물통'이라고 불리는 방법을 고안한 발명가이기도 했다. 티처가 왜 그렇게 미지의 세계에 매혹되었는지는 알려진 바가 없다. 젊었을 때에는 성당 교리에 이끌렸다고 한다. 하지만 그보다 더 학식이 풍부하고 경험이 많은 어떤 기혼 여성이 그가 사도 서간에 대한 성가를 부르려 하자 막았다고 한다. 성직자의 일상복을 벗어서 걸어 놓자 사제의 습성을 가진 자신이 바보 같고 외롭게 느껴졌다. 신학교를 그만두고 상업학교에 들어갔는데, 거기서 회계학 여교수가 그에게 미친 듯이 빠져서 그가 도망칠 이유를 제공하지만 않았어도 행복하게 학교를 마쳤을 것이다. 역학은 그의 술에 취한 팔짱을 열게 해 줘서 철공예의 성가신 세계에 탐닉하게 했다. 그는 집 근처에 있는 대장간에서 풀무를 불게 되었다. 하지만 이 일에 잘 적응하지 못했고, 재능도 별로 없어 일을 그만두었다. 부자인 귀부인의 유일한 조카로서 그가 일할 필요가 더 있겠는가! 그의 고모는 여전히 그가 사제가 되기를 희망했다. "성당으로 돌아가라. 거기서 하품하며 있지 말고 성당으로 돌아가라. 너는 반쯤 미쳐 있고 산양의 젖으로 만든 버터처럼 약해 빠졌기 때문에 세상은 너를 그리 반기지 않는다는 사실을 알 것이다. 게다가 너는 군인, 악사, 투우사를 해 봤지만 네 마음에 드는 게 없잖니? 만일 신부가 되고 싶지 않다면 영어를 가르치는 선생이 되어라. 만일 주님이 너를 선택하지 않는다면, 네가 아이들을 선택해라. 영어는 라틴어보다 더 쉽고 유용하지. 네가 영어를 가르치면 학생들은 그것이 무슨 말인지 모르면서도—모를수록 좋긴 하지만—네가 영어를 잘한다고 생각할 것 아니니?"

페트로닐라는 진지하게 말할 때면 언제나 목소리를 낮추었다.

"비록 그녀를 납치하긴 했지만, 그녀를 사모하고 숭배하는 애인이 교회가 그들의 영원한 결합을 축복해 주길 바라면서 그녀를 존경하고 있어요. 요즘 흔히 볼 수 있는 일이 아니잖아요, 티처."

"요즈음에는 거의 보기 힘들죠!" 이미 계단 위에 올라선 것처럼 보이는 몸을 가진, '2백여 집'에서 가장 키가 큰 여자가 장미꽃 가지를 가지고 방을 지나면서 거들었다.

"티처, 그 애인을 지극정성으로 보살폈어요. 그 어떤 일말의 의심도 없이 말이에요. 그는 그녀와 죽어 버릴 것 같아요. 아!"

"페트로닐나, 당신은 대학 병원 의사들이 파르카*의 품으로부터 그녀를 꺼내기에는 능력이 부족하다고 선언했단 말이죠?" 선생은 천천히 물어보았다.

"예, 선생님. 그 무능력한 의사들은 이미 세 번씩이나 가망 없다고 단언했어요."

"그리고 닐라, 당신은 기적만이 그녀를 살릴 수 있다고 했죠?"

"생각해 보세요. 그 애인을 생각하면 가슴이 미어질 것 같아요."

"흠, 그럼 제가 방법을 가르쳐 드릴게요. 기적을 일으켜 봅시다. 유일하게 죽음을 막을 수 있는 것은 사랑뿐이지요. 「아가서」에 의하면 둘 다 똑같이 강하기 때문입니다. 당신이 제게 말씀하신 대로 그 처녀의 애인이 그녀를 사모한다면, 다시 말해 내장을 떼어 줄 것처럼 사랑한다면 말이죠, 내장과 정신을 다해서, 다시 말해 결혼하고 싶다는 정신을 가지고 있다면, 그녀를 죽음으로부터 살릴 수 있어요. 그가 혼인 서약을 한다는 조건 하에 말입니다. 이식과 접목에 대한 제 이론은 이 경우에 적용될 수 있습니다."

페트로닐나는 티처의 품에 안겨 기절할 뻔했다. 집에서는 소동이 벌어졌고, 친구들의 집에 갔고, 마사쿠아타에게 차를 타고 갔고, 마사쿠아타는 신부에게 이야기했고, 바로 그날 카밀라와 카라데 앙헬은 미지의 세상 문턱을 바라보는 시점에서 결혼식을 올렸다. 상아로 된 봉투를 절단하는 칼처럼 길고 섬세하고 차디찬 손을 대통령의 총애를 받는 자의 열이 펄펄 나는 오른손이 쥐었을 때, 신부는 라틴어로 된 혼배 성사 기도문을 읽고 있었다. '2백여 집'의 식구들은 모두 참석했다. 엔그라시아와 티처는 검은 옷을 입었다. 결혼식이 끝나자 티처는 탄성을 질렀다.

"너를 다른 존재로 만들라, 나를 사랑한다면(Make thee another self, for love of me)!"

31. 얼음으로 만든 보초

이동 중인 캄캄한 열차에서 군인들이 서로 마주보고 앉아 있는 것처럼 감방의 현관에서는 두 줄로 서 있는 보초들의 총검이 빛나고 있었다. 지나가는 차량들 사이에서 마차 한 대가 갑자기 섰다. 고삐를 있는 힘껏 잡아당기느라고 몸을 뒤로 뺀 마부는 더러운 형겊을 입힌 인형처럼 이리저리 몸이 흔들려 욕지거리를 내뱉으려다가 참고 있었다. 하마터면 떨어질 뻔했잖아! 낫으로 찍히기라도 한 듯 바퀴들이 비명 지르는 소리가 소름 끼치는 건물의 높고 매끄러운 벽으로 미끄러져 올라갔다. 배가 볼록 나온 한 사내가 발을 바닥에 겨우 내디디며 조금씩 내려왔다. 국방 법무감의 무게로부터 마차가 가벼워졌다는 것을 느낀 마부는 메마른 입술 사이에 끼워 둔 아직 켜지 않은 담배를 붙잡았다. 말들과 혼자 있는 게 얼마나 좋은가! 그는 건너편의 반역자의 죄처럼 추위로 굳어진 정원 주변에서 대기하기 위해 고삐를 늦췄다. 이때 어떤 귀부인이 자신의 말을 들어 달라며 법무감의 발밑에 무릎을 꿇고 애원했다.

"일어나세요, 부인! 이렇게는 당신 말을 들어 줄 수가 없어요. 제발, 일어나세요…… 당신이 누군지도 모르는데……."

"저는 카르바할 변호사의 아내입니다."

"일어나세요……."

그녀는 그의 말을 잘랐다.

"밤낮으로 당신의 집이며 당신 어머니의 집이며 당신의 사무실 할 것 없이 모든 곳으로 당신을 찾으러 다녔습니다. 오직 당신만이 남편의 소식을 알 수 있고, 오직 당신만이 제게 말씀해 주실 수 있기 때문이에요. 제 남편은 어디 있나요? 그에게 무슨 일이 있나요? 아직 살아 있는지 말씀해 주세요! 법무감님, 제 남편이 살아 있는지 말씀해 주세요!"

그녀는 이미 일어났지만 목덜미는 비탄으로 떨리고, 눈물을 멈출 수 없어 고개를 들지 못했다.

"법무감 님, 제 남편이 살아 있는지 말씀해 주세요."

"부인, 정확히 말씀드리자면 동료의 소송에 대해 알게 될 국방 의회를 오늘 밤 긴급히 소집하기로 했습니다."

"아아!"

그녀는 벌어진 입을 다물지 못했다. 살아 있다! 이 소식은 희망을 불러일으키기에 충분했다. 살아 있다!…… 그리고 무죄가 입증되어 풀려날 것이다…….

하지만 법무감은 냉정한 태도를 견지하면서 덧붙였다.

"부인, 이 나라의 정치 상황은 정부로 하여금 자신들의 적들에 대한 그 어떤 자비도 허용하지 않습니다. 이게 제가 유일하게 말씀드릴 수 있는 것입니다. 대통령 각하를 알현하고 당신 남편의 생명을 위해 간청하세요. 사형을 언도받고 24시간 이내에 법에 의해 총살형을 당하기 전에 말입니다."

"······버, 버, 버!"

"법은 개인들에 우선하는 것입니다, 부인. 대통령 각하께서 사면해 주시지 않는다면······."

"······버, 버, 버!"

말이 나오지 않았다. 그녀는 자신이 물어뜯고 있는 손수건처럼 하얗게 질려서 아무 말도 못하고 마치 존재하고 있지 않은 것처럼 무력한 상태로 손가락이 잘린 것처럼 손을 떨었다.

법무감은 총검들이 사열하고 있는 문을 통해 나갔다. 잠시 우아한 귀부인과 신사들을 가득 싣고 주요 산책로에서 도심으로 돌아오는 차량들로 북적여 거리가 활기를 띠더니 이내 외롭고 지친 상태로 되돌아갔다. 어느 작은 전차가 불꽃을 튀기며 좁은 길에서 기적 소리를 내며 나오더니 철길을 따라 언덕을 넘어갔다.

"······버, 버, 버!"

말을 할 수가 없었다. 도저히 깨는 것이 불가능한 얼음으로 만든 집게가 그녀의 목덜미를 조였다. 몸 전체가 어깨로부터 미끄러져 내려갔다. 머리와 손과 발이 없어져서 빈 옷만 남았다. 거리에서 보았던 마차가 지나가는 소리가 그녀의 귓전을 울렸다. 그녀는 마차를 세웠다. 말들이 멈추기 위해 머리를 높게 치켜세우자 눈물이 고인 그녀의 눈에는 말들이 아주 뚱뚱하게 보였다. 그녀는 마부에게 가능한 한 빨리 대통령 궁 앞 정원으로 가자고 했다. 말들이 전속력으로 달리는데도, 절망 속에서 서둘러야 했던 그녀는 너무도 절박했기 때문에 마부에게 고삐를 더 풀어 달라고 주문하기를 멈추지 않았다. 아직 거기 있을 것이다…… 고삐를 더…… 남편을 살려야 해요…… 고삐를 더…… 고삐를 더…… 고삐를 더……. 그녀는 채찍을 직접 잡았다. 고삐를 더…… 남편을 살려야 한다……. 말들은 잔인한 채찍질에 속도를 더 냈다. 채찍은 말들의 옆구리를 태우는 것 같았다. 그녀는 남편을 살려야 했다…… 아직 거기에 있을 것이다…… 하지만 마차는 가지 않는다. 그녀는 마차가 굴러가지 않는다고 느꼈다. 바퀴들은 돌고 있지만 잠들어 있는 축 때문에 바퀴들이 앞으로 나아가지 않고 제자리에 멈추어 있다고 생각했다…… 남편을 살리는 것이 급선무였다……. "그래, 그래, 그래, 그래, 그래." 그녀의 머리카락이 흩어져 내렸다. "남편을 구해야지." 그녀의 블라우스가 미끄러져 내려갔다. "남편을 구해야지." 하지만 마차는 굴러가지 않았다. 굴러가긴 굴러가는데 앞바퀴들만 굴러가고 뒷바퀴들은 뒤에 그대로 있어서 마차가 마치 아코디언처럼 늘어났다고 느꼈다. 말들은 더 작아지는 것처럼 보였다…… 마부는 채찍을 다시 그녀에게서 뺏었다. 이대로 갈 수는 없었던 것이다…… 그래, 그래, 그래, 그래…… 그렇고말고……, 아니지, 그렇고말고……, 아니야……, 그래, 아니야…… 하지만 왜 안 돼?…… 그럼 안 되지…… 돼……, 안 돼……, 돼……, 안 돼……. 그녀는 반지, 브로치, 귀고리, 팔찌를 빼서 마부의 외투 호주머니에 넣어 주고는 마차를 멈추지 말아 달라고 부탁했다. 남편을 살려야 했다. 하지만 아직 도착하지 못했다…… 도착한다. 도착한다. 도착한다. 하지만 아직 도착하지 못했다…… 도착한다. 도착한다. 도착한다. 하지만 아직 도착하지 못했다. 그들은 전보를 치는 전깃줄처럼 고정되어 있었다. 아니, 오히려 전깃줄처럼 뒷걸음질하는 듯 보였다. 푸크시아 나무의 나이테처럼, 씨 뿌리지 않은 들판처럼, 황혼에 물든 금빛 구름처럼, 홀로 있는 십자가처럼, 움직이지 않는 황소처럼 고정되어 있었다. 도로의 테두리 표시가 나무들과 좁은 통로로 바뀌면서 마침내 대통령 저택으로 접어들었다. 심장이 뛰기 시작했다. 인적이 드물고 황량한 몇 채의 집들 사이에 길이 나 있었다. 여기서부터 대통령 궁에서 돌아오는 1인용 마차, 2인승 마차, 4인용 마차 등과 마주쳤는데, 이 마차들에 탄 사람들은 모두 비슷한 외모와 복장을 하고 있었다. 바퀴가 돌이 박힌 도로에 부딪히며 나는 소리와 말발굽 소리가 앞으로 전진하는 것처럼 느끼게 했다…… 하지만 도착하지 않았다…… 하지만 도착하지 않았다……. 마차를 타고 오는 사람들 중에 실직 상태인 관리와, 키가 작고 옷을 잘 빼입은 뚱뚱한 장교들이 있었다. 수개월 전 대통령의 긴급 명령을 받고 불려온 농장주들은 걸어서 왔다. 가죽 가방처럼 생긴 시골 사람들과 한 걸음씩 옮길 때마다 숨을 헐떡거리는 여교사들도 있었다. 그들은 먼지를 하도 많이 뒤집어써서 눈이 멀 지경이었고, 구두는 다 해졌으며 속치마는 무릎까지 드러난 채였다. 그리고 비록 시 당국에서 임명했지만 주위에서 무슨 일이 일어나고 있는지 전혀 감을 잡지 못하는 원주민 수행원들이 지나갔다. 그녀는 남편을 살려야 했다. 그래야만 한다. 하지만 아직 도착하지 않았다. 도착하는 것이 급선무다. 위원회가 끝나기 전에 도착해서 대통령께 부탁해 남편을 살려 내야 했다. 하지만 아직 도착하지 않았다! 얼마 안 남았다. 이 마을을 우선 벗어나야 했다. 거기서 벌어질 것이다. 하지만 마을이 아직 끝나지 않았다. 이 길을 따라 예수와 목요일의 성인인 고통의 성모 그림을 들고 가는 행렬이 있었다. 행진에 맞추어 부는 구슬픈 트럼펫 소리에 사냥개들이 짖어 댔다. 보랏빛 꽃과 양탄자를 깐 천막 밑 발코니에 대통령이 나타나 행진을 바라보고 있었다. 예수는 카이사르 앞 나무의 무게에 굴복한 듯 지나갔다. 카이사르에게 신사들과 귀부인들이 모여들었다. 그렇게 고통스러워할 것이 아니다. 그렇게 몇 시간씩 울 일이 아니다. 가족들과 도시가 고통에 늙어 갈 일이 아니다. 조롱을 더 하려면 대통령 각하의 눈앞에서 수난 중인 예수의 그림을 지나가게 하는 것이 효과적이다. 아무 생각 없는 꼭두각시들처럼 무식한 사람들이 몇 줄씩 늘어섰는데, 세속적인 음악의 박자에 맞추어 황금빛 차양 밑으로 구름이 낀 눈으로 지나가는 것은 모욕이다.

마차는 고귀한 저택의 문 앞에서 멈추었다. 카르바할의 아내는 무성한 나무들이 우거진 길을 따라 안쪽으로 달려갔다. 장교 한 명이 그녀의 발걸음을 멈추게 했다.

"부인, 부인……."

"대통령 각하를 뵈러 왔습니다."

"대통령 각하는 귀하를 볼 일이 없습니다. 돌아가시오."

"아뇨, 절 보실 거예요. 저는 카르바할 변호사의 부인입니다."

그녀는 장교를 밀치고 앞으로 나갔다. 그녀는 황급히 뒤따라오며 소리 지르는 군인들로부터 도망치면서 황혼에 맥이 빠져 희미한 불빛이 내비치는 작은 집 앞으로 갔다.

"제 남편을 총살형에 처하려고 해요, 장군님!"

장난감으로 보이는 저 집의 복도를 통해 팔짱을 낀 채 산책하던 피부가 가무잡잡하고 온몸에 횃불 모양의 문신을 한 키가 큰 사람 앞에서 그녀는 흥분해서 말했다.

"제 남편을 총살형에 처하려고 해요, 장군님!"

문 앞에서부터 그녀를 따라온 군인은 계속해서 그녀에게 대통령 각하를 만날 수 없다고 말했다.

자신의 좋은 매너에도 불구하고 장군은 그녀에게 단호하게 답했다.

"대통령 각하께서는 부인을 보실 일이 없으십니다. 돌아가 주십시오, 부인."

"아! 장군님! 아, 장군님! 남편 없이 어떻게 살란 말입니까? 남편 없이 제가 어떻게 살란 말입니까? 안 돼요, 장군님! 각하께서는 절 보실 거예요! 제가 지나가게 해 주세요! 저에 대해 알려 주세요! 그들이 제 남편을 총살형에 처하려고 하잖아요!"

군복 밑의 심장에서 그녀의 말을 듣고 있었다. 그들은 그녀가 무릎을 꿇게끔 놔두지 않았다. 그녀의 청원을 들어주라는 날카로운 침묵의 소리에 그들의 고막은 구멍이 뚫린 채 떠 있었다.

바람이 불면 땅 위로 쓸리는 것이 두렵다는 듯 시든 나뭇잎들이 어둠 속에서 바스락 소리를 냈다. 그녀는 의자 위에 주저앉았다.

검은 얼음으로 된 남자들. 교활한 장교들. 흐느끼는 통곡이 그녀의 입술에서 풀을 먹인 가장자리처럼, 아니 거의 칼날처럼 새어 나왔다. 칼을 가는 돌이라도 되는 것처럼 통곡에 젖은 의자에 그녀는 쓰러져 버렸다. 그녀는 대통령이 있을지도 모르는 곳으로부터 아무렇게나 내팽개쳐졌다. 경비대가 지나가면 등골이 더욱 오싹해졌다. 그들에게서는 소시지 냄새와 올리브 압착기 냄새와 껍질을 벗긴 소나무 냄새가 났다. 의자는 바다 속의 판자처럼 어둠 속에 사라졌다. 그녀는 흡사 난파를 피하는 배처럼 어둠 속에서 이곳저곳으로 자리를 옮겨 다녔다. 두 번, 세 번, 여러 번에 걸쳐 숲 속을 지키는 보초들에게 제지를 받았다. 그들은 개머리판과 총구로 위협하며 탁한 목소리로 그녀를 저지시켰다. 그러나 그녀는 오른편에서 간청하는 데 실패하면 왼편으로 달려갔다. 돌에 걸려 넘어지기도 하고 가시나무 밭에 등을 다치기도 했다. 얼음으로 만든 냉정한 군인이 그녀의 앞길을 번번이 가로막았다. 그녀는 간청도 하고, 싸우기도 하고, 거지처럼 손으로 빌기도 했다. 아무도 그녀의 말을 듣지 않으면 반대 방향으로 달려갔다.

나무 사이로 달리는 그녀의 그림자는 마차 쪽으로 기울어졌다. 하지만 한 발을 마차의 디딤판 위에 올려놓기 무섭게 혹시 마지막 간청이 통하지 않을까 하여 미친 여자처럼 돌아갔다. 마부는 잠에서 깨어 고삐를 잡으려고 따뜻해진 호주머니에서 손을 빼내는 순간 하마터면 선물들을 쏟아 낼 뻔했다. 그는 시간이 너무나 천천히 가는 것처럼 느껴졌다. 밍가와 함께 보낼 즐거운 시간을 기다리다 지쳐 이제 시계를 보지도 않았다. 브로치, 반지, 팔찌, 귀고리……. 카르바할의 아내는 몽유병자처럼 마차에 돌아왔다. 마차에 앉아서 마부에게 이제 곧 문을 열 것 같으니 조금만 더 기다려 달라고 부탁했다. 30분…… 한 시간…….

마차에서는 아무 소리도 나지 않았다. 아니면 그녀가 잘못 듣는 것일까? 아니면 계속 멈추고 있는 것일까? 길은 가파른 언덕을 넘어 폭죽처럼 계곡으로 내려간다. 그러고는 다시 가파른 언덕을 넘어서 도시에 들어선다. 눈에 띄는 첫 번째 벽은 검은색이다. 첫 번째 집은 흰색이다. 벽의 움푹 파인 곳에는 오노프로프 광고가 붙어 있다. 모든 것이 그녀의 비탄 속에 접합되어 있는 것처럼 느껴졌다. 공기…… 모든 것…… 각각의 눈물방울에는 태양계 구조가 배어 있다. 고요한 지네들은 좁은 승강장의 지붕을 통해 떨어졌다…… 그녀는 피가 돌고 있지 않다고 느꼈다. 어떻게 지낼까?…… 저는 아파요, 아주 안 좋아요!…… 그리고 내일은 어떻게 지낼까?…… 저는 마찬가지예요. 그리고 모레도 마찬가지예요…….

죽은 자들의 무게는 밤의 지구를 돌게 하고, 살아 있는 자들의 무게는 낮의 지구를 돌게 한다. 죽은 자들이 산 자들보다 많을 때 살아 있는 자들의 무게는 항상 낮이 돌아오게 하기에 부족할 것이기에 밤은 영원할 것이며 끝이 없을 것이다.

마차가 멈춰 섰다. 길은 계속 있었지만 그녀는 원치 않았다. 감옥 앞에 멈추어 섰다. 여기에는 분명히 남편이 있을 것이다. 그녀는 발걸음을 한 발 한 발 옮기며 벽에다 등을 기댔다. 그녀는 상복을 입지는 않았다. 이미 박쥐의 촉감을 지니고 있었다. 두려움, 추

위, 역겨움. 사격의 메아리를 반복하는 소리가 울릴지 모르는 벽
에다 귀를 가져다 댔다. 그녀가 그렇게 서 있으면 남편을 총살시
키기가 불가능하다고 생각했다. 총알을 발사해서 그와 같이 눈이
있고, 입이 있고, 손이 있고, 머리카락이 있고, 손에 손톱이 있고,
입에 이빨이 있고, 혀가 있고, 목젖이 있는 사람을 죽일 수는 없다
고 생각했다. 그와 같이 같은 피부색의, 같은 억양의, 같은 방식으
로 보고 듣는, 잠을 자는, 일어나는, 사랑을 하는, 세수를 하는, 먹
는, 웃는, 걷는, 같은 신앙을 가지고 의심을 가진 사람들을 총살시
키는 것은 불가능하다고 믿었다.

32. 대통령 각하

대통령 궁으로부터 급한 전갈을 받은 카라 데 앙헬은 카밀라의 상태를 살펴보았다. 그의 근심 어린 눈빛은 보다 유연해졌고 보다 인간적으로 보였다. 그는 겁 많은 파충류가 똬리를 튼 것처럼 대통령 각하와 카밀라, 카밀라와 대통령 각하 사이에서 누구에게 갈지 생각 중이었다.

그는 아직도 술집 주인이 어깨를 밀었던 것과 그녀의 간청에 대한 기억이 남아 있었다. 바스케스를 위해 부탁하는 것이었다. "가세요, 저는 여기 남아 부인을 돌볼게요." 그는 거리에 나와 깊게 심호흡을 했다. 그러고는 대통령 궁으로 가는 마차를 탔다. 자갈을 밟는 말발굽 소리와 함께 마차는 순조롭게 달려갔다. "빨간 자물쇠…… 벌-집…… 화-산……." 가게들의 이름을 또박또박 발음했다. 낮보다는 밤에 간판들이 더 잘 읽혔다. "구아-달-라-테…… 철-도…… 병-아-리-와 암-탉……." 가끔은 눈에 익숙하지 않은 중국식 이름이 나오기도 했다. "론 레이 로니 시아……

쿠안-세르-찬…… 푸 쿠안 엔…… 촌 찬 론…… 세이 욘 세이……." 그는 카날레스 장군과 관련된 생각을 멈추지 않았다. 자신에게 장군의 소식을 알려 주기 위해 불렀을지도 모른다…… 그럴 리 없다!…… 그럴 수도 있지 않나? 그를 체포해서 죽였을 것이다. 아니면 죽이지 않고 결박한 채 있는지도 모른다. 갑자기 먼지 연기가 일어났다. 마차가 일으키는 먼지바람이 황소를 그리기도 했다. 모든 게 가능해! 마차는 시골길로 다다르자 마치 단단한 상태에서 액체 상태로 진입하듯이 더 가볍게 달렸다. 카라 데 앙헬은 손으로 무릎 뼈를 누르고 한숨을 쉬었다. 수천 개의 동전을 굴리듯 천천히 쉬엄쉬엄 나아가는 밤의 소리에 마차가 달려가는 소리가 묻혀 버렸다. 새 한 마리가 나는 소리를 들은 것 같았다. 집 몇 채가 드문드문 보였다. 반쯤 죽은 개들이 짖고 있었다.

국방부 차관이 자신의 사무실 문 앞에서 그를 기다렸다. 차관은 아무 말도 하지 않고 악수를 청한 후 자신이 피우던 아바나산 시가를 재떨이에 놓더니 카라 데 앙헬을 대통령 집무실로 안내했다.

"장군." 카라 데 앙헬은 차관의 한쪽 팔을 잡았다. "각하께서 왜 저를 찾으시는지 이유를 아십니까?"

"몰라. 미겔, 너무 신경 쓰지 말게."

이제 무엇 때문에 불렀는지 알 수 있을 것 같았다. 차관의 대답을 피하며 두세 번 반복된 꾸며 댄 웃음이 무슨 뜻인지 충분히 짐작할 수 있게 했다. 문 안으로 들어서자 원형의 테이블 위에 술병이 잔뜩 있었고 육포와 아보카도, 그리고 고추와 피망이 담긴 접시가 있었다. 의자들이 바닥에 이리저리 무질서하게 내팽개쳐져 있는 모습이 이 그림을 완성시켜 주었다. 흰 반투명 유리를 끼운 왕관 모양의 창틀마다 뒤에는 빨간 지붕마루가 닿아 있어 정원에 켜 놓은 등에서 들어오는 불빛이 새가 부리로 쪼듯 침투하려 했다. 관저를 지키는 장병들은 완전 무장한 모습이었고, 문 앞에는 장교 한 명이 서 있었으며, 밖의 나무에는 사병 한 명이 배치되어 있었다. 대통령이 방의 안쪽에서 있다가 다가왔다. 그런데 그의 발걸음에 바닥이 딸려 다가오는 것 같고, 모자 위로는 집 전체가 따라오는 것 같았다.

"대통령 각하." 대통령의 심복이 인사했고, 대통령이 말을 끊자 이에 복종했다.

"미에르*······바조차!"

"대통령 각하, 여신을 말씀하시는 겁니까?"

각하는 비틀거리며 테이블로 걸어가더니 미네르바를 찬미하려고 그러느냐는 심복의 질문을 아예 무시한 채 소리 질렀다.

"미겔, 알코올을 발견한 사람은 사람을 죽지 않게 만드는 술을 찾고 있었다는 사실을 알아?"

"아뇨, 대통령 각하. 몰랐습니다." 심복은 급하게 대답했다.

"이상하군. 왜냐하면 그는 스위트 마든에 있는데······."

"대통령 각하처럼 지식이 풍부하시고 당대 국가 지도자들 중에서도 가장 이지적이신 분에게는 모른다는 것이 이상하실 수도 있겠네요. 하지만 저 같은 것은 모를 수도 있지요."

각하는 그 순간 알코올 때문에 세상이 거꾸로 보이는 것을 잠재우고자 눈을 꺼풀 속으로 집어넣고 있었다.

"그래, 내가 많이 알긴 하지!"

이렇게 말하면서 위스키 병들이 검은 숲처럼 둘러싸인 자리에다 한 손을 푹 집어넣어 한 잔을 따르더니 카라 데 앙헬에게 권했다.

"미겔, 마시게……." 그는 말이 잠겼고, 무언가가 목구멍에 걸렸다. 가는 목구멍에 근육이 생기고 이마의 혈관도 튀어나오자, 그는 걸린 것이 빠져 내려가도록 주먹으로 가슴을 쳤다. 심복의 도움으로 탄산수를 몇 모금 마시자 딸꾹질이 나긴 했지만 말을 되찾았다.

"하하하!" 그는 카라 데 앙헬을 가리키며 웃음을 터뜨렸다. "하하하! 죽음의 계약에……." 웃음이 웃음을 유발했다. "죽음의 계약에, 하하하하!"

심복은 얼굴이 창백해졌다. 방금 건배한 위스키 잔을 든 손이 떨렸다.

"대……."

"……통령 각하는 다 알지." 각하가 끼어들었다. "하하하! 모든 심령주의자들이 그러하듯 정신박약아의 조언에 따라 죽음의 계약을 하다니…… 하하하!"

카라 데 앙헬은 소리 지르는 것을 막기 위한 재갈처럼 술잔을 입에 가져다 대고는 위스키를 마셨다. 눈앞이 붉게 물들었고, 주인에게 달려가 그 입에서 내뿜는 비참한 웃음소리와 핏빛 소주가 내뿜는 불을 끄고 싶은 마음이 굴뚝같았다. 기차가 자신의 몸을 치고 가도 그렇게 상처를 입을 것 같지는 않았다. 구역질이 났다. 그는 지금껏 잘 교육받고 지적이고 기름기 있는 음식에 만족하며 목숨을 잘 부지하는 개처럼 행세해 왔다. 그는 분노를 감추려고 일부러 미소를 지었지만 그의 얼굴에 번져 나는 독처럼 비로드로 된 눈에는 죽음의 공포가 서렸다.

각하는 파리 한 마리를 쫓고 있었다.

"미겔, 파리 잡기 놀이를 아는가?"

"모릅니다, 대통령 각하."

"아, 그렇지. 네-가, 죽음의 계약을……! 하하하하!…… 히히히히!…… 호호호호!…… 후후후후!"

그렇게 웃어 대며 각하는 파리를 계속 쫓았다. 셔츠는 밖으로 빠져나와 치마처럼 늘어지고, 단추도 끌러지고, 신발 끈도 풀어지고, 침을 질질 흘리며, 이리 뛰고 저리 뛰는 그의 눈은 계란 노른자위 같은 색을 띠고 있었다.

"미겔." 각하는 그의 얼굴을 바라보지 않은 채 숨이 차서 잠시 쉰 후 말을 꺼냈다. "파리 잡기 놀이는 가장 재미있고 배우기 쉽다네. 필요한 건 인내뿐이라네. 고향에서 어릴 적부터 파리잡기 놀이를 즐겼다네."

자신의 고향에 대해 이야기할 때, 미간을 찡그리더니 잠잠하던 얼굴에는 그늘이 졌다. 그는 등 뒤에 그려져 있는 공화국의 지도가 있는 쪽으로 가더니 고향의 이름이 있는 곳을 주먹으로 쳤다.

아주 찢어지게 가난하던 어린 시절에 다니던 거리가 그의 눈에 어렴풋이 그려졌다. 부유한 친구들이 먹고 마시면서 즐길 때, 그는 밥벌이하느라 그 거리를 서성였다. 그는 보잘것없는 자기 모습을 동향 친구들 사이에서 보았고, 외톨이가 되어 밤마다 램프 밑에서 공부할 때 어머니는 접이용 간이침대에서 잠을 잤고 바람은 양고기의 냄새가 밴 질풍을 몰고 와 인적이 드문 거리를 채웠다. 그리고 삼류 변호사 시절의 자신을 생각했다. 자신이 매춘부들, 도박꾼들, 가축 도둑들 사이에서 일할 때, 비중 있는 사건을 맡았던 동료들은 자신을 무시했다.

그는 많은 잔을 비우고 또 비웠다. 옥빛 얼굴에 마비된 눈이 빛났고 때가 검은 달 모양으로 낀 손톱이 작은 손의 윤곽을 그리고 있었다.

"배은망덕한 놈들!"

심복은 그의 어깨를 부축했다. 그는 어질러진 방을 둘러보며 시체들을 바라보듯 되뇌었다.

"배은망덕한 놈들!" 그러고는 평상시의 말투로 덧붙였다. "파랄레스 손리엔테를 좋아했고 그 친구를 앞으로도 영원히 좋아할 거야. 나는 그 친구를 장군으로 만들어 주려고 했다. 그는 우리 고향 놈들을 짓누르고 욕보였지. 어머니가 간섭만 안 하셨어도 나는 그 놈들 모두에게 복수하며 내가 그놈들에게 품었던 감정을 똑똑히 알게 해 주었을 거야. 그건 나만이 알지…… 배은망덕한 놈들! 그를 암살한다는 건 결코 용납할 수 없는 일이야. 사방팔방에서 내 목숨을 노리고 있는데, 친구들은 하나 둘 사라지고 적들만 늘고 있으니. 게다가…… 아니다! 아냐! 그놈의 성당 앞에는 돌 하나 남지 않게 할 거야……."

그의 입술에서 새어 나오는 말들은 마치 미끄러운 도로를 굴러가는 차량 같았다. 그는 손으로 배를 움켜쥐고, 이마에는 핏줄이 돌고, 눈은 게슴츠레하고, 찬 공기를 내뿜으며 심복의 어깨에 몸을 기댔다. 얼마 안 있어 오렌지 수프를 토해 냈다. 차관이 공화국의 문장이 바닥에 새겨진 대야를 들고 뛰어왔다. 그가 다 토해 냈을 때 심복의 몸은 온통 토한 오물을 뒤집어쓴 채였다. 심복과 차관은 그를 끌고 가서 침대에 뉘었다. 그는 울면서 되뇌었다.

"배은망덕한 놈들 같으니! 배은망덕한 놈들!"

"축하하네. 미겔, 축하해." 그들이 밖으로 나가자마자 차관이 중얼거렸다. "대통령 각하께서 자네 결혼을 알리는 기사를 신문에 내고 각하의 이름을 하객들 명단의 맨 처음에 실으라고 명령하셨네."

복도에 이르자 차관은 목소리를 높였다.

"처음에는 일을 이 지경으로 만든 자네를 매우 불쾌하게 여기셨네. '파랄레스 손리엔테의 친구는 그런 일을 저지르면 안 되지. 미겔은 원수의 딸과 결혼하기에 앞서 내게 상의했어야지. 미겔이 사랑에 눈이 멀다니. 그가 사랑에 빠졌어. 물론 사랑은 힘들게 하고, 핏기 없게 하고, 망나니 같은 허풍쟁이에 불과하다는 것을 내 그에게 똑똑히 보여 주게 할 거야'라고 말씀하셨네."

"고맙소, 장군."

"이걸 보게!" 장군은 기분이 좋아진 듯 깔깔거리며 친근감의 표시로 심복의 어깨를 두들기고는 말을 이어 갔다. "어서 이리 와 신문 좀 보게! 자네 부인의 사진은 그녀의 숙부 후안에게서 얻었다네. 좋은 일이야, 친구. 잘되었어!"

심복은 신문에 손톱을 묻었다. 하객들의 이름으로 각하 외에 기술자 후안 카날레스와 그의 동생 호세 안토니오도 있었다.

"세상을 떠들썩하게 한 결혼. 어젯밤 아름다운 신부 카밀라 카날레스와 신랑 미겔 카라 데 앙헬이 결혼식을 올렸다. 두 약혼자는……." 여기서 그는 하객들 명단에 대한 내용으로 시선을 건너뛰었다. "이 결혼은 공화국의 헌정 대통령 각하에 의해 후원을 받아 예식이 대통령 궁에서 거행되었으며, 하객들로는 각 부처의 장관들과 장군들과(여기서 명단을 살짝 건너뛰었다) 신부의 은혜로운 숙부인, 기술자 후안 카날레스와 같은 성의 호세 안토니오가 있었다." 엘나시오날 신문의 결혼식 기사는 이렇게 끝을 맺었다. "우리는 결합한 양측을 축복하고 그들의 새로운 가정에 축복이 있길 빈다." 카라 데 앙헬은 어디다 시선을 두어야 할지 몰랐다. "베르됭 전투가 계속되고 있다. 독일군의 절망적인 노력으로 오늘 밤……." 신문에서 시선을 뗀 후 카밀라의 사진 밑에 나온 글귀를 다시 읽었다. 그가 사랑했던 유일한 존재는 모두가 춤을 추는 허구 속에서 춤을 추고 있었다.

차관은 신문을 낚아챘다.

"지금 보고 있는 것을 믿을 수 없겠지. 재미있지 않나?"

카라 데 앙헬은 미소를 지었다.

"하지만, 친구. 이제 가 봐야지. 내 마차를 타게."

"고맙소, 장군."

"저기 있다네. 마부에게 당신을 태우고 간 후 나를 데리러 오라고 전하게. 잘 들어가게, 그리고 축하하네. 아 참! 신문을 들고 가서 부인에게 보여 주게. 그리고 부인에게 내가 축하한다고 꼭 전해 주게나."

"정말 고맙네. 잘 있게."

심복이 타고 가는 마차는 마치 연기로 된 두 마리의 말에 의해 늘어난 그림자처럼 소리 없이 사라졌다. 귀뚜라미들의 노래는 벌거벗은 들판의 고적과 아직 영글지 않은 옥수수들의 미지근한 고독과 고요한 건초와 재스민 향기가 자욱한 과수원 담장을 뒤덮었다.

"그래, 그렇게 계속 나를 놀려 대면, 네 목을……." 그는 생각에 잠겨 혹시 마부가 자신의 눈빛에서 무언가를 읽어 낼까 봐 두려워 얼굴을 좌석 뒤로 숨겼다. 대통령의 밴드로 감은 얼어붙은 가슴, 경직된 코가 납작한 얼굴, 손목을 옷깃으로 가려 겨우 보이는 손가락 끝, 가죽 구두 위의 낭자한 피…….

적대감에 찬 그의 기분은 마차가 흔들거리자 더 나빠졌다. 범죄를 재구성하기 위해 감옥에서 느끼는 살인의 첫 번째 고정된 감정에 가만히 사로잡히고 싶었다. 이렇게 명백하고도 외부로 드러나는 고정된 감정은 분노의 폭풍우를 보상하기 위한 것이었다. 그의 혈관에서는 피가 끓었다. 땀과 눈물로 젖은 손수건으로 주인이 토한 것을 닦아 내면서 신선한 밤공기를 마시기 위해 고개를 들었다. 분노에 떨며 저주를 퍼붓고 울기도 했다. "아! 내 영혼에 토한 웃음을 닦아 낼 수만 있다면!"

장교를 태운 마차가 스치듯 지나쳤다. 하늘은 자신의 끝나지 않는 장기 게임판 위에서 깜박였다. 말 모양의 폭풍우가 먼지구름으로 휩싸인 도시 방향으로 달려가고 있었다. '자, 여왕을 잡으러 말이 간다!' 카라 데 앙헬은 속으로 생각했다. 그는 대통령이 데리고 놀 여자들을 데리러 번개처럼 사라지는 장교가 탄 마차를 보며 이렇게 생각했던 것이다. 마치 신들의 전령 같았다.

　중앙역에서는 기차가 뜨거운 재채기를 하는 요란한 소리에 뒤섞여 떠들썩한 하역 작업이 한창이었다. 거리에서는 높은 집의 녹색 발코니 위 창에 상체를 드러낸 흑인의 모습이 눈에 띄었다. 주정뱅이 몇 명이 비틀거리며 지나가고, 인색하게 생긴 어느 사내가 전쟁에서 진 포병 부대의 무기인 양 달구지에서 아코디언을 늘어뜨리며 연주하고 있었다.

33. 진실을 확인시켜 주는 편지[*]

이제 과부가 된 카르바할의 아내는 이 집 저 집을 찾아다녔다. 하지만 집집마다 정부의 적을 만남으로써 야기될 문제를 두려워해 그녀 남편의 죽음에 대한 애도의 말조차 하지 않은 채 그녀에게 싸늘하게 대했고, 심지어는 하녀가 창을 통해 "누굴 찾으세요? 그분들은 지금 안 계세요"라고 퉁명스럽게 말하기까지 했다.

여러 집들을 다니면서 얼어붙었던 그녀의 마음은 집에 들어서자 조금씩 누그러지기 시작했다. 남편의 초상화들을 모으며 다시 울기 시작해 눈물바다를 이루었다. 그녀에게 남은 것은 어린 아들과 아들에게 "아버지의 사랑은 이 세상에서 최고야!"라고 소리 높여 말하는 귀머거리 하녀뿐이었다. 거기에 계속 반복해 말하는 앵무새가 있었다. "나는야 녹색 옷을 입은 포르투갈 왕실의 앵무새야, 진짜는 아니지만. 앵무새야, 다리를 내놓아라! 안녕하세요, 변호사 님! 썩은 걸레 냄새가 나네. 모든 천사들의 여왕이신 원죄 없으신 성모와 제단 위의 성체여 찬미받으소서!…… 아! 아!" 밖으로 나가 대통령에게 남편의 시체를 찾아 달라고 청원하는 서명을 받으려 했으나 아무도 그녀에게 말조차 하려 들지 않았고 헛기침을 한다든지 무서운 침묵 속에서 그녀를 차갑게 맞았다. 돌아오는 길에 그녀의 검은 망토 속에 있는 서명장에는 자신의 이름만이 적혀 있었다.

그녀가 인사하는데도 사람들은 얼굴조차 보려 하지 않았고 문 앞에서 그 흔한 "들어오세요"라는 말조차 하지 않았다. 그녀에게서 가난보다 더 나쁜, 흑사병이나 황달보다 더 심각한 보이지 않는 병이라도 감염될까 봐 두려워했다. 그럼에도 불구하고 귀머거리 하녀의 표현대로 익명의 편지들이 비처럼 내렸다. 인적이 드문 어두운 거리에 인접한 부엌의 문 밑으로 밤의 힘을 빌려 보내온 한 통의 편지를 발견했다. 떨리는 필체로 그녀를 가리켜 성인이요 순교자요 죄 없는 희생자라고 동정의 글을 쓴 뒤, 그녀의 불행한 남편이 천국에 가기를 기원하면서 파랄레스 손리엔테 대령의 죄상을 낱낱이 기록하고 있었다.

동이 트자 두 통의 익명의 편지가 더 문 밑에서 발견되었다. 하녀는 이 편지들을 어금니에 물고 왔다. 양손이 젖어 있었기 때문이다.

첫 번째 편지는 이렇게 적혀 있었다.

"사모님, 이것이 당신과 슬픔에 잠긴 당신의 식구들께 당신의 남편이신 고귀한 시민 아벨 카르바할 변호사 님에 대한 깊은 애도를 표현하는 적절한 방법이 아니라는 것을 압니다. 하지만 진실을 전달하기에 편지조차 믿을 수 없는 상황이라는 것을 양해해 주시기 바랍니다. 언젠가는 제가 부인께 본명을 밝혀 드릴 수 있을 것입니다. 저의 아버님께서도 그자의 손에 걸린 제물의 한 사람입니다. 지옥의 어둠 속에서 온갖 고문이 그자를 기다리고 있을 것입니다. 파랄레스 손리엔테 대령의 악행은 훗날 역사에 기록될 것입니다. 만일 누군가가 뱀의 독으로 된 잉크로 글을 적는다면 말입니다. 벌써 여러 해 전에 제 아버님은 이 겁쟁이에 의해 거리에서 암살당하셨습니다. 이러한 사건을 마치 기대했다는 듯이 아무도 여기에 대해 조사하지 않았습니다. 그래서 어느 날 용감한 익명의 남자가 우리 가족에게 편지를 써 보낼 때까지는 미스터리로 남아 있었습니다. 그 사람이 아버님이 살해당하는 끔찍한 상황을 자세히 적어 보냈던 것입니다. 저는 당신의 남편이 시민들의 가슴에 기념비처럼 남아 있는 영웅과 같은 전형의 인물인지 아닌지는 모르지만 (여러 풍문을 종합해 보건대) 실제로 파랄레스 손리엔테의 희생자들에게는 그런 존재임이 분명합니다. 저는 부인에게 마음 깊숙한 곳으로부터 우러나오는 연민을 바칩니다. 사모님, 미국의 금에 기대어 다니는 불한당 중의 한 명을 제거하며 조국을 구하고자 한 한 남자의 손실에 대해 우리 모두는 비통한 마음을 금할 길이 없습니다. 이러한 졸문을 제 피로써 바칩니다. 칼라트라바의 십자가 올림."

부인은 기운이 빠지고 허무해져서 온종일 시체처럼 침대에 마비된 채 있었다. 일어나지 않고 최소한의 행동을 하기 위해 나이트 테이블에는 당장 필요한 물건들이 놓여 있었다. 누군가가 방으로 들어오거나, 빗질을 하거나, 그녀 가까이에서 소리를 내기라도 하면 신경과민으로 발작을 일으켰다. 어둠과 침묵과 더러움이 홀로 있고 싶다는 그녀의 욕망과 버려짐, 애수에 어린 형태를 잡아 주었다. 남편과 함께 죽어 버린 것과도 더불어 있고 싶은 욕망이 그녀의 몸과 영혼 속에서 자라났다.

그녀는 또 다른 익명의 편지를 읽어 나갔다.

"존경하는 마음과 염려하는 마음을 모두 담아 부인께 바칩니다. 몇몇 친구들을 통해 남편의 총살이 시행된 그날 밤 부인이 형무소 담벼락에 귀를 대고 서 있었다는 사실을 알게 되었습니다. 비록 부인이 아홉 발의 총성을 들었다고 하지만 어떤 총알이 카르바할 변호사의 목숨을 앗아 갔는지 부인께서는 알 길이 없을 것입니다. 신이여, 그의 영혼에 안식을 주소서. 이제는 편지조차 믿을 수 없는 시절이 되었기 때문에 가명으로 적습니다. 부인의 상실감이 너무도 크다는 것을 잘 알기에 총살 광경을 목격한 제가 아는 사실을 편지로나마 알려 드리려 합니다. 당신 남편 앞에서 피부색이 까무잡잡하지만 흰 머리가 이마를 뒤덮은 어떤 마른 남자가 걸어 나왔습니다. 그의 이름은 모릅니다. 푹 파인 그의 눈가에는 고통이 서려 있었지만 눈물에는 인간에 대한 애정이 묻어 나왔고, 눈동자를 보면 그가 고귀하고 관대한 영혼의 소유자라는 것을 알 수 있었습니다. 변호사는 보이지도 않는 시선을 바닥에 고정시킨 채 비틀거리며 따라나섰습니다. 이마에는 땀이 맺혔고 마치 터져 나오는 심장을 막으려는 듯 손을 가슴 위에 얹고 있었습니다. 안뜰로 나오자 군대가 그를 에워싸고 있다는 것을 보았습니다. 그의 눈앞에서 펼쳐지는 것이 도저히 믿기지 않는다는 듯 손등으로 눈을 비비더군요. 그는 너무 작고 남루한 옷을 입고 있었는데, 상의 소매는 겨우 팔꿈치까지밖에 안 오고 하의는 무릎에 닿는 해진 옷이었습니다. 죄수들은 모두 더럽고 해진 옷을 입고 있었는데, 자신의 옷은 토굴에 매장되어 있는 친구들에게 주거나 간부들에게서 호의를 얻기 위해 준 것이지요. 변호사가 걸친 넝마 같은 셔츠에는 뼈로 만든 단추 하나밖에 없었습니다. 넥타이나 신발은 걸치지 않은 채였습니다. 반은 벌거숭이가 된 자신의 불행한 동료들의 존재가 그의 기운을 되찾게 했습니다. 그들이 사형 선고문을 모두 낭독하자 그는 머리를 들고 늘어선 총검들을 서글픈 시선으로 바라보더니, 뭐라고 한마디 했으나 잘 들리지 않았습니다. 그의 곁에 있는 노인도 무엇인가 말하려 했는데 장교들이 칼을 들이대며 말하지 못하게 하더군요. 햇빛을 받은 칼을 휘두르는 모습은 흡사 알코올이 파랗게 타오르는 불빛 같았습니다. 그때 누군가 '조국을 위하여!' 라고 힘껏 외치는 소리가 사방의 벽에 울렸습니다. 그러자 하나, 둘, 셋, 넷, 다섯, 여섯, 일곱, 여덟, 아홉 번의 총성이 울렸습니다. 어떻게 제가 그 소리들을 손가락으로 세었는지 모르지만, 그 이후부터 왠지 제게는 손가락 하나가 여분으로 남아 있다는 야릇한 느낌이 들었습니다. 희생자들은 눈을 감은 채 몸을 비틀었는데, 죽음으로부터 더듬고 헤매며 도망치려는 듯했습니다. 우리와 열 명이 채 안 되는 그들 사이에 먼지의 베일이 내렸습니다. 허공에서 혼자 굴러떨어지지 않으려고 그들은 서로 부둥켜안으려 했지만 허사였습니다. 마지막 사격은 마치 젖은 폭죽처럼 늦게 터지는 것이 참 고약했어요. 다행히도 당신의 남편은 첫 발에 쓰러졌습니다. 위로는 도저히 접근할 수 없을 것 같은 푸른 하늘이 아득히 들려오는 종소리와 새소리, 그리고 강물 소리의 메아리와 섞여 보였습니다. 제가 알기로는, 국방 법무감이 시체를 매장하는 일을 맡아서……."

그녀는 애타게 접힌 부분을 다시 살펴보았지만 편지 어디에도 이 문장과 연결되는 부분이 없었다. 편지를 다시 읽어 보고, 봉투를 뒤져 보고, 침대 시트를 벗겨 보고, 베개도 들어 보고, 바닥도 찾아보고, 책상 위도 뒤져 보았다. 남편이 어디 묻혔는지 알려고 이 모든 과정을 다시 반복했지만 결국 허사로 끝났다.

안뜰에서 앵무새가 종알거렸다.

"나는야 녹색 옷을 입은 포르투갈 왕실의 앵무새야, 진짜는 아니지만. 저기 변호사 님이 오신다! 왕실의 앵무새, 만세! 허풍쟁이가 내게 말하지. 언제 올 거니? 난 울지 않아요, 하지만 기억해요!"

국방 법무감의 하녀는 현관에서 여성 두 명이 소리 지르며 말하는 것을 응대하는 동안, 문 앞에 카르바할의 부인을 세워 두었다.

"이것 봐, 내 말 들어 봐." 그중 한 명이 말했다. "내가 더 이상 그 사람을 기다리지 않는다고 전해 줘. 나는 이 찬 의자에 엉덩이를 대고 앉아 기다릴 원주민이 아니란 말이야. 가서 그 사람에게 전해. 카사누에바에서 데려온 여자 값으로 훔쳐 간 돈 1만 페소를 돌려줄지 여부를 묻는다고 말이야. 그 여잔 나한테 쓸모가 없어. 왜냐하면 그 여자를 데리고 간 그날 바로 발작을 일으켰단 말이야. 이제 내가 마지막으로 그자를 귀찮게 하는 것은 바로 대통령 각하에게 이 일에 대해 불평하는 것이라고 똑바로 전해 줘."

"이제 가요, 촌 언니. 너무 그렇게 화내지 말아요. 이 불쌍한 얼굴을 한 노인네를 그냥 놔둡시다."

"아가씨……." 하녀가 말하려 했지만 아가씨가 말을 막았다.

"입 닥쳐!"

"내가 너한테 말한 걸 그대로 전해. 내가 미리 경고하지 않았다고 불평하지 않게 말이야. 촌 여사와 아가씨 한 명이 그자를 찾으러 왔었고, 기다리다가 그자가 오지 않자 건초가 토끼를 잡아먹는다는 말이 있다고 전한 뒤 가더라고 말해."

본인만의 생각에 잠겨 카르바할의 부인은 무슨 일이 일어나고 있는지 감을 잡지 못했다. 유리관 속에 있는 시체처럼 검은 옷을 입은 그녀는 얼굴밖에 보이지 않았다. 하녀가 그녀의 어깨를 톡톡 쳤다. 이 노인의 손끝은 거미줄의 감촉과 비슷했다. 하녀는 그녀에게 들어오라고 했다. 그들은 함께 집으로 들어갔다. 미망인은 또렷또렷하게 말할 수는 없었지만, 글을 오랫동안 소리 내어 읽기에 지친 사람처럼 말했다.

"예, 부인. 가지고 온 편지를 여기 두고 가세요. 아마 이미 돌아오셨는지도 모르지만 그분이 곧 돌아오시면 전달해 드리겠어요. 부인께서 무엇을 원하는지도 전해 드리지요."

"주님의 은총이 함께하시길."

커피 빛깔의 면으로 된 옷을 입은 사내가, 어깨에 레밍턴 총을 메고 칼은 허리에 차고 탄피를 골반에 빙 둘러찬 군인 한 명과 함께 막 집을 떠나려고 하는 카르바할의 미망인과 마주쳤다.

"실례하겠습니다. 법무감 님 계신가요?" 그는 하녀에게 물었다.

"아니에요. 안 계세요."

"그럼 어디서 기다릴까요?"

"거기 앉으세요. 군인 아저씨도요."

죄수와 감시인은 하녀가 쌀쌀맞게 가르쳐 준 의자에 조용히 앉았다.

안뜰에서 베르베나와 베고니아 향기가 은은히 흘러나왔다. 고양이 한 마리가 지붕 위를 지나갔다. 갇혀 있는 흉내지빠귀가 나무 광주리로 만든 새장 안에서 날아 보려는 시늉을 하고 있었다. 멀리서 분수물이 지루하게 떨어지는 소리는 졸음을 유발시켰다.

법무감은 열쇠 한 묶음을 흔들어 문을 잠근 다음, 손을 주머니에 넣은 채 수감자와 군인에게 다가왔다. 두 사람은 일어섰다.

"헤나로 로다스인가?" 그는 코를 킁킁대며 물어보았다. 거리에서 돌아올 때마다 그에게는 집에서 고양이 똥 냄새가 나는 것 같았다.

"예, 나리."

"호송 군인은 스페인어를 이해하나?"

"그렇지는 않습니다." 로다스가 대답했다. 그러고는 군인을 바라보며 덧붙였다. "말 좀 하시게. 스페인어를 이해하나?"

"반쯤 이해합니다."

"그러면 자네는 여기 있게. 나는 이자와 할 이야기가 있다네. 기다리게. 곧 와서 자네와 이야기할 것이네." 법무감이 문제를 해결했다.

로다스는 서재로 들어가는 문 앞에 멈추어 섰다. 법무감은 그에게 들어오라고 명령했다. 그러고는 책들과 서류로 뒤덮인 책상 위에 자신이 차고 있던 총과 단도, 그리고 지휘봉과 같은 무기들을 올려놓았다.

"지금쯤이면 너에게 형량을 선고했겠지."

"예, 나리."

"제가 틀리지 않다면 6년 8개월입니다."

"하지만 나리, 저는 루시오 바스케스와 공범이 아닙니다. 그가 저와 상의해서 한 일이 아닙니다. 제가 현장에 가서 그 사실을 알게 되었을 때 펠렐레는 피를 흘리며 성당 앞 계단을 이미 숨이 멎은 채 굴러떨어지고 있었습니다. 제가 어떻게 할 수 있었겠습니까? 제가 무슨 일을 할 수 있었겠습니까? 그건 명령이었습니다. 그에 의하면 그건 명령이었습니다."

"그는 벌써 신에 의해 심판되었다."

로다스는 그의 사악한 얼굴이 그의 말을 인정하고 있는지 확인하기 위해 법무감을 다시 쳐다보았다. 그리고 침묵이 흘렀다.

"그자도 나쁘지는 않았습니다……." 그는 친구와의 추억을 적은 단어로 덮기 위해 목소리를 가늘게 하며 한숨을 쉬었다. 그가 채찍을 맞고 있을 때 친구의 소식을 들었고, 지금은 피 속에서 그 소식을 느끼고 있었다. "이제 무슨 일을 할 수 있겠어요! 우리는 그를 '벨벳'이라고 불렀습니다. 왜냐하면 그는 일을 정확히 처리했고 호의를 베풀기 위해 뛰어다니던 친구였죠."

"판결문에 의하면 그는 범죄를 저지른 장본인으로, 너는 공범으로 처벌받았다."

"하지만 저를 위한 변호라도 할 수 있었다면……."

"사실 대통령 각하의 의중을 잘 알고 있는 변호인이 바스케스에게 사형을, 자네에겐 종신형을 주장했다네."

"불쌍한 친구. 저는 살아서 이렇게 이야기라도 하는데……."

"그리고 자네는 석방될 수 있네. 왜냐하면 대통령 각하께서는 자네처럼 약간 정치적인 이유로 수감된 적이 있는 친구를 필요로 하신다네. 각하의 친구들 중 한 명을 감시하는 일이네. 그는 각하를 배신하고 있다는 혐의를 가진 자지."

"말씀만 하십시오."

"미겔 카라 데 앙헬을 아는가?"

"아니요. 하지만 그의 이름이 언급되는 것을 들은 적은 있습니다. 제가 알기로는 카날레스 장군의 딸을 납치한 자입니다."

"바로 그야. 그를 곧 알아볼 걸세. 왜냐하면 그는 잘생기고, 키가 크고, 체격이 좋고, 검은 눈에, 창백한 얼굴, 부드러운 머리카락에 아주 세련된 행동을 하지. 한 마리의 맹수라네. 정부는 그가 무엇을 하고, 누구를 만나고, 길에서 누구에게 인사하고, 오전과 오후, 그리고 밤에는 어디를 자주 가는지 알기를 원하네. 그의 부인에 대해서도 마찬가지라네. 이걸 위해 자네에게 교육을 시켜 주고 돈을 줄 걸세."

수감자의 눈은 멍청하게 법무감의 움직임을 쫓고 있었다. 법무감은 이 말을 마치고 책상 위에 있는 펜을 집어 들었다. 테미스 여신상처럼 검은 잉크의 샘이 두 개 있어 보이는 잉크병에 잉크를 묻히더니 펜을 로다스에게 주며 말했다.

"어서 사인하게. 내일 자네를 석방하라는 명령을 내리지. 짐을 싸서 내일 떠나게."

로다스는 서명을 했다. 온몸에 기쁨이 먼지를 피우는 황소처럼 춤을 췄다.

"제가 나리에게 얼마나 감사하는지 모르실 겁니다." 나가며 그는 이렇게 말했다. 군인을 보고는 거의 포옹할 뻔했다. 그는 하늘로 올라갈 것처럼 감옥으로 향했다.

그러나 더욱 만족해하는 사람은 그가 막 서명한 서류를 가지고 있는 법무감이었다. 그 서류에는 이렇게 적혀 있다.

"본인은 '달콤한 매혹'이라고 불리는 성매매업소 주인인 '금이빨'이라고도 불리는 콘셉시온 가무시나로부터 1만 페소의 지폐를 영수했음. 본 금액은 본인의 아내 페디나 데 로다스의 선의와 그녀에게 하녀의 자리를 구해 주려는 관청의 선의를 악용하여 당국의 인가도 없이 아내를 창녀로 고용해 아내를 성도착자로 만들어서 본인에게 손해를 입힌 것에 대한 배상의 일부로서 본인에게 지불한 것임. 헤나로 로다스."

그는 하녀가 문 뒤에서 부르는 소리를 들었다.

"들어가도 될까요?"

"들어와."

"나리께서 필요하신 일이 있나 해서 찾아왔어요. 초를 사러 상점에 다녀오려 합니다. 그리고 창녀촌에서 두 명의 여인이 나리를 찾아왔어요. 자신들의 돈 1만 페소를 돌려 달라면서 대통령에게 불평하겠다는 말을 전해 달라고 했습니다."

"그리고 또 다른 일은 없어?" 법무감은 짜증 난 듯 말하며 바닥에 있는 우표 한 장을 몸을 숙여 주웠다.

"그리고 남편이 처형당한 것으로 보이는 검은 상복을 입은 부인이 찾아오셨어요."

"처형당한 누구?"

"카르바할 씨예요."

"그리고 뭘 원하지?"

"그 가련한 여자가 제게 편지를 남겼어요. 자신의 남편이 어디 매장되었는지 알고 싶은가 봐요."

법무감이 기분 나쁘다는 눈빛을 하며 가장자리에 까만 천을 두른 편지를 훑어보는 동안 하녀는 말을 이어 갔다.

"제가 그녀에게 나리께 꼭 말씀드리겠다고 약속했어요. 왜냐하면 너무 딱해 보였거든요. 그 가련한 여자는 부푼 희망을 안고 돌아갔지요."

"네가 사람들에게 동정심을 갖는 것이 싫다고 말했잖아. 그들에게 희망을 주어선 안 돼. 희망을 주면 안 된다는 내 말을 대체 언제쯤 알아들을 거야? 내 집에서 고양이까지 모두가 알아두어야 할 것은 그 어느 누구에게도 희망을 주어선 안 된다는 것이야. 이런 직책은 시키는 대로 해야지만 유지할 수 있는 거야. 대통령 각하의 행동 규칙은 사람들에게 희망을 주지 않는 것에 있고, 그들에게 발길질을 하고 매질을 해서라도 그것을 깨닫게 하는 데 있어. 그 부인이 돌아오면 그 접힌 편지를 돌려주고 매장당한 장소

따위는 없다고 전해 주란 말이야."

"그렇게 기분 나빠하지 마세요. 건강에 해로워요. 그렇게 전해 드리겠습니다. 신께서 당신의 물건들과 함께하시길……."

그녀는 편지를 들고 한 발씩 발을 질질 끌며 속치마 스치는 소리를 내며 나갔다.

부엌에 도착하자 하녀는 청원이 담긴 편지를 접어서 화로에 던졌다. 편지는 살아 있는 것처럼 순간 창백해진 불길에 꿈틀거리나 싶더니 재가 되어 금빛 줄로 만들어진 수천 마리의 구더기로 변해 버리고 말았다. 향로가 든 항아리들이 즐비하게 다리처럼 늘어선 선반을 따라 검은 고양이 한 마리가 나타났다. 그놈은 늙은 하녀 곁에 있는 의자로 내려왔다. 그 고양이는 배가 고픈 듯 배를 비볐는데, 그 소리는 네 발을 따라 흘러나왔다. 화롯불의 심장은 편지를 이제 막 다 태웠고 황금빛 눈은 사탄의 호기심을 가지고 바라보았다.

34. 눈먼 자들을 위한 빛

카밀라는 한 팔은 남편의 어깨에 기대고 다른 손으로는 지팡이
에 의지하여 방 한가운데에 서 있었다. 안뜰로 연결되는 문에서는
고양이와 양귀비 냄새가 났다. 도시를 바라보는 창문이 있는데,
이 창문을 통해 이동용 의자에 환자를 앉힌 채 호송했었다. 그리
고 다른 방으로 연결되는 작은 문이 있었다. 태양이 있음에도 불
구하고 그녀의 눈동자는 녹색으로 타오르며 이글거렸고, 공기가
있음에도 불구하고 그녀의 폐는 쇠사슬처럼 무거웠다. 카밀라는
걷고 있는 자신이 정말 자기 자신이 맞는지 의심이 갈 정도였다.
발은 너무도 큰 것처럼 느껴졌고 다리는 발에 묶고 그 위에서 걸
어 다니는 긴 막대처럼 느껴졌다. 눈을 뜨고 세상 밖으로 걷자 잃
어버린 존재로부터 다시 태어난 기분이었다. 귀신이 되어 버려서
거품이 낀 거미줄 위를 걷는 듯한 환각에 빠졌다. 하나의 꿈처럼
존재하기를 그만두고 죽었었다. 그리고 꿈을 꾸고 있는 실제 속의
자신과 합쳐져 되살아났다. 그녀의 아버지와 그녀의 집, 그리고

차벨로나 유모는 자신의 첫 번째 존재의 일부를 형성하고 있었다. 그녀의 남편과 지금 잠시 거처하는 집과 하녀들은 자신의 새로운 존재의 일부를 형성하고 있었다. 걷고 있는 자신은 자신이기도 하고 자신이 아니기도 했다. 또 다른 삶 속에서 이전의 삶으로 돌아서고 싶다는 느낌이 일었다. 멀리서 지팡이에 의지하고 있는 자신에 대하여 이야기한다면, 그녀를 홀로 놔두면 얼어붙은 머리카락에 결혼식용 긴 드레스 치마 위에 올린 손에 소음으로 가득 찬 귀를 가진 비어 있는 완전히 다른 여자가 되어 있는 것 같았다.

카라 데 앙헬은 당장 달려가서 멈추고 싶은 마음이 들었다. 그녀가 통증을 덜 느끼거나 환자여서가 아니라 그녀의 남편이 자신의 볼에 입을 맞춘 이후 자신이 소화할 수 없었던 이야기에 빠져들고 싶었기 때문이다. 모든 것이 그녀에게 과잉인 것처럼 느껴졌다. 유일한 자신이 생성된 것처럼 자신에게는 생소한 이 세계를 그녀에게 접합하고 싶었다. 그녀는 대지를 비추는 달을, 달에서는 구름의 형태로 있는 화산을, 별들 아래에서는 비어 있는 비둘기 둥지 속에 서식하는 황금빛 벼룩을 즐거운 마음으로 쳐다보았다.

카라 데 앙헬은 아내가 하얀 플란넬 옷 속에서 부들부들 떨고 있는 것을 보았다. 추위에 떠는 것도 아니고, 인간으로서 그 무언가에 대해 떨고 있는 것이 아니라, 천사가 느끼는 감정으로 떨고 있다고 느꼈다. 그녀를 다시 방으로 천천히 데려갔다. 분수대 위의 두상…… 움직이지 않고 있는 해먹…… 해먹처럼 멈추어 있는 물…… 축축한 화분들…… 밀랍으로 만든 꽃들…… 달빛에 의해 옷이 기워진 복도…….

그들은 각기 자신의 침소에 누웠다. 작은 문이 두 방을 연결하고 있어서 서로 이야기를 나누었다. 단추는 꽃이 잘리듯 부드러운 소리와 함께 단춧구멍에서 졸린 듯 스르르 빠져나가고, 구두들은 닻이 떨어지는 소리를 내며 바닥에 떨어졌다. 굴뚝에서 연기를 벗겨 내듯 피부에서 스타킹이 벗겨졌다.

카라 데 앙헬은 아내에게 화장품들은 수건걸이 옆 책상 위에 정돈되어 있다고 말했다. 아무도 살고 있지 않았던 이 넓은 집에 무언가 가족적인 분위기를 연출하고 싶다는 은밀한 어리광을 표현하고 싶었고, 두 침실을 이어 주는 천국의 입구 같은 그 작은 문으로 집중되는 자신의 생각을 벗어던지고 싶기도 했기 때문이다.

그리고 자신의 몸을 침대에 맡기고는 둘 사이에서 만들어 내는 혹은 파국으로 깨뜨리는 지속적이고 신비로운 향기에 취해 한참 동안 가만히 있었다. 그녀를 강제로 자신의 것으로 만들고 싶다는 욕망에서 발로한 납치 이후 맹목적 본능으로 사랑이 싹텄다. 자신의 목적에 반하면서까지 그녀를 그녀의 숙부들에게 데려가서는 문전박대를 당하게 했다. 그녀를 다시 손 안에 두게 되었고, 사람들이 말하듯이 이제는 그의 것으로 만든다 해도 아무런 위험은 없었다. 그것을 아는 그녀는 도망을 치려고 했다. 하지만 갑자기 악화된 병세가 그녀를 도망치지 못하도록 했다. 몇 시간 내로 위독해졌고 그는 고통스러워했다. 죽음이 둘 사이의 매듭을 끊게 할 참이었다. 그는 그것을 알았고 맹목적 본능에 반란을 일으키는 상태를 넘어섰음에도 불구하고 때로는 체념하기도 했다. 그러나 죽음은 그의 결정적 위로로 허공에서 사라졌고 운명은 둘을 결합시키는 마지막 단계를 기다리고 있었다.

아직 걷지 못하는 상태였을 때 그녀는 유아에 가까웠고, 일어나게 되고 몇 걸음 걸을 수 있게 되자 사춘기 소녀 같은 느낌이 들었다. 하룻밤 사이에 그녀의 입술에는 혈색이 돌고 브래지어는 열매로 풍만해졌다. 그녀는 지금까지 단 한 번도 남편이라고 생각해 본 적이 없는 남자가 접근할 때마다 당황하고 몸에서는 땀이 났다.

카라 데 앙헬은 침대에서 일어났다. 둘 중 어느 누구의 잘못도 아닌, 둘 중 아무도 동의하지 않은 결혼 때문에 두 사람 사이가 멀어지게 되었다고 생각했다. 카밀라는 눈을 감았다. 발걸음이 창문 쪽으로 멀어져 갔다.

달이 구름의 떠다니는 둥지 속으로 들어갔다 나왔다. 거리는 어둠의 다리 밑으로 마치 흰 뼈들의 강처럼 펼쳐졌다. 이따금 종교적 유적이 있는 고색창연함이 완전히 지워졌다가 이따금 다시 금빛 윤곽을 밝혔다. 거대한 검은 눈꺼풀이 풀어진 눈꺼풀이 내뿜는 불길을 꺼 버렸다. 그 거대한 눈썹이 화산들 중에서도 가장 높은 부분을 떼어 내면서 말 같은 거미의 움직임으로 도시의 갑옷까지 뻗어 나갔고, 도시는 온통 어둠 속에서 장례식을 치르고 있었다. 개들은 문을 두들기는 바람처럼 귀를 흔들었다. 밤새들이 하늘을 가로질러 나가자 삼나무들 사이에서 불평 소리가 퍼져 가고 시계 태엽을 감는 소리가 여기저기서 들려왔다. 달은 우뚝 선 분화구 뒤로 완전히 사라져 버렸고 신부의 면사포처럼 얇은 안개가 집들 위를 뒤덮어 새로운 집을 만들었다. 카라 데 앙헬은 창문을 닫았다. 카밀라의 방에서는 그녀가 옷에 얼굴을 파묻고 자거나 어떤 환상이 그녀를 짓누르고 있는 것처럼 느릿느릿하게드문드문 호흡 소리가 흘러 나왔다.

이 시기에 두 사람은 목욕을 하러 다녔다. 나무 그늘이 지면, 질 그릇, 빗자루, 나무 새장 안의 앵무새, 솔방울, 석탄, 목재, 옥수수 를 이고 다니는 상인들의 흰 셔츠에 얼룩이 지게 했다. 그들은 그 룹을 지어서 먼 거리를 다녔는데, 한 번도 발뒤꿈치로 딛고 걸은 적이 없었고 발끝으로만 다녔다. 태양은 그들과 함께 땀을 흘렸 다. 그들은 숨을 헐떡거리면서 팔을 흔들었다. 그들은 새들처럼 사라졌다.

카밀라는 오두막 그늘에 서서 커피 열매 따는 이들을 바라보았 다. 열매를 따는 사람의 손이 금속 같은 나뭇가지 사이에서 허기진 짐승처럼 움직였다. 손을 올렸다 내렸다 하며 나무를 간지럽게 하 려는 듯 매듭을 만들다가 셔츠의 단추를 풀려는 듯 손을 떼었다.

카라 데 앙헬은 한 팔로 그녀의 허리를 감싸 안고, 나무들의 뜨 거운 꿈이 내려앉은 좁을 길로 데려갔다. 그들은 머리와 가슴만 느낄 수 있었다. 그 외 다리와 손은 숲 속으로 들어갈수록 활석의 어두운 꿈을 만드는 그늘에 있는 난초와 빛나는 도마뱀들 사이에 서 붕 떠가는 것 같았다. 카밀라는 우윳빛의 습기 차고 부드러운 옥수수 낟알들이 따사로운 옥수수 잎을 통해 느끼듯이 자신의 몸 을 얇고 부드러운 셔츠를 통해 느낄 수 있었다. 대기가 머리카락 을 흩날리게 했다. 일찍 피어난 야생 메꽃 사이의 욕탕으로 내려 갔다. 물속에서 태양은 잠들고 있었다. 보이지 않는 존재들이 양 치식물들이 우거진 그늘진 곳에서 떠다니는 것 같았다. 양철 지붕이 있는 집으로부터 이 목욕탕을 지키는 직원이 입에는 콩을 한가득 씹으며 머리 숙여 인사하고 볼에 가득 찼던 콩들을 삼키고는 어떤 손님인지 그들의 위아래를 살폈다. 그들은 두 개의 목욕탕을 쓰겠다고 했다. 그는 열쇠를 가져다가 칸막이 하나를 사이에 둔 두 개의 문을 열었다. 그들은 자신의 탕에 각자 들어가기 전에 재빨리 입을 맞췄다. 목욕탕 직원은 한쪽 눈이 나빠 한 손으로 그 눈을 보호하려는 듯 얼굴을 가리고 있었다.

서로 떨어져서 숲 속에서 들려오는 이야기에 정신이 팔려 있는 자신들을 보자 이상한 기분이 들었다. 반이 떨어져 나간 거울은 카라 데 앙헬이 옷을 성급하게 벗는 젊은 시절의 모습을 비춰 주었다. 인간이 된다는 것이 무슨 의미가 있을까? 차라리 나무나 구름 아니면 잠자리나 물거품 혹은 벌새가 되는 것이 나았을 텐데! 목욕탕의 제일 높은 계단의 찬물에 발이 닿은 카밀라는 소리를 지르고 두 번째 계단에서도 다시 소리를 지르고 세 번째 계단에서 더 날카로운 소리를 내더니 네 번째 계단에서…… 풍덩! 그녀의 상의는 열대열매처럼 볼록해지고 스커트는 풍선처럼 부풀어 올랐다가 다시 물속에 잠겼다. 위로 떠오른 푸르고 노랗고 초록의 천을 통해 그녀의 가슴과 탄탄한 배, 엉덩이의 우아한 곡선과 부드러운 등과 약간 마른 어깨가 보였다. 그녀는 잠수를 했다가 물의 표면으로 나오자 당황했다. 사탕수수의 물 흐르는 것 같은 침묵이 목욕탕을 배회하다 기다리고 있던 이상한 사람이 손을 내미는 것 같은 느낌을 주거나 나비의 색깔을 지닌 뱀이 있는 것 같은 느낌을 갖도록 했다. 하지만 그녀는 남편이 문 밖에서 들어가도 되느냐고 묻는 말에 안심했다.

물은 만족한 동물처럼 그들과 풍덩거렸다. 벽에 걸린 빛나는 거미줄의 반사를 통해 그들의 커다란 육체의 실루엣이 보였는데, 꼭 괴상한 거미들 같았다. 대기는 물풀 냄새로 자욱했고 화산들의 비어 있는 존재와 개구리 배의 촉촉함, 목초 대신 하얀 액체를 먹는 송아지들의 숨결, 웃으며 태어나는 폭포의 신선함, 녹색 파리들의 불안한 비행 등이 느껴졌다. 그들을 침묵처럼 듣거나 느낄 수 없는 베일과 계곡의 노랫소리, 그리고 날아다니는 새들이 감싸고 있었다.

목욕탕 직원이 문으로 나타나 케브라디타스에서 온 말이 그들의 말인지 물었다. 이제 옷을 입고 목욕탕을 떠날 시간이 온 것이었다. 카밀라는 빗질하는 동안 젖은 머리가 옷을 적시는 것을 막으려고 어깨에 걸친 타월 속으로 구더기가 기어가는 느낌을 받았다. 그녀가 벌레가 있다고 소리 지르자 카라 데 앙헬이 와서 벌레를 잡았다. 벌레가 한 마리 있었다. 하지만 카밀라는 이제 더 이상 유쾌한 기분을 낼 수 없었다. 밀림 전체가 무서워지기 시작했던 것이다. 밀림은 구더기처럼 땀을 내며 호흡했고 졸기는 했으나 잠을 자지는 않았다.

말들은 나무 밑에 있는 파리들에 놀라 꼬리를 흔들었다. 말들을 데리고 온 청년은 모자를 손에 쥐고 카라 데 앙헬에게 인사를 했다.

"아! 자네군! 여기서 무얼 하고 지내지?"

"나리께서 저를 군대에서 빼내 주신 이후 여기서 일하면서 지내요. 벌써 1년이 지났네요."

"그렇게 세월이 지났구나."

"그러네요. 그런데 나리, 해가 점점 지고 있어요. 아직 솔개는 돌아다니지 않고요."

카라 데 앙헬은 카밀라에게 이제 가도 되느냐고 묻고는 목욕탕 직원에게 돈을 지불하려고 멈춰 섰다.

"좋으실 대로 하세요."

"하지만 배고프지 않아? 뭐 원하는 것 없어? 아마 여기서 직원이 무언가 우리에게 팔지도 모르지!"

"달걀 몇 개 있어요!" 청년이 끼어들었다. 단춧구멍보다 단추가 더 많은 재킷 주머니에서 계란 세 개를 싼 손수건 더미를 꺼냈다.

"고마워요." 카밀라가 말했다. "매우 신선해 보이네요."

"감사합니다. 계란으로 칠 것 같으면 오늘 아침 암탉에게서 꺼낸 아주 좋은 것들이에요. 제 처한테 '그것들은 따로 빼 놔. 앙헬 씨에게 드릴 생각이니까'라고 말해 두었죠."

그들은 목욕탕 직원과 헤어졌다. 그는 계속 콧물을 흘리며 눈의 통증으로 비비댔으며 콩을 씹고 있었다.

"제 생각에는 부인께서 계란을 날로 마시는 것이 어떨까 해요. 여기서 댁까지는 조금 멀기 때문에 시장하실 수 있어요." 청년이 말했다.

"저는 날계란을 싫어해요. 게다가 속이 상할 수도 있고요." 카밀라가 대답했다.

"제가 보기에는 부인께서 조금 편찮으신 것 같아요!"

"보시다시피 제가 방금 물 밖으로 나왔기 때문일 거예요."

"그래." 카라 데 앙헬이 말했다. "이 사람은 몸이 안 좋았어."

"하지만 이제 곧 좋아지실 것입니다." 청년은 안장의 끈을 풀면서 말했다. "여성들은 꽃과 같아서 물을 줘야지요. 결혼하셨으니까 부인께선 곧 좋아지실 것입니다."

카밀라는 잎 대신 눈이 사방으로 나온 식물이라도 된 것처럼 놀랐고, 부끄러워 얼굴을 붉히며 시선을 밑으로 하고 어쩔 줄 몰라 했다. 하지만 그러기 전에 남편을 바라보았다. 두 사람 사이에 서로 부족했다고 육체적 교감에 대한 동의의 도장을 찍으며 눈길을 통해 서로를 갈망했다.

35. 아가(雅歌)

"우리가 우연히 만나지 않았더라면……." 그들은 서로 이렇게 말했다. 그동안 겪었던 고비를 생각하면 너무도 아찔해서 조금이라도 떨어져 있으면 서로 찾게 되고, 가까이 있으면 서로 부둥켜안고, 껴안고 있으면 키스를 하고, 키스하고 나서도 서로 바라보며 일체감을 느끼고, 너무나 명확하고 너무나 즐거워서 그동안의 기억을 싹 잊어버리고, 녹색 식물성의 공기가 이제 막 퍼진 나무들과 메아리보다 더 가벼운 형형색색의 깃털로 치장된 육체의 한 조각과 함께 행복의 콘서트를 여는 것 같았다.

하지만 뱀들은 이 경우를 연구해 왔다. 우연이 그들을 결합하지 않았더라면 그들은 즐거웠을까? 이 쓸모없이 매혹적인 낙원을 무너뜨릴 권리는 어둠 속에서 경매에 부쳐졌다. 의심에 대한 공허한 목소리와 시간의 모서리에서 거미들이 실을 잣는 달력이 뿌리를 내리기 위해 그늘이 망을 보기 시작하고, 음습한 죄에 대한 면역이 시작됐다.

두 사람 중 누구도 그날 밤에 있을 대통령 각하가 자신의 관저 정원에서 거행하는 파티에 참석하지 않을 수 없었다.

그들은 자신들의 집이 갑자기 낯설어 보였고 어찌할 줄 몰라 소파와 거울과 그 밖의 가구에 둘러싸여 비참하게 앉아 있었다. 이제 결혼 후 몇 개월간의 환상적인 세상으로부터 벗어났고, 그들은 서로 측은하게 여겼으며, 스스로의 존재를 부끄럽게 여겼다.

식당의 시계가 종을 치며 시간을 알렸으나 그렇게 먼 곳에 가기 위해서는 배를 타거나 풍선 모양의 열기구를 타야 한다고 생각했다. 카라 데 앙헬은 코트를 입고 한기를 느끼며 바나나 껍질을 손에 싸고 있듯이 손을 주머니에 넣었다. 카밀라는 냅킨을 접으려고 했는데 거꾸로 냅킨이 그녀의 손을 접어 그녀를 책상과 의자 사이에 갇히게 해서 첫 번째 발자국을 뗄 힘이 없게 했다. 그녀는 발을 뒤로 뺐다. 그것이 첫 번째 발걸음이었다. 카라 데 앙헬은 시간을 다시 확인하고 장갑을 끼기 위해 방으로 되돌아갔다. 그들의 발걸음은 지하에서 들리는 것처럼 멀게만 느껴졌다. 그는 무엇인가 이야기했다. 하지만 뭐라고 말하는지 분간이 되지 않았다. 잠시 후 식당으로 되돌아가 부인의 부채를 가지고 갔다. 그는 자신의 방에서 무엇을 가지러 왔는지 생각이 나지 않아 사방을 두리번거렸다. 마침내 그것을 기억해 냈으나 이미 그것은 준비가 갖추어진 것이었다.

"불이 켜져 있는지 잘 보세요. 그러면 불을 끄시고 문을 잘 닫고 잠그세요……." 그녀는 문 앞에 마주 나와 배웅하는 하녀들에게 당부의 말을 했다.

살찐 말들은 마구에서 나는 동전들이 떨그렁거리는 것 같은 소리를 내며 마차는 그들과 함께 사라졌다. 카밀라는 마차의 좌석에 파묻혀 눈앞에 펼쳐지는 거리의 생기 없는 빛을 보며 노곤히 힘빠지게 하는 견딜 수 없는 무게에 시달렸다. 가끔씩 마차가 흔들거려 의자가 들썩이면 마차의 일정한 진동에 맞추어 움직이던 그녀의 움직임의 흐름이 깨졌다. 카라 데 앙헬의 적들은 그가 이미 고위직에 있지 않다고 수군거렸으며, 대통령 각하의 친구들의 모임에서도 그의 이름을 부르는 대신 미겔 카날레스라고 불러야 한다고 넌지시 주장했다. 튀어 오르는 차바퀴에 흔들리면서 카라 데 앙헬은 파티에서 그의 모습을 본 정적들이 놀라는 모습을 미리 즐기고 있었다.

　포장된 길에서 벗어나 부드러운 모래가 깔린 길로 미끄러져 가자 마차는 바퀴가 물에 젖은 소리를 냈다. 카밀라는 두려웠다. 차창에 펼쳐진 들판의 어둠 속에서는 별들밖에는 아무것도 보이지 않았고, 빗소리는 귀뚜라미가 우는 소리를 묻지 않았다. 두려웠다. 죽음의 길로 그녀를 끌고 가거나, 아니면 한쪽 길로 가면 굶주린 심연으로 떨어지거나 다른 쪽 길로 가면 어둠 속의 바위처럼 펼쳐진 루시퍼의 날개로 이끄는 속임수로 가득 찬 길로 안내할까봐 기어가려 했다.

　"무슨 일이야?" 카라 데 앙헬이 승강구에서 그녀를 떼기 위해 그녀의 어깨를 부드럽게 잡았다.

　"무서워요!"

　"쉿! 조용해!"

"마부가 우리를 계곡에 빠뜨릴 것 같아요. 그렇게 빨리 가지 말아 달라고 말해 주세요. 어서요! 어쩜 그럴 수 있어요! 제 말이 안 들리시나 보죠. 어서 말해 줘요! 왜 이리 말이 없을까?"

"이런 길에서는……." 카라 데 앙헬은 말을 꺼냈으나 갑자기 마차가 부딪치며 용수철처럼 튕겨 나가자 말을 잇는 대신에 카밀라의 팔을 잡았다. 그들은 심연으로 떨어지는 줄 알았다.

"이제, 지났어." 그가 말했다. "이제 지났어. 바퀴가 도랑에 빠진 것뿐이야."

찢어진 돛의 불평처럼 바위의 높은 곳으로부터 바람이 불어왔다. 카라 데 앙헬은 차창 밖으로 머리를 내밀고 마부에게 더 조심하라고 외쳤다. 마부의 얼굴은 천연두에 걸린 것처럼 어두워졌고 말들의 속도를 장례식 행렬을 따라가듯이 늦추었다.

마차는 한 작은 마을을 지나치자 멈춰 섰다. 무장한 군인이 다가와 박차를 소리 내게 하고는 그들을 알아보자 계속 가도록 했다. 바람은 메마르고 부러진 옥수수 밭의 잎사귀들을 스쳐 갔다. 마당에 서 있는 암소의 그림자가 겨우 보였다. 나무들은 잠들어 있었다. 2백 미터 전방에 있던 군인들이 다가와서는 누가 탔는지 검문하려 했으나 마차는 멈추지도 않았다. 그들이 대통령의 저택 앞에서 내리려 하자 세 명의 대령이 다가와서는 마차를 뒤졌다.

카라 데 앙헬은 장교들에게 인사를 했다. (그는 사탄처럼 아름답고 사악하다.) 보금자리에 대한 잔잔한 향수가 그곳에서 볼 때 형언할 수 없이 큰 밤하늘에 떠다녔다. 대통령을 무사히 보호하기 위한 포병 부대의 불빛이 멀리 지평선을 밝히고 있었다.

카밀라는 메피스토펠레스같이 찡그린 얼굴에 꾸부정한 어깨에 쨰진 눈에 길고 가는 다리를 지닌 자를 보자 시선을 아래로 피했다. 그들이 들어서자 이자는 팔을 펼치더니 손을 폈다. 그들에게 말을 거는 대신에 비둘기를 놓아주는 것 같은 제스처를 취한 것이다.

"비타니아의 파르테니우스는 미트리다테스 전쟁에서 포로가 되어 로마로 호송되어 갔습니다." 그는 이렇게 말을 시작했다. "거기서 그는 알렉산드리아의 언어를 가르쳐 주었죠. 그로부터 프로페르티우스, 오비디우스, 베르길리우스, 호라티우스와 제가 배웠습니다."

대통령이 손님을 접견하고 있는 방의 문에서 나이 지긋한 두 여인이 대화를 나누고 있었다.

"그래, 그래." 그중 한 부인이 머리를 매만지며 말했다. "이미 저는 그분께 각하께서 대통령에 다시 선출되어야 한다고 말씀드렸어요."

"그분은 뭐라고 답하셨나요? 그것이 제가 관심 있어 하는 부분이에요."

"단지 제게 미소만 지으셨어요. 하지만 그분의 재선을 믿어 의심치 않아요. 우리에게는 지금껏 후보 중에서 제일 나으신 분이시잖아요. 당신이니까 하는 이야기지만, 그가 대통령으로 계신 뒤부터 제 남편인 몬초는 좋은 직책을 가지지 않은 적이 없어요."

이 귀부인들의 어깨 뒤로 티처가 일군의 친구들 사이에서 거드름 피우며 말장난하고 있었다.

"집을 가꾸는 여인을 기혼녀라 하는데 그녀는 결혼을 물리고 싶어 해."

"대통령 각하께서 당신을 찾으십니다." 국방 법무감이 왼쪽으로 갔다 오른쪽으로 갔다 하며 공지를 하고 다녔다. "대통령 각하께서 당신을 찾으십니다, 대통령 각하께서 당신을 찾으십니다."

"감사합니다." 그에게 티처가 대답했다.

"감사합니다." 자신한테 이야기한 줄 알고 다리가 짧고 굵은 '자티'라고 불리는 흑인이 금니를 내밀며 말했다.

카밀라는 사람들이 자신을 보지 않고 시간을 지내기를 바랐다. 하지만 불가능했다. 이국적인 미모, 영혼이 없는 듯한 황량한 초록색 눈동자, 가녀린 몸매, 흰 비단으로 만든 복제된 드레스, 적당한 사이즈의 가슴, 우아한 몸짓과 특히 카날레스 장군의 딸이라는 그녀의 혈통이 그를 빛내 주고 있었다.

어느 부인이 한 무리의 사람들 중에서 그녀에 대해 언급했다.

"코르셋을 하지 않은 여자는 필요 없어요. 얼마나 천한지 알 수 있잖아요."

"그리고 웨딩드레스를 수선해서 파티에 입고 나왔네요." 다른 여자가 중얼거렸다.

"매너를 모르는 사람은 눈에 띄잖아요. 저것 보세요." 머리숱이 적은 여인이 말했다.

"아! 우리 참 너무했네요. 저는 단지 저 여자가 입고 있는 옷이 싸구려라고 말한 것뿐이었어요."

"물론이죠. 사모님이 말씀하신 대로 그들은 가난하죠." 머리숱이 적은 여자가 관찰을 하며 말했다. 그리고 낮은 목소리로 덧붙였다. "그자가 저 여자랑 결혼한 이후부터 대통령 각하께서 아무런 직책도 맡기지 않는다고 하더군요."

"하지만 카라 데 앙헬은 그분의 측근인데……."

"그랬었죠! 제 말을 못 믿으시겠지만, 들리는 이야기로는 카라 데 앙헬이 지금은 부인이 된 저 여자를 납치해서 경찰의 눈을 다른 곳으로 쏠리게 해 장인인 장군이 도망칠 수 있도록 했다고 해요. 결국 그렇게 도망쳤다고 하네요."

카밀라와 카라 데 앙헬은 방문객들 사이를 뚫고 대통령이 있는 홀의 끝으로 나아갔다. 각하께서는 시인들과 석학들과 말을 하고 있었다. 부인들 한 그룹이 대통령에게 다가가자 하려던 말을 입 안에 집어넣고, 켜진 촛불을 삼킨 것처럼 입술을 열거나 숨을 쉬지도 못했다. 아직 소송이 진행 중인데도 보석으로 나와 있는 금융가도 있었다. 급진주의자인 서기들은 대통령 각하로부터 시선을 떼지 않았고, 그가 그들을 바라보면 감히 인사조차 못했고, 그가 등을 돌려도 떠나갈 생각조차 못했다. 마을의 저명인사들은 정치적 열정과 인도주의적 의지는 식었지만 사자의 작은 머리들과 같이 여기던 자신들을 생쥐꼬리처럼 느끼게 하는 굴욕을 겪었다.

카밀라와 카라 데 앙헬은 대통령에게 인사를 하기 위해 가까이 갔다. 카라 데 앙헬는 자신의 부인을 소개했다. 대통령이 작은 그의 오른손을 카밀라에게 내밀자 그녀의 손에서 얼어붙을 듯한 한기가 느껴졌다. 그녀가 자신의 이름을 발음할 때 그는 그녀를 바라보며 그녀에게 '내가 누군지 알지!' 하고 말하는 것 같았다. 그

동안 시인은 가르실라소의 시구를 인용하며 알바니오의 연인과 같은 특별한 이름을 가진 미인에게 정중한 인사를 했다.

자연은 단 하나의 작품을 원했으니
이렇게 아름다운 얼굴을 만들고 나서
그 주형을 황급히 깼도다!

하인들은 샴페인, 케이크, 소금기 있는 아몬드 열매, 초콜릿과 담배를 돌렸다. 샴페인은 아직 불이 붙지 않은 파티 분위기를 고조시켰다. 질그릇으로 된 원시적인 악기들은 죽은 자가 있는 관들로 문명화되듯이 거울에 비친 살롱에서의 조용하고 허구적인 광경을 더욱 생기 있어 보이게 했다.

"장군." 대통령의 목소리가 울렸다. "남자분들을 데려 가도록 하시오. 난 여성분들과 따로 저녁 식사를 할 테니까."

밖으로 향하는 문을 통해 빼곡히 그룹을 지어 말 한마디 못하고 밖으로 나갔다. 그들 중에는 주인의 명령에 복종하느라고 발길을 재촉하는 이들이 있는가 하면 자신의 분노를 애써 밖으로 표현하지 않으려는 이들도 있었다. 부인들은 다리를 의자 밑에 숨길 엄두도 못 내고 서로 바라보았다.

"시인은 남아도 된다." 대통령이 넌지시 말했다.

장교들이 문을 닫았다. 시인은 그렇게 많은 부인들 가운데 어디에 앉아야 할지 막막해했다.

"시인이여, 시 한 수 읊게나." 대통령이 명령했다. "하지만 무언가 좋은 걸로 하게. 「아가서」에 있는 시 구절도 좋지."

시인은 솔로몬의 텍스트에서 그가 기억하고 있는 부분을 낭송
했다.

솔로몬이 지은 노래 중의 노래,

즉 세상에서 가장 아름다운 노래가 있다네.

오! 당신의 입으로 제 입술을 덮게 해 주세요.

오! 예루살렘의 딸들이여

저는 피부가 검지만

솔로몬의 가게에서처럼

탐나는 몸을 가졌어요.

제 피부가 검다고 그렇게 보지 마세요.

왜냐하면 태양이 저를 바라보았기 때문이에요.

몰약 한 더미가 저에게는 애인과 같답니다.

그것은 제 젖무덤 사이에서 쉬고 있지요…….

내가 갈망하는 이의 그늘 속에 나는 앉아 있네요.

그리고 그 열매는 내 입가를 달콤하게 적셨어요.

그는 저를 와인의 저장고로 데려갔어요.

그리고 제 위에서 펄럭이던 깃발은 사랑이었어요…….

오! 예루살렘의 딸들이여

저는 당신들과 공모하여

사랑으로 인해 잠이 깨거나 밤을 새우지 않도록 말이에요.

저를 좋아할 때까지

저를 좋아할 때까지…….

내 친구야, 너는 아름다워.

땋은 머리 사이의 네 눈은 비둘기의 눈 같아.

네 머릿결은 한 떼의 산양 같아.

네 치아는 한 떼의 양 같아.

빨래터에서 올라와요.

모든 여인들이 꿀로 만든 소시지로 자라지요.

그리고 그녀들 사이에서 불임의 여성은 없어요.

여왕은 60명이고 정부(情婦)는 80명이네요…….

대통령은 불길한 듯이 일어났다. 그의 발걸음은 메마른 강의 자갈밭으로 도망치는 재규어의 발놀림 같았다. 그는 문을 통해 사라졌는데 통행을 나누는 커튼에 어깨를 부딪혔다.

시인과 청중은 정신이 얼얼해 마치 해가 진 이후에 느낄 수 있는 불안한 분위기 속에서 초라하게 몸을 움츠렸다. 도우미가 저녁 식사 시간임을 알렸다. 문이 열렸고 복도에서 축제를 보내고 있던 남자들이 벌벌 떨며 살롱으로 들어왔다. 시인은 카밀라에게 다가

가서 함께 식사하자고 초대했다. 그녀가 일어서서 팔을 내밀려 하자 어떤 손이 뒤에서 그녀를 잡았다. 그녀는 거의 소리를 지를 뻔했다. 카라 데 앙헬이 자신의 부인 어깨 뒤 커튼에 숨어 있었던 것이다. 모두 그가 숨어 있다가 나오는 것을 보았다.

마림바가 죽은 자의 관의 반향에 사로잡혀 줄로 고정시킨 자신의 기관을 흔들었다.

36. 혁명

앞에는 아무것도 보이지 않았다. 뒤에는 조용하고 기다랗게 앞으로 전진하는 파충류가 미끄럽게 차가운 꼬리를 흔들거리는 것처럼 오솔길은 꼬불꼬불 국지전을 벌이고 있었다. 겨울을 모르는 메마른 대지의 균열은 일일이 셀 수 있을 정도였다. 나무들은 자양분이 많고 무성한 가지 사이에서 숨을 쉬기 위해 보다 더 높게 치솟아 올라서려 했다. 횃불 빛이 피곤한 말들의 눈을 어지럽게 했다. 한 군인이 등을 돌려 소변을 보았다. 그의 다리는 보이지 않았다. 그것에 대해서는 설명이 필요했다. 하지만 설명이 되지 않은 채 동료들은 동물기름과 아직도 여자 냄새가 나는 솜조각으로 무기들을 닦느라 바빴다. 죽음의 신은 그들을 데려가고 있었고, 자식들이나 그 누구의 삶도 개선하지 못한 채 그들은 자신들의 침대에서 한 명씩 메말라 가고 있었다. 아예 무엇을 더 잃을 것이 있는지 알기 위해서라도 끝장을 보는 편이 나았다. 총알이 사람의 몸을 관통할 때는 아무것도 느끼지 못한다. 몸이라는 것도 달콤하고 미지근한 대기라고, 약간 살이 찐 대기라고 믿고 있었다. 새들처럼 날아가 버리는 것이다. 그것에 대해서는 설명이 필요했다. 하지만 그 어떤 설명도 없었다. 혁명을 위해 철물점에서 제련된 낯의 날을 가느라 동료들은 무척 바빴다. 어느 흑인의 이를 드러낸 웃음처럼 날은 자신을 드러내고 있었다. 누군가가 말했다. "동료여, 노래를 불러라! 자네가 아까 노래 부르던 것을 들었다네!"

배은망덕한 자여, 그대의 부인이 있으면서
무엇 하러 나를 유혹했는가?
그냥 나를 내버려 두지.
차라리 목재로 쓸 나무라도 되게……

동료여, 계속하게!

늪에서의 축제가
갑자기 우리를 사로잡았네.
올해는 달도 없었고
사람도 오지 않았다네……

노래 부르게, 동료여!

네가 태어난 날
바로 그날, 나도 태어났다네.

그리고 하늘에서도 축제가 벌어졌네.

아버지 신도 술에 취했다네.

노래 부르게, 동료여, 노래 부르게! 경치는 달의 강장제를 복용하고 있었고, 나무의 잎사귀들은 떨고 있었다. 사람들은 출격 명령을 헛되이 기다리고 있었다. 멀리서 들리는 개 짖는 소리가 보이지는 않지만 마을이 있음을 알려 주었다. 그날 밤 첫 번째 주둔 부대를 습격하려고 만반의 준비를 갖추고 대기하던 군대는 그들의 동료들이 돌로 변해 버리게 해 움직임을 앗아가는 지하로부터의 이상한 힘을 느꼈다. 비가 내려 아침에 해가 뜨지 못했다. 비가 군인들의 얼굴과 어깨의 맨살을 적셨다. 이윽고 모두가 신의 거대한 고함 소리를 들었다. 처음에는 단지 간헐적으로 들리는 상호 모순적인 소리였다. 작은 목소리들은 진실을 두려워해서 알고 있던 모든 것을 말하지 않았다. 무언가 아주 깊은 것이 군인들의 가슴속에 포환이나 부서진 뼛조각처럼 응어리졌다. 단 하나의 상처가 모든 병영을 피로 물들게 한 것처럼 카날레스 장군이 죽었다. 그 소식은 음절과 구절 속에서 구체화되었다. 탄식의 음절들과 사망자를 기록하는 사무실에서 나오는 어구들. 먼지와 불순물이 긴 담배와 소주. 그것이 설사 진실이다 하더라도 믿을 수 없는 이야기였다. 나이가 많은 군인들은 일의 진상을 들으려고 초조하게 기다리느라 말없이 서 있었고, 어떤 이들은 기지개를 켜거나 땅에 눕거나 웅크리고 앉아서 모자를 옆에 내동댕이치고는 머리를 감싸고 있었다. 젊은 군인들은 더 자세한 소식을 들으려고 계곡으로 달려 내려갔다. 태양의 복사열로 그들의 감각은 마비된 것 같았다. 구름처럼 떼를 지어 날아다니는 새들이 멀리서 원을 그리고 있었다. 가끔씩 총성이 울려 왔다. 그리고 저녁이 찾아왔다. 구름이 찢어져서 지저분하게 보이는 사이로 하늘은 말의 안장처럼 보였다. 모닥불이 꺼지자 하늘과 땅과 동물들과 사람들, 그 모든 것이 하나의 어둡고 커다란 덩이가 되고 어둠 속에서 고적하게 홀로 있었다. '딸깍, 딸깍.' 말발굽 소리가 침묵을 깼고 메아리쳐서 몇 겹으로 들려왔다. 이 막사에서 저 막사로 퍼지는 소리가 들려왔는데, 군인들은 기수가 이야기하는 소리가 현실인지 꿈인지, 자신들이 자고 있는 것인지 깨어 있는 것인지 분간이 되지 않았다. 장군은 전방으로 나가려고 식사를 마칠 때 갑자기 사망했다. 그들은 명령을 또 한없이 기다려야 했다. "아마 놈들이 장군에게 칠레페 뿌리 같은 것을 주었나 봐. 그것은 대단히 무서운 독약이라 죽인 흔적도 남기지 않는다는데, 가장 중요한 순간에 죽게 하다니!" 어느 목소리가 말했다. "조금 더 조심하셨어야 했는데!" 다른 목소리가 탄식을 했다. "아!" 해진 발뒤꿈치, 아니 땅속에 묻힌 시체들까지 감정이 사무쳐 모두가 침묵했다. 그런데 그의 딸은?

악몽과 같은 잠시의 침묵이 지나자 다른 목소리가 들려왔다. "자네들만 좋다면 난 그녀에게 저주를 하겠네. 산속의 옥수수가 부족해서 사러 내려갔다가 저주의 주문을 하는 법을 배웠다네…… 그걸 원해?" 어둠 속에서 다른 목소리가 들려왔다. "나는 그 여자가 자기 아버지를 죽였기 때문에 자네 의견에 찬성하네."

'딸깍, 딸깍, 딸깍.' 말발굽 소리가 다시 길을 따라 들렸다. 저쪽 병영에서도 비명 소리가 들리더니 다시 침묵이 지배했다. 코요테들이 울부짖는 소리의 메아리가 이중 사다리를 통해 주변에 커다란 원을 그리며 뒤늦게 나타난 달에게까지 올라갔다.

사람들이 각자 이 사건에 대해 이야기할 때마다 장군은 무덤 속에서 나와 자신의 죽음을 반복했다. 장군은 식탁보가 덮이지 않은 테이블 앞에 앉아 식사를 하고 있었는데, 접시 위의 칼과 포크 소리와 유리잔에 물 따르는 소리, 조수의 발소리, 그리고 신문을 펼치는 소리까지 들려왔다. 그리고 나선 더 이상 아무 소리도 들리지 않았던 것이다. 더구나 신음 소리 하나 들리지 않았다고 한다. 결국 그들이 발견한 것은 장군이 펼쳐 들었던 「엘나시오날」 신문지 위에 얼굴을 파묻고 멍하니 눈을 반만 뜨고 유리처럼 허공을 응시하며 식탁에 엎드려 죽어 있는 장군이었다.

사람들은 마지못해 일상의 일과로 되돌아갔다. 그들은 가축과 같은 자신들의 생활에 진력이 나서 차마리타의 혁명에 가담했던 것이다. 차마리타는 그들이 카날레스 장군을 친근하게 부르는 말로 그들은 자신들의 삶을 바꾸고 싶어 했다. 왜냐하면 차마리타가 그들을 괴롭히는 기존의 관료제와 행정 체제를 폐지하고 새롭게 재편함으로써 그들에게 땅을 되돌려 주겠다고 했고, 물의 공급을 공평하게 나눠 주겠다고 했고, 2년간 의무적으로 그들이 재배한 옥수수로 만든 토르티야를 사게 하고, 농기계 도입과 양질의 종자 개발과 좋은 종자의 가축과 비료 개발, 그리고 기술자의 유입을 위해 농업협동조합을 조직하고, 물류의 이동과 수출과 판매를 용이하게 하고 가격을 저렴하게 하고, 언론을 국민에 의해 선출된 사람들에게만 맡겨 자신들을 선출한 국민들을 위해 책임을 지게 하고, 사립학교를 폐지하고, 균형 있는 과세 제도를 실시하고, 의 약품의 저렴한 이용과 의사나 변호사에 대한 문턱을 낮추고, 학문의 자유를 인정하고, 원주민들이 탄압받지 않게 하고 그들이 믿는 신을 섬기게 하고 그들의 사원을 재건하게 하며 핍박받지 않게 하겠다는 약속을 했기 때문이다.

카밀라는 며칠 지나고 나서야 아버지의 죽음을 알게 되었다. 신원을 확인할 수 없는 목소리가 전화를 걸어서 알려 주었던 것이다.

"당신의 아버지는 공화국의 대통령 각하가 당신 결혼식의 증인이 되었다는 신문기사를 읽다가 돌아가셨어요."

"그럴 리가!" 그녀가 비명을 질렀다.

"그럴 리가 없다니요?" 코웃음을 쳤다.

"그건 사실이 아니에요, 아버지가 아니에요!…… 여보세요? 여보세요?" 통화는 이미 끊어졌고 마치 숨기라도 하듯이 수화기는 천천히 내려졌다. "여보세요! 여보세요! 여보세요!"

그녀는 등이 있는 의자에 푹 주저앉았다. 아무것도 느끼지 않았다. 잠시 후 농장의 도면을 들었다. 지금 있는 것은 이전에 있었던 것이 아니고 그 색깔도 달라졌고 분위기도 달라졌다. 돌아가시다니! 돌아가시다니! 돌아가시다니! 그녀는 무언가를 부수려는 듯 손을 비틀었다. 입을 꼭 다물고는 웃음을 터뜨리더니 곧 초록색 눈동자를 고정한 채 오열했다.

수돗물이 거리를 통해 지나갔다. 수도꼭지가 눈물을 흘리고 철로 된 양동이가 웃어 대고 있었다.

37. 토힐*의 춤

"여러분, 무엇을 드시겠어요?"

"맥주."

"나는 아니야. 나는 위스키."

"나는 코냐크."

"그러면……."

"맥주 한 잔에……."

"위스키 한 잔에 코냐크 한 잔이네요."

"그리고 안주 한 접시!

"그러면 맥주 한 잔, 위스키 한 잔, 코냐크 한 잔에 안주 한 접시
네요."

"어이, 친구, 잘 있었나!" 서둘러 바지 지퍼를 올리며 돌아오는
카라 데 앙헬의 목소리가 들렸다.

"무엇을 드시겠어요?"

"아무거나 좋아요. 전 탄산수로 할게요."

"아! 그러면 맥주 한 잔, 위스키 한 잔, 코냑 한 잔에 탄산수 한 잔이네요."

카라 데 앙헬은 의자를 끌어당겨서 키가 2미터나 되고 백인이지만 흑인과 같은 몸동작을 하며 등이 꼿꼿하고 금발의 눈썹 사이에 상처가 있고 매우 끈기 있어 보이는 사내 곁으로 옮겨 앉았다.

"당신 곁으로 의자를 옮길 테니 자리 좀 내주시죠." 카라 데 앙헬이 말했다.

"물론이죠."

"그냥 마시기만 하고 가겠습니다. 왜냐하면 각하께서 절 기다리고 계시니까요."

"아!" 미스터 겐지스가 말했다. "당신이 대통령 각하를 보러 가신다니 대통령께 바보 같은 짓은 집어치우고, 당신에 대한 풍문은 아무것도 확실한 것이 없다고 전해 주시죠."

"풍문은 제풀에 지쳐 곧 사라지겠지요." 코냑을 시킨 다른 동료가 말했다.

"그런 말씀을 하시니 그래야겠네!" 카라 데 앙헬이 미스터 겐지스를 보며 말했다.

"어떤 말이든!" 미국인은 대리석 테이블을 두 손바닥으로 치면서 말했다. "물론이죠! 난 지금 여기 있지만 오늘 밤은 다른 데 있을 겁니다. 법무감이 당신은 재선의 장애물이고 죽은 카날레스 장군과 함께 혁명의 친구라고 말하는 것을 들었어요."

카라 데 앙헬은 불안감을 숨길 수 없었다. 이런 상황에서 대통령을 본다는 것은 위험한 일이었다.

하인이 음식물을 가지고 다가왔다. 그는 '감부리누스'라는 맥주 이름이 필기체로 붉게 새겨진 흰색 상의를 입고 있었다.

"위스키 한 잔과 맥주 한 잔입니다."

미스터 겐지스는 설사약이라도 먹듯이 눈도 깜박이지 않고 단호하게 위스키를 마시고는 파이프를 꺼내 시가를 끼웠다.

"그래요, 친구. 지금 생각해 보니 어차피 이런 일은 대통령의 귀에 들어갈 테고 당신도 썩 즐겁지만은 않을 것이오. 지금 이 기회를 이용해서 무엇이 사실이고 무엇이 그렇지 않은지 말하시오. 더 용기를 가져야 할 때요."

"충고를 잘 새겨듣겠습니다, 미스터 겐지스. 잘 있으시오. 더 빨리 도착할 수 있도록 마차를 찾아봐야 할 것 같습니다. 모두 잘 지내시길."

미스터 겐지스는 파이프 담배에 불을 붙였다.

"미스터 겐지스, 도대체 몇 잔째 드시는 겁니까?" 테이블에 있던 한 사람이 말했다.

"열여덟 잔째요." 파이프를 입에 물고 눈이 반쯤 감긴 채로 미국인이 대답했다. 그의 파란색 눈에서 나오는 불꽃은 성냥의 노란 불꽃 위에 걸쳐 있는 것 같았다.

"위스키가 위대한 술이라는 견해에 대해 어떻게 생각하십니까?"

"신만이 알겠죠. 난 모르겠어요. 이 질문은 내 아이처럼 술을 못마시는 사람들한테 물어보는 것이 나을 겁니다. 난 단지 절망에 빠져서 마실 뿐이니까요."

"그런 말 마세요, 미스터 겐지스."

"왜 그런 말 말라는 거요? 그게 내가 느끼는 거라니까요. 우리 나라에서는 누구나 자신이 느끼는 것을 이야기할 수 있어요, 전부 다."

"참 좋네요."

"안 그래요! 나는 여기서 당신들과 함께 있는 게 더 좋아요. 그 것이 좋은 것이라 하더라도 자신이 느끼지 않는 것을 말하면서 말 이죠."

"위스키 한 잔 더 하시겠어요, 미스터 겐지스?"

"위스키를 한 잔 더 마실 것 같진 않아요!"

"브라보! 자신의 원칙 속에서 죽어 가는 당신이 맘에 들어요!"

"뭐라고요?"

"그래요. 자신의 원칙 속에서 죽어 가는 사람들을 이해해요. 하지만 나는 그분의 원칙 속에 살고 있을 뿐이죠. 보다 더 살아 있는 내 존재 말이에요. 죽는다는 것은 그다지 중요하지 않아요. 만일 가능하다면 나는 하느님의 법 때문에 죽고 싶소."

"미스터 겐지스가 보고 싶어 하는 것은 위스키 비가 내리는 것 일지 몰라요!"

"아뇨, 아뇨. 왜 그런 생각을 해요? 그럼 우산을 우산으로 파는 것이 아니라 깔때기를 팔겠군요." 그러고 나서 파이프에 연기를 채운 뒤 덧붙였다. 다른 사람들이 웃는 동안 그의 호흡은 솜을 내 뿜는 것 같았다. "그리고 카라 데 앙헬 말이오. 만약 내가 그에게 말한 것을 그가 하지 못한다면 그는 결코 용서를 얻지 못하고 약 물에 의존하게 될 것이오!"

갑자기 한 떼거지의 사람들이 말없이 주막으로 몰려 들어왔다. 너무 많아서 한꺼번에 문 안으로 들어오지 못할 정도였다. 그들은 문의 옆쪽이나 테이블 사이나 카운터 앞에 섰다. 그들은 곧 나갈 손님들이기 때문에 앉아 있을 필요까지는 없었다. "조용히 하시오!" 키가 좀 작고, 좀 늙고, 머리가 좀 벗겨지고, 좀 제정신이고, 좀 미치고, 목이 좀 쉬고, 좀 더러운 자가 인쇄된 벽보를 펼쳤고, 다른 두 명은 그를 도와 주막의 거울 중 하나에 검은 촛농으로 벽보를 붙였다.

시민 여러분!

우리는 그분의 현명하신 인도 하에 모든 분야에서 무한한 발전을 이룩해 왔으며, 질서를 유지할 수 있는 혜택을 얻어 왔고, 앞으로도 얻게 될 국가 질서 속의 발전을 평화의 횃불로 밝히는 방법은 바로 대통령 각하의 이름을 부르는 것입니다. 우리 자신의 운명을 주시할 의무가 있는 자유로운 국민으로서 또한 무정부 상태를 증오하는 선한 국민으로서 우리는 다음과 같이 선언하는 바입니다. 공화국의 복지는 우리의 위대한 각하의 재선 여부에 좌우되는 것입니다. 무엇 때문에 공화국이라는 배를 미지의 바다에 띄우는 위험한 일을 하겠습니까? 우리가 지금 모시고 있는 분이 우리 시대의 가장 유능한 정치가이며 훗날 역사가들이 평가할 가장 위대하고 슬기로운 자유주의자, 사상가, 그리고 민주주의의 신봉자이십니다. 영도자의 자리에 그분이 아닌 다른 사람을 상상한다는 것은 국가의 운명을 위기에 몰아넣는 것과 마찬가지입니다. 만약에 감히 그런 사람이 있다면 그는 위험천만한 정신병자로 취급받아야 할 것이며, 만일 그가 정신병자가 아니라면 법이 정한 대로 국가에 대한 반역자로 심판을 받아야 할 것입니다. 시민 여러분! 투표함이 여러분을 기다리고 있습니다. 국민에 의해 다시 선출될 우리의 후보를 위해 투표합시다!

공지문을 큰 소리로 읽어 내려가자 주막 안은 열광적인 분위기로 가득 차서 환성과 박수갈채가 일었다. 모든 사람의 요청에 따라 검고 긴 머리카락에 냉혹한 눈매를 하고 옷을 아무렇게나 걸쳐 입은 사내가 일어나서 연설을 했다.

"애국자 여러분, 시인의 생각으로 조국을 위해 말하고자 합니다. 시인이란 하늘을 발명한 사람이란 뜻입니다. 따라서 여러분은 하늘이라고 불리는 이 쓸모없고 아름다운 것을 만들어 낸 사람이 늘어놓는 장황한 이야기를 들어 보시기 바랍니다. 독일 사람들이 이해 못했던 독일인—저는 여기서 괴테나 칸트, 쇼펜하우어를 이야기하는 것이 아닙니다—그 독일인이 초인에 대해 이야기했을 때, 그는 앞으로 아메리카의 심장부에서 우주를 아버지로 하고 자연을 어머니로 삼는 역사상 처음으로 월등한 사람이 태어날 것임을 예언하고 있었던 것입니다. 여러분, 나는 이 여명의 수호자, 조국의 보호자이시고 정당의 총재이자, 열혈청년당의 보호자이신 그분에 대하여 언급하고 있는 것입니다. 제가 니체의 초인에 비유하고 있는 분은—이미 틀림없이 여러분도 짐작하셨겠습니다만—

공화국의 헌법상 대통령인 것입니다. 나는 이 말을 되풀이하여 강조하는 바입니다." 이렇게 말하면서 그는 카운터를 손으로 쾅 내리쳤다. "그렇기 때문에 동포 여러분, 나는 비록 정치인은 아니지만 사심 없이 이렇게 믿고 있는 것입니다. 우리 중에 이 정도의 초인간과 초시민은 없고 정신병자나 장님 혹은 둘 다이기에 우리가 정부의 고삐를 영도자께 넘겨준 것인데, 만일 이 나라를 영원히 지켜 주실 이 영도자의 손에서 평범한 시민에게로 정권이 넘어가도록 허용한다면 그것은 사리에 어긋나는 일이며 아무런 안목이 없는 소치에서 비롯된 것일 겁니다. 맥이 빠져 버린 유럽 대륙에서는 이미 민주주의가 황제들과 왕들을 다 처치해 버렸습니다. 하지만 이제 민주주의가 아메리카 대륙에 이식되어 거의 신과도 같은 초인과 합쳐져서 새로운 형태의 정치, 즉 초민주적인 정부를 세우고 있다는 것을 알아야 합니다. 자, 여러분 제가 시를 읊어 드리지요."

"시를 읊으시오, 시인이여." 누군가가 소리 질렀다. "하지만 서정시는 안 되오."

"……초인에게 보내는 나의 야상곡 도장조를 마칩니다!"

시인의 혐오스러운 도당과 성 요한의 수첩, 아브라카다브라 주문과 신학적인 좌약에 반대하는 한층 격앙된 언어의 활용이 계속되었다. 조수들 중 한 명이 코피를 흘렸다. 연설과 연설 사이 갈증에 지친 함성이 들려와 벽돌에 묻은 물을 냄새 맡기 위해 주문했는데 이는 냄새를 통해 출혈을 막기 위해서였다.

"이 시간이면 벌써 카라 데 앙헬이 벽과 대통령 사이에 있을 것이네. 이 시인이 말하는 어투가 맘에 드네. 하지만 시인이 된다는 것은 매우 슬픈 일일 것 같네. 변호사가 된다는 것도 이 세상에서 가장 슬픈 일이네. 이제 위스키를 한 잔 더 마셔야겠네. 위스키 한 잔 더!" 미스터 겐지스가 고함을 질렀다. "슈퍼-초(招)-철-도-원을 위하여!"

감부리누스 주막을 나올 때, 카라 데 앙헬은 국방부 장관을 만났다.

"어딜 가시나요, 장군?"

"각하를 뵈러 갑니다."

"그러면 함께 가시지요."

"당신도 거기 가시나요? 제 마차를 기다립시다. 곧 올 겁니다. 비밀이지만 어떤 과부를 만나고 오는 길입니다."

"장군이 쾌활한 과부를 좋아한다는 것은 잘 알고 있습니다."

"음악을 하는 여자는 아닙니다."

"물론 아니죠. 클리콧 말씀이시죠?"

"클리콧이나 몸매 좋은 원주민 여자도 아닙니다. 죽음을 앞둔 여자예요."

"이런!"

마차는 바퀴가 종이 위를 구르는 것처럼 소리 없이 달려갔다. 길모퉁이를 돌 때마다 경비병들이 서로 '국방부 장관님이 가신다. 국방부 장관님이 가신다'라는 표시를 하며 마차를 통과시켰다.

대통령은 서재에서 짧은 보폭으로 산책을 했다. 모자를 이마까지 내려쓰고, 코트 깃을 올려 스카프 위를 덮고, 조끼의 단추는 풀려 있고, 검은 옷에 검은 모자, 그리고 검은 장화를 신고 있었다.

"날씨가 어떻소, 장군?"

"선선합니다, 대통령 각하."

"그리고 미겔은 외투도 없이⋯⋯."

"대통령 각하⋯⋯."

"아냐, 자넨 지금 떨고 있지 않은가. 춥지 않다고 내게 이야기하려는 거지. 자네는 충고를 잘 안 듣지. 장군, 미겔의 집에 마차를 보내 당장 외투를 가져오게 하게."

국방부 장관은 인사를 하며 나갔다. 하마터면 자신의 칼에 걸려 넘어질 뻔했다. 그때 대통령은 카라 데 앙헬에게 자신과 가까운 의자에 앉게 하고 자신도 등받이 의자에 앉았다.

"여기선 말일세, 미겔, 나는 모든 일을 해야 하고 모든 일에 관여해야 하네. 왜냐하면 내가 지배하는 나라의 국민은 모두 '계획만 짜는' 스타일의 사람들이기 때문이야. 나는 나 혼자 할 수 없는 그런 일에 대해 친구들에게 도움을 부탁할 작정일세. 이런 '계획만 짜는' 스타일의 인물들은 무언가를 하거나 없애기 위해 세상에 좋은 의도를 가지고 있지만 의지가 부족해 아무것도 하지 않는 그런 인물들을 의미하네. 그들은 앵무새의 똥처럼 향기가 나거나 악취가 나지도 않는 사람들이지. 가령 기업가에 대해 말한다면 공장을 차릴 계획이라든지 새로운 기계를 도입할 예정이라든지, 이것을 하려 한다든지 저것을 한다든지, 그 이상의 것을 한다든지 하는 말들을 반복하고, 또 반복할 뿐일세. 농업 종사자를 예로 들면, 새로운 품종을 도입할 예정이라든지 수확물을 수출할 예정이라든지

하는 말들을 입에 달고 살며, 작가는 책을 쓸 예정이라고 말하고, 교수는 학교를 세울 예정이라고 말하고, 상인들은 어떤 사업을 할 예정이라고만 말하고, 언론인들은, 영혼이 자리 잡아야 할 곳인데 돼지들만 모인 사람들이 '함께 조국을 선진화합시다' 라는 말만 지껄이지. 아까 모두에 자네에게 말했듯이 그 어느 누구도 아무것도 안 한다네. 그래서 자연스럽게 공화국의 대통령이 폭죽을 터뜨리는 사람마냥 나간다 하더라도 직접 나서서 모든 일을 해야 하네. 내가 없다면 운명의 여신도 존재하지 않을 걸세. 복권을 추첨하는 눈먼 여신의 역할까지 해야 하니까 말일세."

대통령은 투명하고 연약한 손가락 끝으로 흰 콧수염을 쓸어 담으며 목소리 톤을 바꾸어 말했다.

"상황이 이러하니 나도 어쩔 수 없이 자네와 같은 사람들의 도움을 빌릴 수밖에 없네. 자네를 옆에 가까이 두어도 쓸모 있지만 나의 적들이 모략을 꾸미고 악의에 찬 논평이 내 재선을 위협하고 있는 나라 밖에서 더욱 큰 도움이 될 사람들에게 의존해야 하네."

그는 게걸스럽게 피를 빨아먹은 두 마리의 모기처럼 눈을 아래로 내리깔았다.

"난 카날레스와 그의 일당에 대해 말하는 게 아닐세. 죽음은 나의 가장 좋은 동맹이었고 앞으로도 그럴 걸세, 미겔! 내가 언급하는 것은 워싱턴이 나에 대한 지지를 철회하도록 미국의 여론에 영향을 미치려는 자들이라네. 우리 안에 갇힌 맹수가 털을 갈기 시작했는데, 그렇다고 털을 다 밀어서 날려 보내 달라는 뜻은 아니지 않은가? 좋아! 나를 소금물에 절인 머리와 심장을 가진 단단한 나무보다 더 질긴 늙은이로 아나 보지? 나쁜 놈들, 제멋대로 떠들어 보라지! 이름도 없는 형편없는 놈들이 내가 나라를 구하기 위해 하려 했던 일을 정치적인 이유로 이용하며 도적질하려 하고 있어. 내 재선 가도는 현재 위기 상황이고 그 때문에 자네를 부른 걸세. 나는 자네가 워싱턴에 가서 이런 맹목적인 증오 속에서, 모든 장례식에서처럼 결국 시체만 남듯 선한 자를 매장시키려는 분위기 속에서 일어나는 일에 대해서 자세히 보고하기 바라네."

"대통령 각하." 카라 데 앙헬은 미스터 젠지스가 진상을 명확히 밝히라고 충고하는 목소리와 처음부터 일종의 구원이 될 것이라고 직감한 여행을 무모하게 날려 보낼지도 모른다는 두려움 속에서 말을 더듬었다. "대통령 각하께서는 제가 각하께서 명령하시는 모든 것에 무조건적으로 복종해 왔다는 것을 알고 계실 것입니다. 그럼에도 불구하고 저는 항상 충성스럽고 헌신적인 일꾼이 되려고 노력해 왔기 때문에 그와 같은 미묘한 의무에 대해 저를 신임하기에 앞서 각하께서 제가 각하께 부탁드리는 몇 마디를 허용하신다면, 제게 각하의 적이라는 국방 법무감의 근거 없는 비난이나 그 밖의 소문에 대한 진상을 조사하라는 명령을 내려 주셨으면 합니다."

"그런 허무맹랑한 소리에 귀 기울일 사람이 누가 있겠나?"

"대통령 각하께서는 각하와 각하의 정부에 대한 저의 충성을 의심하지 않으실 것입니다. 하지만 법무감의 비방에 대한 사실 여부 판단을 내리지 않고 저에 대한 신임을 맡기시는 것을 원치 않습니다."

"내가 해야 할 일을 자네에게 물어보는 것이 아닐세, 미겔. 그만 좀 하게나. 나는 전부 다, 아니 자네에게 더 이야기해 주지. 내 책상에는 카날레스 장군이 도망쳤을 때 법무감이 작성한 자네에 대한 고발장이 있네. 그 이상의 것도 있지. 자네가 무시하고 있는 어떤 사소한 이유 때문에 법무감이 자네를 미워한다는 것도 알고 있지. 법무감은 경찰과 짜고 지금 자네의 부인 된 그 여자를 납치해서 성매매업소의 여주인한테 넘기려고 했다네. 그는, 자네도 알듯이, 이 여주인에게서 1만 페소를 받았는데 결국 이 계약 때문에 희생된 자는 지금 반쯤 미쳐 버린 불쌍한 여자라네."

카라 데 앙헬은 각하 앞에서 조금이라도 흐트러지는 자세를 보이지 않으려고 꼼짝 않고 있었다. 그는 검은 눈동자 속에 깊이 감춰 두려고 했고 심장 속에서 등받이 의자처럼 창백하고 차갑게 느끼는 한기를 비로드 같은 눈의 검은 눈동자 속에서 녹여 버리려고 했다.

"대통령 각하께서 허락하신다면 각하 곁에 남아서 제 피로 각하를 지켜 드리고 싶습니다."

"내 제안을 받아들이지 않겠다는 건가?"

"결코 그런 건 아닙니다, 각하."

"그럼 됐네. 그 밖에 이야기된 생각은 다 논외로 하세. 내일 신문에 자네의 다음 출장에 관한 기사가 실릴 걸세. 나를 실망시키지 말게. 국방부 장관이 오늘 당장 자네에게 여행에 필요한 돈을 제공하라고 명령할 걸세. 기차역에서 비용과 지시 사항을 전달하도록 하겠네."

지하 시계의 진동이 카라 데 앙헬의 파국의 시간을 알렸다. 그의 검은 눈썹 사이에서 완전히 열린 창문을 통해 숯처럼 짙은 녹색의 삼나무 숲 바로 옆에서 타오르는 화톳불과 밤에 의해 지워진 안뜰 한복판에서 피어오르는 하얀 연기의 막과 보초병들의 애인과 별들에게 치솟는 높은 나무를 보았다. 네 개의 사제와 같은 그림자가 안뜰의 모서리를 표시하고 있었고, 그들은 네 개의 이끼 낀 옷을 입고 하천의 물줄기를 찾고 있었고, 노란색이라기보다는 녹색에 가까운 개구리의 피부로 네 개의 손을 가지고 있었으며, 더러워지지 않은 얼굴의 한쪽은 눈을 감고, 어둠에 의해 잠식당한 얼굴의 다른 쪽은 안뜰의 어린 이면각 부분이기도 했는데, 눈이 떠져 있었기 때문에 네 개의 눈을 가지고 있었다. 갑자기 둥, 둥, 둥, 둥, 북소리가 들려왔다. 그리고 동물로 분장한 수많은 사람들이 옥수수의 낱알 배열로 깡충거리며 뛰어왔다. 북소리의 피 흘리고 떨리는 가지들을 따라 대기의 동요 속에서 바닷게들이 내려왔고 불의 묘지로부터 구더기들이 달려 나왔다. 사람들은 북소리와 함께 땅에 붙어 있지 않기 위해서, 북소리와 함께 바람에 붙어 있지 않기 위해서 얼굴에 테레빈유를 바르고 모닥불을 붙인 뒤에 춤을 추었다. 똥색의 어둠 속에서 시든 과일 같은 얼굴을 한 사나이가 나타났다. 두 뺨 사이로 혀를 쭉 내밀고 이마에는 가시가 돋쳐 있는 그는 귀가 없었으며, 배꼽 둘레에는 무사들의 머리들과 호리병박 잎사귀들을 새끼줄로 두르고 있었다. 그는 모닥불에 다가가 화염의 싹을 훅 불고는, 짐승으로 가장한 사람들의 맹목적인 환희 속에서 불을 훔치고는 이제부터 코팔 나무에서 더 이상 태울 수 없도록 불을 입 안에서 질정질정 씹고 있었다. 비명이 어둠 속에서 흘러나와 나무 위로 올라갔고, 밀림 속에 버려지고 태생을 알 수 없게 되었으며, 굶주림 짐승과 목마른 새들처럼 목구멍에 풀칠을 해야 하는 가엾은 원주민들의 울음소리가 여기저기서 울려 퍼졌다. 그들은 두려움과 분노, 그리고 육체적 필요에 의해 불의 제공자인 토힐 신에게 빛이 밝혀진 소나무를 돌려 달라고 애원했다. 토힐은 비둘기의 가슴에서 나온 젖과 같은 강을 미끄러지듯이 타고 내려왔다. 사슴들은 물의 흐름이 멈추지 않도록 달려갔다. 빗줄기보다 더 가는 뿔을 가진 사슴의 발굽은 지나치는 모래의 충고를 받으며 공기 속에서 스쳐 지나갔다. 새들은 물의 잔상이 멈추지 않도록 날아다녔다. 이 새들의 뼈는 깃털보다도 가벼웠다. 레-툰-툰*! 레-툰-툰! 땅 밑에서 북소리가 울려 퍼졌다. 토힐은 인간을 희생물로 바치라고 요구했다. 부족은 그의 앞에 가장 훌륭한 사냥꾼들과 가장 똑바른 입으로 부는 화살들과 구슬 모양의 돌을 던지는 기구를 바쳤다. "이 사람들은 무엇인가? 사람들을 사냥할 수 있는가?" 토힐이 물었다. 레-툰-툰! 레-툰-툰! 땅 밑에서 종소리가 울렸다. "불의 제공자이신 당신께서 그것을 요청하니, 불을 돌려주신다는 조건으로 우리의 살이 추위에 떨지 않고, 우리의 뼈가 튀겨지지 않고, 공기와 손톱과 혀와 머리카락도 온전히 보존할 수 있게 해 주소서! 우리가 삶을 죽음으로 소진하지 않게끔 하는 조건으로 우리가 목이 졸린다 하더라도 죽음을 계속 살리게끔 해 주소서!" 부족이 대답했다. "좋다!" 토힐이 말했다. 레-툰-툰! 레-툰-툰! 땅 밑에서 종소리가 울렸다. "나는 만족한다! 인간 사낭꾼들 위에서 나의 정부를 세우리라! 앞으로 진정한 죽음도, 진정한 삶도 없을 것이다. 나를 위해 호리병박 춤을 추거라!"

그러자 각각의 사냥꾼-전사가 호리병박 열매를 들고 얼굴을 흥겹게 흔들면서 숨도 돌리지 않고 호리병박을 불어 대며, 지상과 지하에서 울리는 둥둥 리듬에 맞추어 토힐 신의 눈 앞에서 춤을 추었다.

카라 데 앙헬은 이런 설명할 수 없는 환상을 본 후에 대통령에게 작별 인사를 했다. 밖으로 나갈 때 국방부 장관은 그를 불러 지폐 다발과 외투를 주었다.

"장군님은 가시지 않나요?" 카라 데 앙헬이 쥐 죽은 듯한 소리로 말했다.

"그랬으면 좋겠지만…… 거기서 만나거나 추후에 보겠지요. 저는 각하의 목소리를 들으면서 여기 남아야 해요." 그는 오른쪽 어깨 너머로 머리를 돌렸다.

38. 여행

그녀가 짐을 싸는 동안 지붕 위로 넘쳐흐르는 강물이 건물 안으로 새어 들어오지는 않았으나 멀리 넓은 뜰을 뒤덮고 바다까지 뒤덮는 것 같았다. 바람이 주먹질하여 창문을 열었고, 비가 유리를 산산조각 낼 것 같았고, 커튼을 휘날리게 했고, 서류들이 흐트러졌고, 문짝도 흔들거렸다. 하지만 카밀라는 계속 짐을 정리했다. 그녀가 채우는 여행 가방의 비어 있는 부분이 그녀를 고립시키고 있었다. 번개가 그녀의 머리핀까지 비추었지만 그녀는 아무것도 느끼지 않았고, 조금도 다르게 느끼지 않은 채, 그렇듯 비어 있고, 단절되고, 아무 무게 없이, 육체도 없이, 영혼도 없이 있었다.

"여기 사는 것과 맹수로부터 멀리 사는 것 중 무엇이 나을까?" 카라 데 앙헬이 창문을 닫으며 말했다. "당신은 어떻게 생각해? 이게 내가 원했던 거야! 내가 당신을 떠나게 되긴 하지만!"

"하지만 어제 당신이 대통령 관저에서 보았다는 춤추는 호리병박 열매의 마법사들과 함께 말인가요?"

"그렇게 생각할 필요까진 없어!" 천둥이 그의 목소리를 삼켰다. "게다가, 이야기해 봐. 그들이 무엇을 예측할 수 있겠어? 부탁 좀 들어줘. 나를 워싱턴으로 보내는 사람은 바로 그야. 그가 여행 경비를 다 대 주고 있지. 제길! 내가 멀리 떠나면 모든 것이 많이 달라질 거야. 어떤 일이 일어날지 전혀 알 수 없지. 당신이 아프거나 내가 아프다는 명목으로 당신이 내 곁으로 와요. 그러면 그는 세계 지도를 뒤지며 우리를 찾으려 하겠지."

"만일 내가 못 나가도록 하면 어떡하죠?"

"그럼 내가 입을 딱 닫고 돌아오는 거지. 아무것도 잃을 게 없어. 가장 나쁜 것은 아무것도 안 하는 것이야."

"당신은 모든 걸 너무도 쉽게 말씀하시는군요."

"지금 우리가 가지고 있는 것으로 그 어떤 곳에서도 살 수 있어. 산다는 것은, 정말 제대로 산다는 것은 지금처럼 '대통령 각하의 머릿속을 사유한다, 고로 존재한다거나 존재한다, 고로 대통령 각하의 머릿속을 사유한다'와 같은 말만 반복하면서 지내는 것이 아냐."

카밀라는 눈물이 글썽거리는 눈으로, 입에는 머리카락이 잔뜩 낀 것처럼, 귓가엔 빗소리만 가득한 것처럼 그를 바라보았다.

"그런데 왜 울지? 울지 마."

"그럼 내가 뭘 했으면 좋겠어요?"

"여자들은 다 똑같군!"

"날 그냥 내버려 둬요!"

"그렇게 울어 대다간 병에 걸리고 말 거야, 제발!

"내버려 둬요!"

"남들이 보면 내가 죽기라도 하든가, 아니면 나를 생매장하는 걸로 알겠네!"

"내버려 둬요!"

카라 데 앙헬은 그녀를 껴안았다. 아직 뽑히지 않은 못처럼 좀체 울 줄 몰랐던 강인한 남자의 두 뺨에는 두 방울의 눈물이 타는 듯이 휘어져 내려왔다.

"제게 편지 써 주실 거죠?" 카밀라가 중얼거렸다.

"물론이지."

"자주 써 주셔야 해요! 우린 한 번도 헤어져 본 적이 없잖아요. 편지도 없이 저를 홀로 내버려 두진 마세요. 당신 소식 없이 지내는 하루하루는 고통의 연속일 거예요. 그리고 조심하셔야 해요! 아무도 믿지 마세요. 제 말 듣고 있나요? 누가 뭐라고 말하든 귀담아들으시면 안 돼요. 특히 동향 사람들은 더 나쁘니 조심하세요. 하지만 제가 당신께 가장 부탁하고 싶은 것은……" 남편의 키스가 그녀의 말을 끊게 했다. "당신께…… 부탁하는 것은…… 당신께…… 부탁하는 것은 제게 편지를 써 달라는 것뿐이에요!"

카라 데 앙헬은 시선을 사랑스럽고 꾸밈없는 그의 아내에게서 떼지 않은 채 여행 가방을 닫았다. 비가 억수같이 쏟아졌다. 물이 수로에서 쇠사슬의 무게로 콸콸 흘렀다. 다음 날에 대한 괴로운 생각이라는 물속에 그들은 빠져 버렸다. 이제 너무나 임박해 있기에 아무 말 없이—이미 준비는 다 했다—옷을 벗고 침대 속으로 들어갔는데 시계의 가위질은 그들에게 남은 마지막 시간을 조각

내고 있었다. 쓱딱! 쓱딱! 쓱딱! 모기의 윙윙거리는 소리는 그들을 잠들지 못하게 했다.

"내 정신 좀 봐. 모기가 들어오지 못하게 문 닫는다는 것을 깜빡했지 뭐예요. 내 참, 얼마나 미련한지!"

그에 대한 대답으로 카라 데 앙헬은 그녀를 끌어안아 가슴의 촉감을 느낄 수 있었다. 수컷 없이 의지할 곳 없는 암양처럼 느껴졌다.

차마 불을 끌 수도 없었고 눈을 감을 수도 없었고 아무 말도 할 수 없었다. 밝음 속에서 그들은 가까이 있었으나 그들이 서로에게 하는 말에서는 거리가 느껴졌고 눈꺼풀이 그들을 가를 것이었다. 잠시 후 어둠 속에서 그들은 서로 멀게만 느껴졌고, 그 마지막 밤에 그들은 서로 말하고 싶어 했고, 대화의 모든 내용이 전보를 보내는 것같이 느껴졌다.

이제 막 씨를 뿌린 화초밭 사이로 하인들이 암탉을 쫓는 소리가 안뜰에 가득했다. 비는 그치고 물시계처럼 물은 도랑에 떨어지고 있었다.

"나의 맷돌이여." 카라 데 앙헬은 그녀의 둥근 배를 손으로 쓰다듬으며 그녀의 귓가에 속삭였다.

"내 사랑." 그녀가 그를 껴안으며 말했다. 침대 시트 속에서 그녀의 다리 움직임은 깊은 강의 잔물결에 노를 젓는 동작 같았다.

하인들은 뛰어가고 소리 지르며 닭 잡는 일을 멈추지 않았다. 하인들의 손을 피해 겁에 질려 뛰어가는 암탉은, 눈은 밖으로 나왔고 부리는 열려 있었으며 십자가처럼 날개를 펼치고 실처럼 가

늘고 긴 숨을 쉬고 있었다.

매듭처럼 부둥켜안은 그들은 손가락으로 떨리는 물을 흘리며 애정을 죽은 자들과 잠든 자들 사이에 결코 가볍지 않으면서 분위기 있게 흩뿌렸다. "내 사랑!" 그녀가 말했다. "천국!" 그가 말했다. "나의 천국!" 그녀가 말했다.

암탉은 벽 앞에 왔거나 벽이 암탉을 덮쳐 왔다……

두 사실이 동시에 일어난 것같이 느껴졌다. 그들은 암탉의 목을 비틀었다. 암탉은 죽어서 날아오르려는 것처럼 날갯짓을 했다. "주변을 더럽게 했잖아, 못된 놈 같으니!" 요리사가 외쳤다. 요리사는 자신의 앞치마를 얼룩으로 더럽힌 날개를 털었다. 그녀는 빗물로 채워진 분수에서 앞치마를 손빨래해야 했다.

카밀라는 눈을 감았다. 남편의 무게…… 날개의 퍼덕거림…… 얼룩의 더럽힘…….

시계는 더 천천히 갔다. 쓱딱! 쓱딱! 쓱딱! 쓱딱!……

카라 데 앙헬은 기차 정거장에서 대통령이 장교를 통해 보낸 서류들을 훑어보았다. 뒤에 남게 된 도시는 지붕의 더러운 손톱으로 하늘을 긁고 있었다. 서류들은 그를 진정시켰다. 지갑에는 수표들이 있고 따라오는 염탐꾼도 없고 주변에서는 친절히 대해 주고 일등칸을 타며 그자로부터 벗어날 수 있으니 얼마나 행운인가! 그는 생각한 것을 더 잘 간직하기 위해 눈을 반쯤 감았다. 기차가 출발하자 들판이 움직이기 시작해 어느 하나가 또 다른 것으로, 그것이 또 다른 것으로 작게 보이는 나무며 집이며 다리가 서로 뒤로 달려갔다.

……일등칸에서 그자로부터 멀리 떨어지게 되니 얼마나 좋은가! ……하나가 또 다른 것의 뒤로 가고, 그것은 또 다른 것의 뒤로 가고, 또 그것은 다른 것의 뒤안길로 사라진다. 집은 나무에 의해 쫓겨나고, 나무는 담장에 의해 쫓겨나고, 담장은 다리에, 다리는 길에, 길은 강에, 강은 산에, 산은 구름에, 구름은 파종된 밭에, 파종된 밭은 농민에, 농민은 동물에 의해 쫓겨나고…….

……주변에서 친절히 대해 주고, 뒤따르는 염탐꾼도 없으니…….

물은 집에 의해 쫓겨나고, 집은 나무에, 나무는 담장에, 담장은 다리에, 다리는 길에, 길은 강에, 강은 산에, 산은 구름에 의해 쫓겨나고…….

……마을의 영상이 투명한 냇물 위와 주전자의 어두운 물 위에 스쳐 나갔다…….

……구름은 파종된 밭에, 파종된 밭은 농민에, 농민은 동물에 의해 쫓겨나고, 동물은…….

……뒤쫓는 염탐꾼도 없고, 주머니에는 수표가 두둑하고…….

……동물은 집에, 집은 나무에, 나무는 담장에, 담장은…….

……주머니에는 수표가 두둑하고…….

……다리는 창문에 난 문틈을 통해 바이올린 소리를 내며 지나갔다……. 빛과 어둠, 사다리, 쇠로 된 손잡이, 제비들의 날개…….

……담장은 다리에 의해, 다리는 길에 의해, 길은 강에 의해, 강은 산에 의해, 산은…….

카라 데 앙헬은 의자에 머리를 기댔다. 그는 졸린 눈으로 낮고 평평하고 덥고 단조로운 해안선을 꿈에 정신이 팔려 멍한 느낌으로 바라보았다. 마치 기차 속에 있지 않은 것 같았다. 기차 뒤로 처지는 느낌이었다. 점점 더 처지는 느낌, 매번 더 처지는 느낌, 매 시간 더 처지는 느낌, 시간이 처지는 느낌, 시체같이 뒤로 처지는 느낌, 시체 같은 느낌, 시체, 시……체……, 시……계, 매번 볼 때마다, 매번 볼 때마다 시체 같은 느낌…….

순간 눈을 떴다. 꿈은 형체 없이 사라졌다. 숨을 쉬는 공기까지 위험의 채로 걸러지는 듯한 불안감이 엄습했다. 좌석에 앉아 있는 자신을 발견했지만 기차에서 내려 뒤통수가 아프고 파리들이 구름처럼 몰려드는 얼굴에는 땀이 흥건한 채 보이지 않는 구멍에 빠진 것 같았다.

산림 위로 움직이지 않는 하늘이 회색 벨벳의 뭉게구름에 숨겨진 번개의 손톱으로 바닷물을 마시고 탈이 난 채 있었다.

마을이 찾아왔다 지나갔다. 이 마을에는 사람들이 살지 않는 것 같았는데, 성당과 공동묘지 사이에 마른 옥수수 잎들이 바닥에 깔린 잣나무로 만든 집들이 있었다. 저 성당을 세우는 믿음이 나의 것이기를! 성당과 묘지, 이제 살아 있는 자들은 없고 믿음과 죽은 자들만 남았네! 하지만 멀어져 가는 기쁨은 눈 속에서 흐릿해졌다. 참을성 있게 봄을 기다리는 이 땅은 그의 대지이자 부드러운 어머니였다. 저 마을들을 뒤로 처지게 하며 대지가 새로 나타날수록 십자가 형태의 나무와 비석 때문에 살아 있는 자들 사이에서, 혹은 다른 나라 사람들 사이에서 대지는 죽어 있을 것이다.

정거장은 정거장으로 꼬리를 물고 이어졌다. 기차는 멈추지 않고 부설이 잘 되지 않은 철로를 덜컹거리며 달렸다. 기적이 울리는가 하면 브레이크 거는 소리가 나고 멀리 더러운 연기가 만드는 똬리가 언덕 위에 관을 씌우고 있었다. 여객들은 모자나 손수건 혹은 신문으로 무더위 속에 비 오듯 내리는 땀으로 흠뻑 젖은 몸을 식히기 위해 부채질하고 있었다. 좌석이 불편하고 시끄럽고 옷의 털이 벌레의 발처럼 차갑게 피부에 느껴지자 여객들은 화를 냈다. 그들은 숙청당하기나 한 것처럼 목이 말라했고, 죽은 것마냥 슬퍼했다.

눈부신 오후가 지나자 저녁 어둠이 내렸다. 빨래를 쥐어짜듯이 비가 고통스럽게 내리자 지평선의 돌들은 무너져 내렸고, 저 멀리서 푸른색 기름에 정어리들이 빛을 내는 깡통처럼 빛이 비쳐 내리기 시작했다.

철도 승무원이 찻간에 전등을 비추며 지나갔다. 카라 데 앙헬은 목에 넥타이를 매고 시계를 보았다. 항구에 도착하기까지 20분이 남았다. 배에 안전하고 무사하게 오르기까지 한 세기가 지날 것 같았다. 그는 창가에 얼굴을 대고 어둠 속에서 무엇인가를 찾아보려 했다. 싹이 튼 식물 냄새가 났다. 강물 흐르는 소리가 났다. 한참 후에도 똑같은 강물이 흐르는 소리가 났다.

기차는 어둠 속의 해먹처럼 펼쳐진 작은 마을에서 브레이크를 밟아 거리의 행진이 천천히 멈춰졌고, 완전히 정차한 후 가죽 배낭을 메거나 피로에 지치거나 깡마른 이등칸의 여행객들이 내렸고, 기차는 부두 방향으로 천천히 진입했다. 그는 파도가 부서지는 소리를 들을 수 있었고, 짠 내가 나는 세관 건물이 희미하게 보였다. 그는 소금물에 달콤하게 밴 수백만 명의 졸린 숨결 소리를 들을 수 있었다.

카라 데 앙헬은 기차역에서 기다리고 있던 항구 책임자에게 멀리서부터 인사했다. "파르판 소장!" 그는 자신이 인생의 위기에 봉착해 있을 때 자기가 구해 준 친구를 만난 것에 몹시 기뻐했다.

파르판도 멀리서 그에게 인사하고 창가로 오더니 군인들이 와서 증기선에 실을 것이니 짐은 걱정 말라고 했다. 기차가 완전히 멈추자 그는 열차 안으로 들어와서 카라 데 앙헬과 감사의 뜨거운 악수를 나누었다. 다른 여행객들은 서둘러 열차에서 내렸다.

"그런데 그동안 어떻게 지냈나요?"

"그건 내가 할 소리지. 소장, 어떻게 지냈나? 그런 거 물어봐서는 안 되지만 직접 얼굴을 보니⋯⋯."

"대통령 각하께서 저에게 중요한 임무를 수행하라고 전보를 보내 주셨죠."

"아주 잘 되었군, 소장!"

불과 몇 분 사이에 찻간은 황량하게 비었다. 파르판은 창밖으로 머리를 내밀고 큰 소리로 말했다.

"중위, 트렁크를 가지러 와. 왜 이렇게 굼뜨지?"

이 말에 열차의 문을 통해 무기를 든 여러 명의 군인이 나타났다. 카라 데 앙헬은 어떤 방도를 쓰기에 이미 늦었다고 생각했다.

"대통령 각하의 명령으로 당신은 체포되었소!" 파르판은 손에 권총을 쥐고 말했다.

"하지만, 소장! 만일 대통령 각하께서 그랬다면…… 어떻게 그럴 수가 있나? 함께 가세…… 함께 가세…… 제발 부탁을 들어주게나! 이리 오게…… 미안하지만…… 전보를 보내 보세!"

"명령은 이미 내려졌소, 미겔 씨! 그리고 조용히 하는 게 좋을 거야!"

"좋을 대로 하게나. 하지만 배를 놓쳐서는 안 되네. 나는 임무를 받고 가는 거네. 여기서 지체할 수……."

"조용히 해! 그리고 가지고 있는 소지품을 모두 꺼내!"

"파르판!"

"어서 꺼내라니까!"

"이봐, 소장, 내 말 들어 보게!"

"내 말 안 들을 건가!"

"내 말 좀 들어 보게나, 소장!"

"더 이상 반항하지마!"

"나는 대통령 각하가 맡기신 비밀 임무를 수행해야 하네."

"하사, 이자를 수색해! 누가 더 위에 있는지 알게 될 거야!"

어둠 속에서 손수건으로 얼굴을 가리고 나타난 사람은 카라 데 앙헬처럼 창백했고 절반 정도 금발이었는데, 그는 진짜 카라 데 앙헬로부터 하사가 꺼낸 여권, 수표, 하사가 침을 발라 손가락에서 뺀 부인의 이름이 새겨진 결혼반지, 커프스단추, 손수건을 받고 사라졌다.

한참 후에 배의 기적 소리가 울렸다. 죄수는 손으로 귀를 막았다. 그는 눈물이 괴어 앞을 볼 수가 없었다. 그는 머물러 있는 자신의 모습을 버리고 — 피부 밑에서는 강물이 얼마나 많이 뒤섞이고 몸속의 상처는 그동안 얼마나 간지러웠던가! — 문을 부수고 도망가, 달리고, 날아, 바다를 건너, 뉴욕으로 가는 17번 객실에서 그의 짐과 이름으로 여행하는 다른 사람이 되고 싶은 마음이 굴뚝 같았다.

39. 항구

　모든 것은 조수의 변화에 따라 파도가 약해지며 정적에 빠졌는데, 바다의 소금물에 축축해지고 날개는 별빛에 반짝이는 귀뚜라미 울음소리와 어둠 속에서 안전핀과 같은 역할을 하는 등대의 불빛과 바로 전에 폭동에 참가한 듯 엉망이 된 옷을 입고 머리카락을 이마에 늘어뜨린 채 한쪽에서 다른 쪽으로 충동적으로 오가는 죄수만 있을 뿐이었다. 그는 앉아 있을 수가 없었다. 그를 데려가 낙인을 찍거나 갑작스러운 죽음을 직면하게 하거나, 추위 속에서 범죄를 저지르게 하거나 내장이 꺼내진 채 잠이 깨도록 하기 위해 신이 그를 데려가는 것을 자면서 막으려는 듯 헛소리를 하며 손짓을 해 대고 있었다.

　"여기서 유일한 위로는 파르판이다!" 그는 반복해서 중얼거렸다. "소장이 아니었더라면 두말할 것 없이 내게 두 발을 쏘았을 것이고, 그 후 나를 매장시켰다는 사실이 아내에게 알려졌을 것이다!"

　마루를 밟고 오는 소리가 들렸다. 이 소리는 열차가 철길에서 보초처럼 서 있는 말뚝을 보고 멈추기 위해 두 발로 망치질하는 소리처럼 들렸다. 그는 자신이 막 지나쳐 온 작은 마을에서, 어둠의 진흙이나 맑은 날 먼지로 앞이 안 보이는 곳에서 성당과 공동묘지에 대해 공포를 느끼고 있었다. 살아 있는 자들 없이 믿음과 죽은 자들만 남았다!

사령부의 시계가 종을 한 번 쳤다. 이것은 거미들을 성가시게 했다. 집사의 바늘보다 거미의 스타킹이 한 밤의 방을 더 잘 꾸미고 있었다. 파르판 소장은 느릿느릿 오른쪽 팔을 군복에 끼고 그다음에 왼쪽 팔을 꼈다. 같은 속도로 배꼽 위의 단추부터 채우기 시작했다. 그가 멈추지 않고 단추를 채우는 동안 그의 눈앞에 있는 하품을 하는 입처럼 찢어진 공화국의 지도, 메마른 코딱지가 묻어 있는 타월, 잠자는 파리들, 거북 한 마리, 장총과 여행용 배낭은 눈여겨보지도 않았다. 소장은 단추를 하나하나 목까지 채웠다. 목 부분에 있는 단추를 채우기 위해 고개를 올리자 대통령 각하의 초상화가 그의 눈을 덮었는데, 이것만은 건성으로 볼 수 없었다.

소장은 단추를 채우고 방귀를 뀐 후 탁상 램프에 담뱃불을 붙이고 말채찍을 집어 들고 나갔다. 병사들은 그가 나가는 것을 알지 못했다. 그들은 마루에서 미라처럼 망토를 몸에 감은 채 자고 있었다. 보초가 경례를 하자, 잠들어 있던 당직 장교는 그의 입술에 물린 담배꽁초를 내뱉으며 벌떡 일어나 손등으로 입을 닦고는 경례를 했다. "근무 중 이상 무!"

강물은 우유가 담긴 접시에 들이민 고양이의 수염처럼 바다로 흐르고 있었다. 그림자에 용해된 나무, 발정한 도마뱀의 무게, 말라리아모기가 들끓는 늪의 물, 지쳐 버린 슬픔, 이 모든 것이 바다로 흘러들어 가고 있었다.

한 사내가 객차 안으로 들어가는 파르판에 앞서 가며 등불을 밝혀 주었다. 그들을 따라오던 두 병사는 죄수를 묶기 위해 네 개의 손으로 엉켜 있던 밧줄의 매듭을 부지런히 풀며 웃었다. 두 병사는 파르판의 명령으로 그를 묶은 후 열차를 엄호하던 보초병들을 따라 마을로 호송해 갔다. 카라 데 앙헬은 굳이 저항하려 하지 않았다. 소장의 제스처와 목소리, 그리고 쇠꼬챙이로 자신에게 난폭하게 대하는 병사들에게 엄격하게 대하는 태도로 미루어 보아 미리 타협하지는 않았지만 이 모든 것이 친구로서의 주도면밀한 계획으로 사령부에 가면 유용한 도움을 줄 것이라 생각했다. 하지만 그는 사령부에 끌려가지 않았다. 정거장을 떠나자 그들은 방향을 바꾸어 철로의 끝으로 가서 그를 때리며 비료를 가득 채운 객차 안으로 들어가게 했다. 그들은 미리 명령을 받은 것처럼 아무 이유 없이 그를 마구 때렸다.

"하지만 파르판, 이들이 왜 날 때리나?" 그는 등불을 든 사람과 이야기하며 뒤따라오던 소장에게 다시 소리를 질렀다.

대답은 등과 머리를 개머리판으로 치는 것으로 돌아와 그의 귀에서는 피가 났고, 그는 퇴비 속에 얼굴을 박으며 구르게 되었다.

그는 옷에 피가 묻은 채 숨을 내뱉으며 똥을 내뱉고 저항하려 했다.

"입 닥쳐! 입 닥치지 못해!" 파르판이 말채찍을 들고 소리쳤다.

"파르판 소장!" 카라 데 앙헬은 굽히지 않고 피 냄새가 나는 대기 속에서 정신을 잃고 소리쳤다.

파르판은 자신이 그에게 할 말에 대해 겁이 나 그냥 채찍으로 내리쳤다. 볼에 채찍 자국이 난 불행한 사내는 바닥에 무릎을 꿇고 뒤로 묶인 손을 풀려고 애썼다.

"……그래 알겠다……." 카라 데 앙헬은 숨을 헐떡인 채 떨리는 목소리로 겨우 말했다. "……이제 알겠다…… 이 난리를 쳐서…… 너는 승진하려는 거지……."

"입 닥쳐! 그렇지 않으면……." 파르판은 채찍을 다시 들며 가로챘다.

등불을 들고 있는 자가 파르판의 팔을 잡으며 말렸다.

"멈추지 말고 때려. 겁 내지 마. 난 남자다. 하지만 채찍은 거세당한 놈들의 무기야!"

두 번, 세 번, 네 번, 다섯 번의 채찍질이 불과 1초 사이에 죄수의 얼굴에 가해졌다.

"소장님, 진정하십시오, 진정하십시오!" 등불을 든 자가 개입했다.

"아니다, 아니다! 이 개자식한테는 따끔한 맛을 보여 줘야 해. 군대를 욕보이는 자는 그냥 놔두면 안 돼. 이 개떡 같은 놈!" 채찍이 부러져 이제는 권총자루로 죄수를 계속 패서 카라 데 앙헬은 머리카락과 얼굴의 살점이 뽑혔는데 소장은 때릴 때마다 숨 막히는 소리로 되뇌었다. "군대…… 명령…… 개떡 같은 놈…… 바로 이거야……."

그들은 초주검이 된 희생자를 퇴비 속에서 끌어내 한쪽 끝 철로에서 다른 쪽 철로의 수도로 돌아갈 준비가 되어 있는 화물칸에 실었다.

등불을 든 사나이는 파르판을 따라 트럭에 몸을 실었다.

두 사람은 퇴근할 때까지 사령부에서 술을 마시며 이야기했다.

"처음에는 비밀경찰대에 들어가려 했어요." 등불을 든 자가 말했다. 경찰 중에는 내 친구 루시오 바스케스라고 '벨벳'이라고 불리는 자가 있었어요."

"그에 대해 들어 본 적이 있는 것 같은데." 소장이 말했다.

"하지만 그때는 저를 거기서 받아 주지 않았어요. 내 친구는 아주 민첩했기 때문에 사람들은 그를 '벨벳'이라 불렀지요. 반면에 저는 형무소로 끌려갔고 아내와 제가 사업하던 밑천까지 날리게 되었어요. 그때 저는 결혼해 있었죠. 게다가 불쌍한 내 아내는 '달콤한 매혹'에까지 가게 되었으니……."

파르판은 '달콤한 매혹'이라는 말에 흥분되었지만 '암퇘지' 생각이 났다. 한때 그는 열을 올렸지만 썩은 섹스의 표본처럼 느껴진 그녀를 차갑게 버렸다. 게다가 "승진하려는 거지"라고 말한 카라 데 앙헬의 이미지가 떠올라 이런 생각과 물속에서 헤엄을 치듯이 투쟁해야 했다.

"자네 아내 이름이 뭔가? 나는 '달콤한 매혹'의 아가씨들을 거의 다 꿰고 있거든."

"아마 자기 이름을 그곳에 남기진 않았겠죠. 왜냐하면 들어오자마자 나가게 되었으니까요. 거기서 우리 아이가 죽었어요. 그게 제 아내를 미치게 만들었죠. 제 아내에게 그곳은 있을 만한 곳이 아니었으니까요! 지금은 동생들이랑 병원의 세탁소에서 일해요. 아내는 결코 나쁜 여자가 될 수 없었던 거예요!"

"그 여자를 알 것 같군. 심지어는 그 아이의 장례를 치르기 위해 밤을 새우는 의식을 허락받기 위해 내가 경찰의 허가증을 받고 촌 여사와 함께 밤을 새우기까지 했단 말일세. 하지만 그 아이의 아 버지가 자네인 줄은 꿈에도 몰랐네!"

"그리고 저는 돈 한 푼 안 들이고 형무소에서 무위도식했죠. 참 고맙게도 말이죠. 만일 지나온 과거를 되돌아본다면 기를 쓰고 도 망치는 것 같은 느낌이 들기 때문이죠."

"나 역시 아무것도 모르는 허풍쟁이 여자가 대통령 각하에게 내 험담을 해 대서 고생을 했지……."

"이 카라 데 앙헬이라는 작자가 카날레스 장군과 연루되어 다닐 때부터 지금은 결혼까지 하게 되었지만 그의 딸과 그렇고 그런 관 계가 되어 대통령의 명령을 씹었다고 얘기들 하죠. 이런 모든 이 야기는 저는 이미 '벨벳'이라고 불리는 제 친구 바스케스로부터 알게 되었는데, 그는 '투스텝'이라는 주막에서 그를 만났다고 하 더군요. 그때는 장군이 도망치기 전이었죠."

"'투스텝'이라……." 소장은 어디선가 많이 들어 본 이름의 출 처를 떠올렸다.

"그건 바로 장군의 집 앞 길모퉁이에 있는 주점입니다. 벽에는 두 인형이 그려져 있고요, 각각의 문에 남자와 여자의 그림이 그 려져 있어요. 문의 손잡이를 잡고 있는 여자가 남자에게 '작은 보폭으로 스텝 춤을 추러 오세요!' 라고 말하면, 술병을 든 남자는 '아뇨, 난 이미 큰 보폭으로 투스텝 춤을 추고 있어요!' 라고 답하는 거죠."

기차는 천천히 움직이기 시작했다. 여명이 푸른 바다에 젖고 있었다. 어둠 밖으로 초가집들이 나타났고 멀리 산들이 보였고, 해안에서는 초라한 화물선이, 군복을 입은 귀뚜라미들이 있는 성냥갑 같은 사령부 건물이 보였다.

40. 눈먼 암탉

…… '그가 떠난 지 오랜 시간이 지났다!' 그가 떠나고 나서부
터 시간을 세어서 이야기하면 되었지만, '이제 그가 떠난 지 많은
나날이 지났다!' 그러다가 이 주가 지나자 날들 세는 것을 잊어버
렸다. 그리고 '그가 떠난 지 몇 주가 지났다!'고 하다가 한 달이
지났다. 이제는 달도 안 따진다. 이제는 몇 년이 지났는지도 안 따
진다…….

카밀라는 객실 창문에서 거리에서는 보이지 않게 커튼으로 가
리고 우편배달부를 기다리고 있었다. 임신한 그녀는 아기 옷을 만
들고 있었다.

우편배달부는 도착하기 전에 모든 집의 문을 두들기는 미치광
이처럼 자신의 존재감을 알렸다. 연쇄적인 노크 소리가 점점 창가
쪽으로 다가오는 것처럼 느껴졌다. 카밀라가 바느질거리를 내려
놓고 귀 기울이며 내려다볼 때 심장의 흥분은 브래지어를 뛰게 했
고 모든 사물들을 기쁨으로 흔들리게 했다. 드디어 기다리던 편지

가 왔다! '내 사랑하는 카밀라⋯⋯.'

하지만 우편배달부는 문을 두들기지 않았다. 아마도⋯⋯ 아마도 나중에 올 것이다⋯⋯. 카밀라는 고통을 날려 보내기 위해 노래를 흥얼거리며 바느질을 계속했다.

우편배달부는 오후에 다시 지나갔다. 창문에서 문으로 갈 때까지의 시간을 기다리며 바느질이 전혀 손에 잡히지 않았다. 냉정하게 숨도 쉬지 않고 귀를 기울이며 노크 소리를 기다렸다. 침묵 속에서 그 어떤 것도 집을 진동시키지 않았다는 것을 확인하자 카밀라는 두려움에 눈을 감고 비탄에 떨며 회한과 한숨을 토해 냈다. 왜 문 앞에 나가 보지 않았을까? 우편배달부가 잊었을지도 모른다. '우편배달부는 성인이지 않을까?' 내일은 그것을 가지고 올지도 모른다⋯⋯.

다음 날에는 문을 활짝 열어 놓았다. 그녀는 우편배달부를 부르기 위해 달려갔다. 자신을 잊지 말아 달라는 심산도 있었지만, 좋은 운이 수월하게 이루어지도록 돕고자 했던 것이다. 여느 때와 다름없이 그는 희망의 색인 강낭콩 색상의 옷을 입고 작은 두꺼비 같은 눈을 뜨고 해부학 수업 시간에 필요한 해골 같은 이를 드러내며 질문을 교묘히 피해 갔다.

한 달, 두 달, 석 달, 넉 달⋯⋯.

그녀는 더 이상 거리로 난 창에 가까이 있지 않았다. 무거운 슬픔이 그녀를 집의 안쪽에 깊숙이 가두어 두었다. 그녀는 자신이 부엌의 도구나 석탄 조각, 나무토막이나 질그릇이나 쓰레기밖에 안 된다고 생각했다.

"변덕이 아니에요. 이것은 과도한 욕망에서 비롯된 것입니다."
하녀들의 대모인 이웃 여자는 이렇게 설명했다. 하녀들이 치료법을 알려 달라고 찾아오면, 그녀는 성상들 앞에 촛불을 켜 놓거나 값어치가 떨어져 가는 집 안의 가재도구를 줄이는 것 같은 하녀들도 아는 지식을 알려 주었는데, 사실 하녀들은 자신들이 알고 있는 지식을 확인받기 위해 찾아오는 것이었다.

하지만 날씨가 화창한 어느 날 환자는 거리로 나갔다. 시체들이 떠다니고 있었다. 거의 모든 지인들이 그녀에게 "잘 가!"라고 인사하기 싫어 그녀에게서 시선을 피했지만, 그녀 역시 지인들의 시선을 피하기 위해 마차에 웅크리고 앉아 있었다. 그녀는 대통령이 있는 곳으로 가려 했다. 그의 아침, 점심, 저녁 식사는 비탄에 젖은 손수건뿐이었다. 대기실에 앉아 손수건을 깨물고 있었다. 대기실에 있는 사람들은 얼마나 비참한가! 농부들은 금빛 의자의 모퉁이에 앉아 있고, 도시 사람들은 안쪽의 의자에 등을 기대고 있었다. 부인들에게는 등받이 의자에 앉으라는 지시가 작은 목소리로 내려졌다. 어떤 사람이 문 앞에서 이야기하고 있었다. 대통령 각하였다! 그녀는 온몸이 굳어졌다. '이제 여기서 나갈래!' 하고 배 속의 아들이 발길질을 했다. 사람들이 자세를 바꾸는 소리가 났다. 하품 소리와 소곤거리는 말. 국무부 공무원들의 발소리가 들렸다. 한 병사가 유리창 닦는 소리가 들렸다. 파리가 날아다니는 소리. 배 속의 존재가 발길질을 해 댔다. '참 씩씩하기도 하지! 성질이 급하기도 해라. 네 존재를 아직 모르고 나중에 돌아오면 널 무척이나 사랑할 아빠의 소식을 물으러 대통령을 만나려 한단다. 인생이라는 무대에 일찍 나오려고 애를 쓰는구나. 나는 네가 나오는 것을 원하지 않아서가 아니라 거기서 조금 더 기다리는 것이 좋다는 생각이 든단다.'

대통령은 그녀를 만나 주지 않았다. 누군가가 그녀에게 정식으로 청원하는 것이 좋을 것이라고 조언했다. 전보, 편지들, 도장이 찍힌 공문서들…… 그 모든 것이 허사였다. 그녀에 대한 답장은 없었다.

밤이 지나자 그녀의 눈두덩은 잠을 자지 못하고 비탄의 호수 위에 떠 있어서 깊게 파인 채 새벽을 맞았다. 안뜰이 컸다. 그녀는 해먹에 누워 천일야화의 캐러멜과 검은 고무공을 가지고 놀았다. 캐러멜은 입에 물고 공은 손 안에 쥐었다. 입 안의 캐러멜을 한쪽 볼에서 다른 쪽 볼로 옮기자 손 안의 공이 미끄러져 바닥에 떨어져 안뜰의 먼 곳으로 굴러갔다. 입 안의 캐러멜이 커지는 동안 계속 공은 멀리 튕겨 가며 작아지더니 사라졌다. 그녀는 완전히 잠든 것이 아니었다. 그녀는 침대 시트 속에 몸이 닿자 떨렸다. 꿈의 빛과 전깃불이 결합된 꿈이었다. 비누는 고무공처럼 두세 번이나 손 안에서 미끄러졌다. 단순히 필요에 의해 먹은 빵은 캐러멜처럼 입 안에서 부풀려졌다.

사람들이 미사에 가서 거리가 한적해지면 그녀는 관청에 가서 장관이 오기를 기다렸지만 성질 사나운 늙은 수위들을 당해 낼 재간이 없었다. 그들은 그녀가 묻는 말에 대답을 하지도 않았고 그녀가 끈덕지게 굴면 곰보 자국이 많은 그들은 그녀를 쫓아내기 일쑤였다.

하지만 그녀의 남편은 작은 공을 잡으러 달려갔었다. 이제 그녀는 꿈의 다른 부분을 기억해 냈다. 안뜰이 컸다. 검은 고무공이 있다. 그녀의 남편은 렌즈에 의해 축소된 것처럼 매번 작아지고 멀어져 공 뒤의 안뜰로 사라졌다. 그러는 동안 그녀는, 아들을 생각한 것은 아니었지만, 입 안에서 부풀어지는 캐러멜을 느낄 수 있었다.

그녀는 뉴욕의 영사와 워싱턴의 장관과 친구의 친구와 친구의 처남에게 쓰레기통에 편지들을 버리는 심정으로 남편의 소식을 물어보는 편지를 썼다. 그녀는 어느 유대인 잡화상으로부터 미국 공사관의 저명한 서기이자 정보원이자 외교관이 뉴욕에 있는 카라 데 앙헬의 근황을 알고 있다는 이야기를 들었다. 항구에 내린 공식 기록이며 그가 투숙한 호텔의 기록, 경찰 기록뿐 아니라 그의 도착은 신문에도 보도되었고, 최근 그곳에서 돌아온 사람들도 그를 보았다는 것이었다. "지금 그 사람을 찾고 있습니다." 유대인이 그녀에게 말했다. "그가 뉴욕에서 싱가포르로 가는 배를 탄 것 같지만 그가 죽었든 살아 있든 소식을 전하지요." "거기가 어디예요?" 그녀가 물었다. "거기가 어디 있냐고요? 인도차이나에 있어요." 유대인은 앞니를 갈며 말했다. "그리고 거기로부터 편지가 오는 데 얼마나 걸리나요?" 그녀가 물었다. "정확히는 모르겠습니다. 하지만 석 달은 걸리지 않을 겁니다." 그녀는 카라 데 앙헬이 떠난 지 얼마나 되었는지 손가락으로 세어 보았다.

뉴욕이나 싱가포르에 있다……. 얼마나 마음이 홀가분한가! 사람들이 말하는 것처럼 그를 항구에서 죽이지 않았고, 비록 뉴욕이

든 싱가포르든 멀리 있지만 그녀의 마음속에 살아 있다니 얼마나 위로가 되는가!

그녀는 넘어지지 않으려고 유대인 백화점 계산대에 몸을 기댔다. 기쁨에 겨워 그녀는 현기증을 일으켰다. 은박지에 포장된 햄이며, 이탈리아산 짚으로 싸서 묶은 병들, 통조림들, 초콜릿, 사과, 청어, 올리브유, 대구포, 포도를 잊은 채 공기에 붕 떠서 남편과 팔짱을 끼고 세계를 여행하는 기분이었다. 참 바보였어, 공연히 나 자신을 고통 속에서 학대하다니! 이제 왜 나에게 편지를 보내지 않았는지 알겠다. 이제는 비극이 아닌 희극 배우가 되어야지. 버림받은 여자의 역할은 질투에 싸여 자신을 버린 남자를 찾는 역할로 바뀌어야 하고, 아니면 출산의 고통 속에서 남편이 곁에 있기를 바라는 여자의 역할을 하던가.

그녀는 좌석을 예약하고 짐을 쌌다. 떠날 모든 준비가 되었을 때 상부의 명령으로 그녀의 여권 발급이 거절당했다. 살이 찐 두 볼 사이로 니코틴이 묻은 이가 듬성듬성 나 있는 사내가 아래위로 얼굴을 움직이며 상부의 명령으로 그녀에게 여권을 연장해 줄 수 없다고 말했다. 그녀는 잘 알아듣지 못했다고 말하려고 입술을 위아래로 움직였다.

그리고 많은 돈을 들여 대통령에게 전보를 쳤다. 그러나 아무런 대답이 없었다. 장관들도 아무런 도움을 주지 않았다. 평소에 여성들에게 친절한 국방부 차관이 그녀에게 아무리 여권을 얻으려 해도 소용없으니 단념하라고 간청했다. 그녀의 남편이 감히 대통령 각하를 가지고 놀려 했기 때문에 그 어떤 일을 하더라도 쓸데

없는 짓이 될 것이라고 했다.

사람들은 그녀에게 영향력 있는 신부나 막대한 권한이 있는 남자나 대통령의 말을 타고 다니는 대통령의 애인 중 한 명을 만나라고 조언했다. 또 그때는 카라 데 앙헬이 파나마에서 황달로 죽었다는 소문이 나돌았기 때문에 카밀라에게 의심을 쫓아내기 위한 심령술을 쓰는 자를 소개시켜 주는 자도 있었다.

이러한 부탁은 두 번 다시 상대에게 전달되지 않았다. 그 방법은 그들이 받아들이기에 힘들었기 때문이다. "대통령의 적이었던 사람의 영혼을 내 안에 받아들이기 싫다." 그녀는 차갑게 언 옷 속의 무감각해진 허벅지를 떨었다. 하지만 돈이 동반된 부탁은 돌도 깰 수 있는 것이어서 그들이 동의하도록 만들었다. 불이 꺼졌다. 카라 데 앙헬의 영혼을 부르는 소리를 듣고 카밀라는 겁이 났다. 그들은 의식을 잃은 그녀를 끌어내야 했다. 그녀는 남편의 목소리를 들었다. 그는 이미 죽어 깊은 바닷속에 있고, 그 어느 누구도 도달할 수 없는 지역에 있는데, 물고기가 용수철처럼 튕기는 물의 매트리스 위에서, 즉 세상에서 가장 편한 침대 위에서 존재 의무라는 가장 달콤한 베개를 베고 있다고 말했다.

비록 스무 살밖에 안 되었지만 늙은 고양이처럼 깡마르고 주름진 얼굴에는 투명해진 귀만큼이나 크게 팬 녹색 눈만 남은 그녀는 아이를 낳았다. 그녀는 침대에서 일어나자 의사의 충고에 따라 얼마간 시골에 가 있었다. 점점 심해지는 빈혈과 결핵과 광기와 정신착란증 속에서 팔에 아기를 안고, 남편의 소식을 알지 못한 채, 조난자들이 유일하게 돌아올 수 있는 출구인 거울 속에서 혹은 아이의 눈이나 거울에 비친 자신의 눈 속에서 남편을 찾으며, 아니면 잠든 꿈속에서 뉴욕이나 싱가포르에서 남편과 함께 있는 자신의 모습을 발견하며, 그녀는 가는 실을 더듬으며 찾았다.

휘청거리는 그림자를 내뿜던 솔밭 사이로, 과수원에 열매들이 매달린 나무들 사이로, 구름보다 더 높은 들판의 나무들 사이로 고통의 밤 속에서 여명이 비치기 시작했다. 그녀의 아들이 소금, 기름, 물, 사제의 침 속에서 미켈이라는 세례명과 함께 세례를 받는 일요일이었다. 앵무새는 서로 부리를 비비며 60그램도 안 되는 날개를 펄럭이면서 끊임없이 울어 댔다. 어미 양은 부지런히 새끼를 핥아 주었다. 밤색 눈을 껌벅이며 젖을 빠는 어린양의 몸을 어미 양이 다정하게 핥아 주는 모습은 일요일의 고요라는 가장 완벽한 느낌을 재현했다. 망아지는 눈물이 괸 어미 말 뒤를 따라 뛰었다. 송아지들은 기쁜 듯이 울고 침을 턱에 흘리면서 어미의 부풀어 오른 젖에 코를 들이밀고 있었다. 왠지 모르게, 삶이 그녀에게서 새롭게 용솟는 것처럼 세례식이 끝날 때 아들을 가슴에 꼭 안았다.

어린 미켈은 시골에서 자라 시골 사람이 되었다. 그리고 카밀라는 도시에 다시는 발을 들여놓지 않았다.

41. 이상 무

빛이 22시간*마다 한 번씩 지하 감방에까지 새어 들어와 거미
줄과 나무에서 돌로 만든 갈라진 가지들에 걸렸다. 그리고 22시간
마다 한 번씩 매듭이 많은 썩은 줄에 매달린 양철보다는 오줌에
가까운 녹이 슨 깡통에 지하 감방의 죄수를 위한 음식이 빛과 함
께 담겨 내려왔다. 깡통 안의 기름 낀 수프에는 비계 몇 덩어리가
뭉개져 있었으며 토르티야 몇 조각이 들어 있었다. 17번 죄수는
고개를 돌렸다. 이걸 입에 대느니 차라리 죽는 게 나을 것 같았다.
며칠 동안 깡통이 내려왔지만 손도 안 댄 채로 올라갔다. 하지만
그는 배고픔에 지쳐 등을 벽에 대고 눈동자는 생기 없이 횅해졌
다. 그는 소리를 지르며 네 걸음 이상 갈 수 없는 좁은 감방을 빙
빙 돌며 손가락으로 이를 닦고 찬 귀를 잡아당기다가, 어느 좋은
날 깡통이 내려오자 자신의 손에 격분한 사람처럼 입과 코와 얼굴
과 머리카락을 깡통 안에 쑤셔 넣고 삼키는 작업과 씹는 작업을
동시에 했다. 아무것도 남기지 않았다. 줄이 던져져 빈 깡통이 올

라가자 짐승처럼 만족한 포만감이 찾아왔다. 그는 손가락을 계속 빨아 대고 혀로 입맛을 다셨다. 하지만 음식물이 몸 안에 저장되기 무섭게 욕지거리와 신음 소리와 함께 토해 내고 말았다. 내장속에 붙어 있던 고기와 토르티야가 식도로 올라가지 않아 위경련이 일어날 때마다 마치 심연을 앞에 둔 사람처럼 입을 벌린 채 벽에 기대었다. 마침내 깊은 숨을 쉴 수 있었지만 현기증이 났다. 손으로 젖은 머리를 빗고 수염을 귀 뒤로 밀어내며 토한 것들을 닦아 냈다. 귓가에서 휘파람 소리가 들렸다. 마치 축전지의 물처럼 젤처럼 달라붙고 신맛이 나는 땀으로 얼굴이 흠뻑 젖었다. 빛이 사라지기 시작했다. 언제나 빛은 들어오기 무섭게 사라졌다. 쇠약한 몸을 붙잡고 자신과 투쟁하며 반쯤 몸을 앉히는 데 성공했다. 두 다리를 뻗고 머리를 벽에 댔다. 마취제가 강력한 효력을 발휘하는 것처럼 눈꺼풀의 무게를 가누지 못했다. 하지만 그에게는 잠도 안식을 주지 못했다. 산소가 모자라는 가운데 숨을 쉬려고 끊임없이 손을 휘젓고 구부렸다 폈다 다리의 자세를 바꿔 가면서 열병에 걸린 듯이 목을 태워 버릴 것 같은 장작을 손가락 끝으로 떼어 내려고 애쓰는 듯했다. 반쯤 깨어나자 물에서 나온 물고기처럼 입을 열었다 닫았다 하며 메마른 혀로 찬 공기를 맛보았다. 고함을 참고 있던 그가 완전히 깨어나자 소리를 지르기 시작했다. 열병에 걸려 정신착란 증세까지 보였지만 그는 벌떡 서 있을 뿐 아니라 자신의 함성을 조금이라도 더 잘 듣게 하려고 까치발을 하고 몸을 쭉 펴서 소리 질렀다. 그의 함성은 메아리에서 메아리가 져서 지하 감방에서 울리다 점차 가늘어졌다. 벽을 손바닥으로 치기도 하고 바닥에 발을 세게 밟아 대기도 하고 말하고 또 말했지만 그의 외침은 곧장 짐승이 울부짖는 소리로 바뀌었다……. 물, 수프, 소금, 비계, 아무것이나 줘, 물, 수프…….

내장이 터져 나온 전갈의 피가 그의 손바닥에 뚝 떨어졌다…… 아니 피가 계속 떨어졌기 때문에 수많은 전갈들이 있는 것 같았다…… 하늘에 있는 모든 전갈들의 내장이 터져 나와 비를 내리게 하는 것 같았다……. 그것이 누가 보낸 선물인지도 모른 채 혀를 내밀어 갈증에 목을 축였지만 그에게 엄청난 고통을 안겨 주었다. 몇 시간을 그가 베개로 쓰던 돌 위에 올라가서 쭈그리고 앉아 있어야 했다. 겨울에 감방 안에 고인 물에 발을 담그지 않으려면 어쩔 수 없는 노릇이었다. 긴 시간 동안 증발하는 물에 머리와 뼛속까지 젖어 하품을 하고 경련을 일으키면서 벌벌 떨었다. 기름이 낀 수프가 든 깡통이 늦게 오면 배가 고파 고통을 겪어야 했다. 그는 꿈을 살찌우기 위해 마른 사람처럼 먹어 댔고 마지막 한 입을 먹고는 선 채로 잠들었다. 그다음에 깡통이 다시 내려지면 소통할 수 없는 죄수들은 그 안에다 생리적 욕구를 해결했다. 처음 17번 죄수는 두 번째 깡통이 내려오는 소리를 들었을 때 두 번째 음식물인 줄 알았지만 그때는 음식물에 입을 안 대던 때라 그것이 대변의 악취가 수프에서 나오는 줄 알고 그냥 올려 보냈다. 이 깡통을 독방에서 독방으로 옮기면서 17번 죄수가 있는 방으로 옮겨졌을 때는 깡통 안에 대변이 반쯤 찼다. 그것이 필요 없을 때는 깡통 내려오는 소리만 들어도 아주 질색이었다. 그것이 필요할 때에는 못 쓰게 된 종을 추가 울리듯 귀청이 떨어져 나갈 정도로 요란스러운 소리를 울려 대며 내려왔다. 때때로 고통이 더 심해져 깡통이 오는지 안 오는지 때로는 — 아주 드문 일이 아니다 — 그것을 잊을 때도 있고 때로는 — 매일같이 일어나는 일이지만 — 줄이 끊어져 등짝에 떨어지기도 해 대변의 벼락을 맞을지도 모른다는 두려움에 떠는 등 온종일 오직 깡통 생각만 하게 되는 자신을 발견하고는 깜짝 놀라기도 했다. 거기서 풍기는 향기에 대한 생각, 사람의 온기, 네모진 용기의 날카로운 가장자리와 필요한 밀어내기, 이런 것이 그의 욕망에 침투되어 급기야는 다음 차례를 기다리는 데까지 이르게 했다. 산통과 납의 맛이 나는 침, 지독한 공복, 비탄과 뒤틀림과 쌍욕과 극단적으로는 개나 어린애처럼 내장 속에 있는 구린내 나는 내용물을 바닥에 비워 자신을 구제하고 오직 죽음과 함께 22시간을 더 기다렸다.

2시간의 빛과 22시간의 완전한 어둠은 수프가 든 깡통과 대변이 든 깡통, 그리고 여름의 갈증과 겨울의 홍수를 완성시켰다. 이것이 지하 감옥의 삶이었다.

"너는 점점 더 야위는구나!" 17번 죄수는 이제 자신의 목소리를 분간하기 힘들었다. "바람이 너를 날려 보낼 수 있다면 네가 오길 가다리는 카밀라에게로 보낼 거야! 그녀는 너를 기다리느라 정신이 몽롱해져 있을 테고 거의 보이지 않을 정도로 작아져 있을 거야! 네가 그렇게 야윈 손을 가지고 있는 게 무슨 상관 있겠니? 그녀가 가슴의 온기로 네 손을 살찌워 줄 거야!…… 더럽다고? 그녀는 네 손을 눈물로 닦아 줄 거야…… 그녀의 초록색 눈?『일러스트레이션』잡지에 나오는 오스트리아 티롤 지방의 평원과도 같지…… 아니면 황금빛 생명체와 남청색의 바람이 이는 대나무 숲과 같든가…… 그녀가 하는 달콤한 말과 입술의 달콤함과 아름다운 치아와 그녀에게서 나오는 향취의 매력…… 그리고 그녀의 몸은…… 아! 어디에 그것을 두었던가? 불꽃이 꺼지며 연기가 사라지면서 휘어지며 기타 모양을 그리는 것처럼 가느다란 허리는 8자 모양으로 되어 있지. 불꽃놀이가 있었던 그날 밤 나는 그녀를 죽음으로부터 훔쳐 냈지…… 천사들이 걸어 다니고 있었고, 구름이 떠다니고 있었고, 지붕이 고요 속에서 발걸음을 옮기고 있었고, 집들과 나무들과 모든 것이 대기 속에서 그녀와 나와 함께 걷고 있었다…….

그리고 부드러운 분가루가 그의 몸에 닿는 것같이, 숨결 속에서, 귓가에서, 손가락 사이에서, 눈먼 내장의 깜박이는 속눈썹처럼 늑골에 흔들리며 닿아 카밀라를 자신의 몸 가까이에서 느낄 수 있었다.

그리고 그녀를 소유했다…….

경련이 몸을 뒤틀리게 하지 않고 부드럽게 찾아왔다. 척추의 뼈마디를 통해 경련이 일었고 양쪽 성대 사이에 있는 좁은 틈이 급속히 수축되고 그의 팔은 절단된 것처럼 축 늘어졌다. 깡통 속에 욕구를 충족시킨 행위는 구역질을 일으켰고, 아내와의 추억과 함께 생리적 욕구를 그토록 고통스럽게 만족하려 했다는 후회가 급습하며 몸을 가눌 수 없는 지경에 빠지기에 이르렀다.

그가 갖고 있던 유일한 쇠붙이라고는 구두끈에 달린 조그만 놋쇠 조각밖에 없었는데, 그는 이것으로 카밀라의 이름과 자신의 이름을 새긴 후 연결시켰고, 22시간마다 찾아오는 빛을 이용해 하트를 새기고 칼과 가시 면류관, 닻, 십자가 모양, 돛단배, 별, 세 마리의 제비, 기차, 나선 모양의 연기 등을 새겨 넣었다.

다행히도 그는 몸이 쇠약해져서 고문을 받지 않아도 되었다. 육체적으로 만신창이가 된 채 꽃을 열망하거나 시 한 편 듣는 것처럼 카밀라를 기억했다. 그가 어릴 때 어머니와 함께 아침 식사를 하던 식당 창가에 해마다 4월과 5월만 오면 피어 있던 장미꽃처럼 그녀를 좋아했다. 늘 호기심을 유발하던 장미 꽃잎이었다. 유년기의 아침에 대한 회상은 그로 하여금 넋이 빠지게 했다. 빛이 사라져 갔다. 사라져 갔다……. 저 빛은 오자마자 사라져 갔다. 어둠이 두꺼운 벽을 얇은 종이처럼 삼켜 버리고 얼마 안 있어 배설물 깡통이 드리워졌다. 아! 그래, 저 장미! 밧줄은 시끄러운 소리를 냈고 감방의 벽 사이로 깡통은 미치광이처럼 매달렸다. 이런 고귀한 방문이 동반한 악취를 생각하니 몸서리가 쳐졌다. 그릇을 담고 있었으나 악취는 나지 않았다. 아! 그래, 아침 식사 때 있던 우유 빛깔의 흰 장미다!

17번 죄수는 세월이 늘어지며 늙어 갔다. 굳이 말하자면 세월 때문이라기보다는 고통 때문에 늙어 갔다. 수없이 깊게 팬 주름들이 그의 얼굴에 홈을 팠고 흰 머리는 한겨울 개미들의 날개처럼 던져 버렸다. 그도 아니고 그의 형체는 더더욱 아니었다……. 그도 아니고 그의 시체도 아니었다……. 맑은 공기 없이, 햇빛 없이, 움직임도 없이, 이질과 류머티즘과 신경통으로 고생했고, 눈도 거의 보이지 않았다. 유일하게 마지막으로 그에게 힘을 보태

준 것은 모래 먼지로 남아 심장을 지탱해 주는 사랑인 아내를 보게 되리라는 희망이었다.

비밀경찰대의 책임자는 앉아 있던 의자를 뒤로 젖혀 발을 그 밑에 놓고는 검은 커버를 씌운 책상 위에 팔을 괴고 펜을 집어 불빛 가까이 가져가서는 수염 난 새우처럼 글씨를 쓰던 두 손가락을 들어 올려 펜촉에 걸린 머리카락을 빼고는 이를 드러내지 않은 채 글을 써 내려갔다.

"……그리고 지시에 따라." 펜은 종이 위에 펜촉 하나하나를 긁어 내려갔다. "앞서 기술한 비츠는 17번 감방의 죄수와 친분 관계를 갖게 하고 그와 함께 두 달 동안 감금당한 후 매일같이 울고 소리를 지르고 매 순간 자살을 기도하는 연기를 했습니다. 17번 죄수는 인간이 가질 수 있는 모든 희망이 꺼지는 그곳에 있으려면 대통령 각하에게 잘못을 저질러야 하는데 무슨 죄를 지었느냐고 그에게 물어보았습니다. 앞서 언급한 비츠는 대답을 하지 않고 바닥에 머리를 박고 저주를 퍼부었습니다. 끈질기게 이유를 말하라고 하자, 그는 이렇게 말했습니다. '다국어를 쓰는 자는 다국어를 쓰는 나라에서 태어납니다. 다국어를 쓰는 사람들이 없는 나라가 있다는 소식을 들었습니다. 그 나라에 여행을 가서 도착해 보니 외국인들에게는 이상적인 나라였습니다. 뉴스거리가 여기저기 널려 있었고 친구들과 사귀기 좋았고 돈이 있으면 모든 것이 편했습니다…… 그러다가 그가 거리에서 어떤 여자를 보았습니다. 방설였지만 그녀를 뒤따라갔습니다. 결혼했을까? 안 했을까? 과부일까? 궁금했지만 유일하게 그 자신이 확실히 알 수 있었던 것은 그녀를 뒤따라가야 한다는 사실이었습니다. 얼마나 아름다운 초록색 눈을 가지고 있던지! 장미꽃처럼 붉은 입술! 그 걸음걸이 하며! 그녀는 아라비아의 묘한 매력을 풍기고 있었습니다. 그 여자를 꼬실 생각에 그녀의 집까지 따라가서 그녀에게 말을 걸려는 순간 다시는 그녀를 못 보게 되었는데, 그 순간 그가 모르는 어떤 사람이 그에게 나타나 그림자처럼 그의 뒤를 따라다녔습니다⋯⋯. 친구들이여, 이게 무슨 일인가? 친구들이 고개를 돌렸습니다. 거리의 돌들에게 물었습니다. 이게 무슨 일인가? 거리의 돌들은 이 말을 듣자마자 떨었습니다. 집 안의 벽들에게, 이게 무슨 일인가 하고 물었지만 벽들은 듣자마자 흔들렸습니다. 이제 깨끗하게 정리된 사실은 그가 경솔하게 대통령 각하의 애인을 사랑하게 된 것이라는 겁니다. 그 여자는 장군의 딸이었고, 남편이 무정부주의자로 감옥에 갇히게 되었는데, 그 여자는 자신을 버린 남편에 대한 복수로 대통령의 연인이 되었다는 겁니다.'

앞서 언급한 자가 이 말을 할 때 어둠 속에서 파충류가 부스럭거리는 소리를 들었습니다. 그것은 17번 죄수가 그에게 다가와서 그 여자의 이름을 알려 달라고 생선 지느러미처럼 힘없이 간청하는 소리였습니다. 그는 두 번이나 그 여자의 이름을 알려 주었습니다.

그 순간부터 죄수는 이제는 감각이 마비된 자신의 몸을 먹기라도 하는 것처럼 몸을 긁어 대기 시작했고 울부짖으며 얼굴을 할퀴려 했지만 남은 것은 이미 피골이 상접한 얼굴뿐이었습니다. 손을 가슴에 가져가려 했지만 잡히지 않았습니다. 습기 찬 먼지가 쌓인 거미줄이 바닥으로 떨어졌습니다.

지시한 바에 따라 앞서 언급한 비츠에 대한 의견서를 정확히 기술하려고 노력했습니다. 그가 체포될 때 87달러가 있었고 중고 캐시미어 한 벌과 블라디보스토크로 가는 차표가 있었습니다. 17호 죄수의 사망 증명서에는 다음과 같이 기록되어 있습니다. 전염성 이질로 사망.

이상이 영광스럽게도 대통령 각하께 보고드리는 내용의 전부입니다. 이상 무."

에필로그

학생은 승강장 구석에서 난생처음 성직자의 평상복 차림의 사람을 보는 것처럼 꼿꼿이 서 있었다. 하지만 그의 혼을 빼놓은 것은 평상복이 아니라 성당 관리인이 자유의 몸이 되어 그에게 포옹하며 귓속말로 한 말이었다.

"나는 지금 상부의 지시로 이렇게 옷을 입고 있네……."

그때 거리 한가운데에서 두 줄로 호위를 선 군인들의 가운데에서 어디론가 끌려가는 죄수들만 아니었다면 그는 거기에 그대로 있을 뻔했다.

"참 불쌍한 친구들이군." 성당 관리인이 중얼거릴 때 학생은 인도로 내려왔다. "성당의 문을 부순 죗값을 치르고 있는 거지. 제 눈으로 보지 않으면 믿을 수 없는 사실들이 있거든."

"그것을 보고 손으로 느끼면서도 믿지 않는 사람들이 있지요!" 학생이 외쳤다. "나는 지금 시 당국 전체를 두고 하는 말이오."

"난 또 내 평상복을 두고 하는 말인 줄 알았다네."

"그들은 터키인들의 희생으로 성당 문을 칠하게 된 것으로는 만족할 수 없었던 게지요. 작은 노새를 타고 다니는 사나이를 암살했다는 것에 대한 보복과 의문거리를 없애기 위해 건물 자체를 부수려 하고 있어요."

"말조심하게. 누가 엿들을 수도 있다네. 제발 좀 조용히 하게! 그건 사실이 아냐……."

성당 관리인이 말을 이으려 하자 모자를 벗은 채 광장을 뛰어다니던 한 작은 사내가 와서 그들 사이에 버티고 서서 목청이 터져라 노래를 불렀다.

인형아! 누가 너를 본떴지?
인형 만드는 친구가 어떻게 생겼기에
네 얼굴을 놀림감으로
만들어 놓았을까?

"벤하민!…… 벤하민!……." 쫓아오던 여자가 울상을 하며 그를 불렀다.

인형 만드는 자인 벤하민이
너를 만들진 않았겠지?
누가 너를 놀림감인
사제로 만들었니?

"벤하민!…… 벤하민!" 그 여자는 거의 울먹이며 외쳐 댔다. "제발 이 사람의 말은 무시하세요. 여러분, 그의 말을 귀담아듣지 마세요. 그는 미쳤어요. 이젠 성당의 문 자체가 없어졌다는 사실을 인정하려 들지 않는 사람이에요!"

인형 만드는 자의 아내가 성당 관리인과 학생에게 변명을 늘어놓는 동안 벤하민은 성질 고약한 경찰에게 달려가서 또 노래를 부르기 시작했다.

인형아! 누가 너를 본떴지?
인형 만드는 친구가 어떻게 생겼기에
네 얼굴을 놀림감으로
만들어 놓았을까?
인형 만드는 자인 벤하민이
너를 만들진 않았겠지?
누가 너를 놀림감으로
맹세를 하며 만들었니?

"나리, 제발 그를 데려가지 마세요. 그는 그 어떤 나쁜 의도도 가지고 있지 않아요. 그가 미쳤다는 것을 생각해 주세요." 벤하민의 아내가 경찰과 인형 만드는 자 사이에 끼어들었다. "이이는 돌았어요. 그를 데려가지 마세요…… 그를 때리지 마세요! 그가 미쳐 있다는 사실을 고려해 주세요. 그는 성당 문이 땅에 묻힌 것처럼 도시 전체가 땅에 묻혔다고 말할 정도이니 중증이지 뭐예요!"

죄수들은 아직까지도 그들 앞을 계속 지나가고 있었다……. 죄수들은 그들 틈에 끼이지 않았다는 사실에 깊이 감사를 드렸지만 그들의 행렬을 바라보는 사람이 되지 못했다는 사실을 받아들여야 했다. 손수레를 끄는 행렬이 지나간 뒤 십자가처럼 무거운 도구를 짊어진 사람들이 지나갔고, 그 뒤로는 방울뱀 소리를 내는 쇠줄을 질질 끄는 죄수들의 행렬이 계속되었다.

벤하민은 자신을 붙들고 있는 경찰의 손을 뿌리치고 도망쳤다. 경찰은 인형 만드는 자의 아내와 언성을 높이며 다투고 있었다. 경찰은 죄수들에게 달려가며 머리에 떠오르는 대로 지껄였다.

"판초 타난초야, 꼴 보기 좋다. 가죽을 벌집같이 쑤셔 대던 네 칼은 어디 있니? 후안 디에고야, 롤로 쿠솔로야, 누가 널 후안 디에고처럼 보겠니? 꼴 보기 좋다. 부채 모양의 네놈의 낫은 어디 있니? 믹스토 멜린드레스야, 저놈 걷는 꼴 좀 봐. 너는 말을 타고 다니며 단검을 쓴다고 으스댔지? 이런 배신자 같으니. 네가 도밍고라고 불릴 때는 권총을 차고 으스댔지? 주중에는 총이 없으니 처량해서 못 봐 주겠다. 걸레를 걸치고 다니는 녀석들이 군대를 상대로 싸웠다니 입을 닫히게 할 열쇠가 없는 녀석들이라면 차라리 수갑을 채우는 게 낫겠다."

백화점 점원들은 퇴근하기 시작했다. 전차에는 사람들이 꽉 차 있었고 가끔 마차, 자동차, 자전거가 지나갔다. 성당 관리인과 학생이 거지들의 안식처이자 종교가 없는 자들이 쓰레기들을 버리는 성당의 아틀리에를 지나고 주교의 관저 앞에서 헤어지기까지 거리에 피어난 잠깐 동안 생기가 지속되다가 사라졌다.

학생은 나무 바닥의 다리 위에서 성당 주변에 흩어진 쓰레기 더미를 비웃듯이 내려다보았다. 차디찬 바람이 짙은 먼지구름을 만들었다. 대지의 화염 없는 송가. 멀리서 터진 화산의 잔해. 또 한 번 바람이 몰아치자 지금은 휴지 조각이 된 공문서들을 이전에 시청 사무실이 있던 자리에 소나기처럼 뿌렸다. 다 쓰러져 가는 벽에 붙어 있던 장식용 카펫 조각들이 바람에 깃발처럼 나부꼈다. 이윽고 빗자루를 어깨에 멘 인형 제작자의 그림자가 나타났고, 그의 어깨 위로는 별이 촘촘한 푸른 들판이 보였고, 발밑으로는 자갈과 돌로 된 다섯 개의 작은 화산이 있었다.

덩그렁! 침묵 속에서 8시를 알리는 종소리가 물속으로 들어가고 있었다. 덩그렁!…… 덩그렁!

학생은 막다른 골목의 맨 끝에 있는 집에 도착했다. 문을 열자 멀리서 대답하려다 잔기침에 의해 중단된 어머니의 목소리와 그녀가 드리던 로사리오 기도 소리가 들려왔다.

"고통 받는 자들과 순례하는 자들을 위해 기도드리오니…… 기독교인 통치자들에 의해 평화가 함께하며 다스리게 되리니…… 가톨릭 신앙의 적들을 위해 기도드리오며…… 성교회의 자비 없이 이 세상에 존재하는 가난들과 우리의 가난을 위해 기도드리오며…… 연옥에 있는 혼령들에게도 축복을 내려 주소서…….

주여, 우리를 불쌍히 여기소서."

과테말라, 1922년 12월.

파리, 1925년 11월, 1932년 12월 8일.

24 **물라토** 미 백인과 흑인 사이의 혼혈.

30 **롯데리아** 복권.

56 **미겔 카라 데 앙헬** '천사의 얼굴' 이라는 뜻.

58 **강베타** 1838~1882. 프러시아 전쟁 이후, 프랑스 의회 민주주의의 초석을 다진 정치인.

    위고 1802~1885. 프랑스의 대표적 낭만주의 소설가, 시인, 극작가.

125 **발음한 것이다** 스페인어로 바다는 'mar' 이다. 'Ah, mar!' 를 붙여 발음하면 'amar(사랑한다)' 가 된다.

147 **각하** 대문자로 시작되는 'Señor' 는 '주님' 의 의미도 있고, '각하' 의 의미도 있다.

148 **알폰소 현왕** 1221~1284. 카스티야의 왕. 그는 카스티야어를 고급 학문의 언어로 만들어 현명한 왕이라 불리기도 한다. 로마법에 기초한 '칠부법전' 을 완성하여 법률 체제를 완비하기도 함.

    페리클레스 BC 495~429. 아테네의 영향력 있는 정치인이자 변론가.

    피디아스 BC 480~430. 그리스 고전기의 가장 위대한 조각가로 알려짐. 그가 올림포스에 만든 제우스상은 고대 세계 7대 불가사의 중 하나로 꼽힘.

150 **후안 몬탈보** 1832~1889. 에콰도르 출신의 자유주의자 정치인이자 작가.

151 **풀턴** 1765~1815. 수증기로 이동하는 배를 처음으로 상품화하는 데 성공한 미국의 엔지니어.

후아나 산타 마리아 ?~1853. 1838년부터 1853년까지 니콜라스 섬에 살았으며, 러시아 사냥꾼들과의 투쟁 끝에 마지막으로 이곳에 생존한 원주민 여성.

164 **카사누에바** '새로운 집'이라는 의미가 있음.

219 **슬픈 밤** 1520년 6월 30일 아스텍 정복 과정에서 스페인 병사들이 원주민들의 습격을 받은 밤.

마녀들, 죽은 여자 조지 로덴바흐의 소설. 원제목은 *Bruges-la-Morte* (1892). 영혼의 무드에 따라 변하는 살아 있는 존재로서의 마을을 상정한 작품.

221 **세라핌** 인간과 닮은 모습으로 세 쌍의 날개를 가진 천사. 혹은 불뱀.

222 **예수의 심장** 예수의 인간에 대한 사랑과 실존적 고통을 상징함. 인간의 심장 위에 가시 면류관이 씌워 있는 것으로 표상됨.

228 **호사파트** 유대의 네 번째 왕. 선왕인 아사가 발의 통증을 많이 느끼자 아들 호사파트가 아버지와 공동 통치를 했다.

250 **말실수** 스페인어로 가루를 뜻하는 단어인 'polvo'는 헤로인을 의미하거나 속어로 성교라는 뜻도 있음.

253 **무리요** 1618~1682. 스페인의 바로크 화가.

262 **세 인물** 원문에서는 배 속의 기관(tripas) 이후의 삼위일체 중의 세 인물(tres personas)을 병렬함으로써 음 상징의 환유를 통한 의미의 확장을 꾀했다.

268 **다섯 번째 지옥** 단테의 『신곡 – 지옥편』의 다섯 번째 지옥에서는 자신의 지위를 이용하여 사리사욕을 채운 탐관오리들이 소개된다.

273 **케루빈** 세라핀 다음의 천사로 9위 중 제2위. 지식을 관장하는 천사.

288 **타티타** 과테말라에서 원주민들이 백인을 부를 때 쓰는 경칭. 아버지

혹은 선생님의 뜻도 지님.

290 케피 위가 평평한 프랑스의 군모.

329 파르카 운명의 세 여신. 사람의 명줄을 잣고, 실패에 감고, 자르는 노파 모습의 세 자매 신. 클로토, 라케시스, 아트로포스.

343 미에르 'mierda'는 '대변'이라는 뜻으로 욕설로 많이 쓰인다. 'Ni ni mier……va'라는 원문은 카라 데 앙헬이 생각한 대로 '미네르바 여신조차'를 말하려던 것이 잘못 발음되었을 수도 있고, 완곡한 욕설을 퍼붓는 것으로 이해할 수도 있다. 이러한 중의적 해석에도 불구하고 결국은 지혜로운 자로 인식했던 카라 데 앙헬에 대한 배신감을 완곡하게 나타낸다.

351 원 제목은 'Los puntos sobre las ies'로 스페인어를 필기체로 적을 때 i를 분명하게 확인시켜 주기 위해 i 위에 방점을 찍는 것을 말함. 여기에서는 카르바할의 아내에게 남편의 죽음을 확인시켜 준 편지로 의역함.

390 토힐 마야 키체족이 섬기던 불의 신.

403 레-툰-툰 둥둥 북소리와 영어의 '돌려 달라(Return!)'는 의미가 겹침.

431 22시간 이 작품에 영향을 미친 마누엘 에스트라다 카브레라 정권의 독재가 1898년부터 1920년까지 22년간 지속되었다는 점에서 시사성이 있다.

역사적 현실과 초현실적 실존을 넘나드는 희구와 절망의 광시곡

송상기(고려대 서어서문학과 교수)

1. 세계 문학의 새로운 지형

미겔 앙헬 아스투리아스(Miguel Ángel Asturias, 1899~1974)는 1945년 칠레의 여류 시인 가브리엘라 미스트랄의 노벨문학상 수상에 이어 중남미 대륙에서는 두 번째로 노벨문학상을 받은 과테말라의 작가다. 그가 칠레의 여류 시인에 이어 22년 만에 노벨문학상을 수상한 해인 1967년은, 중남미 붐 세대의 작품들과 호르헤 루이스 보르헤스, 파블로 네루다, 옥타비오 파스 등 오늘날 우리에게도 친숙한 작가들의 작품이 프랑스를 필두로 서방 세계에 알려져 세계 문단의 열렬한 호응을 받기 시작할 때다. 『대통령 각하』 역시 1963년 영국에서 번역본이 나왔고, 1964년에 미국에서 출간되었으니, 그의 작품이 세계적으로 소개된 것은 그가 스물세 살 때 집필을 하기 시작할 때로부터 40여 년이 흐른 뒤였다. 이렇게 전 세계적으로 중남미, 아시아, 아프리카 작가들의 작품이 서구에 알려지며 유통되기 시작할 때 그의 노벨문학상 수상은 비서구권 문학이 정전으로 편입되는 것을 알리는 전주곡과도 같았다. 이 해에는 그를 이어 1982년 중남미 대륙에서 노벨문학상을 수상한 콜롬비아 작가 가브리엘 가르시아 마르케스의 『백 년의 고독』이 출간되기도 했다.

프랑스의 비평가 파스칼 카사노바는 『세계 문학 공화국(*La République mondiale des Lettres*)』에서 세계 문학의 지형을 공화국에 비유해, 이매뉴얼 월러스틴의 세계 체제론에서 빌려 와 중심부/반주변부/주변부로 분류하고, 이러한 공화국의 수도를 근대 국가 형성기 다른 지역이 민족 담론의 문학에 함몰되어 있을 때 문학의 자율성이 획득된 도시 파리로 상정하고 그 미학적 가치가 외부로 퍼져 나가서 보편 문학으로 자리 잡게 된다고 기술했다. 카사노바의 논지를 따르면, 주변부의 작가들이 세계 문학의 거장의 반열에 오르기 위해서는 중심부의 미학과 기법을 너무 모방해서도 안 되고 토속적이고 지역적인 내용을 담되 그 형식이 서구 문학의 조류와 너무 멀리 있어서도 안 된다.

1960년대 중반 이후 파리를 필두로 세계 문단과 출판 시장에서 뜨거운 반향을 일으켰던, 앞서 언급한 중남미 작가들은 중남미 대륙이 지니고 있는 정치적이고 역사적인 문제와 구전되던 민담을 초현실주의와 아방가르드 미학과 조우해 사회 문제에 대한 현실 고발을 단선적으로 표현하는 것이 아닌 현상의 심층적 의미를 입체적으로 조망하여 세계 문학의 지형을 바꾸었다. 이러한 흐름의 물꼬를 튼 작가가 바로 미겔 앙헬 아스투리아스라는 점에서 그의 노벨문학상 수상은 비단 그뿐만 아니라 그로부터 파생되기 시작한, 현실과 환상의 혼합을 통해 현상의 깊은 이면을 탐구하는 중남미 대륙이 배출한 일군의 작가들에 대한 상징적 수여라는 의미도 지닌다.

2. 미겔 앙헬 아스투리아스에 대하여

내성적이고 수줍음을 많이 탔지만 내적으로는 창작에 대한 열정으로 넘쳐났던 미겔 앙헬 아스투리아스는 1899년 과테말라시티의 한 중산층 가정에서 태어났다. 그의 아버지 에르네스토 아스투리아스 히론은 판사였고, 어머니 마리아 로살레스 데 아스투리아스는 교사였다. 아버지 에르네스토는 1898년부터 1920년까지 22년간 과테말라를 통치한 마누엘 에스트라다 카브레라 독재 정권을 반대하는 학생들을 재판하면서 석방 판정을 내린 뒤 심리적 압박을 느낀 끝에 결국 1905년에 판사직을 그만두고 가족과 함께 살라마라는 지방 도시의 한 농장에서 기거했다. 어린 미겔 앙헬은 이곳에서 마야 원주민들의 삶을 가까이서 지켜보게 되었고, 그의 유모인 젊은 원주민 처녀였던 롤라 레이에스로부터 훗날 그의 작품 세계에 지대한 영향을 미치게 될 마야 원주민들의 신화와 민담을 들었다.

1908년 미겔 앙헬 아스투리아스 가족은 과테말라시티의 교외로 이사 가서 잡화 가게를 열었다. 그곳에서 아스투리아스는 학교를 다니며 청소년기를 보냈고, 『대통령 각하』의 초안을 구상하기도 했다. 1922년 그는 친구들과 민중대학(Universidad Popular)을 설립하여 저소득층에게 지식을 나누어 주는 운동을 벌이다 1년간 의학 공부를 했고, 이어 법학으로 전공을 바꾸었다. 그는 과테말라시티의 산 카를로스 대학에서 에스트라다 카브레라 정권을 반대하는 학생 운동을 활발히 했으며, 원주민의 사회 문제를 다룬 논문을 쓰고 1923년 법학사 학위를 취득했다. 대학 시절의 이러한 왕성한 학생 운동과 학술 활동은 훗날 『대통령 각하』 집필에 많은 영향을 미쳤다.

학위를 받은 뒤 아스투리아스는 영국에 가서 정치경제학을 더 공부하려 했으나, 마음을 바꿔 파리로 가서 소르본느 대학에서 인류학을 공부했다. 몽파르나스에서 많은 시인들과 소설가들과 교류하며 문학 창작 활동도 했는데, 초현실주의자 앙드레 브르통의 영향을 많이 받았다. 또한 마야 문화에 심취해 1925년부터 40년에 걸쳐 마야의 창생 설화를 다룬 『포폴 부(Popol Vub)』를 스페인어로 번역하는 데 착수했다. 그리고 『새로운 시간』이라는 문예지를 창간하기도 했다.

1930년에는 아스투리아스의 첫 소설 『과테말라의 전설』을 출간했다. 폴 발레리는 이 작품에 대한 찬사를 아끼지 않으며 아스투리아스에게 과테말라로 돌아가서 유럽 독자들에게 야성적인 경이감을 안겨 주는 작품을 계속 쓸 것을 주문했다. 발레리는 아스투리아스가 유럽 문학의 모방자이기보다는 근대 국가 체제를 형성하는 시기의 원시적 지역 원주민의 목소리를 대변하는 작가가 될 것을 주문한 것이었다. 발레리의 조언을 따른 것인지는 알 수 없지만, 아스투리아스는 1933년 10년간의 파리 생활을 마감하고 고국으로 돌아갔다.

과테말라에서 아스투리아스는 언론인으로 활동하며 1936년에 『소네트』라는 시집을 발간했다. 당시 우비코 정권은 아스투리아스의 정치적 이상과는 맞지 않아 아스투리아스가 1922년에 설립한 민중대학을 폐교시키기도 했다. 이러한 정치적 탄압으로 아스투리아스는 우아한 문체로 사회 비판을 우회적으로 하는 시밖에 쓸 수가 없었다.

1942년에는 국회의원이 되었고, 1946년부터는 외교관 활동을 하며 부에노스아이레스(1947년)와 파리(1952년)에서 공무를 수행하며 창작 활동을 지속했다. 과테말라에서 자유주의 정권의 독재가 지속되면서 그는 가상의 중남미 국가의 이름 없는 독재자를 둘러싼 사회의 모습을 그린 『대통령 각하』를 탈고했으나 우비코 정권이 끝난 1946년에야 멕시코의 작은 출판사에서 사비를 충당해 출간하여 지인들에게 나누어 주는 것으로 만족해야 할 만큼 고국의 정치 상황은 그에게 심리적 제약을 주었다. 그는 멕시코에서 대사로 있던 1949년에 『옥수수 인간』을 출간했다. 이 작품에서 그는 전통적인 원주민 문명과 근대성과의 관계를 심도 있게 파헤쳤다.

그는 자신의 정치적 역량을 농민들을 위한 토지 개혁과 특히 유나이트 프루트 사 소유의 바나나 농장을 분배하면서 법률로 정한 보상금만 지급하며 사회주의적 개혁을 시행한 하코보 아르벤스 정권을 후원하는 데 집중했으며, 엘살바도르 대사직으로 있으면서 미국 CIA의 지원을 받은 반군의 위협을 막으려 했다. 그럼에도 반군은 과테말라를 침입하는 데 성공하여 1954년 아르벤스 정권을 무너뜨렸다. 이후 들어선 카를로스 카스티요 아르마스 정권에 의해 과테말라 시민권을 박탈당한 아스투리아스는 이후 8년간 아르헨티나와 칠레에서 살았다.

아르헨티나에서도 정치적 격변이 일자 그는 제노아로 망명을 떠났다. 망명 생활 중에도 그의 창작 생활은 지속되어 1963년에 출판한 소설 『물라타』는 프랑스 문단에서 호평을 받았다. 이 작품은 과테말라 민간 설화에 바탕을 둔 것으로, 부인을 악마에게 팔아넘겨 부자가 되지만 결국에는 천벌을 받고 옛날의 착한 부인을 그리워한다는 이야기에 바탕을 두고 있다. 1966년에는 프랑스 펜클럽 의장 자격으로 프랑스 파리로 이주한 뒤 곧 프랑스 주재 과테말라 대사로 임명되었다. 1967년 스웨덴 한림원은 "라틴아메리카 인디오의 전통과 과테말라의 특성에 뿌리박은 작품"이라는 수상 이유와 함께 아스투리아스에게 노벨문학상을 수여하기로 결정했다. 같은 해에 『리다 살의 거울』을 출간했고, 1969년에는 『말라드론』을 출간하는 등 왕성한 창작 활동을 했다. 1970년에는 칸 영화제 심사위원장을 맡기도 했다. 그해 프랑스 대사직을 사임했고, 1974년 마드리드에서 사망했다.

작가로서의 그에 대한 평가는, 그와 함께 1920년대와 1930년대에 파리에서 활동했던 쿠바 작가 알레호 카르펜티에르와 더불어 서구에 라틴아메리카 문학의 깊이와 매력을 유감없이 선사한 붐 세대 작가들의 유토피아적인 언어 실험과 환상과 현실을 뛰어넘는, 라틴아메리카의 현실을 보편적으로 표현하려는 의지를 선구적으로 구현하며 마야 원주민들의 신화와 초현실주의, 그리고 라틴아메리카의 역사적인 현실을 적절히 텍스트에 녹여 내어 보편적 미학적 가치를 성공적으로 구현한 제1세대 라틴아메리카 작가라고 볼 수 있다.

3. 『대통령 각하』에 대하여

『대통령 각하』는 작가 미겔 앙헬 아스투리아스의 자전적 삶이 녹아 있는 작품이다. 물론 『대통령 각하』에 나오는 공간적 배경과 인물들은 가상으로 설정되어 있지만, 1892년부터 1920년까지 과테말라를 독재 통치한 마누엘 에스트라다 카브레라를 짙게 암시한다. 아스투리아스가 어릴 때 판사였던 그의 부친은 마누엘 에스트라다 카브레라 정권을 반대하는 학생 운동에 대해 무죄 판결을 내렸다가 무언의 압력을 받고 살라마라는 소도시로 갔다. 아스투리아스는 그곳에서 유년 시절을 보내면서 원주민들의 삶을 관찰하게 되었다. 그의 유년기와 학생 운동을 하던 청년기는 에스트라다 카브레라의 독재로 인한, 지방으로의 이주와 공포 정치의 경험, 그리고 반독재 투쟁으로 점철되었다. 이 때문에 독재 체제의 공포와 모략과 언론 통제와 외부와의 단절을 다룬 그의 소설은, 작가 자신의 삶을 투영하는 것일 수밖에 없다는 의미에서 자전적이다.

그의 삶에 막대한 영향을 미쳤던 에스트라다 카브레라에 대해서는 정부의 통제 아래 있는 신문을 통해 노출될 뿐 라디오도 없이 그의 초자연적 능력에 대한 유언비어와 신화적인 풍문만이 무성했을 뿐이다. 22년간의 독재 정권이 끝나자 과테말라시티에서 법학 공부를 하던 청년 미겔 앙헬 아스투리아스는 『대통령 각하』의 모태가 되는 「정치 거지」라는 단편을 썼다. 그리고 소르본느 대학에서 조르주 레이노 교수 밑에서 인류학 공부를 하던 중 우연히 쿠바 작가 알레호 카르펜티에르와 베네수엘라 작가 아르투로 우스라르 피에트리와 함께 독재자에 얽힌 이야기를 하던 중 이 단편 소설을 확대하면 좋겠다는 생각이 들어 장편 소설 '토힐'의 골격을 다듬다가 1933년 고국으로 돌아갔다. 토힐은 마야 신화에 나오는 인간의 희생 제의를 요구하는 무자비한 불의 신이다. 그당시 그는 인류학 공부를 하며 레이노 교수의 마야 창생 설화 『포폴 부』의 불어 번역본을 스페인어로 번역하고 있었고, 또 『과테말라의 전설』을 집필 중이었다. 이 때문에 에스트라다 카브레라를 무자비한 불의 신으로 상징화하는 제목을 달았던 것은 인류학도인 그로서는 자연스러운 제목이었다.

장기간의 파리 체류를 마치고 돌아간 과테말라의 정치 상황은 독재자를 다루는 소설을 출간하기에는 녹록하지 않았다. 1931년부터 1944년까지 호르헤 우비코 정권의 독재가 지속되었기 때문이다. 1939년 그는 '토힐'의 초고를 완성했다. 이때 시적이고 예술적인 제목이지만 마야 신화에 대한 이해를 요구하는 '토힐'이라는 제목보다는 좀 더 보편적이고 대중적인 제목인 '대통령 각하'

로 제목을 바꾸었다. 그 후 그가 문학을 하는 지인들과 자택에서 모임을 하고 있었는데 경찰들이 반정부 시위를 기획하는 모임이라 생각하고 급습하여 해산시키고 가택 수색을 벌였다. 그때 운 좋게도 『대통령 각하』는 은행 금고 안에 있었다.

1944년 총파업이 일어나고 우비코가 사임한 이후 집권한 후안 호세 아레발로는 사회 보장 제도를 실시하고 토지 개혁에 착수하는 등 진보적 개혁을 했다. 이런 분위기 속에서 아스투리아스는 정치적으로 민감할 수 있는 소설을 출간하기로 결심했다. 1945년 금고에서 원고를 꺼낸 뒤 그 이듬해 그가 아레발로 정권에서 문화공보관으로 근무하던 멕시코에 있는 작은 출판사 코스타 아믹에서 사비를 들여 『대통령 각하』의 초판을 찍어 낼 수 있었다. 1948년 아르헨티나의 로사다 출판사에서 출판된 후 대중에게 알려져 같은 출판사에서 나온 제3판에는 작가의 수정본이 나와 많은 오타를 수정했고 디테일을 추가하여 사실상의 결정본이 되었다.

이렇듯 이 작품에는 아스투리아스의 생애와도 밀접한 연관이 있는 독재자를 중심으로 독재자의 카리스마적인 통치 방식과 치밀한 감시망과 권모술수에 포획되어 길들어지는 대중과, 소수이지만 저항을 꿈꾸는 인물들이 나온다. 재미있는 것은 작품의 중심인물인 미겔 카라 데 앙헬의 이름이 작가 본인의 이름과 유사하다는 것이다. 미겔 카라 데 앙헬은 독재자의 심복이었다가 독재 정권에 대한 모반을 획책했고 대통령의 측근인 호세 파랄레스 손리엔테 대령을 살해했다고 뒤집어씌운 에우세비오 카날레스 장군을 지능적으로 제거하기 위한 임무를 실행하기 위해 파견된다. 그러다가 카날레스 장군의 딸 카밀라를 사랑하게 되어 결혼식까지 올리고, 이에 대통령의 분노를 사 결국 감옥에 갇히고 만다. 감옥에서 그는 아내의 배신에 대한 헛소문에 절망하며 비참한 최후를 맞이한다.

미겔 카라 데 앙헬은 '미카엘 천사의 얼굴'이라는 뜻으로 작가 미겔 앙헬의 분신과도 같은 인물임을 상징한다. 정작 작가 자신이나 작가의 아버지는 마누엘 에스트라다 카브레라 정권에 맞서 투쟁하며 지방으로 가거나 유학을 떠나며 작중 인물과 상이한 삶을 살았지만, "사탄처럼 아름답고 사악한"이라는 표현을 미겔 카라 데 앙헬에게 붙이며 작중 인물의 복합적인 내면에 작가 자신의 내면을 투영했다. 미겔 카라 데 앙헬이 대통령 측근이 되기 전에는 신문사 주간, 외교관, 학원장, 시장 등을 역임한 것으로 나오는데, 실제 미겔 앙헬 아스투리아스도 작가 이외에 대안학교장, 신문사 주간, 외교관 등을 역임하며 다양한 경력을 쌓았다. 미겔 카라 데 앙헬이 감옥에 수감되었을 때 그가 갇힌 지하의 독방은 22시간 암흑 속에 있다가 두 시간 동안만 빛이 새어 들어온다. 22시간의 암흑 시기가 작품에서 강조되는데, 이는 마누엘 에스트라다 카브레라의 22년 독재 치하를 상징한다.

미겔 카라 데 앙헬은 대통령 각하나 나중에 혁명을 준비하는 카날레스 장군보다 작품에서 가장 복합적인 심리를 가진 인물로 묘사된다. 그는 작가 자신의 자아 투사 이외에도 여러 역사적 인물들의 에피소드에서 착안된 인물로 보인다. 실제 미겔 카라 데 앙헬의 직책은 에스트라다 카브레라의 절친한 친구였던 빅토르 산체스에게서 따온 것으로, 빅토르 산체스는 미겔 카라 데 앙헬 같은 외모와 매너를 지녔다. 미겔 카라 데 앙헬의 체포 이후의 삶은 당시 과테말라의 대지주 페드로 펠라에스와 멕시코 장군 카라스코사를 떠올리게 한다. 그 당시의 정치 상황을 기술한 아레발로 마르티네스의 『페리클레스를 보라!』를 보면, 페드로 펠라에스는 에스트라다 카브레라의 협박에 위협을 느껴 대통령의 허락을 받고 자신의 재산을 처분하고 미국으로 이민을 가려 했다. 그는 에스트라다 카브레라에게서 작별 인사를 담은 전보를 받았지만 기차역에서 체포되었다. 멕시코 장군 카라스코사는 멕시코 혁명 중에 카란사를 지지하는 우에르타 장군에게 패퇴해 과테말라로 피신했다. 멕시코의 우에르타 정권이 언제 과테말라를 침입할지 모른다는 두려움에 사로잡혔던 에스트라다 카브레라는 카라스코사에게 군사적 지원을 하여 이전에 과테말라 소유였던 치아파스 주를 침공하게끔 하나 패배하고 말았다. 다시 과테말라시티로 카라스코사를 소환한 에스트라다 카브레라는 그에게 치아파스 자치 공화국을 세우면 막대한 땅과 자금을 제공하겠다고 제안했다. 이를 거부한 카라스코사 장군은 산 호세 항구로 가서 멕시코로 돌아가는 배를 타려다가 산 호세로 가는 기차역에서 체포되어 성 프란시스코 교회의 지하 감옥에 묻혀 생매장당하고 말았다. 미겔 카라 데 앙헬이 죽는 장면은, 에스트라다 카브레라가 1913년 탄저균에 감염되어 수술을 해야 했는데 이때 임시 대통령으로 지목된 마누엘 파스를 떠올리게 한다. 에스트라다 카브레라가 회복하여 권좌를 되찾고 나서 마누엘 파스의 아들이 죽었을 때 마누엘 파스는 뉴올리언스에서 발간하는 좌파 신문에 에스트라다 카브레라를 비판하는 글을 실으려고 했지만 발각되어 체포되고 말았다. 미겔 카라 데 앙헬처럼 마누엘 파스는 감옥에서 자신의 아내가 바람났다는 소식을 듣고 정신적으로나 육체적으로나 극도로 쇠약해져 죽고 말았다.

이렇듯 미겔 카라 데 앙헬은 에스트라다 카브레라 정권의 여러 인물들을 조합하고 작가 자신의 이름을 투영하며 사탄과 천사의 속성을 부여하여 창조한 인물인 만큼 그에 대한 묘사는 정치적으로 비중 있는 다른 주요 인물들에 비해 상당히 심도 있게 그려졌다. 그가 대통영의 심복으로 있다가 보스의 뜻을 거스르고, 카밀라에게 연정을 품게 되고, 그녀를 도와주고 싶다는 마음과 육체적으로 소유하고 싶다는 마음이 뒤엉키고, 이러한 복합적인 사랑의 감정으로부터 약육강식의 생존 원리로부터 벗어나는 자신을 보며 "기계의 각 부분처럼 해체될 수 없는 추론에 염증을 느끼고, 상식이 뒤틀리는 것에 신물이 나 차라리 꿈을 꾸거나 비이성적 세계가 낫다"라고 생각하기도 한다. 그가 꿈꾸는 열망의 세계는 카밀라와 가정을 꾸리고 대통령의 손아귀로부터 벗어나는 것인데, 카밀라가 폐렴과 신경 쇠약으로 죽을 위험에 빠지자 그는 절망의 나락에 빠진다. 미겔 카라 데 앙헬의 열망과 절망은 독재 치하에서의 민주화나 사회 정의와 관련된 것이 아니라, 오직 카밀라와의 사랑과 관계된 것이다. 그의 열망은 엉뚱하게도 점성술사인 티처에 의해 이루어진다. 혼수상태에 있는 카밀라에게 사이비 영어 교사이자 영성술사인 티처가 죽음을 이기거나 넘어서는 유일한 영적 힘은 사랑이기에 결혼만이 그녀를 구할 수 있다는 제안에 그 역시 심신이 극도로 쇠약한 상태에서 마지못해 승낙한 눈물의 결혼식을 통해 카밀라는 되살아난다. 하지만 그의 행복한 가정을 유지하기 위한 필수 요건인, 대통령의 마수로부터 벗어나는 것은 요원한 일이었다. 그는 대통령이 자신을 노여워하는 것을 감지하고 그의 모습에서 마야의 불의 신인 토힐의 환영을 본다. 그는 대통령이 제안한 워싱턴 특사 역할을 대통령에게서 벗어날 수도 있다는 희망 속에서 승낙하지만, 결국 체포되어 감옥 속에서 카밀라가 대통령의 연인이 되었다는 거짓 정보를 듣고 절망 속에서 죽어 간다.

대통령의 심복으로서의 역할 수행에 대한 양가적 감정과 몽환적이고 환상적인 내면 투사와 신화적 요소의 삽입, 내면 독백, 제임스 조이스 소설에서 드러나는 의식의 흐름이 텍스트 곳곳에 나타나면서 미겔 카라 데 앙헬의 내면세계를 시적으로 조명했다. 이러한 망설임과 환영 속에서 비열한 권력의 사슬 속을 뚫고 솟구치는 열정은 바로 카밀라에 대한 사랑에 의해 일관되게 펼쳐진다. 뇌사 상태에 있는 카밀라를 구원하려는 희구로 그는 파르판 소장을 구하고 대통령이 노여워할 줄 알면서도 그녀와 영혼의 결혼식을 거행한다. 카밀라의 배신에 대한 헛소문은 그의 존재 이유 자체를 무화시키고 만다.

이 소설의 중핵이라 할 수 있는 대통령 각하는 불우한 환경에서 고학하여 변호사가 된 뒤 대통령이 된 인물이다. 아무도 믿지 않는 그는 최고 통치자로서의 외로움을 술로써 달래기도 하지만, 그는 매우 교활하고 폭력적이며 서로 불신하는 치밀한 감시망을 통해 통치를 한다. 그는 검은색 복장과 함께 마야 신화에 나오는 무자비한 불의 신인 토힐에 대비되는데, 이로써 일시적 독재 권력은 신화적 차원에서 다루어진다. 그러나 그의 심리에 대한 묘사는 평면적이다. 다만 그가 모든 인물들의 일거수일투족을 팬옵티콘처럼 파악하고 있지만, 사이비 자유주의자인 그 자신의 권력욕 이면에 있는 내면의 심리 묘사를 작가가 최대한 절제함으로써 전지전능하면서도 비어 있는 권력의 최대 심급으로 그려진다. 대통령을 위한 찬조 연설을 하는 시인이 니체의 초인에 빗대어 대통령의 강력한 리더십을 찬양하는데, 이는 파시즘으로 연결되는 두 차례 세계대전 사이의 당시 정치 상황에 대한 풍자로 보인다. 이러한 파시즘을 가능하게 하는 대중의 선택은 미겔 카라 데 앙헬이 본 환상에 나오는, 토힐 신을 기리기 위해 호리박춤을 추는 인간들의 모습에 의해 풍자된다. 그들은 삶을 죽음으로 소진하지 않는다는 조건으로 '진정한 삶도 진정한 죽음도 없는' 삶을 살고 만다.

대통령 각하와 대칭을 이루는 인물인 카날레스 장군은 군인으로서의 명예를 소중히 하며 쫓기는 상황에서도 약자들을 괴롭히는 의사를 사살하는 등 정의감과 용맹함을 지닌 인물로 그려진다. 그러나 원주민의 토지 재분배라든지 사회 정의 실현과 빈부 격차 해소를 위한 사회주의적 이상을 가지고 혁명을 목전에 두고 신문을 보다가 자신의 딸이 정적의 심복인 미겔 카라 데 앙헬과 결혼했다는 기사를 보고 심장마비로 사망하고 만다. 이러한 그의 최후는 『대통령 각하』를 단순한 대하소설이나 사회 고발 소설보다는 멜로드라마적 요소가 가미된 복합적인 풍자 소설로 읽히게끔 한다.

대통령의 권력에 빌붙어 군사 재판보다는 정치적인 사건에 대한 심의를 담당하며 잔인한 고문을 자행하고 피고의 증언과 상관없이 조서를 꾸미며 자신의 사리사욕을 채우는 국방 법무감 역시 그가 교회에서 오르간 연주를 한다는 아이러니컬한 사실 외에는 작가가 잔인한 독재의 하수인으로 부여한 역할을 충실히 해내고 있다.

한때 창녀에게 혁명을 하겠다고 술주정하다가 제거될 위기에 있다가 자신을 구해 주었던 미겔 카라 데 앙헬을 체포하며 출세를 도모하는 파르판 소장. 독재자의 적이 된 형을 부인하고 조카를 외면한 후안 카날레스. 상부 지시에 의해 얼간이 거지 펠렐레를 사살하고, 미겔 카라 데 앙헬의 카밀라 납치를 돕고, 친구 헤나로 로다스에게 그간의 사건에 대한 이야기를 하며 비밀경찰 취업 제의를 했다가, 헤나로의 아내 페디나의 입을 통해 결국 본인도 체포되고 만 뒤 형무소에서 자신을 밀고했다고 여긴 헤나로에 대한 복수심으로 불타오르는 바스케스. 아내 때문에 친구와 함께 체포된 뒤 미겔 카라 데 앙헬을 감시하라는 법무감의 제안을 승낙하고 석방된 뒤 파르판 소장의 조수로 일하게 된 헤나로 로다스. 이들 주변 인물들을 둘러싸고 있는 공통적인 코드는, 미겔 카라 데 앙헬이 끝내 버리려 했던 약육강식과 적자생존의 본능 속에서 나오는 비열함과 공포다. 하지만 이러한 엔트로피는 생명을 죽음으로 만드는 퇴적물에 불과하고, 바로 이러한 퇴적물로부터 지탱하는 체제가 대통령 각하의 지배 체제다.

명제 소설(thesis novel)을 만드는 대리인들이라고 할 수 있는,

정치적 테제와 안티테제를 맡은 남성 인물들보다 더 매력적이고 숭고하게 묘사되고 있는 인물들은 바로 남편에 대한 사랑이나 모성애로 가득 찬 여성 인물들이다. 페디나 데 로다스는 자식의 대모의 위험을 알리려고 장군의 집에 갔다가 체포된 뒤 그녀에게 가해지는 온갖 육체적 고문을 감내하나, 자식에게 젖을 물리지 못해 자식이 죽어 가는 모습을 지척에서 바라보며 아기의 살아 있는 무덤이 되리라 결심한다. 죽은 아기를 품에 안은 살아 있는 무덤은 이미 석화되어 창녀촌으로 팔려가 남성들의 희롱을 당하면서도 말을 잃고 무덤으로서의 역할에 충실히 한다. 나중에 완력에 의해 품 안에 있던 죽은 아기가 세상에 노출되자 그녀는 실성을 하고 쓰러지고 만다.

카밀라의 유모 차벨로나는 장군의 집을 급습한 바스케스의 몽둥이질에 쓰러지고 나서 머리가 깨진 채 일어나서는 카밀라와 술래잡기를 계속한다고 생각하고는 끊임없이 아가씨를 찾아 나서다 연못에 빠지고 만다. 법무감의 부하들이 장군의 집을 수색할 때도 실성한 사람처럼 아가씨를 찾다가 체포되어 호송되다가 사망하고 만다.

호세 파랄레스 손리엔테 대령의 살인자로 카날레스 대장과 함께 지목되어 출근길에 법무감에 의해 체포된 카르바할 변호사의 아내는, 남편의 행방을 찾고자 대통령 궁으로 가서 선처를 부탁하려고 한다. 그러나 아무도 그녀의 말을 들어주지 않자 형무소 담벼락에 귀를 붙이고 자신이 이렇게 듣고 있는데 제정신이 있다면 잘못이 없는 사람을 죽이지 않을 것이라고 믿지만, 군사 재판에 의해 사형을 구형받은 그녀의 남편은 총살당하고 만다. 그녀는 사방에 도움을 구하며 남편을 찾고자 하지만, 아무도 정치범의 아내를 거들떠보지 않는다. 그러다가 호세 파랄레스 손리엔테 대령에게 희생되었던 자들의 가족이 비밀리에 보내는 익명의 편지들을 받다가 남편이 총살당한 광경을 목격한 자의 편지를 보고는 시신을 찾으러 법무감의 집에 찾아가지만 도로에 그치고 만다.

카밀라는 나이 열여섯의 천진난만한 소녀로, 아버지가 정치범으로 몰려 쫓기는 상태에서 카라 데 앙헬의 도움을 받고 숙부를 찾아 나선다. 그러나 자신을 외면하는 숙부와 숙모 들을 보면서 좌절하고 신경 쇠약과 폐렴에 걸려 혼수상태에 빠지고 만다. 미겔 카라 데 앙헬의 간절한 사랑에 의해 혼수상태에서 결혼식을 올린 뒤 건강을 되찾은 그녀는, 남편에게 사랑을 느끼는 여인으로 성숙한다. 남편이 워싱턴으로 떠난 뒤 남편에게서 소식이 끊기자 백방으로 남편의 행방을 찾지만 결국 찾지 못하고 아들 미셀을 낳은 뒤 시골로 떠나 다시는 과테말라시티로 돌아오지 않는다.

이러한 여인들의 애달픈 사랑과 모성애에 대한 심리 묘사는 미겔 카라 데 앙헬의 사랑만큼이나 강렬하게 그려진다. 죽음을 넘어서며 생명을 창조하고 보듬는 이러한 사랑은 맹목적 열정이기는 하지만, 철학자 화이트헤드가 이야기하는 엔트로피의 퇴적을 거스르는 이성의 역할을 하며, 공포와 생존 본능으로 지탱되는 대통령 각하의 지배 체제를 허무는 잠재적인 안티테제의 역할을 수행한다.

이 소설의 모태가 된 단편인 「정치 거지」의 주인공이라 할 수 있는 얼간이 거지 펠렐레는 투계꾼이자 난봉꾼인 아버지와 희생을 감내하는 어머니 사이에서 자라 집을 나와 떠돌아다니다가 성당 앞을 전전하게 되었다. 누가 그에게 "어머니"라고 부르면 발작 증세를 보이며 도주를 해서 주위 거지들이 그를 놀려 댔다. 똑같이 놀려 대는 호세 파랄레스 손리엔테 대령을 살해한 그는 도주하다가 새들에게 쪼여 입이 찢기는 상처를 입은 채 쓰레기 더미에 떨어져 나무꾼과 카라 데 앙헬에 의해 구조된다. 그는 혼수상태에서 어머니에 대한 꿈을 꾸는데, 처음에는 성모 마리아처럼 자식의 아픔을 어루만져 주는 역할을 하다가 아들이 자신은 영혼까지 병들었다고 하자 어머니는 자신의 영혼도 병들었다고 한다. 어머니는 자신의 반은 거짓이고 반은 진실이라 말하며 모든 사람들에게 유리 눈과 진짜 눈을 주며 유리 눈을 받은 자는 꿈을 꾸니까 보이며, 진짜 눈을 받은 사람들은 그들이 열망하기에 볼 수 있다고 말한다. 환상과 현실이 별리된 것이 아니라 궁극적인 현실을 총체적으로 바라보는 통합적인 방식이라고 본 초현실주의 강령이 어머니의 메시지 속에 그대로 배어 있다. 그러고는 성당에서 곡마단의 줄타기 묘기가 펼쳐지면서 영혼을 하늘과 땅 사이로 나르는 승강기 역할을 하는 꿈을 꾼다. 광활한 우주 앞에 의지할 곳 없이 떠다니는 실존의 불안을 보여 주는 펠렐레의 불안은 영국의 록 그룹인 퀸(Queen)의 「보헤미안 랩소디」를 통해 유사한 파토스와 에토스가 재현된다. 이 노래의 가사는 다음과 같다.

이게 정말 현실일까,

아니면 환상일까.

산사태 속에 묻힌 것처럼 현실을 벗어날 수 없어.

눈을 뜨고 하늘을 한 번 바라봐.

난 그저 불쌍한 아이일 뿐이지. 동정 따위는 필요 없어.

그냥 쉽게 왔다가 쉽게 가 버릴 테고 고상하지도 않고 비천하지도
않으니까.

어떠한 시련이 들이닥쳐도 내게는 문제 될 것 없어, 내게는……

어머니, 난 지금 사람을 죽였어요.

그의 머리에 방아쇠를 당겼고 이제 그는 죽었어요.

어머니, 제 삶은 이제 막 시작한 것 같은데

전 제 삶을 내팽개쳐 버린 거예요

어머니, 당신을 울게 하고 싶지는 않았어요.

이제는 너무 늦었어요, 때가 되니

등줄기를 따라 소름이 끼쳐 오고 육신이 항상 쑤셔 와요.

모두 안녕, 이제 가야 해요.

모든 것을 뒤로 하고 진실을 받아들여야 해요.

어머니, 전 죽고 싶지 않아요.

때로는 제가 차라리 태어나지 않았기를 바라기도 해요.

한 남자의 그림자가 보이는군, 광대 스카라무슈, 스카라무슈

판당고 춤을 보여 줘.

천둥 번개는 날 아주 두렵게 하고 있어.

갈릴레오, 갈릴레오, 갈릴레오, 갈릴레오, 갈릴레오, 피가로 귀하
신 몸
난 그저 불쌍한 아이일 뿐이야, 아무도 날 사랑하지 않아.
그는 가난한 집에서 태어난 불쌍한 아이일 뿐이야.

어머니, 저를 보내 주세요.
마왕께서 널 위해 악마를 준비해 놓으셨어.
당신이 어떻게 내게 돌을 던지고 침을 뱉을 수 있는 것이지?
날 사랑해 놓고 어떻게 날 죽도록 내버려 둘 수 있는 거야?
당신이 제게 이럴 수는 없어요.
나가야만 해, 여기서 빠져 나가야만 해.

누구라도 알 수 있지. 문제 될 건 없어.
문제 될 건 아무것도 없어.
아무것도 내게 문제될 건 없어.
어찌했건 바람은 세게 불어 닥치는구나.

펠렐레는 쓰레기 더미 위에 있는 그를 목격한 나무꾼이 천사라
고 착각한, 사탄처럼 아름답고 사악한 미겔 카라 데 앙헬에 의해
구조되고 성당 앞으로 돌아가다 바스케스의 총에 의해 대주교의
저택 밑 계단으로 굴러 떨어지며 사살되고 만다. 대주교의 창가에
있던 성인의 사면을 받고는 그의 슬픈 눈은 계속 바스케스와 함께
있던 동료 헤나로 로다스의 시선에 머물러 떠나지 않는다. 펠렐레

는 가장 천시를 받는 인물이고 작품의 초입에서 살해당하고 마는 인물이지만, 가장 신성의 영역에 도달한 인물로 묘사된다. 『대통령 각하』는 펠렐레의 우발적인 살인으로 인해 대통령 각하의 정적 제거 프로젝트가 실행되고 미겔 카라 데 앙헬을 통해 카밀라와 대통령 각하 사이에서의 선택으로 진행되는 상류층 사이의 갈등이 나타나는 계열과, 헤나로 로다스를 통해 페디나와 요정집 '달콤한 매혹'과 파르판 소장으로 진행되는 중하류층 인물의 연쇄적인 사건의 계열로 나누어 전개된다. 「보헤미안 랩소디」의 떠돌이처럼 펠렐레는 파울 클레의 그림 「앙겔루스 노부스(Angelus Novus)」에 나오는, 눈이 찢긴 채 입을 벌리고 있고 날개를 필사적으로 펄럭이며 역사라는 광폭한 바람에 의해 떠밀리지 않으려 하고 그의 발 밑에는 폐허 위에 폐허가 쌓이는 파국이 펼쳐지는 광경을 쫓기면서 응시하는 천사의 모습을 떠올리게 한다.

　미겔 앙헬 아스투리아스는 『대통령 각하』를 통해 민족의 역사를 아방가르드적인 프리즘에 투사했지만 서구적 시각의 보편주의에 빠지지 않았고, 지역의 색채에 자신을 투사했지만 토속주의나 지역주의에 함몰되지도 않았다. 작품에 나오는 많은 시구는 과테말라에서 구전되어 내려오거나 당시 유행하던 노래에서 따왔으나 이를 한층 드라마틱하고 시적인 표현으로 변형해 놓았다. 또한 많은 토착 언어가 작품에 등장하지만 이를 향토주의적 묘사의 차원을 넘어서 초월적이고 시적인 견지에서 재조명하게 만든다. 또한 당시 서구에서 유행하던 창작 기법인 내적 독백이나 자동기술법, 혹은 몽환적 세계가 텍스트 곳곳에 등장하지만 단지 기법상의 실험이나 모방으로 그치지 않고, 마야로부터 내려오는 원주민 전통과 스페인 혈통과 문화가 섞인 주류층 라디노들의 생활 세계 간의 갈등, 전통과 근대와의 공생과 서로 간의 침투, 권력의 질곡 속에 나타나는 편집증적이고 분열증적인 증후와 공포 등을 총체적으로 드러내는 기재로 사용했다. 기발함이나 현학적인 내적 독백이 아닌 사건의 긴박함과 역사의 파국 속에서 드러나는 인물들의 내적인 투사가 열망과 절망의 광시곡 속에서 펼쳐지기에 독자들은 「보헤미안 랩소디」를 들을 때처럼 감동을 느낀다.

판본 소개

『대통령 각하(*El Señor Presidente*)』의 모태가 되는 작품은 1922년에 쓴 단편 소설 「정치 거지(Los mendigos políticos)」인데 이를 확장해 1933년에 '토힐(Tohil)'이라는 제목으로 탈고되었으나 1931년부터 1944년까지 집권했던 호르헤 우비코의 독재 정권 때문에 출판이 되지 못했다. 본 텍스트의 37장 제목인 "토힐의 춤"에서 따온 초고는 현재 파리 국립도서관이 소장하고 있는데, 1933년 초고에는 현재 판본에 나오는 "에필로그"가 없다. 1946년에야 멕시코의 코스타 아믹(Costa Amic)이라는 작은 출판사에서 작가의 사비로 출판되어 사적으로 유통되다가 1948년 아르헨티나의 로사다(Losada) 출판사에서 출판된 뒤 대중에게 알려졌다. 같은 출판사에서 나온 제3판에는 작가의 수정본이 나와 많은 오타가 수정되고 디테일한 것이 추가되어 사실상 결정본이 되었다. 번역을 하면서 참고한 판본은 스페인의 에스펜사(Espensa) 출판사에서 2000년에 발간한 것이다.

1899   10월 19일 과테말라시티에서 대법관이었던 에르네스토 아스투리아스와 학교 선생이었던 마리아 로살레스 사이에서 출생.

1904   부친이 에스트라다 카브레라 정권에 맞선 반정부 학생 시위에 대해 처벌을 하지 않자 파면을 당하고 시골 도시인 살라마로 이주.

1908   과테말라시티로 다시 돌아옴.

1917   산 카를로스 대학에서 의학과에 입학했다가 법학으로 전공을 바꿈.

1921   국제학생의회의 대표로 멕시코로 가서 스페인 소설가 라몬 마리아 델 바예 인클란을 만남.

1923   산 카를로스 대학 졸업 후 프랑스 소르본느 대학에서 인류학을 공부. 『새로운 시간』이라는 문학 잡지 발간.

1925   마야 신화를 연구하며 『포폴 부』를 스페인어로 번역.

1899   『과테말라의 전설』 출간.

1930   1922년부터 집필을 시작한 『대통령 각하』 탈고. 과테말라로 되돌아 온 뒤 저널리스트로 일하며 프란시스코 솔레르와 함께 『디아리오 델 아이레』 창간.

1933   클레멘시아 아마도와 결혼. 부친 사망. 아들 로드리고 출생.

1941   차남 미겔 앙헬 출생.

1944	호르헤 비코 대통령 사임. 계속되는 군사 정권으로 『디아리오 델 아이레』 폐간.
1945	멕시코 주재 문화공보관으로 임명됨.
1946	클레멘시아와 이혼. 『대통령 각하』 출간.
1947	아르헨티나 주재 외교관으로 임명됨.
1949	프랑스 주재 외교관으로 임명됨. 『옥수수 인간』 출간.
1950	바나나 플랜테이션을 고발하는 3부작 중 첫 작품 『강풍』 출간.
1953	아르벤스 정권 아래에서 엘살바도르 주재 대사로 임명됨. 카스티요 아르마 혁명 후 대사직 사임.
1955	아르헨티나로 망명.
1957	『과테말라의 주말』 출간. 극작품인 『경계들의 알현』 출간.
1960	『매장당한 자들의 눈』 출간.
1961	『유복한 자』 출간.
1963	『물라타』 출간.
1966	프랑스 펜클럽 회장. 레닌 평화상 수상. 프랑스 대사로 임명됨.
1967	『리다 살의 거울』 출간. 노벨문학상 수상.
1969	『말라드론』 출간.
1970	칸 영화제 심사위원장 역임. 프랑스 대사직 사임.
1974	마드리드에서 사망.

새롭게 을유세계문학전집을 펴내며

을유문화사는 이미 지난 1959년부터 국내 최초로 세계문학전집을 출간한 바 있습니다. 이번에 을유세계문학전집을 완전히 새롭게 마련하게 된 것은 우리가 직면한 문화적 상황에 적극적으로 대응하기 위해서입니다. 새로운 을유세계문학전집은 세계문학의 역할이 그 어느 때보다 중요해졌다는 인식에서 출발했습니다. 오늘날 세계에서 타자에 대한 이해는 우리의 안전과 행복에 직결되고 있습니다. 세계문학은 지구상의 다양한 문화들이 평등하게 소통하고, 이질적인 구성원들이 평화롭게 공존할 수 있는 문화적인 힘을 길러 줍니다.

을유세계문학전집은 세계문학을 통해 우리가 이런 힘을 길러 나가야 한다는 믿음으로 만들어졌습니다. 지난 5년간 이를 준비하기 위해 많은 노력을 기울였습니다. 세계 각국의 다양한 삶의 방식과 문화적 성취가 살아 있는 작품들, 새로운 번역이 필요한 고전들과 새롭게 소개해야 할 우리 시대의 작품들을 선정했습니다. 우리나라 최고의 역자들이 이들 작품 속 한 문장 한 문장의 숨결을 생생히 전하기 위해 심혈을 기울였습니다. 또한 역자들은 단순히 번역만 한 것이 아니라 다른 작품의 번역을 꼼꼼히 검토해 주었습니다. 을유세계문학전집은 번역된 작품 하나하나가 정본(定本)으로 인정받고 대우받을 수 있도록 최선을 다했습니다. 세계문학이 여러 경계를 넘어 우리 사회 안에서 주어진 소임을 하게 되기를 바라며 을유세계문학전집을 내놓습니다.

을유세계문학전집 편집위원단
최윤영 (서울대 독문과 교수)
박종소 (서울대 노문과 교수)
김월회 (서울대 중문과 교수)
고(故) 신광현 (서울대 영문과 교수)
신정환 (한국외대 스페인어통번역학과 교수)

을유세계문학전집

새로운 을유세계문학전집은 구 을유세계문학전집(1959~1975, 전100권)에서 단 한 권도 재수록하지 않았습니다.
을유세계문학전집은 계속 출간됩니다.